Brigitte Brück, Heike Kahlert, Marianne Krüll,
Helga Milz, Astrid Osterland,
Ingeborg Wegehaupt-Schneider

Feministische Soziologie

Eine Einführung

Mit Zeichnungen von Marie Marcl
und einem Beitrag von Luise F. Pusch

Erweiterte und überarbeitete Neuausgabe

Campus Verlag
Frankfurt/New York

Die Deutsche Bibliothek – CIP-Einheitsaufnahme

Feministische Soziologie : eine Einführung / Brigitte Brück ...
Mit Zeichn. von Marie Marcks und einem Beitr. von Luise F. Pusch. –
2., erw. und überarb. Neuausg. – Frankfurt/Main ; New York :
Campus Verlag, 1997
(Reihe Campus ; Bd. 1092 : Studium)
ISBN 3-593-35706-2

2., erweiterte und überarbeitete Neuausgabe 1997

Umschlaggestaltung: Atelier Warminski, Büdingen
Satz: Fotosatz L. Huhn, Maintal-Bischofsheim
Druck und Bindung: Friedrich Pustet, Regensburg
Printed in Germany

Inhalt

Einleitung

Die Soziologie ist ohne die Erkenntnisse und Ergebnisse, die feministische Wissenschaftlerinnen in den vergangenen zwanzig Jahren zur Situation von Frauen in der Gesellschaft erarbeitet haben, nicht mehr zu denken. Feministische Soziologinnen re-formulieren zunehmend die soziologische Disziplin, indem sie deren Theorien, Begriffe und Methodologien bezüglich ihrer Geschlechtsblindheit bzw. Marginalisierung von Frauen kritisieren und aus der Perspektive der Geschlechterdifferenz neu zu schreiben beginnen. Dieser Transformationsprozeß verändert sukzessiv die herkömmliche soziologische Forschung und die traditionelle soziologische Lehre.

Wir geben in diesem Buch keine einheitliche Antwort auf die Frage, was »Feministische Soziologie« ist. So wie es unterschiedliche Begriffsbestimmungen von Soziologie gibt, gibt es auch unterschiedliche feministische Positionen. Feministische Soziologinnen, einschließlich der Autorinnen dieses Buches, haben kein einheitliches Verständnis, was Soziologie ist, was Feminismus ist bzw. was gar feministische Soziologie ist. Definitionen sind immer Grenzziehungen und Fixierungen. Jeder Definitionsversuch ist daher notwendigerweise mit Ein- bzw. Ausgrenzungsprozessen und damit mit Macht verbunden. So betrachtet verwundert es kaum, daß seit den Anfängen der feministischen Wissenschaftskritik um die Benennung dessen, was Feministinnen theoretisch und politisch im Wissenschaftsbetrieb tun, gestritten wird. Der Streit um Begriffe ist ein theoriepolitischer Streit um die Definitionsmacht – nicht nur in der Soziologie.

Frauenforschung – Geschlechterforschung – Feministische Forschung

Die Begrifflichkeiten Frauenforschung und feministische Forschung sind zu keiner Zeit einheitlich definiert worden (vgl. z. B. beiträge zur feministischen theorie und praxis 11; Gertrud Nunner-Winkler 1994b).

Bereits 1984 wies Carol Hagemann-White darauf hin, daß der Begriff Frauenforschung uneindeutig, weil reflexiv sei. Sowohl das Subjekt wie auch der Forschungsgegenstand könne »weiblich« sein: Frauen forschten, und es gäbe Forschung über Frauen. Beide Seiten habe es, wenn auch zu selten, ebenso vor der neuen Frauenbewegung, in der Frauenforschung als gesellschafts- und wissenschaftskritische Forschung entstanden ist, gegeben. Neu sei die reflexive Bewegung, die beide Pole verbinde und vermittele. Carol Hagemann-White (1984a) und Ursula Müller (1984) beschrieben Frauenforschung wesentlich als reflexive Forschung, die um ihre eigene Bedingtheit durch gesellschaftliche Verhältnisse und Prozesse weiß und diese immer mit reflektiert. Bis heute kennzeichnet dieser (selbst-)reflexive Zug die Frauenforschung, deren Weiterentwicklung durch einen kritischen Metadiskurs begleitet wird: Auch die Bestimmung und Abgrenzung des feministischen Forschungsfeldes und seiner Perspektiven sind selbst Gegenstand theoretischer Reflexionen von feministischen Wissenschaftlerinnen.

Sowohl bezüglich des forschenden *Subjekts* als auch bezüglich des *Objekts* in der Frauenforschung gibt es keinen Konsens. Eine Reihe von feministischen Wissenschaftlerinnen sind der Meinung, daß Frauenforschung nur von Frauen betrieben werden könne, andere hingegen gehen davon aus, daß auch Männer Frauenforschung betreiben könnten. Ähnlich breit und teilweise kontrovers ist das Definitionsspektrum bezüglich des Gegenstandsbereichs von Frauenforschung: Als Forschungsthemen ließen sich zusammenfassend die soziale Situation, Merkmale und Haltungen von Frauen oder beider Geschlechter sowie deren Verhältnis benennen, sofern sie sozial verursacht und/oder sozial bedeutungsvoll seien, so Gertrud Nunner-Winkler (1994b, 37).

Einige Wissenschaftlerinnen verstehen Frauenforschung als Forschung über Frauen, ihre Erfahrungen und Lebensbedingungen. Sie sind häufig auch der Meinung, daß Frauenforschung ein eigener disziplinärer Teilbereich ist (zum Beispiel Soziologie der Frau neben anderen speziellen Soziologien wie Familien- und Industriesoziologie; vgl. z.B. Helge Pross 1984). Andere Sozialwissenschaftlerinnen betrachten die gesellschaftliche Organisation des Geschlechterverhältnisses als Thema bzw. Gegenstandsbereich der Frauenforschung (z.B. Regina Becker-Schmidt 1988; Gudrun-Axeli Knapp/Regina Becker-Schmidt 1995). Wiederum andere vertreten die Position, daß Frauenforschung einen »feministischen« beziehungsweise »frauenspezifischen« Blick auf alle wissenschaftlichen Gegenstände lenke sowie eine spezifische Art zu fragen und tradiertes Wissen zu kritisieren entwickle (z.B. Maria Mies 1984a; Ilona Ostner 1990; Ursula Müller 1991).

Neuerdings findet neben und an Stelle des Begriffs Frauenforschung der Terminus Geschlechterforschung Verwendung. Teils werden die Begriffe Frauenforschung und Geschlechterforschung synonym benutzt, teils werden sie in Kombination miteinander verwendet (vgl. für den angloamerikanischen Bereich: Diane Richardson, Victoria Robinson 1994). Ebenso wie der Begriff Frauenforschung vor allem in den Anfängen der neuen Frauenbewegung kontrovers diskutiert wurde, ist auch der Begriff Geschlechterforschung umstritten. Mit dem aktuellen Streit um die Begrifflichkeiten verbinden sich Debatten um verschiedene theoretische und politische Perspektiven.

Einige Wissenschaftlerinnen argumentieren, bereits seit den Anfängen der neuen Frauenbewegung zu den Geschlechterverhältnissen geforscht und diese »Geschlechter«forschung als »Frauen«forschung bezeichnet zu haben. Sie plädieren vor allem aus Gründen der Traditionsbildung für die Beibehaltung des Begriffs Frauenforschung. Andere schlagen ebenfalls aus politischen Erwägungen heraus vor, von Geschlechterforschung zu sprechen: Diese sei in den traditionellen Wissenschaftsinstitutionen eher durchsetzbar. Unwidersprochen ist, daß Geschlechterforschung von beiden Geschlechtern betrieben werden kann.

Geschlechterforschung gehe davon aus, so Hannelore Bublitz (1992a, 30f), daß innerhalb des Geschlechterverhältnisses beide Geschlechter gesellschaftlich zugerichtet würden und Zuschreibungsprozessen unterlägen. Als Gegenstandsbereich der Geschlechterforschung würden die sozialen und kulturellen Dimensionen der Geschlechterverhältnisse angesehen, nicht aber Formen patriarchaler Herrschaft und Frauenunterdrückung. Gegenstand sei hier nicht nur die Unterdrückung von Frauen, sondern die beider Geschlechter. Das heiße aber, daß die Analyse der Geschlechterdifferenz in diesem Fall nicht erfolge, um die Geschlechterhierarchie zugunsten von Frauen aufzuheben, sondern weil beide Geschlechter kulturellen Kodierungen unterlägen, die zuallererst als kulturell bedingte und veränderbare sichtbar werden müßten und als solche veränderbar seien. Patriarchale Herrschaft (gegenüber Frauen) stünde in der Geschlechterforschung nicht mehr zur Diskussion. Die Macht habe in dieser theoretischen Sichtweise kein Geschlecht ebensowenig wie die Widerstände gegen diese Macht (Hannelore Bublitz 1992a, 33). So verstandene Geschlechterforschung entpolitisiert die Geschlechterfrage: Geschlechtsdifferente Zuschreibungen mit ihren impliziten Über- und Unterordnungsmechanismen finden schließlich nicht im herrschafts- und machtfreien Raum statt.

Wir rücken in diesem Buch explizit Frauen und ihre Lebenswelt(en) in den Mittelpunkt unserer Betrachtungen und Analysen. Da Frauen im traditionell-patriarchalen Denken immer nur als das andere Geschlecht, als untergeordneter Gegensatz zu Männern, verstanden worden sind, richten sich unsere Blicke auf Formen der historischen, gesellschaftlichen und kulturellen Geschlechterverhältnisse. Das Ziel dieser Perspektivenwahl ist die Sichtbarmachung und Beseitigung von geschlechtshierarchischen Strukturen in unserer Gesellschaft, die noch immer überwiegend zuungunsten von Frauen wirken.

Mit dieser Perspektive Soziologie zu betreiben heißt nicht nur, den analytischen Blick auf die Situation von Frauen in der Gesellschaft zu richten, den wissenschaftlichen Erkenntnisstand um diese Sichtweise(n) zu ergänzen und damit die Defizite in der traditionellen soziologischen Forschung auszugleichen. Zunehmend stellt sich heraus, daß dieser additive Blick allein die bestehenden Schieflagen im soziologischen Wissen über die Geschlechterdifferenz und die Geschlechterverhältnisse nicht beseitigt. Vielmehr tauchen aus dieser Perspektive völlig neue Fragen auf: Dort, wo soziologisches Wissen gesichert zu sein scheint, wird aus Frauensicht alles wieder frag-würdig. Die gesamte Disziplin muß also aus dieser Sicht neu geschrieben werden.

Vermeintlich gesicherte Positionen aufzugeben ist nicht leicht. Gerade die Soziologie ist jedoch als Gesellschaftswissenschaft aufgerufen, die sozialen Veränderungen, die in den letzten drei Jahrzehnten durch die Frauenbewegung in allen Bereichen des gesellschaftlichen Lebens hervorgerufen wurden, zu erfassen und zu erklären. Daß sie sich dabei auch als Wissenschaft verändert, ist unvermeidlich und für alle Beteiligten unbequem.

Zu diesem Buch

Dieses Buch versteht sich als Einblick in einige Bereiche, in denen feministische Soziologinnen geforscht haben, und zugleich als Herausforderung an die soziologische Disziplin, ihre geschlechtsblinden Flecken weiter auszufüllen. Es führt in die Theorie und Geschichte sowie in zentrale Diskussionsfragen der soziologischen Frauenforschung im deutschsprachigen Raum ein. Wir wollen in erster Linie Leserinnen und Leser ansprechen, die sich bisher noch wenig mit feministischen Perspektiven in der Soziologie beschäftigt haben. Insbesondere für die jüngeren Leserinnen und Leser sind die in diesem Buch ebenfalls nachgezeichneten Anfänge der feministischen Soziologie bereits »Geschichte«.

Für Lehrende an Schulen, Hochschulen und Einrichtungen der Erwachsenenbildung wollen wir hiermit ein brauchbares Einführungsbuch liefern, das einen verständlichen Überblick über ausgewählte Themenstellungen gibt sowie Wege und Möglichkeiten der Vertiefung aufzeigen will. Besonders wünschen wir uns, daß dieses Buch von Studierenden, von Schülerinnen und Schülern, die Soziologie oder Sozialwissenschaften als Fachrichtung gewählt haben, schon zu Beginn ihrer Ausbildung gelesen wird. Und wir möchten Frauen ermutigen, ihre eigenen Interessen und Fragestellungen als wichtig und legitim in Lehre, Studium und Bildung einzubringen und auf deren Behandlung zu drängen.

Aus den vielen Bereichen feministisch-soziologischer Forschung mußten wir für dieses Buch eine Auswahl treffen, was uns nicht leicht fiel. Wir haben uns dabei einerseits von unseren jeweiligen Forschungsschwerpunkten leiten lassen, zum anderen auf diejenigen Bereiche konzentriert, in denen Feministinnen seit den Anfängen der sozialwissenschaftlichen Frauenforschung besonders intensiv geforscht haben. Dennoch mußten wir aus Platz- und Darstellungsgründen viele Forschungsbereiche auslassen, die manche Leserinnen und Leser für wichtiger halten mögen als die von uns ausgewählten. Feministische Soziologinnen haben auch in der historischen Soziologie, der politischen Soziologie, in der Kommunikationssoziologie und der Soziolinguistik, der Kultursoziologie, der Rechtssoziologie, der Alters- und Jugendsoziologie – um nur einige weitere »spezielle« Soziologien zu nennen – wichtige neue Zeichen gesetzt, die hier unerwähnt bleiben. Auch für die zweite Auflage haben wir uns nur am Rand mit der Soziologie der ehemaligen DDR sowie mit den Problemen von Frauen und Frauenforschung in den neuen Bundesländern befaßt. Nahezu unverzeihlich ist auch, daß der für die feministische Forschung so wichtige Bereich »Frauen in/aus der sogenannten Dritten Welt« noch immer fehlt.

Gegenüber den eben genannten und bereits in der ersten, 1992 publizierten, Auflage diese Buches taucht für die hiermit vorgelegte zweite Auflage eher noch eine neue Leerstelle auf, nämlich die in den letzten Jahren deutlich wachsende feministische Befassung mit soziologischen Theorien und Grundbegriffen. Feministische Soziologinnen arbeiten sich langsam, aber unaufhaltsam von den »speziellen Soziologien«, in denen ihre Forschungsarbeiten häufig anfingen, zum »allgemeinen« disziplinären Zentrum mit seinen Theorien und Begriffen vor, um von hier aus die soziologische Disziplin neu zu formulieren. Wir haben diesen begrüßenswerten und überaus erfreulichen Umstand zumindest im gänzlich neu verfaßten einleitenden Kapitel zur feministischen Wissenschaftskritik (Kapitel 1) gewürdigt und mit entsprechenden Literaturhinweisen zur eigenen Weiterarbeit versehen.

Auch unsere Arbeitsweise hat sich gegenüber der ersten Auflage verändert. Für die erste Auflage haben wir die Konzeption und die einzelnen Texte, die je von einer bzw. zwei Autorin(nen) ausgearbeitet worden waren, weitgehend gemeinsam in der Autorinnengruppe immer wieder diskutiert. Für die vorliegende zweite Auflage setzte sich die Erkenntnis durch, daß diese Arbeitsweise sehr (und zu) zeit- und arbeitsintensiv ist und daß Arbeitsteilung auch in feministischen Bezügen sinnvoll ist. Brigitte Brück und Heike Kahlert übernahmen die redaktionelle Bearbeitung der zweiten Auflage, einschließlich des Verfassens dieser Einleitung. Alle Kapitel wurden von den jeweiligen Verfasserinnen kritisch durchgesehen und sowohl hinsichtlich der neueren Diskussionen als auch im Hinblick auf neuere Literatur aktualisiert. Einzig das erste Kapitel wurde völlig neu geschrieben.

Der rote Faden durch das Buch

Wir beginnen in Kapitel 1 *(Brigitte Brück, Heike Kahlert)*[1] mit einer Einführung in die feministische Wissenschaftskritik und in sozialwissenschaftliche Methodologien. Dieser Text gibt den diesbezüglich aktuellen Diskussionsstand insbesondere von feministischen Soziologinnen wieder. In diesem Kapitel werden zentrale Streitpunkte und Begrifflichkeiten der feministischen Theoriediskussion entwickelt, wie z.B. Androzentrismus oder die Kategorie Geschlecht. Daher versteht sich dieses Kapitel auch als Klammer für die nachfolgenden Ausführungen.

Kapitel 2 *(Astrid Osterland)* stellt dar, wie das Thema »Geschlecht«, »Geschlechterdifferenz« und »Weiblichkeit« in der traditionellen Wissenschaft reflektiert wird. Aus der feministischen Wissenschaftskritik wird deutlich, daß das Geschlecht vor allem eine Strukturkategorie ist und die Geschlechterdifferenz als »Wegweiser« fungiert, der Frauen und Männern unterschiedliche Positionen im hierarchischen Gesellschaftsgefüge zuweist. Dabei zeigt sich, daß der Lebenszusammenhang von Frauen durch besondere Widersprüche und Konflikte gekennzeichnet ist. Dieses Kapitel greift auch die aktuelle Diskussion um die Konstruktion und Dekonstruktion der Zweigeschlechtlichkeit auf.

Kapitel 3 *(Marianne Krüll)* knüpft eng an die Ergebnisse des vorhergehenden Kapitels an. Es handelt von der geschlechtsspezifischen Sozialisation, also davon, wie Mädchen und Jungen ihre Geschlechtsrolle annehmen, herstellen und integrieren. Auch hier haben Feministinnen neuartige Forschungsansätze und spannende Forschungsergebnisse vorzuweisen.

Die darauf folgenden Kapitel 4-7 veranschaulichen anhand von ausgewählten »speziellen« Soziologien, was feministische Soziologinnen zu verschiedenen Themen erarbeitet und erreicht haben. Obwohl die Frauenforschung in den Sozialwissenschaften nicht nahtlos in die Schubladen der traditionellen Soziologie paßt, weil sie die Grenzen sprengt oder gänzlich neue Unterscheidungen fordert, haben wir uns entschieden, eine solche Darstellung nach »speziellen« Soziologien vorzunehmen. Den thematischen Überschneidungen

1 Die Namen in den Klammern zeigen an, welche Autorin(nen) für die Ausarbeitung des jeweiligen Kapitels zuständig war(en) und letztlich dafür verantwortlich ist bzw. sind.

zwischen den Kapiteln versuchen wir dadurch zu begegnen, daß wir Inhalte, die auch in ein anderes Kapitel gepaßt hätten, nur einmal darstellen und an den anderen Stellen Verweise einfügen. Wir konzentrieren uns auf die Arbeits- oder Industriesoziologie, die Bildungssoziologie, die Familiensoziologie und die Soziologie der Sexualität.

Kapitel 4 thematisiert die Frauenarbeit und die individuell nicht lösbare Verstrickung von Frauen in Beruf und Familie. Hausarbeit *(Helga Milz)* und Erwerbsarbeit *(Ingeborg Wegehaupt-Schneider)* sind konkurrierende Bereiche des weiblichen Lebenszusammenhangs. Täglich müssen sie von Frauen aufs neue miteinander verzahnt werden. Schon früh bauen Mädchen in ihren Lebensentwurf die doppelte Belastung als Hausfrau und Erwerbstätige mit ein. Die Frauenforschung befaßt sich mit dieser Vermittlungsanstrengung unter dem Begriff der Vereinbarkeitsproblematik. Es ist das umfangreichste Kapitel, weil es zum einen ein Stück Wissenschaftsgeschichte der Frauenforschung darstellt und zum anderen die bedeutsamste Kategorie im Leben von Frauen behandelt: Arbeit. Da zeigt sich die Macht der Strukturkategorie Geschlecht überdeutlich: Frauenarbeit wird grundsätzlich nicht angemessen, sondern *unter*bewertet.

Kapitel 5 *(Marianne Krüll)* behandelt die Familie, die zwar als »Reich der Frau« bezeichnet wird, in der Frauen jedoch eher die (be)dienenden Rollen einnehmen, deren Leistungen von den anderen Familienmitgliedern und von der Gesellschaft ohne Anerkennung in Anspruch genommen werden. Gleichzeitig werden »Familienfrauen« mit dem Vorwurf des Versagens konfrontiert, wenn die Kinder nicht heil und voll funktionsfähig sind. Erst durch die feministische Soziologie ist deutlich geworden, wie wenig Versuche die männlich dominierte Soziologie bislang unternommen hat, die Situation von Familienfrauen in ihre Analyse einzubeziehen und verstehbar zu machen.

Kapitel 6 *(Brigitte Brück)* stellt eines der zentralen Themen feministischer Soziologie dar: Liebe, Sexualität und patriarchale Gewalt in ihrer für Frauen häufig destruktiven Verknüpfung. Die »Selbstbestimmung« über die weibliche Gebärfähigkeit und den weiblichen Körper sowie die Sichtbarmachung von Männergewalt gegen Frauen und Mädchen sind zwei zentrale Ansatzpunkte feministischer Diskussionen. Frauenbewegung und Frauenforschung haben gezeigt, daß es sich dabei um grundlegende Lebenskonflikte potentiell aller Frauen handelt, die von der traditionellen Soziologie zuvor allenfalls marginal behandelt wurden. Andererseits wurde in der feministischen Diskussion die Bedeutung von Frauenfreundschaften und lesbischen Liebesbeziehungen in ihrer befreienden Wirkung für Frauen herausgestellt und soziologisches Neuland betreten.

In Kapitel 7 *(Heike Kahlert)* geht es um die Bildungssoziologie, die ebenfalls aus feministischer Perspektive neu geschrieben werden muß. Denn nicht nur im schulischen Bereich, sondern auch in den Hochschulen ist die vorgebliche Chancengleichheit von Mädchen und Jungen, Studentinnen und Studenten, Lehrerinnen und Lehrern eine Fiktion. Den Bildungserfolgen von Mädchen stehen nach wie vor keine entsprechenden Chancen auf dem Arbeitsmarkt und in anderen öffentlichen Bereichen der Gesellschaft gegenüber.

In den Abschlußkapiteln haben wir uns mit Lernprozessen von Frauen an der Hochschule und mit Ansätzen der Institutionalisierung von Frauenstudien und Frauenforschung beschäftigt. Kapitel 8 *(Heike Kahlert, Ingeborg Wegehaupt-Schneider)* befaßt sich mit den Lehr-, Lern- und Arbeitsbedingungen von Frauen im Hochschulbereich: Gibt es Lehr- und Lernformen, die Frauen ein lustvolles Lernen ermöglichen? Brauchen wir eigene »Räume«, etwa eigene Frauenstudiengänge und Frauenseminare für unseren Wissenserwerb? Mit diesem Kapitel wollen wir Frauen Mut machen, ihre eigenen Lernbedürfnisse ernst zu nehmen und offensiv zu vertreten.

Kapitel 9 *(Brigitte Brück, Heike Kahlert)* gibt einen kurzen Einblick in Ansätze der Institutionalisierung von sozialwissenschaftlichen Frauenstudien und Frauenforschung innerhalb und außerhalb der Hochschulen. Hier werden einige Netzwerke von wissenschaftlich tätigen Frauen, einige Institutionen, in denen Frauenforschung betrieben wird, und ausgewählte Frauenstudienangebote beschrieben.

Die einzelnen Kapitel sind so aufgebaut, daß zunächst ein kurzes Resümee der Forschung in dem jeweiligen Gebiet gegeben wird; vor diesem Hintergrund werden die Besonderheiten der feministischen Perspektive verdeutlicht. Den Abschluß eines jeden Kapitels bildet ein Ausblick auf die zukünftigen Probleme und Fragestellungen der feministischen Forschung. Im Anschluß an jedes Kapitel bringen wir eine knappe, kurz kommentierte Literaturauswahl; hier soll die wichtigste Literatur vorgestellt und Anregungen zu Vertiefungen und weiteren Studien gegeben werden.

Abgerundet wird der Band durch einen Beitrag von Luise Pusch, in dem sie mit ihrem immer wieder umwerfend treffsicheren Humor zu praktischen Übungen im frauenzentrierten Denken anleitet. Marie Marcks' Zeichnungen schließlich möchten zum schmunzelnden Nachdenken anregen.

Unser ganz besonderer Dank geht an Beate Koglin, unsere Lektorin, deren Engagement für die gemeinsame Sache uns nicht nur mitgerissen und aus manchen Tiefs geholfen hat, sondern die auch viele wichtige inhaltliche Anregungen gab.

1. Kapitel

Feministische Wissenschaftskritik und Methodologien

> »Die neue Frauenforschung, die sich als das Denken der Frauenbewegung verstand, war ohne Zweifel von Anfang an zugleich soziologisch. Ihr zentrales Anliegen war es, private, persönliche Probleme, Konflikte und Erfahrungen von Frauen als wissenschaftsfähig und wissenschaftswürdig zu begreifen. Das heißt genau auch, das persönlich Erlebte als gesellschaftliches Problem, als nicht nur privates Schicksal zu verstehen. In diesem Kontext erscheint es als nur schlüssig, daß die Frauenforschung ihre kräftigsten Wurzeln in den Sozialwissenschaften sowie in den soziologischen Anteilen der Nachbardisziplinen schlug.«
> (Carol Hagemann-White 1989, S. 87)

Inzwischen greifen neuere Einführungsbücher in die Soziologie vereinzelt feministische Erkenntnisse auf (vgl. z. B. Hannelore Bublitz 1992b, Annette Treibel 1993 und Uta Klein 1994), neuere sozialwissenschaftliche Lexika sind ohne die Stichworte Geschlecht und Frauenforschung kaum mehr zu denken, und in der Mitteilung der Deutschen Forschungsgemeinschaft (DFG) zur Sozialwissenschaftlichen Frauenforschung in der Bundesrepublik Deutschland wird der gegenwärtigen Situation von Frauen thematisch eine »hohe Kulturbedeutung« (Gertrud Nunner-Winkler 1994a, S. 44) eingeräumt. Trotz einer intensiven und kontinuierlichen feministischen Wissenschaftspolitik von Soziologinnen hat sich allerdings die Präsenz und Akzeptanz von feministischen Fragestellungen und Erkenntnissen weder in den Curricula noch in der Stellenpolitik der soziologischen Disziplin bisher nennenswert niedergeschlagen (vgl. Kapitel 9).

Sozialwissenschaftliche Frauenforschung, wie sie in den letzten zwei Jahrzehnten im Rahmen der Neuen Frauenbewegung entwickelt wurde und wird, hat eine explizit gesellschafts- und wissenschaftskritische Zielsetzung und trägt zur individuellen und gesellschaftlichen Emanzipation von Frauen bei. Frauenforschung zielt ab auf die Erweiterung und Modifizierung vorhandener Theorien um die geschlechtsdifferenzierte Perspektive und auf Veränderungen von gesellschaftlichen Strukturen, die Frauen daran hindern, ihre Potentiale zu entfalten.

Feministische Soziologinnen setzten zunächst an der universellen Unterdrückung aller Frauen durch das Patriarchat an. Es ging ihnen darum, Frauen in allen Lebensbereichen der Gegenwart und Vergangenheit sichtbar zu machen und ihre als diskriminierend analysierten Lebenssituationen zu verändern. Die wenigsten Frauenforscherinnen wollten nur additiv blinde Flecken der einzelnen Disziplinen füllen und damit Geschlecht als eine weitere Variable verstehen. Vielmehr wurde das Geschlecht als Strukturkategorie verstanden, aus deren Perspektive sämtliche Wissenschaftsinhalte sowie ihre Produktions- und Vermittlungsformen kritisch betrachtet und umgeschrieben werden sollten. Frauenforschung ist in diesem Verständnis mehr, als der traditionellen Wissenschaft einen weiteren Gegenstand, nämlich Frauen oder Geschlecht als Variable, hinzuzufügen. Frauenforschung beansprucht daher nicht den Status einer neuen Disziplin, sondern begründet einen spezifischen Blick gegenüber »herrschender«, d. h. traditioneller Wissenschaft. Diese Perspektive der Geschlechterdifferenz war der Ausgangspunkt feministischer Wissenschafts- und Gesellschaftskritik und feministischer Forschung.

Aus dieser so verstandenen Frauenforschung ergaben sich neue soziologische Fragestellungen und Begrifflichkeiten. Um einige Beispiele zu nennen: Arbeit wurde nun als Erwerbsarbeit und (unbezahlte) Hausarbeit betrachtet; Gewalt als im »privaten« Bereich ausgeübte Männergewalt wurde überhaupt erst Thema infolge der Frauenbewegung und -forschung; die sogenannte Normalbiographie wurde als am männlichen Lebenslauf orientiert entlarvt; die vermeintliche Objektivität, Geschlechtsneutralität, Rationalität und Universalität von Wissenschaft wurden als männlich geprägt aufgedeckt; der über Jahrhunderte weitgehend erfolgte Ausschluß von Frauen als Subjekte und Objekte von Wissenschaften und ihre bis heute andauernde Unterrepräsentanz im Wissenschaftsbetrieb wurden analysiert und kritisiert.

»Halb plus falsch« – feministische Kritik an den herkömmlichen Wissenschaften

In zunehmendem und differenzierterem Maß wird von Frauenforscherinnen das gesamte Gebäude der Wissenschaften kritisch betrachtet. Dieses Gebäude kann als »halb plus falsch« (Cornelia Klinger 1986, S. 75) bezeichnet werden. Weite Gebiete der Wissenschaften sind in der männlichen Optik bisher ausgespart, als nichtexistent verdrängt oder für unzugänglich erklärt worden.

»Eine Landkarte mit weißen Flecken so gewaltigen Ausmaßes ist aber nicht nur unvollständig, sondern auch auf Grund dieses Fehlers fehler-haft, verfehlt, falsch. Denn die Kartographen sind sich ja der Tatsache nicht bewußt, daß ihnen ganze Erdteile unbekannt sind, sondern halten das ihnen Bekannte für den ganzen Erdkreis und verzeichnen und verzerren daher die Linien in einer Weise, daß sich das korrekte Bild nicht einfach nur durch Ergänzung herstellen läßt.« (Cornelia Klinger 1986, S. 75)

Eine bloße Addition der anderen Hälfte des fehlenden Wissens reicht folglich nicht aus. Vielmehr muß das gesamte Gefüge der Wissenschaften aus feministischer Perspektive dekonstruiert und gänzlich rekonstruiert werden.

Der wissenschaftliche Diskurs kann, neben dem politischen, als ein »Legitimationsdiskurs« (Elisabeth List 1986, S. 75) geschlechtshierarchischer Herrschaft analysiert werden. Wissenschaft wird in diesem Sinne von Feministinnen als patriarchales Macht- und Herrschaftsgefüge gesehen, das sich mit den hehren Zielen und Ansprüchen von Wertfreiheit, Objektivität, universeller Gültigkeit und Wahrheitssuche tarnt, um desto massiver männliche Interessen durchzusetzen. Die weitgehend konstante Strukturierung des wissenschaftlichen Apparats – Männer an der Spitze, Frauen auf den unteren Stufen der Hierarchie – ist aus feministischer Sicht ein deutliches Zeichen für die Bemühungen von Wissenschaftlern, die Geschlechterhierarchie aufrechtzuerhalten: Um ihre Vorrangstellung behaupten zu können, sind sie auf die Unterordnung von Frauen angewiesen.

Wissenschaft ist – so gesehen – von einer »doppelten (thematischen und organisatorischen) Männlichkeit« gekennzeichnet, die dem Erhalt patriarchaler Macht und dem Ausschluß von Frauen aus diesem Machtgefüge dient. Daher fordern Frauenforscherinnen eine

Erneuerung der Wissenschaften von innen: Frauen sollen ihrem Anteil in der Bevölkerung entsprechend in den Wissenschaften vertreten sein, und die ausgeblendeten Bereiche gesellschaftlichen Lebens, die die Lebenszusammenhänge von Frauen betreffen, sollen in die Wissenschaften hineingeholt werden. Damit soll nicht gesagt werden, daß Frauen »bessere« Wissenschaftlerinnen wären. Viele feministische Forscherinnen erheben allerdings den Anspruch, eine umfassendere Wissenschaftsperspektive zu haben, da sie durch die Einbeziehung der (bisher weitgehend ausgeblendeten) weiblichen Lebensbereiche und die Kritik an der damit verbundenen Geschlechterhierarchie die Einseitigkeit der nur männlichen Sicht überwinden.

Feministinnen stehen mit ihrer Forderung, die Grundlagen herkömmlicher Wissenschaften umzuschreiben, nicht allein. Sie knüpfen an andere wissenschaftskritische Ansätze (innerhalb der Soziologie z. B. an die Kritische Theorie, den Symbolischen Interaktionismus, die Ethnomethodologie, die Psychoanalyse und neuerdings den Poststrukturalismus) an, gehen jedoch auch über diese Theorien hinaus, indem sie diese Ansätze selbst wiederum auf ihren geschlechtshierarchischen Bias befragen und revidieren (wollen).

Feministische Wissenschaftskritikerinnen zeigen den Androzentrismus herrschender Denktraditionen und wissenschaftlicher Ansätze auf. Androzentrismus meint eine Zentrierung auf Männlichkeit(en) und Männer, ihre Werte, Normen und Lebenszusammenhänge. Androzentrische Wissenschaft basiere, so zeigen Feministinnen, in Theorien, Denkmustern und Methoden einseitig auf den Lebensspektren von Männern und orientiere sich an ihren Weltbildern. Männliche Lebensmuster und Denkmuster würden zu Leitbildern für wissenschaftliches Schaffen, das den Anspruch erhebt, für und über »die Menschen« und »die Allgemeinheit« zu sprechen und zu urteilen. Doch kann gezeigt werden, daß »der (vorgeblich geschlechtsneutrale) Mensch« erkenntnistheoretisch betrachtet fast immer männlichen Geschlechts ist und Frauen lediglich als Besonderheit dieses männlich-universalen Menschen gefaßt werden (Adriana Cavarero 1989). Das so überwiegend von Männern über Männer gewonnene Wissen wird als objektiv, rational und allgemeingültig angesehen und basiert doch in der Realität allzu häufig auf einem (nicht reflektierten) geschlechtshierarchischen Denken, das die weibliche Hälfte der »Menschheit« »vergißt« und die hierarchische Positionierung der Geschlechter ausblendet. Feministinnen kritisieren die vermeintlichen Ansprüche von »Wertfreiheit« und »universeller Gültigkeit«, »Rationalität« und »Objektivität«.

»Wertfreiheit« und »universelle Gültigkeit« von Wissenschaft

Die behauptete Wertfreiheit bzw. Wertneutralität wissenschaftlicher Erkenntnis erscheint aus feministischer Perspektive als Verschleierung handfester männlicher Parteilichkeit, denn wissenschaftliche Forschung ist immer parteilich und kann sich nicht aus den sozialen Kontexten lösen, in denen sie entsteht und auf die sie zurückwirkt. Dies wird zwar von vielen Wissenschaftstheoretikern in Vergangenheit und Gegenwart nicht bestritten. Es ist allerdings erstaunlich, daß erst Feministinnen darauf hingewiesen haben, in welch entscheidendem Maße Erkenntnis von der Geschlechtszugehörigkeit der WissenschaftlerInnen bestimmt ist. Die Wissenschaften, wie wir sie kennen, sind aus einer diskursiven Analogiebildung von Natur und Frau hervorgegangen, die beide vom Mann gezähmt und unterworfen werden sollten (vgl. Elvira Scheich 1993).

Der wissenschaftliche Diskurs ist alles andere als »wertfrei« oder »wertneutral« (vgl. Sandra Harding 1990). In den von Max Weber bis Niklas Luhmann geführten wissenschaftstheoretischen Debatten fehlen Reflexionen über den Einfluß der eigenen Geschlechtszugehörigkeit auf das wissenschaftliche Denken. Demgegenüber reflektieren feministische Wissenschaftlerinnen den Einfluß der Geschlechtszugehörigkeit von Forschungssubjekten und -objekten im gesellschaftlich-patriarchalen Zusammenhang auf ihre wissenschaftliche Arbeit. Ziel dieser Parteilichkeit ist es unter anderem, die einseitig männliche Sicht in den Wissenschaften aufzudecken und deren Universalismusanspruch in Frage zu stellen. Denn wenn sich hinter der vermeintlichen Wertneutralität frauenfeindliche Tendenzen verstecken, sind wissenschaftliche Erkenntnisse nicht »universal« gültig, sondern männlich geprägt.

»Rationalität« der Wissenschaften

Wissenschaft soll nach traditionellem Verständnis durch »Rationalität«, d. h. durch nüchterne, vernunftgeleitete Sachbezogenheit, gekennzeichnet sein, während »Emotionalität«, als »Irrationalität«

abgewertet, angeblich in den Wissenschaften nichts zu suchen hat. Bemerkenswert ist dabei, daß die beiden Polaritäten mit den stereotypen Vorstellungen von »Männlichkeit« und »Weiblichkeit« übereinstimmen. Die Schlußfolgerung, daß Frauen – weil »emotionaler« als Männer – nicht als Wissenschaftlerinnen taugen, ist bis in die Gegenwart hinein ein gängiges Vorurteil.

Bei genauerem Hinsehen entpuppt sich die »Rationalität« von WissenschaftlerInnen als eine nach außen präsentierte Fassade, hinter der Gefühle wie Angst, Unsicherheit, aber auch Selbstherrlichkeit und Größenwahn verborgen sind. So ist es beispielsweise sehr auffällig, wie gefühlsbetont und wie wenig »rational« gerade in der Wissenschaft argumentiert wird, wenn die angebliche »Rationalität« verteidigt werden soll. Der Schein der »Rationalität« verdeckt die subjektive Interessengeleitetheit wissenschaftlichen Tuns, verschleiert die »Irrationalität« von Wissenschaft, die sich der Verantwortung für die Ergebnisse ihrer Theorien und Forschungen zu entziehen versucht.

»Rationalität« kann als von Männern konstruierte Ideologisierung über ihr Tun in den Wissenschaften entlarvt werden. Die traditionelle Zuschreibung von Rationalität an das männliche Geschlecht dient dazu, den Ausschluß von Frauen aus den Orten und Prozessen des Denkens zu rechtfertigen. Kann ein Ausweg aus diesem Geschlechterkontrakt des Wissens darin liegen, die den Frauen traditionell zugeschriebene »Emotionalität« zu betonen? Wohl kaum, denn damit würden historisch produzierte Geschlechterdualitäten lediglich fortgeschrieben, und es würde positiv umgewertet, was im Konstruktionsmodus bereits falsch ist. Ein Ausweg kann vielmehr darin liegen, Emotionalität *und* Rationalität als Qualitäten von Frauen *und* Männern in der Wissenschaft anzuerkennen und in die Prozesse und Produktionen des Denkens einzubeziehen.

»Objektivität« von Wissenschaft

»Objektivität« wird verstanden als eine Form der Erkenntnisgewinnung, die unabhängig von der forschenden Person ist. Sie basiert auf den Annahmen von Rationalität/Sachlichkeit und universeller Gültigkeit. »Objektivität« ist eine Eigenschaft von Urteilen und Aussagen: Ein Urteil ist objektiv, soweit seine Geltung unabhängig von den subjektiven Eigenschaften der bzw. des Urteilenden (seinen bzw. ihren persönlichen Erfahrungen, Einstellungen, Wertvorstellungen, Wünschen usw.) begründet und somit – wenigstens prinzipiell – von anderen überprüft werden kann. Wissenschaftliche »Objektivität« hängt vor allem von den methodischen, d. h. sowohl durch die Forschenden selbst kontrollierten als auch durch andere kontrollierbaren, Vorgehensweisen bei der Erkenntnisgewinnung ab.

Ein solcher Anspruch auf »Objektivität« ist nur durch eine willkürliche Grenzziehung von ForscherIn (Erkenntnis»subjekt«) und Forschungsgegenstand (Erkenntnis»objekt«) aufrechtzuerhalten. »Objektive Wissenschaft« will Gewißheit, will Eindeutigkeit und Quantifizierbarkeit der Realität, sei es auch um den Preis der Zerstückelung ihres Forschungsgegenstands. In den Sozialwissenschaften hat sich der Objektivitätsanspruch niedergeschlagen in der Entwicklung von immer verfeinerteren statistischen Methoden der empirischen Datenerfassung und -auswertung, in denen die handelnden Menschen in ihren sozialen Bezügen kaum mehr erkennbar sind.

Doch, so muß aus feministischer Perspektive gefragt werden, ist eine derartige »Objektivität« möglich und wünschenswert? Können wirklich alle subjektiven Einflüsse und Eigenschaften aus dem Forschungsprozeß ausgegrenzt werden? Kann, ja muß nicht das Verhältnis von Subjekt und Objekt neu bestimmt werden?

Die feministische Naturwissenschaftstheoretikerin Evelyn Fox Keller (1986) bietet als Alternative zu einem traditionellen »Objektivitäts«verständnis die Vorstellung von einer »dynamischen Objektivität« an, in der sich das forschende Subjekt dem Forschungsobjekt als einem Gleichen nähert. Elemente dieser dynamischen Objektivität sind die bewußte Identifikation mit dem Forschungsgegenstand als Subjekt und der Einbezug der subjektiven Erfahrungen in den Erkenntnisprozeß. Dynamische Objektivität erfordert von der Forschenden Achtung und die Übernahme von Verantwortung für das zu Erforschende bzw. Erforschte. Diese Haltung bringt eine behutsame und respektvolle Behandlung des Forschungsgegenstands mit sich, die auf Fürsorge und Einfühlungsvermögen beruht – Eigenschaften, die – abgespalten – traditionell nur den Frauen zugeschrieben werden, die aber aus feministischer Sicht unabhängig vom Geschlecht der Forschenden in die Wissenschaften integriert werden müssen.

Donna Haraway (1995) entwirft feministische Objektivität als situiertes, am Körper verortetes, Wissen, das durch seine Verbindung mit der Körperlichkeit immer begrenzt ist. In Anlehnung an postmodernes Denken plädiert sie »für Politiken und Epistemologien der Lokalisierung, Positionierung und Situierung, bei denen Partialität und nicht Universalität die Bedingung dafür ist, rationale Ansprüche auf Wissen vernehmbar anzumelden« (S. 89). Dies seien Ansprüche auf Aussagen über das Leben von Menschen: entweder die Sicht von einem Körper aus, der immer ein komplexer, widersprüchlicher, strukturierender und strukturierter Körper sei, oder der einfache und einfältige Blick »von oben«, der einen Erkenntnisort annimmt, der außerhalb der konkreten Beziehung zwischen Erkenntnissubjekt und -objekt ist. Erkenntnis ist nach Haraway immer an den (geschlechtlichen) Körper gebunden und immer nur lokales Wissen.

Festzuhalten ist nach diesem kleinen Einblick in die wissenschaftstheoretische Diskussion im Feminismus, daß feministische Wissenschaftlerinnen daran arbeiten, die traditionell geschlechtsspezifisch zugeschriebenen und auch im modernen Wissenschaftsverständnis verankerten Geschlechterstereotypen und ihre hierarchische Konnotation aufzubrechen und das gesamte Gebäude der Wissenschaften neu zu bestimmen.

Rekonstruktionen: Entwicklungslinien feministischer Theoriebildung

Die aktuelle feministische Diskussion ist durch eine Reihe von (selbst-)reflexiven Standortbestimmungen und Zwischenbilanzierungen gekennzeichnet. Feministische Wissenschaftlerinnen beziehen sich auf vorhandene theoretische Ansätze, freilich ohne diese bloß zu übernehmen. Vielmehr geht es ihnen darum, diese Ansätze kritisch zu lesen und hinsichtlich ihrer Brauchbarkeit für feministische Fragestellungen zu analysieren. Konkrete Aussagen, was »feministische Wissenschaft« als »Nachfolgewissenschaft« (Sandra Harding 1990) zu den herkömmlichen Wissenschaften ist, sind zum gegenwärtigen Zeitpunkt nicht möglich. Es können eine Reihe von Ansätzen und Strömungen unterschieden werden. Sehr vereinfacht und nur grob skizzierend lassen sich mit Cornelia Klinger (1990) und Ruth Seifert (1992) zwei Entwicklungslinien feministischer Theoriebildung verfolgen: *Standpunkttheorien* und *diskurstheoretische Ansätze,* die beide »versuchen, die Geschlechterdifferenz und ihre Auswirkungen auf die Wissensproduktion zu theoretisieren« (Ruth Seifert 1992, S. 257). Theoretische Hauptausgangspunkte sind für die Standpunkttheorien der Marxismus und die Psychoanalyse, für die diskurstheoretischen Ansätze die Semiotik (Zeichentheorie), der Poststrukturalismus und ebenfalls die Psychoanalyse.

Feministische Standpunkttheorien

Feministische Standpunkttheorien gehen davon aus, daß (1) die Identität des Erkenntnissubjekts und der Erkenntnisprozeß nicht getrennt voneinander gesehen werden können, (2) die Erkenntnis auf theoretisierter Erfahrung beruht und daß (3) die Erkenntnis auf nach Geschlechtern getrennten Erfahrungswelten beruht.

Marxistische Ansätze lassen sich, so meinen Vertreterinnen dieser Strömung, mit feministischer Erkenntnistheorie verbinden. Gleichzeitig wird jedoch an der marxistischen Gesellschaftsanalyse kritisiert, daß – etwa in der Mehrwerttheorie – der Beitrag der Frauen vernachlässigt wird (Christel Neusüß 1983; vgl. dazu auch Kapitel 4). Die marxistische Erkenntnistheorie wird von Feministinnen dahingehend erweitert, daß das Verhältnis zwischen Individuum/Subjektivität und Wirklichkeit/Objektivität nicht nur unter dem Aspekt der Entfremdung durch die kapitalistischen Verhältnisse (Kapital – Lohnarbeit) betrachtet wird, sondern auch als Produkt des Patriarchats (Ursula Beer 1985; 1990). Es ist daher aus feministischer Sicht nicht gerechtfertigt, den Klassengegensatz als »Hauptwiderspruch« und den Geschlechterantagonismus nur als »Nebenwiderspruch« zu verstehen. Beide sind für die gesellschaftliche Lage der Individuen und für die Struktur der Gesellschaft gleichermaßen bestimmend.

»Standpunkttheorien machen folgendes klar: Frauen sind (auch bei Berücksichtigung aller Unterschiede zwischen verschiedenen Frauen) von historischen und gesellschaftlichen Bedingungen aufgrund ihrer anders definierten und gelebten Position in der Gesellschaft immer anders betroffen als Männer. Diese unterschiedliche Betroffenheit hat dazu geführt, daß sie im Verlauf der Geschichte andere Erfahrungen als Männer gemacht haben und immer noch machen.« (Ruth Seifert 1992, S. 262)

Standpunkttheoretikerinnen verdeutlichen die Perspektivität und Standortgebundenheit eines jeden Erkenntnisprozesses und zeigen darüber hinaus dessen Parteilichkeit auf. Aus standpunkttheoretischer Perspektive kann die Universalität des Erkenntnissubjekts und des Wissens kritisiert werden. Aufgrund der gesellschaftlichen Interessengegensätze und ihrer Verknüpfungen mit den Machtungleichgewichten zwischen den Geschlechtern kann es in einer Reihe von Fragen also mindestens zwei Wahrheiten geben (Ursula Müller 1991). Offen ist, wie die Vermittlung zwischen diesen verschiedenen Wahrheiten aussehen kann. Auch bergen feministische Standpunkttheorien, so Ruth Seifert (1992), die Gefahr in sich, die Kategorie Frau als einheitlichen Standpunkt aller Frauen zu ontologisieren bzw. in Konfrontation mit anderen Standpunkten zu geraten (beispielsweise im Zusammenwirken von Geschlecht, Klasse und Ethnie). Zu kritisieren ist weiterhin, daß feministische Standpunkttheoretikerinnen die (Re-)Produktion der Kategorie Geschlecht nicht erklären, sondern die Unterscheidung von Männern und Frauen implizit voraussetzen und so letztlich affirmieren.

Feministische Diskurstheorien

Feministische diskurstheoretische Ansätze aus dem poststrukturalistischen Theoriespektrum versuchen, die angedeuteten Leerstellen der Standpunkttheorien zu füllen und diese Ansätze weiterzuentwickeln. Zentrale diskurstheoretische Begriffe sind Sprache, Subjektivität und Macht. Sprache wird als Bedeutungssystem verstanden, als symbolisches Repräsentationssystem bzw. symbolische Ordnung, das ganz zentral mit dem Geschlechtersystem verknüpft ist (vgl. Kapitel 2). Symbolische Ordnungen werden durch sprachliche Konstrukte (»Diskurse«) produziert, sie produzieren Bedeutungen. Der zentrale Ort des Kampfes um Bedeutungen ist das Individuum, dessen Subjektivität als diskursives Produkt und diskursiver Prozeß verstanden wird. Diskurstheoretikerinnen fragen nach Konstruktionsprozessen und -modi von Geschlechtlichkeit innerhalb der herrschenden symbolischen Ordnung, nicht nach einem vor-diskursiven, gewissermaßen »natürlichen« Wesen »der Frau« bzw. »des Mannes«. Ein einfacher Ausstieg aus den Diskursen um die Geschlechterdifferenz sei nicht möglich. Vielmehr könne Befreiung mit Hilfe der Durchquerung und Rekonstruktion der Diskurse erfolgen, wie es beispielsweise Luce Irigaray (1980) und italienische Philosophinnen der Gemeinschaft Diotima (1989) versuchen.

Französische Theoretikerinnen haben, ausgehend vom psychoanalytischen Denken, ihr besonderes Augenmerk auf die Sprache als Instrument und Produktionsort von Erkenntnis gerichtet. Luce Irigaray (1980) legt unter Anwendung psychoanalytischer Methodik dar, wie die herrschende Philosophie als Denkgebäude von der Antike bis in unsere Zeit ausschließlich von Männern konzipiert wurde, was notwendigerweise zur Folge hatte und hat, daß Begriffe, Methoden und Denkformen eine männlich-geprägte Sicht der Welt widerspiegeln und daß Frauen nur als negative Spiegel des Männlichen in Erscheinung treten. Wenn Frauen versuchen, sich dessen bewußt zu werden, wenn sie sich bemühen, Erkenntnis-Subjekt ihres eigenen weiblichen Seins zu werden, sind sie gezwungen, sich eben dieser tradierten sprachlichen Formen zu bedienen, mit denen jedoch das »Andere« des Frau-Seins nicht auszudrücken ist. Mehr noch: Typisch für den patriarchalen wissenschaftlichen Diskurs ist für Irigaray die auf scheinbar eindeutiger Logik und Vernunft basierende Sprache, wodurch die Vieldeutigkeit sinnlicher Erfahrung aus der Wissenschaft ausgeblendet wird. Die französische Philosophin warnt Frauen davor, ihrerseits zu versuchen, sich über Definitionen auf eindeutige Zuschreibungen festzulegen, denn dadurch blieben sie im männlichen Diskurs gefangen. Irigaray schlägt daher vor, die Sprache selbst zu ver-stören, zu ver-zerren und zu zer-rütten, sie durch ständiges Hinterfragen zu »verflüssigen«, mit spielerischen Übertreibungen, Veränderungen von Assoziationen und Ausloten des Verschwiegenen zu arbeiten, um damit das weibliche »Andere« offenzulegen und zum Ausdruck kommen zu lassen. Dieses Verfahren nennt sie »Mimesis«. Ihr Buch *Speculum* (1980) ist zu lesen sowohl als Abhandlung über die Verdrängung des Weiblichen in der Philosophie, in der Erkenntnistheorie und in den Wissenschaften, aber vor allem auch als ein Werk, in dem dieser Prozeß der De-Konstruktion des männlich-wissenschaftlichen Diskurses exemplarisch vollzogen wird. Immer geht es darum, das »Andere« des Weiblichen als Subjekt und Objekt der Erkenntnis »zur Sprache« zu bringen, wobei auch nicht verbale, also bildliche und körperlich-sinnliche »Sprach«-Formen im Blickfeld stehen.

Das von Jacques Derrida entwickelte Verfahren der Dekonstruktion, zu dessen feministischen Hauptvertreterinnen u. a. Luce Irigaray, Julia Kristeva und Hélène Cixous zählen, hat vor allem feministische Literaturwissenschaftlerinnen, aber auch Philosophinnen stark beeinflußt.[1] Zunehmend öffnen sich auch feministische Sozialwissenschaftlerinnen den poststrukturalistischen Ansätzen.[2] Aus der ethnomethodologischen Denktradition kommend, fragen beispielsweise Carol Hagemann-White (1988b) sowie Regine Gildemeister und Angelika Wetterer (1992) nach Konstruktionsprozessen und der Konstruiertheit von Geschlecht. Die Zweigeschlechtlichkeit selbst wird so als kulturelle Konstruktion angesehen und in ihrer »Natürlichkeit« hinterfragt.[3]

An feministischen Diskurstheorien ist aus sozialwissenschaftlicher Perspektive vor allem kritisch anzumerken, daß sie auf die gesellschaftliche Materialität verzichten bzw. diese lediglich als Text und damit als symbolische Ordnung ansehen. Zu fragen ist, wie Gesellschaft diskurstheoretisch verstanden und beispielsweise soziale Ungleichheit erklärt werden kann. Kritisiert wird auch die diskurstheoretische Orientierung an Subjektivität und Relativität, die Objektivität und Universalität auszuschließen scheint. Doch muß diese Orientierung zwangsläufig mit einer Verabschiedung von Universalität einhergehen, oder muß es nicht vielmehr darum gehen, das Verhältnis von Universalität und Partikularität aus feministischer Perspektive neu zu bestimmen? Keineswegs soll nach Ruth Seifert (1992) mit diesen dekonstruktiven Theorieansätzen gänzlich auf die historische und gesellschaftliche Bedeutung feministischer Standpunkttheorien verzichtet werden. Beide Entwicklungslinien feministischer Theoriebildung können vielmehr zusammengedacht und umeinander ergänzt, erweitert und modifiziert werden.

Sowohl die feministischen Standpunkttheorien als auch Ansätze feministischer Diskurstheorien verweisen auf die Notwendigkeit einer Theorie der Differenz, nehmen sie selbst doch ein Denken der Geschlechterdifferenz zum Ausgangspunkt. Zunehmend wird die

---

1 Vgl. dazu in Deutschland u. a. Eva Meyer, Brigitte Weisshaupt, Christina von Braun; in den USA u. a. Judith Butler; in Italien u. a. Libreria delle donne di Milano, Adriana Cavarero, Luisa Muraro, Diotima; in den Niederlanden u. a. Rosi Braidotti und viele andere mehr.

2 So z. B. Heike Kahlert 1996b und Beiträge in: Ute Luise Fischer u. a. 1996; vgl. auch Andrea Maihofer 1995.

3 Vgl. auch Beiträge in Theresa Wobbe, Gesa Lindemann 1994 sowie Ursula Pasero, Friederike Braun 1995.

Kategorie Geschlecht selbst zum Zentrum der feministischen Auseinandersetzungen. Verschiedene Entwürfe versuchen, die Geschlechterdifferenz und das hierarchische Verhältnis der Geschlechter zueinander theoretisch und/oder empirisch zu erfassen.[4] Bei aller Verschiedenheit ist diesen Ansätzen ein Denken der Geschlechterdifferenz gemeinsam, die sie je spezifisch inhaltlich zu fassen und zu bestimmen versuchen. In der Diskussion um die Kategorie Geschlecht treffen sich Wissenschaftlerinnen vieler Disziplinen. Verstärkt hinterfragt wird nun, neben anderen Dichotomien, der Dualismus von Natur und Kultur, der auch in einer Reihe feministischer Theorieentwürfe anzutreffen ist. Damit steht auch die bisherige, vorwiegend im angelsächsischen feministischen Diskurs entwickelte Unterscheidung der Kategorie Geschlecht in das biologische (»sex«) und das soziale (»gender«) zur Diskussion (vgl. Judith Butler 1991a; 1991b und 1995).

Die Kategorie Geschlecht

Da Frauen im traditionell-patriarchalen Denken immer nur als das andere Geschlecht, als Gegensatz zu Männern, verstanden worden sind, richtete sich Frauenforschung in den 70er Jahren zunächst eher auf die Analyse weiblicher Lebenszusammenhänge, seit den 80er Jahren erscheinen auch feministische Studien zu Männern (vgl. Sigrid Metz-Göckel, Ursula Müller 1986; Carol Hagemann-White, Maria S. Rerrich 1988; Angela Minssen, Ursula Müller 1995). Inzwischen kann von einer »Frauenforschung zu den Geschlechterverhältnissen« (Sigrid Metz-Göckel 1991b, S. 352) gesprochen werden. Geschlecht wird von feministischen Sozialwissenschaftlerinnen als Strukturkategorie verstanden, die Regina Becker Schmidt (1988, S. 195) beschreibt:

4 Um nur in Stichworten einige Ansätze zu nennen: die andere Stimme (Carol Gilligan), das andere Denken (Mary Field Belenky u. a.), mütterliches Denken (Sara Ruddick), sexuelle Differenz (Luce Irigaray sowie italienische Feministinnen der Gruppierungen Libreria delle donne di Milano und Diotima), die doppelte Vergesellschaftung (Regina Becker-Schmidt und Gudrun-Axeli Knapp), weibliches Arbeitsvermögen (Elisabeth Beck-Gernsheim und Ilona Ostner).

»›Geschlecht‹ ist weder eine rein biologische Bestimmung im Sinne des englischen Wortes ›sex‹, noch eine Festlegung auf charakterologische Phänotypen. Angeblich männliche oder weibliche ›Natureigenschaften‹ sind – bis auf wenige wirklich sozial erhebliche Ausnahmen – einerseits ideologische Zuschreibungen, andererseits Ausdruck geschlechtsspezifischer Sozialisationsverläufe und geschlechtlicher Arbeitsteilung. Unter dem Blick feministischer Sozialwissenschaften entpuppt sich Geschlecht im Sinne von ›gender‹ als soziale Strukturkategorie. Einem bestimmten Geschlecht zuzugehören heißt, einen bestimmten sozialen Ort zugewiesen zu bekommen (...). Wenn ›Geschlecht‹ als Strukturkategorie gedacht werden muß, dann impliziert das einen (...) Paradigmenwechsel in der Frauenforschung: Ihr Gegenstand kann nicht nur ›Weiblichkeit‹ sein, sondern die historischen Formen, in denen sich die Beziehung der Geschlechter als gesellschaftliches Verhältnis ausdrückt.«

Frauen werden nun in ihrer Verwobenheit in die Geschlechterverhältnisse analysiert, nicht nur als Opfer, sondern auch als (Mit-)Täterinnen. Die historischen und zeitgenössischen Analysen zeigen, daß sich Frauen auch untereinander unterscheiden, z. B. hinsichtlich ihrer Bildung, der kulturellen Herkunft, der Lebensformen, der sexuellen Orientierungen, ihrer Ansprüche und Bedürfnisse. Durch die Kritik jüdischer, schwarzer und lesbischer Feministinnen werden die Lücken und Verzerrungen des größten Teils feministischer Analysen und Theorien deutlich.[5] Neue Fragen tun sich auf, z. B.: Was haben weiße Mittelschichtsfrauen mit jüdischen und schwarzen Frauen gemeinsam, wie unterscheiden Frauen sich? Sind nicht auch die meisten feministischen Analysen ethno-/euro-, mittelschicht- und heterozentristisch?

Während in den Anfängen der Frauenforschung eher die Gemeinsamkeit von Frauen betont und die Strukturbedingungen analysiert wurden, die unabhängig vom Wollen und je individuellen Handeln von Frauen und Männern bestehen, werden jetzt verstärkt auch Unterschiede zwischen Frauen betrachtet. Eine der vielen offenen Fragen der Frauenforschung ist, wie die verschiedenen Strukturkategorien wie Schichtzugehörigkeit, ethnische Zugehörigkeit und Geschlechtszugehörigkeit zusammenwirken und die Lebenszusammenhänge von Frauen prägen. In der wissenschaftlichen Analyse wird die Abkehr von einer Orientierung am männlichen Lebenslauf als Maßstab der weiblichen Lebensgestaltung, aber auch von einer

5 Vgl. Katharina Oguntoye u. a. 1986; Ika Hügel u. a. 1993; Gloria I. Joseph 1993; Brigitte Fuchs, Gabriele Habinger 1996.

weiblichen Normalbiographie deutlich. So muß die Kategorie Geschlecht nicht nur klassen-, sondern auch kulturspezifisch gewendet werden, wenn sie die soziale Realität von Frauen (und Männern) beschreiben und analysieren soll (vgl. Hannelore Bublitz 1992b; Ilse Lenz 1992).

Diskutiert wird nun über das Verhältnis von Kategorien wie Geschlecht, Klasse und Ethnie. Welche dieser Kategorien ist die zentrale? Läßt sich überhaupt von einer Zentralität sprechen? Wie kann das Zusammenwirken der Kategorien analysiert werden? Wirken sie immer alle zusammen, oder verschieben sich die Verhältnisse je nach Handlungs- bzw. Analysekontext? Wie sind Unterdrückungserfahrungen und Dominanzverhalten in der gesellschaftlichen Realität von Frauen miteinander verwoben (vgl. Birgit Rommelspacher 1994 und 1995)? Treten feministische Wissenschaftlerinnen nicht mit einem Universalitätsanspruch auf, für alle Frauen zu sprechen, obwohl sich die Analysen in der Regel auf weiße Mittelschichtsfrauen christlich geprägter, westlicher Kulturen beziehen? Wiederholen sie damit nicht ein Vorgehen, das sie an der traditionellen malestream Wissenschaft kritisiert und abgelehnt haben (vgl. Sandra Harding 1994)?

Ilona Ostner (1992) fragt, ob bei all den empirisch und theoretisch nachweisbaren Differenzierungen unter Frauen Geschlecht noch eine Kategorie feministischer Kritik sein kann. Kann bei aller postmodernen Rede von der unendlichen Differenz noch von einem feministischen Universalsubjekt Frau gesprochen werden, oder muß dieses selbst wiederum als Ideologie entlarvt werden?[6] Generell in Frage gestellt ist der Kritik-, Analyse- und Erkenntniswert der Kategorie Geschlecht selbst. Wohin führen dekonstruktive Verfahren, wenn sie auf feministisches Denken angewendet werden? Wie politikfähig können derartige Theorieansätze sein, wenn sie jegliche kollektivem Handeln zugrundeliegenden Identitäten verabschieden (vgl. Ruth-Ellen Boetcher-Joeres 1994)? Statt grundsätzliche Zweifel am Analysewert der Kategorie Geschlecht anzumelden, kann aber auch nach einer Theorie gefragt werden, die es ermöglicht, die Differenz zwischen den Geschlechtern und ebenfalls die Differenzen innerhalb der Geschlechter zu erfassen, und die Geschlecht nicht nur

6 Zu diesem Streit vgl. Seyla Benhabib u. a 1993; Judith Butler 1991a, 1991b und 1995; vgl. auch *Feministische Studien* 2/1993 und Sabine Hark 1996.

als Kategorie von Herrschafts- und Machtkritik, sondern auch als Kategorie von Gegenmacht versteht (Heike Kahlert 1996b). Geschlecht selbst wird also in der zeitgenössischen feministischen Diskussion zu einer brüchigen, zu de- und rekonstruierenden Kategorie (vgl. Chris Weedon 1991a; Andrea Rödig 1992).

Diese neuere Diskussion um die Geschlechterdifferenz stellt eine große Herausforderung für feministische Theoriebildung und Methodologien dar.

Feministische Methodologien in den Sozialwissenschaften

Zu Beginn der 80er Jahre wurde heftig über das Selbstverständnis der Frauenforschung diskutiert: Es ging darum, was Frauenforschung ist und ob es spezifische Methoden der Frauenforschung gibt (vgl. z. B. ZE 1984; *beiträge zur feministischen theorie und praxis*, 11).

Die Debatte um das Selbstverständnis von Frauenforscherinnen war durch die erstmals 1978 von Maria Mies formulierten »Methodischen Postulate zur Frauenforschung« ausgelöst worden (vgl. Maria Mies 1984a und 1984b), mit denen sie zu bestimmen versuchte, was feministische Forschung im Gegensatz zur herrschenden empirischen Sozialforschung sein könnte oder sollte. Maria Mies hat die Postulate nicht erfunden – sie hatte zunächst lediglich aus ihrer an der Aktionsforschung orientierten Perspektive Kritik an traditionellen soziologischen Forschungsverfahren formuliert. Offensichtlich hatte sie damit die Kritik vieler Kolleginnen erfaßt. Unter anderem forderte sie in den Postulaten eine »bewußte Parteilichkeit« durch teilweise Identifikation mit den Untersuchten. Feministische Forschung sollte sich dabei an Zielen und Interessen der Betroffenen orientieren und nicht weiteres Herrschaftswissen produzieren (»Sicht von unten«). Mit der gemeinsamen aktiven Teilnahme an emanzipatorischen Aktionen und der Integration von Forschung in diese Aktionen sollte die traditionelle Trennung von Politik und Wissenschaft aufgehoben werden. Der Forschungsprozeß könne so auch zum Bewußtwerdungsprozeß für Forscherin und die Untersuchten über gesellschaftliche Frauenunterdrückungsmechanismen werden.

Mit den Postulaten wird Kritik an tradierter positivistischer Sozialwissenschaft und ihren Methoden geübt und ein anderes Verständnis der Integration von Theorie und Praxis entwickelt. Die bis heute kontrovers geführte Debatte um die Postulate kann als feministischer Positivismusstreit interpretiert werden (Ulla Bock 1988). Die Postulate sind zum festen, wenn auch längst nicht unhinterfragten Bestandteil der Geschichte sozialwissenschaftlicher Frauenforschung geworden.[7]

Sie sind weniger unter methodischen, als vielmehr unter methodologischen Gesichtspunkten für die Weiterentwicklung von Frauenforschung relevant. Als weitgehender Konsens kann angesehen werden, daß es *keine spezielle Methode* in der Frauenforschung gibt, sondern daß sich Frauenforschung in der Auseinandersetzung mit der vorherrschenden Forschung als Wissenschaftskritik und in der Auseinandersetzung mit den herrschenden gesellschaftlichen Verhältnissen als Gesellschaftskritik entwickelt. Dieser Anspruch der feministischen Wissenschafts- und Gesellschaftskritik ist *methodologisch,* d. h. er bezieht sich auf die Reflexionsebene wissenschaftlichen Vorgehens, also darauf, daß auch die gesellschaftliche Bedingtheit von Frauenforschung mit zu ihrem eigenen Forschungsbereich gehört und die Forschung selbst immer auch beeinflußt (Ursula Müller 1984).

In der Diskussion unter sozialwissenschaftlichen Frauenforscherinnen haben sich in der an die Postulate von Maria Mies anknüpfenden Debatte methodologische Prinzipien herausgebildet, die den Forschungsprozeß leiten: Betroffenheit, Parteilichkeit, Autonomie, Praxisbezug und Interdisziplinarität.

Betroffenheit und Parteilichkeit

Die Einbeziehung der *persönlichen Betroffenheit* in den Forschungsprozeß ist ein unverzichtbares Element feministischer Wissenschaft. Ähnlich verhält es sich mit dem Prinzip der *Parteilichkeit.* Hier stehen Versuche im Mittelpunkt, den tradierten Umgang mit der Sub-

---

7 Vgl. zur Rezeption z. B. ZE 1984; *beiträge zur feministischen theorie und praxis,* Bd. 11, 1984; Ulla Bock 1988, S. 57 ff; Ursula Müller, Hartmut Esser 1992; Monika Wohlrab-Sahr 1993.

jekt-Objekt-Dichotomie im Forschungsprozeß zu verändern und zu reflektieren. Wurden die beiden Prinzipien zu Beginn feministischer Methodologiedebatten relativ unmittelbar und vorwissenschaftlich-naiv verstanden, so haben hier inzwischen notwendige Differenzierungsprozesse eingesetzt. Betroffenheit wird nun als die Einsicht in die subjektive Situation interpretiert, als

> »das persönliche Wissen um die kategoriale Bedeutung des Geschlechts. (...) Parteilichkeit ist (...) das Anliegen, daß alle Frauen in die Lage versetzt werden, für sich selbst Verantwortung zu übernehmen – ohne Illusionen über die Versuchung, davor auszuweichen. Das bedeutet, daß unterschiedliche Lebenswege, Lebensentwürfe und Entscheidungen von Frauen nicht als politisch/moralisch ›richtig‹ oder ›falsch‹ gewertet werden können. Dies beinhaltet notwendig auch Engagement gegen offene und subtile Zwänge, die Frauen als Frauen einengen, unter Druck setzen oder alternativlos in nur scheinbar gewählte Lebenslagen treiben.« (Carol Hagemann-White 1988c, S. 12)

Bewußte Parteilichkeit ist somit die soziale und gleichsam politisch gewendete Dimension von Betroffenheit. Sie produziert eine Nähe über Ähnlichkeit mit der anderen Frau bzw. mit anderen Frauen, die ein Verstehen erst ermöglicht. Eine so verstandene Parteilichkeit reflektiert Differenzierungen zwischen Frauen und setzt nicht Gleichheit zwischen ihnen voraus. Diesen Zusammenhang problematisiert auch die Debatte um die Positionen von Frauen als Opfer und Täter (Frigga Haug 1988) bzw. um ihre Mittäterschaft (Christina Thürmer-Rohr 1989). Ursula Müller (1991) plädiert dafür, den »Blick von unten« um den »Blick von der Seite« zu erweitern, um im feministischen Forschungsprozeß nicht nur die im Blick von unten implizierte Hierarchie im Geschlechterverhältnis erneut zu (re-)produzieren.

Auch Regina Becker-Schmidt (1985) beschäftigt sich kritisch mit den Postulaten von Betroffenheit und Parteilichkeit bezüglich des Subjekt- und Objektstatus von Frauen in der gesellschaftlichen und damit auch wissenschaftlichen Realität. Die Selbstreflexion von WissenschaftlerInnen bezüglich ihres Subjekt- und Objektstatus auf der Ebene von Bewußtseins- und Unbewußtseinsstrukturen sowie auf der Ebene gesellschaftlicher, historisch-materialisierter Wirklichkeit sieht sie als notwendig für eine kritische Sozialforschung an. Ähnlich bezüglich der (Selbst-)Reflexivität im Forschungsprozeß argumentiert auch Maya Nadig (1992), die der Meinung ist, daß die Ethnopsychoanalyse wichtige methodologische Impulse für die Frauenforschung gibt.

Autonomie

Aus den Grundsätzen von Betroffenheit und Parteilichkeit ergeben sich Forderungen für die feministische Forschung selbst, nämlich die Forderung nach *Autonomie.* Autonomie meint hier die Entwicklung und Entfaltung einer eigenen Forschungsstruktur, die möglichst frei von institutionellen Zwängen, vorgegebenen Hierarchien und bestehenden Organisationsformen ist. Die Forderung nach Autonomie der Frauenforschung muß ständig neu reflektiert und je nach institutionellem Kontext neu verhandelt werden: Wieviel Autonomie der Forschung ist nötig, welche Kompromisse gegenüber Anforderungen aus eher traditioneller institutioneller Perspektive müssen eingegangen werden? Die Autonomie-Forderung ist bis heute brisant, besonders wenn frau sich vergegenwärtigt, unter welchen Bedingungen feministische Forschung innerhalb und außerhalb der Hochschulen betrieben wird: häufig finanziell und personell schlecht ausgestattet.

Praxisbezug

Ein weiteres Prinzip feministischer Forschung ist das des *Praxisbezugs.* Gemeint ist damit die Rückbindung der Forschungsergebnisse an die Praxis, idealiter auch die Formulierung von Forschungsfragen aus der feministisch-politischen Praxis der Frauenbewegung. Die Ausdifferenzierungs- und Institutionalisierungsprozesse von feministischer Forschung haben dieses Prinzip aber auch zunehmend problematischer gemacht bzw. die Grenzen aufgezeigt: Die Bezugssysteme von Frauenbewegung und Frauenforschung sind sowohl unterschiedliche als auch gleiche – die Frauenbewegung hat sich ausdifferenziert und damit auch die Frauenforschung. Feministische Forschung hat nach wie vor den Anspruch, Forschung im Sinne der Interessen von Frauen zu sein und zu ihrer Emanzipation beizutragen, so verschieden Emanzipation auch verstanden werden kann.

Interdisziplinarität

Interdisziplinarität wird nach wie vor weitgehend als ein unverzichtbarer Bestandteil der feministischen akademischen Praxis angesehen (kritisch dazu Ulla Bock, Hilge Landweer 1994; Juliane Jacobi 1994). Es geht vor allem um den praktischen und theoretischen Bezug zu den weiblichen Lebenszusammenhängen, der sich nicht unbedingt innerhalb der traditionellen Disziplinengrenzen mit ihren Spezialisierungen erfassen läßt. Fachliche Spezialisierungen sind historisch gewachsen auf der Grundlage männlicher Denk- und Machtstrukturen und errichten künstliche Mauern und Beschränkungen, die durchbrochen werden müssen. Interdisziplinäre Lern- und Forschungszusammenhänge ergeben sich aus den verschiedensten Blickwinkeln und theoretischen Perspektiven auf das Leben »der« Frau, die wiederum zu Spezialisierungen führen können, welche von den üblichen fachlich disziplinären Focussierungen abweichen (vgl. Ingeborg Stahr 1989). Interdisziplinarität ist bis heute eher eine Forderung als tatsächlich eingelöste Realität. In vielen Fällen überschreiten feministische Wissenschaftlerinnen aber traditionelle Disziplinengrenzen und beziehen auch Ansätze aus Nachbarwissenschaften in ihre Forschungen ein.

Festzuhalten ist, daß der innovative Charakter von Frauenforschung in der Spezifik der Anwendung, Modifizierung und Weiterentwicklung erprobter Techniken und Methoden liegt. Die Methodenfrage in der Frauenforschung gilt inzwischen weitgehend als geklärt: Es gibt keine originär feministischen Methoden, so lautet die nahezu einhellige Einschätzung. Es scheint zwar bestimmte Methodenpräferenzen für qualitative Verfahren, z. B. Biographieforschung, zu geben, doch kann diese Präferenz empirisch nicht nachgewiesen werden (Gabriele Abels 1993). Feministische Forschung kann auf quantitative Verfahren nicht verzichten, wie beispielsweise Ursula Müller (1984), Ilona Ostner (1987a) und Gabriele Sturm (1994) hervorheben. Die methodologische Schlußfolgerung lautet: Qualitative Methoden sollten da Verwendung finden, wo sie im Sinne einer parteilichen feministischen Forschung angebracht sind, etwa um die Kontextabhängigkeit der erhobenen Daten zu erfassen, um Einblick in die umfassenderen Lebenszusammenhänge der befragten Personen zu gewinnen usw. Quantitative Methoden sind geeignet, um z. B. das Ausmaß von Gewalt gegen Frauen, von Arbeitssituationen, von strukturellen Gleichförmigkeiten in Lebensläufen von Frauen, um die Situation von Frauen im Hochschulbereich usw. in Zahlen zu erfassen.

So wie es die eine feministische Theorie nicht gibt, gibt es auch nicht die eine feministische Methodologie in den Sozialwissenschaften. Vielmehr kann von einem Ausdifferenzierungsprozeß feministischer Methodologien gesprochen werden (vgl. Ursula Müller 1994; 1995). Nur solche Forschungsansätze können für eine feministische Soziologie angemessen sein, »die die hierarchische Struktur des Geschlechterverhältnisses in Planung, Frage- und Hypothesenformulierung, Methodeneinsatz und -inventar, Erhebungsmodus, Auswertung und Interpretation angemessen berücksichtigen« (Christiane Schmerl, Ruth Großmaß 1989, S. 248).

Damit ist jedoch die zunehmend differenzierter und kritischer diskutierte Frage nach der Bestimmung und dem Zusammenhang von Geschlechterdifferenz und -hierarchie in der Frauenforschung angesprochen (vgl. z. B. Gudrun-Axeli Knapp 1988a; Angelika Wetterer 1992c). Eine Herausforderung an feministische Forscherinnen liegt in der offenen Frage, ob die (methodologische) Annahme der Geschlechterdifferenz nicht das Dilemma impliziert, daß »unser Ausgangspostulat uns nötigt, den Unterschied immer schon gewußt zu haben, den wir angeblich untersuchen wollen« (Carol Hagemann-White 1988b, S. 230; vgl. Andrea Rödig 1992)? (Wie) Trägt die feministische Forschung zur Konstruktion der Differenz bei (vgl. Teresa de Lauretis 1996)? Welche Bestimmungen und Leerstellen von Geschlechterdifferenz finden sich in feministischen Ansätzen (vgl. dazu z. B. Arbeiten von Gudrun-Axeli Knapp)? Welche Frauen- und Männerbilder fließen in feministische Methodologien ein, welche werden ausgegrenzt? Und wie könnten methodische Verfahren aussehen, die die (hierarchische) Differenzperspektive als (noch) gegebene gesellschaftliche Realität ernst nehmen und gleichermaßen in einem »Vorgriff auf Gleichheit« (Ursula Müller 1991) im Geschlechterverhältnis außer Kraft setzen (Carol Hagemann-White 1993 und 1994)? Mit diesen Fragen ist auf die Kontroverse um Gleichheit und/oder Differenz der Geschlechter verwiesen, die im Feminismus gegenwärtig sowohl theoretisch als auch im Hinblick auf politisches Handeln ausgetragen wird.[8]

8 Vgl. zur Debatte um Gleichheit und/oder Differenz z. B. Ute Gerhard u. a. 1990; Mechthild Cordes 1995 und Sieglinde Rosenberger 1996.

Ausblick

Feministische Soziologinnen beziehen in ihre Forschungen in der Regel folgende Dimensionen ein: Sie kritisieren den Androzentrismus traditioneller Wissenschaft, berücksichtigen die Kategorie Geschlecht bzw. Geschlechterverhältnis, wollen zum Abbau sozialer Ungleichheit und zur Emanzipation von Frauen beitragen, und schließlich wollen sie die Soziologie feministisch transformieren. Arbeitsschwerpunkte in der sozialwissenschaftlichen Frauenforschung sind die Theoriebildung zur Kategorie Geschlecht, die empirische Erforschung der Situation von Frauen (und Männern) in den Geschlechterverhältnissen und zunehmend auch die geschlechtskritische Auseinandersetzung mit soziologischen Theorien und Theoretikern.

In bezug auf die eigene disziplinäre Tradition und die damit möglicherweise verbundenen »TraditionenBrüche« (Gudrun-Axeli Knapp, Angelika Wetterer 1992) besteht im deutschsprachigen Raum noch großer Diskussions- und Forschungsbedarf unter feministischen Soziologinnen. Die vorhandenen Gesellschaftstheorien sind längst noch nicht erschöpfend feministisch kritisiert bzw. hinsichtlich ihres Erkenntniswerts für die feministische Forschung analysiert worden. Als eine wichtige Aufgabe für Gesellschaftstheoretikerinnen zeichnet sich gegenwärtig ab, die Korrespondenzen und Spannungen zwischen poststrukturalistischen und kritisch-theoretischen Denkbewegungen nun auch aus der Perspektive der Geschlechterdifferenz auszuloten. Nur wenige Feministinnen nehmen bisher die Herausforderung des postmodernen Denkens an, das das Subjekt dezentriert, auf geschichtsphilosophisch begründete Fortschrittsmodelle verzichtet sowie Allgemeinprinzipien und Universalbegriffe zurückweist (vgl. Lisa Schmuckli 1996). Die Debatte um Gemeinsamkeiten und Unterschiede zwischen feministischem und postmodernem Denken wird im US-amerikanischen Diskurs seit einiger Zeit geführt (vgl. z. B. Seyla Benhabib u. a. 1993) und wird sicherlich in der nächsten Zeit auch verstärkt deutschsprachige feministische Soziologinnen beschäftigen.

Weiterführende Literaturempfehlungen

1. *Feministische Wissenschaftskritik und feministische Theoriebildung*

Beer, Ursula (Hg.) (1987): *Klasse Geschlecht. Feministische Gesellschafts- und Wissenschaftskritik.* Bielefeld.
Aufsatzsammlung zu zentralen Fragen der Wissenschaftskritik von Regina Becker-Schmidt, Ursula Beer, Gudrun-Axeli Knapp, Marlis Krüger, Sigrid Metz-Göckel, Elvira Scheich, Christine Woesler de Panafieu.

Benhabib, Seyla, Judith Butler, Drucilla Cornell, Nancy Fraser (1993): *Der Streit um Differenz. Feminismus und Postmoderne in der Gegenwart.* Frankfurt am Main.
Aufsätze von vier wichtigen US-amerikanischen Philosophinnen zum Verhältnis von feministischem und postmodernem Denken, in denen zugleich um die Bedeutung und den Erkenntniswert der Kritischen Theorie sowie des Poststrukturalismus gestritten wird.

Cordes, Mechthild (1995): *Die ungelöste Frauenfrage. Eine Einführung in feministische Theorie.* Frankfurt am Main.
Das Buch bietet in verständlicher Form einen einführenden Überblick über die Geschichte der Frauenbewegung, die verschiedenen Richtungen feministischer Theoriebildung sowie über Themen und Strategien der Frauenpolitik.

Großmaß, Ruth, Christiane Schmerl (Hg.) (1989): *Feministischer Kompaß, patriarchales Gepäck. Kritik konservativer Anteile in neueren feministischen Theorien.* Frankfurt am Main, New York.
Kritik der theoretischen Entwürfe von Mary Daly, Luce Irigaray, Nancy Chodorow und anderer Feministinnen durch die Herausgeberinnen sowie Alexandra Busch und Judith Stacey.

Haraway, Donna (1995): *Die Neuerfindung der Natur. Primaten, Cyborgs und Frauen.* Frankfurt am Main, New York.
Wichtige Aufsätze der US-amerikanischen feministischen Wissenschaftsforscherin zur konstruktivistischen Auflösung tradierter Grenzen zwischen Natur und Kultur, Mensch und Maschine.

Harding, Sandra (1994): *Das Geschlecht des Wissens.* Frankfurt am Main, New York.
Wichtiges Buch zur feministischen Erkenntnistheorie und Wissenschaftskritik, das auch die Perspektiven derjenigen berücksichtigt, die in der Regel an Macht und Wissen nicht teilhaben.

Interdisziplinäre Forschungsgruppe Frauenforschung (IFF) (1992): *Zweierlei Welten? Feministische Wissenschaftlerinnen im Dialog mit der männlichen Wissenschaft.* Frankfurt am Main, New York.
Die Dokumentation einer 1989 in Bielefeld veranstalteten Tagung enthält Streitgespräche feministischer Wissenschaftlerinnen mit männlichen Kollegen

zu Entwicklungen der Frauenforschung in der Soziologie (Ursula Müller und Hartmut Esser), den Wirtschaftswissenschaften (Ursula Beer und Bruno Frey), der Geschichte (Claudia Opitz und Ernst Schubert) und der Erziehungswissenschaft (Juliane Jacobi und Jürgen Zinnecker). Ergänzt werden diese, insbesondere zur Einführung in feministische Kritik an den jeweiligen Disziplinen geeigneten, Texte um einen Beitrag zu Perspektiven der Frauenforschung (Gisela Bock) im internationalen Kontext und um das Transkript einer Podiumsdiskussion zur feministischen Wissenschaftspolitik.

Irigaray, Luce (1979): *Das Geschlecht, das nicht eins ist.* Berlin.
Aufsätze der Theoretikerin der sexuellen Differenz, die eine gute Einführung in den französischen Dekonstruktivismus und Irigarays frühes Hauptwerk *Speculum* (1980) geben.

Minnich, Elizabeth K. (1994): *Von der halben zur ganzen Wahrheit. Einführung in feministisches Denken.* Frankfurt am Main, New York.
Die US-amerikanische Autorin setzt sich in diesem gut lesbaren Buch mit der feministischen Kritik an der abendländischen Denktradition auseinander und geht auch auf Veränderungsmöglichkeiten im herrschenden Wissenschaftsbetrieb ein.

Scheich, Elvira (Hg.) (1996): *Vermittelte Weiblichkeit. Feministische Wissenschafts- und Gesellschaftstheorie.* Hamburg.
Aufsätze von elf US-amerikanischen und deutschen Wissenschaftlerinnen aus Philosophie, Psychologie, Politologie, Literatur- und Kulturwissenschaften sowie der Wissenschaftsforschung, die die Veränderungen im Verhältnis von Wissenschaft und Gesellschaft aus einer Perspektive analysieren, die das Geschlechterverhältnis mit einbezieht.

2. Die Kategorie Geschlecht

Becker-Schmidt, Regina, Gudrun-Axeli Knapp (Hg.) (1995): *Das Geschlechterverhältnis als Gegenstand der Sozialwissenschaften.* Frankfurt am Main, New York.
Aufsätze von Ilse Lenz, Florence Weiss, Eva Kreisky, Karin Gottschall, Gudrun-Axeli Knapp, Helga Krüger, Regina Becker-Schmidt, Ute Gerhard und Anja Wolde, die in sozialwissenschaftliche Theorien und empirische Untersuchungen zum Geschlechterverhältnis einführen.

Beer, Ursula (1990): *Geschlecht, Struktur und Geschichte. Soziale Konstituierung des Geschlechterverhältnisses.* Frankfurt am Main, New York.
Standardwerk zum Verständnis von Geschlecht als Strukturkategorie.

Bublitz, Hannelore (1992b): Geschlecht. In: Korte, Hermann, Bernhard Schäfers (Hg.): *Einführung in Hauptbegriffe der Soziologie.* Opladen, S. 59-78.
Historisch und systematisch angelegter, einführender Aufsatz zur Kategorie Geschlecht, der bibliographische Hinweise zum Weiterlesen enthält.

Butler, Judith (1991a): *Das Unbehagen der Geschlechter.* Frankfurt am Main.

Eines der meist diskutiertesten und umstrittensten Bücher der letzten Jahre, das die De-/Rekonstruktion der Kategorie Geschlecht behandelt.
Rödig, Andrea (1992): Geschlecht als Kategorie – Überlegungen zum philosophisch-feministischen Diskurs. In: *Feministische Studien* 10 (1), S. 105-112.
Die Autorin hinterfragt in diesem Aufsatz »das Grundtheorem« feministischer Theoriebildung aus philosophischer Perspektive und zeigt erkenntnistheoretische Probleme im Umgang mit der Kategorie Geschlecht.

3. Feministische Methodologien

Becker-Schmidt, Regina, Helga Bilden (1991): Impulse für die qualitative Sozialforschung aus der Frauenforschung. In: Flick, Uwe u. a. (Hg.), S. 23-30.
Spannender Aufsatz über die innovativen Impulse der Methodologiedebatten in der Frauenforschung für die qualitative Sozialforschung.
Diezinger, Angelika, Hedwig Kitzer, Ingrid Anker, Simone Odierna, Erika Haas, Irma Bingel (Hg.) (1994): *Erfahrung mit Methode. Wege sozialwissenschaftlicher Frauenforschung.* Freiburg i.Br.
Sammelband zur aktuellen Methodologiedebatte und zu ausgewählten Methoden, die in der sozialwissenschaftlichen Frauenforschung Anwendung finden.
Metz-Göckel, Sigrid (1991b): Geschlechterverhältnis. In: Flick, Uwe u. a. (Hg.), S. 351-355.
Wichtiger Aufsatz zu Voraussetzungen und Ergebnissen qualitativer »Frauenforschung zu den Geschlechterverhältnissen«.
ZE (1984): Zentraleinrichtung zur Förderung von Frauenstudien und Frauenforschung an der Freien Universität Berlin (Hg.) (1984): *Methoden in der Frauenforschung. Symposium an der Freien Universität Berlin vom 30.11.-2.12.1983.* Frankfurt am Main.
Diese Dokumentation gibt einen guten Einblick in die Anfang der 80er Jahre um feministische Methodologie und Methoden geführte Diskussion in den Geschichtswissenschaften (Gisela Bock, Claudia Opitz), der Rechtswissenschaft (Vera Slupik, Claudia Burgsmüller), den Sprachwissenschaften (Fritjof Werner, Luise F. Pusch, Senta Trömel-Plötz) sowie den Kultur- und Sozialwissenschaften (Ulla Bock, Ursula Müller, Maria Mies, Helge Pross, Monika Bolbrügge u. a., Regina Becker-Schmidt, Gudrun Schiek, Heide Göttner-Abendroth).

4. Feministische Auseinandersetzungen mit sozialwissenschaftlichen Theorien und Theoretikern

Bührmann, Andrea (1995): *Das authentische Geschlecht. Die Sexualitätsdebatte der Neuen Frauenbewegung und die Foucaultsche Machtanalyse.* Münster.

Eine Auseinandersetzung mit und Anwendung der Machtanalytik von Michel Foucault auf feministische Wahrheitsdiskurse.

Dölling, Irene, Beate Krais (Hg.) (1997): *Ein alltägliches Spiel. Geschlechterkonstruktion in der sozialen Praxis.* Frankfurt am Main.

Der Sammelband versucht, Überlegungen von Pierre Bourdieu über die »maskuline Dominanz« mit verschiedenen feministischen Erklärungsansätzen zu »männlicher Herrschaft« zusammenzuführen.

Fraser, Nancy (1994): *Widerspenstige Praktiken. Macht, Diskurs, Geschlecht.* Frankfurt am Main.

Auseinandersetzung mit neueren Ansätzen kritischer Gesellschaftstheorie, u. a. von Michel Foucault und Jürgen Habermas, im Hinblick auf feministische Theorie und Praxis.

Knapp, Gudrun-Axeli, Angelika Wetterer (Hg.) (1992): *TraditionenBrüche. Entwicklungen feministischer Theorie.* Freiburg i.Br.

Aufsätze von Regina Becker-Schmidt, Regine Gildemeister und Angelika Wetterer, Frigga Haug und Kornelia Hauser, Carol Hagemann-White, Gudrun-Axeli Knapp, Maya Nadig und Ruth Seifert zur feministischen Rezeption sozialwissenschaftlicher Theorien und zum Stand feministischer Theoriebildung.

Pasero, Ursula, Friederike Braun (Hg.) (1995): *Konstruktion von Geschlecht.* Pfaffenweiler.

Aufsatzsammlungen zur konstruktivistischen Debatte in der Frauen- und Geschlechterforschung.

Treibel, Annette (1993): *Einführung in soziologische Theorien der Gegenwart.* Opladen.

Die Autorin setzt sich auch mit der feministischen Kritik an soziologischen Theorien und mit feministischen gesellschaftstheoretischen Entwürfen auseinander.

Weedon, Chris (1990): *Wissen und Erfahrung. Feministische Praxis und poststrukturalistische Theorie.* Zürich, Dortmund.

Eine feministische Einführung in den Poststrukturalismus aus angelsächsischer Perspektive.

Wobbe, Theresa, Gesa Lindemann (Hg.) (1994): *Denkachsen. Zur theoretischen und institutionellen Rede vom Geschlecht.* Frankfurt am Main.

2. *Kapitel*

Geschlechterdifferenz und Gesellschaftsstruktur oder: Frauen sind anders – aber wie!?

Oberflächlich betrachtet liegen die Dinge klar auf der Hand: Es gibt Menschen, und die sind entweder weiblich oder männlich – dies sowohl im Hinblick auf ihre Biologie/Anatomie als auch im Hinblick auf das gesamte Spektrum menschlicher Ausdrucksformen und Verhaltensweisen. So »will« es die Natur, daß Frauen Kinder kriegen und Männer nicht, daß Frauen kleiner und Männer größer sind, daß Frauen schwächer und Männer stärker sind, und die Kultur tut das Ihre dazu, daß die Menschen auch jenseits ihrer natürlichen Unterschiede Eigenschaften und Verhaltensweisen entwickeln, die sie als entweder männlich oder weiblich ausweisen. »Entweder – oder«: das ist das Prinzip des Gegensatzes, das bestimmend für das Verhältnis der Geschlechter ist.

Dieses Deutungsmodell ist auch zentraler Bestandteil des Alltagsbewußtseins der meisten Menschen, wenn es um Fragen des Geschlechts bzw. der Geschlechterdifferenzen geht. Seine Überzeugungskraft beruht darauf, daß die Zweigeschlechtlichkeit der menschlichen Gattung scheinbar natürliche Vorgaben enthält, die sich – wenn auch kulturell vermittelt – in der jeweiligen Geschlechtsidentität niederschlagen.

Antworten auf die Frage, was weiblich an den Frauen und männlich an den Männern ist oder sein sollte, gab es in Hülle und Fülle, lange bevor sich Anfang der siebziger Jahre die Frauenforschung[1] in

---

1 Wenn hier und im folgenden von der Frauenforschung oder der feministischen Wissenschaft die Rede ist, dann immer unter dem Vorbehalt, daß es *die* feministische Wissenschaft nicht gibt, sondern statt dessen sehr unterschiedliche Zugangsweisen und Ausgangspunkte feministisch orientierter Forschung, die sich in dem Bemühen treffen, aus der Kritik patriarchaler Verhältnisse Wege der Emanzipation für das weibliche Geschlecht zu suchen (vgl. Kapitel 1).

die Debatte einschaltete und die Ergebnisse der Wissenschaft kritisch unter die Lupe nahm. Dabei stellte sich sehr schnell heraus, daß die Frage nach den psychologischen Geschlechtsdifferenzen nicht zu trennen ist von der patriarchalen Gesellschaftsstruktur, in der Frauen und Männer leben. Diese ist gekennzeichnet durch die Hierarchie im Verhältnis der Geschlechter, die viele Formen der Benachteiligung, Diskriminierung und Ausgrenzung von Frauen zur Folge hat.

Das ist den Betroffenen zumeist gar nicht bewußt. Ganz im Gegenteil! Für die meisten Menschen ist es das Natürlichste von der Welt, daß Frauen und Männer sich in ihren Eigenarten, Fähigkeiten und Aufgaben voneinander unterscheiden und unter den Vorzeichen von Partnerschaft und Liebe harmonisch ergänzen. Die Abwertung des weiblichen Geschlechts bzw. die Vorrangstellung des männlichen hat in diesem Weltbild von der gleichberechtigten Partnerschaft zwischen Frauen und Männern keinen Platz.

Ein Blick in das real existierende Patriarchat

Einblick in dieses Weltbild gibt eine repräsentative Untersuchung aus dem Jahr 1978, in der Männer über sich selbst sowie ihr Bild von Frauen befragt wurden (Helge Pross 1978). Aus der Perspektive des männlichen Blickwinkels erfahren wir etwas über das Selbstbild von Männern, ihre Rollen als Ehemänner, Väter und Berufstätige, ihr (Wunsch-)Bild von Frauen und darüber, warum Frauen und Männer unterschiedliche Aufgaben in Familie und Beruf haben.

Aufschlußreich ist diese Studie, weil sie Auskunft darüber gibt, was – zumindest aus der Sicht von Männern – im Verhältnis der Geschlechter als normal gilt oder gelten sollte.

Befragt nach ihrem Idealbild von Frauen, zeichnen die Männer das Bild der selbstlos-mütterlichen Hausfrau, die sich ganz in den Dienst der Erziehung der Kinder und der Versorgung des Ehemannes stellt. Wenn Frauen darüber hinaus noch berufstätig sein wollen, ist es allein ihr Problem, mit der Doppelbelastung fertig zu werden. Denn ihre »Wunschfrau« ist nicht die berufstätige, sondern die mütterliche Familienfrau. Dementsprechend zufrieden sind die befragten Männer mit dieser Form der Arbeitsteilung, und das unterstellen sie auch der Mehrheit der Frauen.

Zu ihrem Selbstbild als Mann gehört es, daß sie sich für physisch und psychisch robuster, durchsetzungsfähiger und selbstbewußter halten und auch das logische Denken ihnen mehr liegt als den Frauen. Veränderungsmöglichkeiten entziehen sich nach dieser Untersuchung der männlichen Vorstellungswelt, und dementsprechend besteht aus ihrer Sicht auch kein Veränderungsbedarf.

Das kritische Fazit der (keineswegs feministisch orientierten) Autorin:

»So wie die meisten Männer sie zeichnen, sind die sozialen Muster der Beziehungen zwischen den Geschlechtern im wesentlichen problemlos: Der Mann ist stärker, er will den Beruf und will Familienernährer sein; die Frau ist schwächer, sie will ihre heutige Familienrolle und nur zeitweise einen dann auch noch anspruchslosen Beruf, und sie will zum Mann aufschauen können. Nach diesem Situationsverständnis sind Männer und Frauen einander so zugeordnet, daß sie sich in prinzipiell harmonischer Weise ergänzen. Eine solche Ordnung in Frage zu stellen, gilt als schlechte Störung.« (Helge Pross 1978, S. 173)

Genau diese Ordnung wird aber von der Frauenbewegung grundsätzlich in Frage gestellt. Zur Disposition stehen die tragenden Säulen des Patriarchats, wie z. B. die Vorrangstellung des Mannes und der durch ihn verkörperten Werte und Verhaltensweisen, die Arbeitsteilung zwischen den Geschlechtern mit der primären Zuständigkeit der Frauen für die Haus- und Familienarbeit bzw. der Männer für den Beruf sowie das Rollendiktat, wonach Frauen »weiblich« und Männer »männlich« sein müssen. Gleichberechtigte Partnerschaft zwischen den Geschlechtern, so die Grundaussage der Frauenbewegung, muß überhaupt erst hergestellt werden, denn davon sind wir gegenwärtig noch weit entfernt.

Dies belegt auch die Nachfolgeuntersuchung von Sigrid Metz-Göckel und Ursula Müller (1986), die fast zehn Jahre später nach Veränderungen in den Einstellungen und Verhaltensweisen von Männern Ausschau hielten. Das Ergebnis ist ernüchternd. Es belegt, daß sich vor dem Hintergrund der Frauenbewegung bei den Männern zwar einige Einstellungen verändert haben. In ihrem Handeln tragen sie jedoch wenig zur Verwirklichung eines egalitären Verhältnisses zwischen den Geschlechtern bei. So kommen die Autorinnen zu dem Schluß:

»Daß sich an der geschlechtlichen Arbeitsteilung bisher noch wenig geändert hat, hängt mit den Interessenunterschieden zwischen Mann und Frau zusammen. Nach wie vor sind Männer an der Konservierung ihres Status interessiert, Frauen an der Veränderung des ihrigen.« (Sigrid Metz-Göckel, Ursula Müller 1986, S. 37)

Die sozialwissenschaftliche Frauenforschung hat es sich zur Aufgabe gemacht, das Aufbegehren der Frauen gegen diese Form der Arbeitsteilung und Geschlechterhierarchie mit ihren Analysen zu begleiten und zu unterstützen. Dies erfordert zwangsläufig eine Auseinandersetzung mit jenen wissenschaftlichen Disziplinen, die beschreiben, worin sich Frauen von Männern unterscheiden und warum das so ist bzw. sein soll. Antworten auf diese Fragen hatten Frauen bisher fast ausschließlich durch den Filter der patriarchalen Wissenschaft erhalten. Was dabei zum Vorschein kam, war das an männlichen Interessen und Wünschen orientierte Bild über sich selbst und »das andere Geschlecht«. Der Spiegel des männlichen Blicks, so der Konsens der Frauenforschung, ist blind. Was er reflektiert, ist das weibliche Geschlecht, eingezwängt in das Korsett der traditionellen Geschlechtsrolle, deren Grenzen die Frauen aber längst überschritten haben.

Die feministische Forschung stand deshalb zunächst vor der Aufgabe, die patriarchale Optik der herkömmlichen Wissenschaft zu dechiffrieren. In der Auseinandersetzung mit deren Methoden und Ergebnissen steht die feministische Suche nach eigenen Antworten auf die Fragen danach, was die Geschlechter voneinander unterscheidet, wo die Ursachen der Ungleichheit im Geschlechterverhältnis liegen und welche Möglichkeiten der Veränderung sich daraus ergeben.

Anatomie und Biologie als Schicksal? Frauen, das kastrierte Geschlecht? Ein kritischer Blick in die Psychoanalyse der Weiblichkeit

Wer sich auf der Suche nach der eigenen Identität in der Wissenschaft umschaut, stößt unweigerlich auf Sigmund Freud, den Begründer der Psychoanalyse und Entdecker des Unbewußten. Seine für die damalige Zeit revolutionäre Methode der Erkenntnis bestand darin, daß er den Selbstoffenbarungen seiner Patienten und Patientinnen die »Wahrheit« ihrer unbewußten Triebe und Konflikte abgelauscht und sie in seiner Theorie der psychosexuellen Differenz verarbeitet hat.

Im Mittelpunkt dieser Theorie steht die kindliche Entdeckung des genitalen Unterschieds mit seinen dramatischen Folgen insbesondere für das weibliche Geschlecht. Revolutionär in der Entdeckung des Unbewußten und gleichzeitig ganz dem patriarchalen Denken seiner Zeit verhaftet, stand für Freud fest, daß die Anatomie (hier Penis, dort Vagina) bestimmend für den Lebensweg von Jungen und Mädchen ist. In fatalem Sinn schicksalsmächtig erweist sich dabei die Anatomie vor allem für das weibliche Geschlecht. Denn seine weitere Entwicklung gründet sich auf einen Mangel. Sobald es entdeckt, daß es »ihn«, den Penis, nicht hat, ist sein Schicksal besiegelt. Was ihm bleibt, ist die Wahl zwischen Skylla und Charybdis: Entweder es gibt die Hoffnung, doch noch in den Besitz des begehrten Penis zu kommen, nicht auf und verfällt dem Männlichkeitskomplex, oder es fügt sich in sein Schicksal und kompensiert seinen Mangel durch die spätere Geburt eines Kindes, das so zum Penisersatz wird (vgl. dazu Kapitel 3).

Freud und seine Nachfolger favorisierten die zweite »Lösung« des Problems, die aber den prinzipiellen Mangel der weiblichen Anatomie nicht aufheben kann. Gemessen an dem für den Mann alles entscheidenden Maßstab, sind und bleiben Frauen das defizitäre Geschlecht, eben weil die Anatomie oder genauer: die phallozentristische Sichtweise der Theorie es angeblich so will (Sigmund Freud 1905, 1923, 1924, 1931, 1933).

Wie frau es dreht und wendet: Im Lichte der Freudschen Theorie kann Weiblichkeit nicht mehr als das Ergebnis blockierter Männlichkeit sein, und Freuds Definition weiblicher Normalität fügt sich umstandslos in das traditionelle Bild der Frau, deren »wahres Wesen« sich »naturgemäß« nur außerhalb der männlich bestimmten Kultur, das heißt im privaten Raum der Familie, als Mutter und in Beziehung zum Mann verwirklichen kann.

Die Theorie der Weiblichkeit wurde von Anfang an auch in Kreisen der Psychoanalyse kontrovers diskutiert, jedoch nie grundsätzlich revidiert (Christa Rohde-Dachser 1990). Kein Wunder, daß auch die Frauenbewegung seit jeher ein zwiespältiges Verhältnis zur Psychoanalyse hat. Dies schlägt sich in einer Fülle von kritischen Auseinandersetzungen nieder.[2]

Dabei dreht sich die Diskussion immer wieder um die Frage, wie

2 Jessica Benjamin 1990; Lilian Berna-Simonis 1984; Nancy Chodorow 1986; Irene Fast 1992; Carol Hagemann-White 1979; Juliet Mitchell 1976; Margarete Mitscherlich-Nielsen 1985; Ellen Reinke-Köberer 1978; Christa Rohde-Dachser 1990; Renate Schlesier 1981.

die gesellschaftlichen Strukturen bzw. das polarisierte Geschlechterverhältnis sich bis hinein in das Unbewußte auswirken oder mit den Worten von Carol Hagemann-White (1978, S. 734): »wie das Patriarchat im Getriebe der einzelnen Seele funktioniert, wie Frauen dahin kommen, freiwillige Opfer zu sein.« In diesem Zitat deutet sich an, worin das Problem (auch) der feministischen Analyse besteht – nämlich darin, den Spuren der patriarchalen Machtverhältnisse in der weiblichen Psyche nachzugehen, ohne dabei die dem Unbewußten eigene (Trieb-)Dynamik zu leugnen. Diese macht u. U. aus Frauen auch »freiwillige Opfer« (vgl. dazu Margrit Brückner 1983; Jessica Benjamin 1990) bzw. Mütter zu zentralen Figuren bei der Reproduktion der geschlechtshierarchischen Arbeitsteilung (Nancy Chodorow 1985).

Zentral für die feministische Diskussion ist die Frage, wie sich das kritische Potential des psychoanalytischen Denkens für das Verständnis der psychischen Strukturen von Frauen und Männern fruchtbar machen läßt, ohne in die biologistischen und phallozentrischen Fallstricke der klassischen Psychoanalyse zu geraten und ohne die z. B. bei Frauen zu beobachtenden Selbstentwertungen zum unveränderlichen Bestandteil des weiblichen Charakters zu ontologisieren.

Der Versuch, Antworten auf diese Fragen zu finden, erfordert jedoch zunächst den Umweg über die Auseinandersetzung mit den androzentrischen Gehalten der psychoanalytischen Theorie. Denn auch hier entpuppt sich »der ›Mensch‹ (...) bei näherem Zusehen regelhaft als *Mann,* der sich mit Selbstverständlichkeit als Repräsentant des Ganzen fühlt« (Christa Rohde-Dachser 1990, S. 32). Dies hat, wie Rohde-Dachser feststellt, nicht nur zweifelhafte Konsequenzen für die psychoanalytische Theorie der Weiblichkeit, sondern durchdringt darüber hinaus zentrale Bereiche des psychoanalytischen Theoriegebäudes (z. B. den Ödipus- bzw. Kastrationskomplex). Ihre *Expedition in den dunklen Kontinent* (1991) psychoanalytischer Weiblichkeitsentwürfe führt Rohde-Dachser, wie auch die meisten anderen feministisch inspirierten Psychoanalytikerinnen, über den (Um-)Weg einer »radikalen Dekonstruktion auch der allgemeinen Theorie der Psychoanalyse« zu den ersten Ansätzen einer »Rekonstruktion«, die »unter einem *anderen* (*nicht* patriarchalischen) Vorzeichen steht« (1991, S. VII f.).

Um die androzentristischen Gehalte der Psychoanalyse zu dechiffrieren, bedient sie sich interessanterweise der psychoanalytischen Methode. So interpretiert sie die unbewußten Inhalte zentraler psychoanalytischer Denkfiguren und entdeckt auf diese Weise das »männliche Unbewußte« als Urheber seiner Weiblichkeitsentwürfe und Phantasien zur Geschlechterdifferenz – und damit auch einer Theorieproduktion, die das (Herrschafts-)Verhältnis zwischen den Geschlechtern ideologisch untermauert. Hier wird noch einmal deutlich, wie wichtig die Bezugnahme auf gesellschaftstheoretische Analysen auch für die Erkenntnis subjektiver Strukturen ist, ohne daß diese freilich nur noch als gesellschaftlich determiniert in Erscheinung treten.

Für die Frauenforschung stellt sich deshalb die Aufgabe, die Subjekthaftigkeit von Frauen zur Geltung zu bringen, ohne dabei die Fremdbestimmungen, Ungleichzeitigkeiten und Widersprüche zu leugnen, die das Frausein unter patriarchal-kapitalistischen Bedingungen mit sich bringt.

Mit der Methode der Dekonstruktion nähert sich auch die Philosophin und Psychoanalytikerin Luce Irigaray (1980) den psychoanalytischen Texten. In einer subtil-kritischen Annäherung an Freuds Vorlesung *Die Weiblichkeit* (Sigmund Freud 1933) bringt sie das Ausgesprochen-Unausgesprochene des Freudschen Diskurses zur Sprache und kommt dabei zu dem Schluß, daß die sexuelle Differenz zwischen den Geschlechtern hier wie auch in zentralen Bereichen der abendländischen Philosophie überhaupt nicht existiert. Denn solange sich der Mann als Maßstab und Richtschnur setzt, kann er die Frau als ein von ihm unterschiedenes *eigenes* Geschlecht gar nicht (an-)erkennen, und zwar weder in der Theorie noch in der Realität. Der Mann, als Träger des psychoanalytischen und philosophischen Diskurses, bleibt, in der Sprache von Irigaray, in der »Logik des Selben« gefangen, die ihm nur das widerspiegelt, was seine Projektionen beim Blick auf die Frauen preisgeben. Was dort zum Vorschein kommt, ist der Mangel, das Nichts, selbstverständlich immer gemessen daran, was der Mann zu sein vorgibt bzw. sichtbar machen kann (z. B. den Penis). Dementsprechend hat das Weibliche keine Repräsentation im patriarchalen Diskurs, und es gälte nach Irigaray, die Differenz zwischen den Geschlechtern überhaupt erst zu entdecken bzw. neu zu erfinden. Das erfordere zunächst einmal, die Frau aus ihrer Funktion als Spiegel des Mannes zu befreien. Irigarays Suche gilt der Schaffung eines weiblichen Ortes, in dem Frauen einen eigenständigen und unabhängigen Platz in der Welt und damit auch in den wissenschaftlichen Diskursen haben.

Feministische Psychoanalytikerinnen haben das psychoanalytische Denken in diesem Sinne modifiziert. Richtungweisend sind für sie dabei folgende Aspekte: 1. Herausarbeitung der Differenz – statt der Defizitperspektive, 2. die stärkere Berücksichtigung der präödipalen Entwicklung zur Erklärung geschlechtsdifferenter Identität, 3. die systematische Berücksichtigung, daß Geschlecht und Geschlechtsidentität nicht unabhängig voneinander zu begreifen sind, denn die Definition von Weiblichkeit und Männlichkeit ist nur als Beziehungsverhältnis denkbar und 4. die Bezugnahme auf die gesellschaftlichen Verhältnisse, unter denen die Entwicklungsprozesse vonstatten gehen (Karin Flaake 1989b).

Es lebe der natürliche Unterschied!? Ein kritischer Blick in die Soziobiologie

Die Wirkmächtigkeit der Anatomie war nicht nur für Freud der Ausgangspunkt weitreichender Schlüsse zur Erklärung psychosozialer Folgen der menschlichen Zweigeschlechtlichkeit. Folgt man den Generationen von Wissenschaftlern, die sich um den Nachweis natürlicher Geschlechtsdifferenzen bemühten, so liegen hier auch die Ursachen für alle möglichen Unterschiede im Denken, Wahrnehmen, Fühlen und Verhalten. Dem sexuellen Geschlechterdimorphismus entspricht nach Ansicht der Soziobiologen ein Verhaltensdimorphismus. So erklärt sich angeblich, warum Männer das eine tun und das andere lieber den Frauen überlassen, z. B. den Computer betätigen, anstatt Windeln zu waschen. Unterstützt durch Beobachtungen im Tierreich, wo es nach Ansicht der Ethologen ähnlich zugeht wie bei den Menschen, vernehmen wir die Botschaft aus dem Reich der Natur, daß Frauen und Männer zu Recht ihren unterschiedlichen Platz in der Gesellschaft einnehmen.

Die Diskussion um die Frage des Anteils von Natur und Kultur zur Erklärung menschlichen Verhaltens hat eine lange Tradition und eine wichtige politische Funktion zur Aufrechterhaltung der bestehenden Geschlechtsrangordnung. Denn natürlich ging und geht es bei dieser Debatte nie nur um die objektive Suche nach der Wahrheit an sich. Der Hinweis auf die Natur, sei es bezogen auf Gene, Hormone, die Organisation des Gehirns oder die Anatomie, erhält in dieser Argumentation den Status eines unumstößlichen Faktors. Denn sie erklärt nicht nur alle möglichen psychischen Geschlechtsdifferenzen, sondern markiert zugleich auch die Grenzen, an denen sich jeder Gedanke an eine Aufhebung dieser Unterschiede bricht. Worum es dabei ausgesprochen oder unausgesprochen immer wieder geht, ist der Nachweis der Vorrangstellung des männlichen Geschlechts vor dem weiblichen bis hin zu der Behauptung, daß das patriarchale System unüberwindbar sei. Die Geschichte solcher Argumentationsmuster hat eine lange Tradition.

Erinnert sei in diesem Zusammenhang an die Debatten um den »physiologischen Schwachsinn des Weibes« (Paul J. Möbius 1905), in denen das geringere Gehirngewicht von Frauen zum Beweis ihrer eingeschränkten intellektuellen Fähigkeiten herhalten mußte. Dieser »Beweis« diente erklärtermaßen dazu, die emanzipatorischen Bestrebungen von Frauen nach Zugang zur universitären Ausbildung abzuwehren. Er geriet ins Wanken, als ein Blick in das Tierreich offenbarte, daß Elefanten dem männlichen Menschen in puncto Gehirngewicht haushoch überlegen sind. Da das männliche Geschlecht sich mit diesem Vergleich nicht recht anfreunden konnte, wurde das Gehirngewicht durch das Körpergewicht dividiert. Als sich hierbei allerdings herausstellte, daß Frauen im Vergleich zum Körpergewicht ein größeres Hirn haben, wurde diese »Theorie« revidiert und die bei Männern größeren Frontallappen zum Ursprungsort geistiger Fähigkeiten erklärt. Die männliche Wissenschaftswelt konnte erleichtert aufatmen, allerdings immer nur so lange, wie die gerade aktuelle Theorie die Überlegenheit männlicher Intelligenz nicht in Frage stellte.

Was das Gehirn als Ausgangspunkt geschlechtsspezifischer Verhaltensweisen betrifft, so schlägt derzeit die Debatte um die Theorie von der funktionellen Spezialisierung der beiden Hirnhemisphären hohe Wellen. Danach ist die linke Gehirnhälfte zuständig für die Bewältigung analytischer, sprachlicher und mathematischer Aufgaben und die rechte Hälfte für nichtverbale, räumliche und emotionale Wahrnehmungs- und Verarbeitungsweisen. Festgestellt wurde auch hier wieder ein entscheidender Unterschied zwischen Männern und Frauen mit höchst fragwürdigen Konsequenzen für das weibliche Geschlecht. Denn ihr Gehirn ist angeblich weniger spezialisiert als das der Männer, und so bestätigt sich, was man schon immer wußte: Frauen sind das emotionalere Geschlecht. Sie sind auf Grund ihres »weiblichen« Gehirns »weniger dazu imstande, ihre emotionalen Reaktionen von den rational-analytischen zu trennen« (Sandra Witelson 1979, S. 358). Auf diese Weise verbleibt die Ratio beim Mann, und wir erfahren aus berufenem Munde, daß »der Unterschied in der

Aufteilung der Geschlechter auf verschiedene berufliche Positionen und Rollen der heutigen Gesellschaft (...) nicht nur kulturellen Erwartungen und sozialem Druck zuzuschreiben« ist, »sondern auch biologischen (...) und den damit verbundenen kognitiven (...) Faktoren« (Sandra Witelson 1979, S. 360).

Gesellschaftliche Arbeits- und Aufgabenteilung zwischen den Geschlechtern ist dieser Theorie zufolge Ausfluß biologisch präformierter »Tiefenstrukturen«, die, verankert in unseren Genen, Hormonen und Gehirnen, ihre ureigenste Dynamik entfalten. Dies gilt in besonderer Weise für die weibliche Gebärfähigkeit, in deren Namen Frauen bis auf den heutigen Tag die Hauptverantwortung für die Betreuung der Kinder haben und damit zugleich exklusiv vor dem Problem der Vereinbarkeit von Erwerbs- und Familienarbeit stehen. »Die Frauenfrage zur Kinderfrage zu machen, das ist die stabilste Bastion gegen die Gleichstellung der Frau«, so die Feststellung von Sigrid Metz-Göckel und Ursula Müller (1985, S. 27) angesichts der überwältigenden Mehrheit männlicher Befragter, die der Ansicht sind, daß Frauen zu Hause bleiben sollten, wenn Kinder zu betreuen sind. So erscheint es denn auch im vorgeblich harmonischen Zusammenspiel von Natur und Kultur als selbstverständlich, daß aus Menschen weiblichen Geschlechts Mütter und Hausfrauen werden, die ihrer natürlichen Begabung entsprechend Berufe wählen, die sich mit Menschen befassen, während Männer hinaus ins feindliche Leben streben, um dort ihren Anlagen gemäß Politik, Wirtschaft und Gesellschaft zu gestalten. Wer dies nicht akzeptiert, versündigt sich wider den Geist der Natur, dessen Sinnhaftigkeit wir, wenn auch zähneknirschend, zur Kenntnis nehmen sollen.

Die Frauenforschung hat es bei dieser Kenntnisnahme nicht belassen, sondern die Beweisführung dieses biologischen Determinismus kritisch unter die Lupe genommen (Judith Rauch 1991; Jenny Kien 1988; Helga Andresen 1985). Ausgangspunkt der feministischen Wissenschaftskritik ist das biologistische Argumentationsmuster, das hier zum Tragen kommt. Denn indem aus der biologisch-physischen Organisation der Geschlechter der gesellschaftliche Status von Frauen und Männern abgeleitet wird, leistet eine so geartete Wissenschaft ihren Beitrag zur Rechtfertigung der bestehenden Hierarchie zwischen den Geschlechtern. Biologische Unterschiede verwandeln sich in Zuschreibungen über das männliche und das weibliche Wesen an sich, das sich über alle Zeiten und Orte hinweg nur im Rahmen seiner biologisch/anatomischen

Grundausstattung »verwirklichen« und angemessen entfalten kann.

Die Biologin Anne Fausto-Sterling (1985) hat sich der Mühe unterzogen, die Fülle der biologischen Erklärungen geschlechtstypischen Verhaltens zu analysieren und kritisch zu hinterfragen. Ihr Resümee: Die Frage, welcher Bestandteil menschlichen Verhaltens biologisch determiniert ist, läßt sich nach dem gegenwärtigen Stand der Wissenschaft unmöglich beantworten, denn weder Gene noch Hormone, noch die Beschaffenheit des Gehirns entfalten ihre Wirkung unabhängig von Umwelteinflüssen. Das bedeutet, daß

> »jede biologische Theorie über das menschliche Verhalten, die den gesamten Komplex an Einflüssen, die sich auf das Verhalten auswirken, ebenso ignoriert wie das tiefgreifende Wechselspiel zwischen Leib und Seele, (...) wissenschaftlich hoffnungslos« ist (Anne Fausto-Sterling 1985, S. 309).

Biologische Tatsachen zu realisieren heißt demzufolge nicht, ihnen jene Schicksalsmächtigkeit zuzuschreiben, die der biologische Determinismus uns nahelegt. Denn der Mensch ist nicht das Vollzugsorgan seiner Biologie oder Anatomie. Was die Diskriminierung des weiblichen Geschlechts und die Abwertung der ihm zugeschriebenen Wesensmerkmale betrifft, so haben wir die Ursachen dafür in der patriarchalen Kultur zu suchen, die darüber »bestimmt«, was weiblich an den Frauen und männlich an den Männern ist oder sein sollte und wer in der Anerkennung seiner/ihrer Eigenarten die besseren Karten hat. Das biologische Geschlecht (i. S. von sex) hat für sich betrachtet keinen Erklärungswert, denn aus der menschlichen Zweigeschlechtlichkeit läßt sich zunächst nicht mehr entnehmen, als daß es sie mehr oder weniger gibt.

Der geschlechtsphilosophische Diskurs – ein Blick in die Geschichte der Polarisierung der Geschlechtscharaktere

Verfolgt man den geschlechtsphilosophischen Diskurs über die Jahrhunderte, dann zeigt sich, daß das Verhältnis der Geschlechter seit jeher eingebunden ist in Deutungsmuster von Gegensätzen und dieses Denken in Dichotomien gleichzeitig zu den zentralen Ordnungsprinzipien der abendländischen Logik und Philosophie gehört (Nancy Jay 1988). Entscheidend daran ist, daß diese Gegensätze immer in einem hierarchischen Verhältnis zueinander stehen. Wenn also dem Weiblichen Eigenschaften oder Begriffe wie passiv, emotional, warm, subjektiv, weich, schwach, Natur, Körper zugeschrieben werden und das Männliche assoziiert wird mit Begriffen wie aktiv, rational, kalt, objektiv, hart, stark, Kultur, Geist, dann symbolisiert das in patriarchalen Gesellschaften zugleich die Unterordnung des Weiblichen unter das Männliche. Diese Fixierung der Rangordnung ist auch einer der Gründe, warum die Vorstellung einer Nivellierung des Geschlechtergegensatzes zu den größten gesellschaftlichen Tabus zählt und dementsprechend die Beschwörung eines natürlichen Unterschiedes zwischen Frauen und Männern zu den Säulen konservativer Weltbilder gehört. Festhalten läßt sich jedenfalls bis auf den heutigen Tag: Mögen die Inhalte der jeweiligen Zuschreibungsmuster auch im Lauf der Zeit wechseln – am Unterschied wird festgehalten.

Die feministische Geschichtsforschung hat uns darauf aufmerksam gemacht, daß die Bewertung der Geschlechtsunterschiede u. a. abhängig ist von der Art der geschlechtsspezifischen Arbeitsteilung sowie der Trennung zwischen häuslichen und öffentlichen Tätigkeitsbereichen. Je stärker diese voneinander separiert sind und je eindeutiger sie dem einen oder anderen Geschlecht zugeordnet werden, so das Ergebnis historisch-vergleichender Forschungen, desto größer ist auch die Hierarchie zwischen den Geschlechtern (Joan Kelly Gadol 1988).

Aufschluß über diesen Zusammenhang zwischen der Ökonomie einer Gesellschaft und ihren Deutungsmustern der Zweigeschlechtlichkeit gibt eine Studie von Karin Hausen (1976), die mittlerweile zu den Grundlagentexten der Frauenforschung gehört (vgl. dazu auch die kritische Ergänzung von Brita Rang 1986). Darin beschreibt sie, wie es im Zuge der Entwicklung der bürgerlich-kapitalistischen Gesellschaft zur Herausbildung des Begriffs vom »Geschlechtscharakter« kommt, der in etwa das bezeichnet, was in der modernen Soziologie mit der Kategorie Geschlechtsrolle gemeint ist.

Mit der Einführung des Begriffs »Geschlechtscharakter« werden erstmals geschlechtsspezifische Eigenschaften und Verhaltensweisen »als eine Kombination von Biologie und Bestimmung aus der Natur abgeleitet und zugleich als Wesensmerkmal in das Innere des Menschen verlegt« (Karin Hausen 1976, S. 369 f.). Der Begriff »Geschlecht« ist nunmehr bis auf den heutigen Tag eine Inhaltskategorie zur Beschreibung geschlechtsspezifischer Merkmale von Weiblichkeit und

Männlichkeit. Gesellschaftlicher Hintergrund dieser Herausbildung geschlechtstypischer Charaktermerkmale ist die fortschreitende »Dissoziation von Erwerbs- und Familienleben«, in deren Gefolge es zu einer neuen Aufteilung der gesellschaftlich notwendigen Arbeit zwischen den Geschlechtern kommt. Neu daran ist, daß Frauen und Männern unter Berufung auf ihre »natürlichen« Fähigkeiten und Eignungen unterschiedliche Aufgabenbereiche zugewiesen werden, die sich aus der Trennung von Familie und Beruf ergeben. Entsprechend ihrer zum »Wesen« stilisierten Geschlechtszugehörigkeit zentriert sich die Definition des weiblichen Charakters auf die Formel von der »natürlichen Bestimmung zur Gattin, Hausfrau und Mutter« und die des Mannes auf den Beruf und alle öffentlich-politischen Belange der Gesellschaft. Frau und Mann werden zu Funktionsträgern jener geschlechtlichen Arbeitsteilung, die bis auf den heutigen Tag, wie die eingangs dargestellten Untersuchungen zeigen, Gültigkeit beansprucht. Der Teilung der Gesellschaft in einen öffentlichen und einen privaten Bereich entspricht die Polarisierung der Geschlechtscharaktere, in der die menschlichen Subjektpotentiale aufgespalten werden in hier weiblich und dort männlich.

Verfolgt man die geschlechtsphilosophischen Diskurse der Neuzeit, dann sind Frauen auf Grund ihrer Fähigkeit zu gebären in besonderer Weise der Natur verhaftet. Mütterlichkeit wird somit zu einem zentralen Definitionsmerkmal des weiblichen Geschlechtscharakters. Im männlichen Blickwinkel reduziert sich die Funktion der Frau auf die Reproduktion der Gattung, wohingegen der Mann sich zum Träger von Kultur und Fortschritt stilisiert. Als solcher reklamiert er für sich die Überlegenheit des objektiven Geistes und der Vernunft, eben jener weltgestaltenden Prinzipien, die als Garanten von Fortschritt und Zivilisation gelten.

Wie die feministische Forschung dieser Gleichsetzung von Mann und Kultur entgegenhält, wird damit der produktive Anteil des weiblichen Geschlechts an der menschlichen Geschichte ausgeblendet. Weibliche Produktivität – ihre Gebärfähigkeit und Arbeit im Haus – entzieht sich dementsprechend bis auf den heutigen Tag den männlichen Maßstäben der Leistungsbewertung und wird aus diesem Grunde auch nicht bezahlt. Konsequenterweise erscheint die gesellschaftlich notwendige Hausarbeit auch nicht im Bruttosozialprodukt. Statt dessen wird »weibliches Handeln als das duale Gegenteil zur männlichen gesellschaftlichen Arbeit: als naturhafte Produktivität« betrachtet (Brigitte Wartmann 1982, S. 26). Dies erklärt auch, warum Frauen mehr Naturnähe und Ganzheitlichkeit nachgesagt wird – vor dem Hintergrund der Technologisierung der Moderne eine Zuschreibung von höchst zweifelhaftem Wert. Wie Silvia Bovenschen (1979) am Beispiel geschlechtsphilosophischer Diskurse nachweist, ist »das Weibliche (...) in dieser Qualifizierung negativ bestimmt: ihm fehlen wesentliche Züge von Vergesellschaftung und bewußter Subjektivität« (S. 34 f.). Da dies – zumindest gemessen an männlichen Standards – auch heute noch den Anschein hat (wobei die Sprache sich selbstverständlich pragmatischerer Defizitbestimmungen bedient), sind Frauen auch Adressatinnen diverser Förderprogramme, die sie in den Stand persönlicher und beruflicher Gleichstellung mit Männern versetzen sollen.

Solche Defizitbestimmungen schlagen sich in der einen oder anderen Form in allen Definitionen der weiblichen Andersartigkeit nieder. Was wir über uns als Frauen erfahren, so die feministische Erkenntniskritik, ist das Produkt männlicher Definitionsmacht und männlicher Projektionen, in denen die Wirklichkeit der weiblichen Daseinsform geschlechtsspezifisch gefiltert und auf die Bedürfnisse des Mannes zurecht geschnitten ist (Silvia Bovenschen 1979; Annemarie Wolfer-Melior 1985; Brigitte Wartmann 1982).

Worin die Bedürfnisse des Mannes im Hinblick auf Frauen bestehen, ist in zahllosen Äußerungen überliefert. Danach sollen Frauen all das verkörpern und kompensieren, was dem Mann fehlt. Bei aller Gegensätzlichkeit der Geschlechtscharaktere, deren Aufrechterhaltung immer wieder beschworen wurde, sollte die Harmonie der Geschlechter dergestalt gewährleistet werden, daß sie sich in ihren Eigenarten ergänzen. Unter dem Regulativ der Ergänzung sollte zur Versöhnung kommen, was qua Geschlechtscharakter und Arbeitsteilung voneinander getrennt ist (Karin Hausen 1976).

Wer da wen um welchen Preis ergänzen sollte, auch das stand (und steht) offen zur Debatte. Es obliegt den Frauen, sich den Interessen und Bedürfnissen der Männer anzupassen. Prädestiniert dazu erscheinen sie bis auf den heutigen Tag auf Grund jener vorgeblich ureigenen weiblichen Qualität, die den Namen »Liebe« trägt. *Wenn Frauen zu sehr lieben* (Robin Norwood 1986) und Männer lieben lassen (Wilfried Wieck 1988), dann zeigt sich, wie sehr die geschlechtliche Arbeitsteilung die »Gefühlsökonomie« der Menschen durchdringt. Im Namen der Liebe und der ihr verwandten »Tugenden« wie Anpassungsfähigkeit, Geduld, Empathie, Freundlichkeit usw. sollten und sollen Frauen den Mann »ergänzen«.

»Allerdings nicht in dem Sinne, daß sie ihren Interessen und Lebenszusammenhängen adäquate Inhalte und Formen in das öffentliche Leben einbringen, sondern indem sie das einzelne männliche Individuum stützen, abschirmen, indem sie ›drinnen walten‹ und bestimmte Sektoren – speziell den des Hauses – so strukturieren, daß der Mann zur materiellen und geistigen Produktion freigesetzt ist.« (Silvia Bovenschen 1979, S. 26)

Für den Feminismus steht dieses komplementäre Beziehungsmodell bzw. seine patriarchale Schräglage im Mittelpunkt der Kritik. Demgegenüber steht die Utopie einer nicht-patriarchalen, »geschlechtssymmetrischen Gesellschaft« (Ilse Lenz, Ute Luig 1990), in der Frauen und Männer in einer »sozialen Gemeinschaft der Differenz« (Regina Becker-Schmidt 1987b, S. 202) leben und arbeiten und jede(r) selbstverständlich lieben kann, wen er oder sie will. Die Frauenbewegung hält daran fest, daß Frausein in der Ergänzungsfunktion nicht aufgeht, und beide – Männer wie Frauen – in diesem fatalen *Arrangement der Geschlechter* (Dorothy Dinnerstein 1979) weit hinter den Möglichkeiten ihrer menschlichen Entwicklung zurückbleiben.

Zur Disposition steht damit zunächst noch die geschlechtshierarchische Arbeitsteilung, in der Frauen in die Schranken ihrer Natur verwiesen werden, um ihnen den gleichrangigen Platz in der Kultur zu verwehren.

Zur Psychologie der Geschlechtsdifferenzen oder was Frauen und Männer »wirklich« voneinander unterscheidet

In Abgrenzung zu allen geschlechtsphilosophischen Spekulationen über das »Wesen der Geschlechter« verspricht die empirische Psychologie Aufklärung darüber, in welchen Verhaltensweisen und Eigenschaften sich Frauen und Männer tatsächlich unterscheiden. Ihre Ergebnisse gelten als objektiv bzw. wahr, weil sie in Anlehnung an naturwissenschaftliche Verfahren der Erkenntnisgewinnung (Quantifizierung) und mit Hilfe wissenschaftlicher Methoden (Beobachtung, Experiment, Befragung, Messung) gewonnen werden.[3]

3 Bezeichnenderweise gelten die so ermittelten Ergebnisse im wissenschaftlichen Sprachgebrauch als »harte Daten«. Sie stehen im Gegensatz zu den »weichen Daten«, die sich auf qualitative Methoden der Erkenntnisgewinnung stützen. In dieser Gegenüberstellung verbirgt sich die Gleichsetzung von

Erwiesen sind Geschlechterunterschiede danach, wenn sie statistisch gesehen zwischen den Geschlechtern stärker variieren als innerhalb eines Geschlechts. Alle psychologischen Merkmale (Verhaltensweisen, Einstellungen, Motive, Interessen, Eigenschaften usw.), die sich nach Intensität und Häufigkeit des Auftretens unterschiedlich auf die Geschlechter verteilen, gelten dann als Nachweis psychologischer Geschlechtsdifferenzen. Diese Unterschiede werden gedeutet als zeitlich überdauernde und situationsunabhängige Dispositionen für geschlechtstypisches Verhalten. Sie stehen meßmethodisch in Abhängigkeit vom biologischen Geschlecht, was nichts anderes bedeutet, als daß die psychologischen Differenzen auf das biologische Geschlecht der Versuchspersonen zurückgeführt werden. Dieses Forschungsprogramm erbrachte eine unübersehbare Fülle widersprüchlicher Befunde und damit die Bestätigung, daß psychologische Geschlechtsunterschiede zwar allenthalben nachweisbar, in den seltensten Fällen aber eindeutig dem männlichen oder weiblichen Geschlecht zuzuordnen sind. Das liegt daran, daß jedes psychologische Merkmal zunächst operational definiert werden muß, um es beobachten und messen zu können. Dementsprechend variieren die Unterschiede, je nachdem, welche Indikatoren als ausschlaggebend für das Konstrukt angesehen werden oder welche Versuchsanordnung bzw. Methode der Ermittlung zugrundeliegt.[4]

So galt es z. B. lange Zeit als erwiesen, daß Frauen weniger leistungsmotiviert seien als Männer, was wiederum zum Beweis ihrer geringeren Berufs- und Aufstiegsmotivation herhalten mußte. In zunächst unerklärlichem Gegensatz dazu standen die durchgängig besseren Schulnoten der Mädchen. Differenziertere Beobachtungen ließen erkennen, daß unterschiedliche Aufgaben und Situationen einen unterschiedlichen leistungsthematischen Anreiz für die Geschlechter haben und daß die Höhe der Leistungsmotivation außerdem abhängig ist von der Erfolgserwartung. Das würde wiederum bedeuten, daß nicht die Leistungsmotivation, sondern die Bedingungen ihrer Aktivierung geschlechtsdifferent sind. Dazu gehört z. B., ob die Überprüfung der Leistung unter Wettbewerbsbedingungen

---

quantitativ = objektiv = hart auf der einen und qualitativ = subjektiv = weich auf der anderen Seite. Deutlich kommt darin auch die Hierarchie und Geschlechtsspezifik eines wissenschaftlichen Denksystems zum Vorschein, das Objektivität mit Männlichkeit und Subjektivität mit Weiblichkeit verbindet (Evelyn Fox Keller 1986, S. 80 ff.; vgl. auch Kapitel 1, S. 25).

4 Vgl. die Beispiele bei Georg Rudinger, Dorothee Bierhoff-Alfermann (1979, S. 211-239).

leider
obwohl sich kein
geschlechtsspezifischer Unterschied
im I. Q. feststellen läßt,
so lehrt uns doch
jahrtausende alte Erfahrung,
daß die Frau
zu geistiger Hochleistung
nicht fähig ist.
M. Marks

erfolgt oder nicht. Matina Horner (1972) geht z. B. auf Grund ihrer Untersuchungen davon aus, daß Frauen in Wettbewerbssituationen Erfolgsangst entwickeln. Dies führt sie darauf zurück, daß beruflicher Erfolg sich mit der weiblichen Rolle nicht verträgt. Die den Frauen zugeschriebene Angst vor Erfolg ist dann allerdings weniger ein frauenspezifisches Merkmal, sondern die realistische Angst vor der Diskriminierung erfolgreicher Frauen durch Männer.

Der willkürlichen Interpretation solcher Ergebnisse sind Tür und Tor geöffnet. Dies stellt den Wahrheitsgehalt bzw. die Gültigkeit solcher Erkenntnisse nachhaltig in Frage. Belege dafür, daß die Deutung empirisch ermittelter Daten im Sinne vorgängiger Geschlechtsstereotype erfolgt, gibt es genug. Nach dem Motto: Wenn zwei dasselbe tun, ist es noch lange nicht dasselbe«, wird z. B. der Berufswechsel von Männern als Indiz für ihr Karrierebewußtsein gewertet, während dasselbe bei Frauen als Desinteresse an einer kontinuierlichen Berufstätigkeit gilt (Eleanor E. Maccoby, Carol N. Jacklin 1975).

Als einigermaßen gesichert in dem Sinne, daß die Unterschiede jeweils in die gleiche Richtung weisen, gilt derzeit, daß männliche Wesen aggressiver sind als weibliche, daß weibliche Individuen größere verbale Fähigkeiten haben und Männer den Frauen im Hinblick auf visuell-räumliches und mathematisches Denken überlegen sind (Elenor E. Maccoby, Carol N. Jacklin 1975; Herrad Schenk 1979; Carol Hagemann-White 1984b). Doch auch diese Ergebnisse sind mit Vorsicht zu genießen, denn sie ändern sich, je nachdem welches statistische Verfahren angewandt wird (Janet Shibley Hyde 1990).

Da im übrigen unterstellt wird, daß geschlechtsdifferente Dispositionen zeitlich überdauernd und situationsunabhängig sind, wird der gesellschaftliche und situative Kontext unterschlagen, in dem sie zum Tragen kommen. Die erkenntnismäßige Dürftigkeit solcher Befunde ist offenkundig, denn der Sinn der so ermittelten »Daten« kann nicht mehr preisgeben, als der Forscher in sie hineinlegt. Dementsprechend bewegen sich die Erklärungen im Rahmen der bekannten geschlechtsstereotypen Muster (Annette Degenhardt 1978; Astrid Osterland 1984).

Vor dem Hintergrund dieser Kritik richtet sich der Blick der feministischen Forschung statt dessen auf die gesellschaftlichen Verhältnisse, in denen Verhaltenspotentiale und Bedürfnisse in die eine oder andere Richtung kanalisiert werden. Um das Geschlechtsspezifische am Verhalten zu verstehen, so der Ansatz der Frauenforschung, bedarf es einer genauen Analyse der Kultur und ihrer normativen Muster, die den Interpretationsrahmen abstecken. Was Frauen und Männer unter den jeweiligen historisch-spezifischen Bedingungen zur Geltung bringen, ist Ausfluß ihrer unterschiedlichen Erfahrungen und Lernprozesse, die wiederum auf ihre unterschiedliche Verortung im System der geschlechtshierarchischen Arbeitsteilung verweisen.

Von der Geschlechtsrolle zum Geschlecht als Strukturkategorie

Sowohl für die Soziologie als auch im Alltagsverständnis der meisten Menschen ist die Geschlechtsdifferenz eng verknüpft mit dem Begriff der Geschlechtsrolle. Sie bezeichnet die für das jeweilige Geschlecht »als angemessen betrachteten und kulturell erwarteten oder vorgeschriebenen Verhaltensmerkmale (Einstellungen, Interessen, Fähigkeiten, Motive und sonstigen Attribute)« (Annette Degenhardt, Hanns Martin Trautner 1979, S. 13). Geschlechtsrollen sagen zunächst nichts darüber aus, worin sich die Geschlechter wirklich unterscheiden, sondern darüber, worin sie sich unterscheiden sollen, um dem Bild »normaler« Weiblichkeit oder Männlichkeit zu entsprechen. Solche normativen Vorgaben finden sich wieder in den Geschlechterstereotypen der »Weiblichkeit« bzw. »Männlichkeit«, die sich mit bemerkenswerter Konsistenz über die Zeit hinweg erhalten haben.

In diesem Sinne sind die Bestimmungsmomente des Weiblichen bzw. Männlichen Bestandteile eines kulturellen Definitionsprozesses, der den Geschlechtern je unterschiedliche Ausdrucksformen und Selbstdarstellungen zuweist. Gitta Mühlen-Achs (1993, S. 85) bezeichnet diese (körpersprachlichen) Kommunikationsformen als »Gender-Scripts«, die wir alle zumeist ganz unbewußt befolgen.

Im traditionellen Verständnis angemessenen Geschlechtsrollenverhaltens ist die Charakterisierung des Weiblichen verbunden mit Eigenschaften, die sich auf sozial-emotionale Orientierungen und Interessen richten (freundlich, hilfsbereit, sensibel, einfühlsam, personenorientiert usw.), während zur Männlichkeit Eigenschaften wie Affektneutralität, Dominanz, Aggressivität, Kompetenz, Unabhängigkeit, Sachbezogenheit gehören (Brigitte Neuendorff-Bub 1979).

Solche stereotypen Geschlechtskonzepte sind Bestandteil des kulturellen Systems der Zweigeschlechtlichkeit, in dem sich alle Vorstellungen, Deutungsmuster, sexuellen, emotionalen und körperlichen Ausdrucksformen wiederfinden, die als typisch für das jeweilige Geschlecht gelten. Diese kulturell vermittelten Vorstellungen über Weiblichkeit bzw. Männlichkeit bestimmen auch das Selbstbild von Frauen und Männern. Als normative Leitbilder entfalten sie identitätsstiftende Wirksamkeit, unabhängig davon, wie realitätsadäquat solche Zuschreibungsmuster sind.

Wie wichtig diese Unterscheidung zwischen Norm und Realität insbesondere für das weibliche Geschlecht ist, läßt sich am Beispiel der strukturell-funktionalen Theorie nachweisen, die bis auf den heutigen Tag zu den wichtigsten Konzepten der Soziologie zählt (Talcott Parsons, Robert F. Bales 1966).

Dieser theoretische Ansatz unterstellt die Notwendigkeit der geschlechtlichen Arbeitsteilung in der Familie, nach der der Mann berufstätig und die Frau zuständig für die Erziehung der Kinder und die emotionale Versorgung der Familienmitglieder ist. Aus der Zuweisung zu Hausarbeit und Beruf leiten sich die rollenspezifischen Anforderungen ab, die mit den Begriffen expressiv und instrumentell umschrieben werden. Diese Begriffe stehen für Persönlichkeitsmerkmale, die Bestandteil der bekannten Geschlechterstereotype sind. Mit sich im Einklang sind Frauen und Männer demnach, wenn sie die ihrer Rolle entsprechenden Einstellungen und Verhaltensweisen verinnerlichen und dergestalt zur Stabilität des gesellschaftlichen Systems beitragen.

Was die Theorie hier festschreibt und unausgesprochen legitimiert, ist jene Form der geschlechtsspezifischen Arbeitsteilung, die Frauen vermittels stereotyper Eigenschaften zur »Abordnung ins Private qualifizieren«, wobei diese Eigenschaften allerdings »als dysfunktional erscheinen, sobald es um Fragen von Macht, Aufstieg, beruflichen Positionen oder auch nur um Eigenständigkeit geht« (Gudrun-Axeli Knapp 1987, S. 257 f.). Solche Persönlichkeitsmerkmale sind im weiblichen Rollenmodell nicht vorgesehen, weil sie die gewünschte Komplementarität des Geschlechterverhältnisses in Frage stellen (Barbara Zahlmann-Willenbacher 1979; Astrid Osterland 1984).

Dieses weibliche Rollenmodell entspricht jedoch nicht der Komplexität des weiblichen Lebenszusammenhangs. Denn Frauen haben ihre Arbeitskraft nie ausschließlich in der Familie verausgabt, sondern sie waren seit jeher und zunehmend mehr in beiden gesellschaftlichen Bereichen tätig: sowohl in der Familie als auch in der

Erwerbssphäre (vgl. Kapitel 4). Die traditionelle Soziologie hat die Erwerbstätigkeit von Frauen nur am Rande zur Kenntnis genommen und zunächst auch nur im Zusammenhang mit der Erwerbstätigkeit von Müttern. Diese gerieten ins Visier der Wissenschaft, weil befürchtet wurde, daß berufstätige Mütter die Versorgung von Mann und Kindern vernachlässigten (Yvonne Schütze 1988).

Vor diesem Hintergrund bürgerte sich in der Soziologie der Begriff der Doppelrolle der Frau ein. In ihm wird die doppelte Indienstnahme der weiblichen Arbeitskraft zwar zur Kenntnis genommen, ohne jedoch das Konzept der geschlechtlichen Arbeitsteilung oder gar die Geschlechtshierarchie in Frage zu stellen. Nach dem Motto, daß, was nicht sein darf, auch nicht sein kann, wurde die Doppelrolle von Frauen als Berufstätige sowie Hausfrauen/Mütter in der traditionellen Soziologie auch nur als Problem der Unvereinbarkeit abgehandelt, während die Vorstellung einer Doppelrolle des Mannes sich allein dadurch erübrigt, daß Männer ihren angemessenen Beitrag zur Haus- und Familienarbeit bislang verweigern. Im Spiegel der Rollentheorie bleiben Frauen das, was sie sein sollen – reduziert auf die Eigenschaften, die sich im Spektrum der Mutter- und Versorgungsrolle bewegen. Durch die Gleichsetzung von Frauenrolle und Familienrolle sind aus der Definition des Weiblichen jene Qualitäten und Eigenschaften ausgeblendet, die als Voraussetzung beruflichen Handelns gelten und automatisch der männlichen Rolle zugeschrieben werden.

Suchen wir vor diesem Hintergrund eine vorläufige Antwort auf die Frage, was Frauen und Männer unterscheidet, dann werden wir sie vor allem in der gesellschaftlichen Existenzform finden, die beide Geschlechter in differenter Weise in die Bereiche von Produktion und Reproduktion einbindet. Der Eindimensionalität der männlichen Lebensorientierung auf den Beruf steht die doppelte Orientierung von Frauen gegenüber, die allen Widrigkeiten zum Trotz erklärtermaßen beides wollen: Familie und Beruf, (Erwerbs-)Arbeit und Liebe.[5]

Im Gegensatz zu Männern stehen Frauen somit »im Schnittpunkt

---

5 Das wollen Männer zwar auch. Doch beides zu wollen hat unterschiedliche Konsequenzen für die Geschlechter, zumindest solange die geschlechtliche Arbeitsteilung in der Familie nicht aufgehoben ist, und Frauen durch die Doppelbelastung familiärer und beruflicher Verpflichtungen den Männern im Rennen um berufliche Positionen objektiv unterlegen sind.

zweier qualitativ differenter Koordinatensysteme, des patriarchalischen und des sozialökonomischen« (Herbert Marcuse u. a. 1978, S. 80). Das bedeutet, daß Frauen ihre Arbeitskraft in zwei sehr unterschiedlich strukturierten Tätigkeitsbereichen verausgaben, nämlich in dem der marktvermittelten Ökonomie (Produktion bzw. Erwerbsarbeit) und dem der privaten familienvermittelten Ökonomie der Hausarbeit (Reproduktion). Als Arbeitskraft sind sie eingebunden in die Verwertungsgesetze des kapitalistisch organisierten Arbeitsmarktes und als Trägerinnen der biologischen und sozialen Reproduktion zuständig für Versorgungsleistungen in der Familie. Da beide gesellschaftlichen Bereiche – wenn auch in unterschiedlicher Weise – herrschaftlich strukturiert sind, unterliegen Frauen zwei Herrschaftsformen: der familiär-patriarchalen und der kapitalistisch-ökonomischen. Die feministische Forschung hat diesen Sachverhalt mit dem Begriff der *doppelten Vergesellschaftung* theoretisch erfaßt und nachgewiesen, daß die gesellschaftlichen Ursachen der Benachteiligung von Frauen im Zusammenwirken von kapitalistischer Produktion und patriarchaler Reproduktion liegen. Die Analysen der Frauenforschung verdeutlichen, wie der Zugriff auf das weibliche Arbeits- und Reproduktionsvermögen sowohl unter kapitalistischen als auch familiär-patriarchalen Bedingungen erfolgt und wie diese gesellschaftlichen Strukturen die randständige Position von Frauen bewirken (Gudrun-Axeli Knapp 1990; Regina Becker-Schmidt 1987a; Ursula Beer 1990).

Als Grenzgängerinnen zwischen den Welten sind Frauen genötigt, den doppelten und zugleich widersprüchlichen Verhaltensanforderungen der Erwerbs- und Familienarbeit nachzukommen. Das heißt, daß der weibliche Lebenszusammenhang geprägt ist durch gesellschaftliche Widersprüche. Was objektiv unvereinbar erscheint, müssen Frauen subjektiv integrieren, d. h. sie müssen beiden Rollenanforderungen nachkommen – sowohl der instrumentell-männlichen, die im Beruf verlangt wird, als auch der expressiv-weiblichen, die an die Rolle als Ehefrau und Mutter gebunden ist. Dabei geraten sie zwangsläufig in eine Double-bind-Situation. Stehen sie im Beruf »ihren Mann«, werden sie als unweiblich diskriminiert. Verbleiben sie im Spektrum des weiblichen Rollenverhaltens, sind ihnen die Wege zu beruflichem Aufstieg und öffentlichen Machtpositionen versperrt.

Aber auch unabhängig davon, wie sie diesen Konflikt lösen, sind sie als Frauen qua Geschlecht im patriarchalen und ökonomischen

Herrschaftsgefüge in der untergeordneten Position. Ihr Status ist Resultat gesellschaftlicher Strukturen, in denen die Geschlechtszugehörigkeit darüber entscheidet, welchen Platz Frauen und Männer im hierarchischen Gefüge der Produktion und Reproduktion einnehmen (Angelika Wetterer 1995). So gesehen ist das Geschlecht nicht »nur ein biologisches Phänomen oder ein Bündel typischer Eigenschaften, sondern erweist sich als positionelles Phänomen, das etwas aussagt über die spezifische Verortung von Frauen und Männern im Kontext eines hierarchischen Systems« (Gudrun-Axeli Knapp 1988a, S. 11).

Für die Frauenforschung bedeutet dies, das Geschlecht als Strukturkategorie und das Geschlechterverhältnis als einen objektiven Strukturzusammenhang zu begreifen. In der Gesellschaft strukturell verankert ist darin die Benachteiligung des weiblichen Geschlechts, unabhängig davon, ob Frauen den Weiblichkeitsanforderungen entsprechen oder nicht. Das stereotype Bild der Weiblichkeit hat auf diesem Hintergrund vor allem »Platzanweiserfunktion« (Gudrun-Axeli Knapp 1987, S. 258). Als analytisches Instrument ist das Theorem der doppelten Vergesellschaftung deshalb so bedeutsam, weil es die gesellschaftlichen Grundlagen für die Komplexität und Widersprüchlichkeit des weiblichen Lebenszusammenhangs benennt und das systemische Moment der Frauendiskriminierung sichtbar macht, das auf die Strukturen unserer Gesellschaft als patriarchale und kapitalistische zurückgeht. In der Definition des weiblichen Rollenstereotyps sind diese gesellschaftlichen Widersprüche ausgeblendet.

Die feministische Forschung steht deshalb vor der Notwendigkeit, das reduktionistische Bild von Weiblichkeit zu hinterfragen und nach einer neuen Differenzbestimmung zu suchen. Ausgangspunkt einer solchen Suche ist die Feststellung, daß Frauen sich Weiblichkeit »nicht ausschließlich affirmativ und ungebrochen aneignen« (Gudrun-Axeli Knapp 1988a).

Die Frage, wie Frauen sich Weiblichkeit aneignen, ist Gegenstand einer Theorie weiblicher Subjektivität, welche der Widersprüchlichkeit der weiblichen Existenzform gerecht wird und in kritischer Distanz zu den traditionellen Bildern von Weiblichkeit steht. Eine solche Subjekttheorie existiert bisher nur in Ansätzen. Es kann daher im folgenden nur darum gehen, die unterschiedlichen Zugangsweisen einer solchen Differenzbestimmung darzustellen und deutlich zu machen, auf welchem theoretischen Hintergrund sie erfolgen (Michèle Barrett 1987).

Auf der Suche nach einer Theorie der weiblichen Subjektivität oder: wider die Positivierung des Weiblichen

»Frauenforschung und feministische Selbstreflexion dürfen sich nicht damit bescheiden, das zu registrieren, was (allzu) manifest ist. Die bloße Abbildung des Status quo (...) läuft stets Gefahr, Frauen auf das festzunageln, was ihnen historisch zugesprochen wurde (...)« (Gudrun-Axeli Knapp 1987, S. 237). Statt dessen gälte es »zu untersuchen, welche Interessen mit der sozialen Konstruktion von ›Weiblichkeit‹ und ›Männlichkeit‹ verfolgt werden, welche Leiden mit solchen Zwangsnormierungen verbunden sind, welche psychischen Bedürfnisse nach Kontinuität, Eindeutigkeit, und Kohärenz sie befriedigen und wo sie gesellschaftlich brüchig, ja hinderlich geworden sind« (Regina Becker-Schmidt 1993, S. 41).

Diese Aufgabenbestimmung der Frauenforschung kennzeichnet die Analysen von Gudrun-Axeli Knapp (1987, 1988a, 1988b, 1990, 1993) und Regina Becker-Schmidt (1987a, 1987b, 1989, 1992, 1993), die unter Rekurs auf die doppelte Vergesellschaftung die Konflikte und Ambivalenzen in der Identität von Frauen hervorheben. Ihre Differenzbestimmung des Weiblichen betont die »Kluft und den Widerspruch zwischen den stereotypen Definitionen dessen, wie eine Frau ist, und dem, was Frauen außerhalb dieser Bestimmung ausmacht und was sie ausmachen könnte« (Regina Becker-Schmidt, Gudrun-Axeli Knapp 1987, S. 143). Hier, in der *Nichtübereinstimmung*, liegen ihrer Ansicht nach die Momente der Kritik, und zwar sowohl an dem Zwang zur Identifikation mit der weiblichen Rolle (dem »gesellschaftlichen Oktroi von ›Weiblichkeit‹«) als auch an den gesellschaftlichen Strukturen, die diese stützen und immer wieder reproduzieren.

Bei einer so gearteten »Theorie weiblicher Subjektivität« geht es nicht um die erneute Positivierung und Definition des Weiblichen in der Tradition der Vereindeutigung (»Das Weibliche ist das Beschreibliche«), sondern um das Verständnis der sozialen Zwänge und Zumutungen, der Fixierungen und Einengungen, denen die Definition des Weiblichen unterliegt, ohne daß Frauen in dieser Definition aufgehen. Auf der Suche nach den weiblichen Emanzipationspotentialen ist vor allem das Nicht-Identische, Widerständige der weiblichen Subjektivität von Interesse, das, was nicht in Übereinstimmung zu bringen ist mit den geschlechtspolaren Stereotypien. Weibliche Subjektivität, so Gudrun-Axeli Knapp und Regina Becker-Schmidt, käme dann in ihren Brüchen und Ambivalenzen in den Blick und damit als »personifizierte Kritik« statt als »personifizierte Affirmation«.

Eine solche weibliche Subjekttheorie steht in der Tradition der Kritischen Theorie (Adorno, Horkheimer u. a.), die den Vermittlungszusammenhang von objektiven und subjektiven Dimensionen des menschlichen Handelns reflektiert. In dieser Vermittlung ist das (weibliche) Individuum weder das Vollzugsorgan seiner Biologie noch seiner gesellschaftlichen Funktionsbestimmung.

Statt dessen wird davon ausgegangen, daß die Entwicklung persönlichkeitsspezifischer Eigenschaften immer ein *gleichzeitiger* Prozeß von Individuation und Vergesellschaftung ist. Auf der Grundlage der doppelten Vergesellschaftung versucht dieser Forschungsansatz zu klären, wie diese Verdoppelungen auch im Prozeß der Sozialisation zusammenwirken und sich auf der bewußten und unbewußten Ebene von Erfahrungen, Fähigkeiten, Motiven und Einstellungen von Frauen niederschlagen.[6]

Diese Suche nach den weiblichen Subjektpotentialen ist eingebunden in ein umfassendes feministisches Forschungsprogramm, das als »Theorie der gesellschaftlichen Organisation des Geschlechterverhältnisses und der Mechanismen seiner Reproduktion« (Regina Becker-Schmidt 1989, S. 61) erst in Anfängen existiert.

Von der Konstruktion zur Dekonstruktion der Zweigeschlechtlichkeit

Verfolgt man die gegenwärtige Diskussion, die diesen theoretischen Suchprozeß kennzeichnet, dann lassen sich Gemeinsamkeiten und Unterschiede erkennen. Gemeinsam ist allen theoretischen Ansätzen die Kritik an den androzentrischen Verkürzungen des weiblichen Sozialcharakters bzw. der Dominanz des männlichen Geschlechts über das weibliche Geschlecht.

6 Einblick in diesen Forschungsansatz gibt auch eine empirische Untersuchung von Regina Becker-Schmidt u. a. (1981, 1983, 1984), die sich mit der Lebenssituation lohnabhängig arbeitender Mütter beschäftigt und die widersprüchlichen Erfahrungen und Verarbeitungsweisen analysiert, die sich aus der Arbeit in Familie und Beruf ergeben.

Zum Schlüsselbegriff der theoretischen und auch politischen Kontroversen hat sich jedoch inzwischen die Kategorie der Differenz entwickelt. Ist es sinnvoll, die Geschlechterdifferenz zur Geltung zu bringen, oder sind die Kategorien »männlich« und »weiblich« nicht längst obsolet geworden? So könnte sehr verkürzt die Fragestellung lauten, die sich hinter den Debatten der Differenztheoretikerinnen auf der einen Seite und den (de-)konstruktivistisch orientierten Ansätzen auf der anderen Seite verbirgt.

Ausgangspunkt eines differenztheoretischen Zugangs zur Bestimmung weiblicher Identität ist die u. a. von Luce Irigaray formulierte Kritik an der Verdrängung und Abwertung des Weiblichen im patriarchalen Diskurs. Ihr und den anderen Theoretikerinnen des sogenannten Differenzansatzes geht es um eine neue Definition und Aufwertung der weiblichen Andersartigkeit. Ein egalitäres Verhältnis zwischen den Geschlechtern, so die dahinterstehende Überzeugung, ist nur möglich, wenn die grundlegende körperliche, sexuelle und psychische Differenz zwischen Männern und Frauen anerkannt und sichtbar gemacht wird. Da die männlich bestimmte Kultur das Weibliche nicht repräsentieren kann, sind Frauen aufgefordert, sich eine eigene kulturelle und symbolische Repräsentation zu geben.[7]

Für Luce Irigaray selbst liegt diese in der Anerkennung der sexuellen Differenz, die Frauen und Männer durch die unterschiedliche Morphologie ihres Körpers voneinander unterscheidet. Gegen die phallozentristische Genitalität der männlichen Sexualität setzt sie die Vielfalt des weiblichen Begehrens, das sich jeder Vereindeutigung entzieht. Sich selbst als differente und eigenständige Subjekte zu entdecken impliziert für Irigaray und andere Differenztheoretikerinnen die Rückbesinnung auf die Zugehörigkeit zum weiblichen Geschlecht, die als Voraussetzung und Möglichkeit der weiblichen Freiheit in das Konzept einer *Politik des Unterschieds* (Gisela Erler) eingegangen ist. Wie Irigaray kritisieren die Feministinnen eines solchen Differenzansatzes alle politischen Strategien, die im Namen der Gleichstellung den Frauen die Anpassung an männliche Normen und Verhaltensweisen aufnötigen.

Der Widerspruch, daß Emanzipation im Namen der Differenz sich dabei wiederum auf die Biologie zur Begründung weiblicher Identität beruft, steht im Mittelpunkt der Kritik dekonstruktivisti-

7 Gisela Erler 1985; Luce Irigaray 1991a, 1991b; Christa Mulack 1990, 1996; Cornelia Giese 1990; Libreria delle donne di Milano 1988; Diotima 1989.

scher Ansätze, die im Anschluß an die Analysen von Judith Butler (1991a) zunehmend mehr im deutschsprachigen Raum formuliert wird.[8]

Selbst wenn die feministische Forschung eine Unterscheidung zwischen sex, dem biologischen Geschlecht und gender, dem sozial konstruierten Geschlecht, vornimmt, so argumentieren Regine Gildemeister und Angelika Wetterer (1992), ist darin implizit doch die Annahme enthalten, »daß es jenseits aller kulturellen Prägung eine Natur der Geschlechter gibt«, so daß die »kulturspezifischen Unterschiede« allenfalls »als unterschiedliche Ausgestaltungen einer nicht weiter hinterfragbaren, weil von der Natur bereitgestellten Zweigeschlechtlichkeit«, interpretiert werden könnten. »Der Einwand, daß es eben doch Frauen und Männer gibt und beide von Natur aus verschieden sind, ist gänzlich nicht zu entkräften« (S. 206 ff.). Die Kritik richtet sich gegen einen »verlagerten Biologismus« in der Frauenforschung und plädiert in der Konsequenz für die Auflösung der Unterscheidung zwischen sex und gender.

Carol Hagemann-White hatte schon 1988 mit der These »Wir werden nicht zweigeschlechtlich geboren ...« die Alltagstheorie der Zweigeschlechtlichkeit hinterfragt und darauf hingewiesen, daß es »bis heute keine zufriedenstellende humanbiologische Definition der Geschlechtszugehörigkeit« gibt, sondern »nur verschiedene kulturelle Konstruktionen von Geschlecht« (1988b, S. 228 ff.). Die Alltagstheorie, nach der die Geschlechtszugehörigkeit als eindeutig, naturhaft und unveränderbar erscheint, wird damit grundlegend in Frage gestellt.

Die Erkenntnis, daß die Zweigeschlechtlichkeit eine soziale Konstruktion ist und die Kategorien »Mann« und »Frau« selbst Symbole in einem sozialen Sinnsystem sind, ist Ausgangspunkt des konstruktivistischen Ansatzes (Carol Hagemann-White 1984b). In der Tradition der Ethnomethodologie richtet sich die Frage darauf, wie wir die Geschlechterdifferenz konstruieren und in unserem alltäglichen Handeln reproduzieren. Ausgehend von dem Geschlechterverhältnis als einem gesellschaftlichen Strukturzusammenhang enthält der konstruktivistische Ansatz den Hinweis, daß »sowohl die Dichotomisierung als auch die inhaltliche Festlegung von ›Weiblichkeit‹ und ›Männlichkeit‹ durch gesellschaftliche (Macht-)Mechanismen zu-

8 Regine Gildemeister, Angelika Wetterer 1992; *Feministische Studien* 2/1993; Alexandra Busch 1989; Toril Moi 1989.

stande kommen« (Regina Becker-Schmidt 1993, S. 38). Nichts ist unnatürlicher als der Geschlechtergegensatz – so könnte das Fazit dieses Denkansatzes lauten, der nunmehr die Konstruktion und Aneignung von »gender« in den Mittelpunkt der Betrachtung rückt.

Haben Kinder erst einmal erkannt, welchem Geschlecht sie zugeordnet sind, so die Grundannahme, eignen sie sich die geschlechtstypischen Verhaltensweisen und Eigenschaften an und stellen ihre Geschlechtszugehörigkeit auf diese Weise dar. Die konstruktivistische Theorie betont die Notwendigkeit der Darstellung von Geschlechtszugehörigkeit und bezeichnet sie treffend und schwer zu übersetzen als »doing gender« (vgl. Kapitel 3). Dahiner steht der Gedanke, daß es nicht ausreicht, ein Geschlecht zu haben, wenn die Geschlechtszugehörigkeit nicht gleichzeitig nach außen dokumentiert wird. Geschlecht ist nicht etwas, was man hat, sondern etwas, was man tut[9] (Carol Hagemann-White 1993, S. 68).

In diesem Sinne hat die kulturelle Konstruktion der Zweigeschlechtlichkeit verhaltenssteuernde und kontrollierende Wirkung, weil sie den Rahmen absteckt, in dem sich Weiblichkeit und Männlichkeit repräsentieren und voneinander abgrenzen. Entscheidend dabei ist nicht die Biologie, die sich hier in irgendeiner Form Bahn bricht, sondern das kulturelle System, das der Zweigeschlechtlichkeit Bedeutung verleiht und das Geschlechterverhältnis maßgeblich strukturiert (Carol Hagemann-White 1984b).

Der Gedanke, daß das Geschlecht sozial konstruiert wird, geht erkenntnistheoretisch auf Kant zurück. Danach haben wir keinen Zugang zu den »Dingen an sich«, sondern es ist unsere Wahrnehmung, die die »Gegenstände«, und so auch die körperliche Faktizität, formiert bzw. konstruiert und ihnen Bedeutung verleiht (Andrea Rödig 1994). Erkenntnistheoretisch betrachtet »gibt es keinen Zugang zur ›reinen‹, ›wirklichen‹ oder ›bloßen Natur‹« (Regina Gildemeister, Angelika Wetterer 1992, S. 210). Was wir wahrnehmen

9 Wie wenig es genügt, sich einem Geschlecht zugehörig zu fühlen, ohne es nach außen überzeugend darstellen zu können, läßt sich am Beispiel Transsexueller nachvollziehen. »Transsexuelle sind ExpertInnen in Sachen Geschlechtsdarstellung. Der Übergang von einem Geschlecht zum anderen vollzieht sich nicht auf dem Operationstisch, sondern ist ein langwieriger Prozeß, in dem der/die Transsexuelle lernt, sich die Körpersprache des anderen Geschlechts anzueignen. Insofern führen Transsexuelle exemplarisch vor, daß Geschlechtszugehörigkeit nicht ein zugeschriebenes Merkmal ist, sondern eine kulturell erworbene Verhaltensform« (Bettina Heintz 1993, S. 3).

und interpretieren, ist statt dessen kulturabhängig und historisch variabel oder wie Barbara Duden (1987) es ausdrückt: »Das Geschlecht liegt im Auge des Betrachters.«

Die Erkenntnis, daß die Annahme zweier biologisch differenter Geschlechter eine kulturelle Konstruktion ist, wird von Judith Butler (1991a) zum Ausgangspunkt einer konsequenten Dekonstruktion, innerhalb deren die Unterscheidung zwischen sex und gender zugunsten von gender völlig aufgegeben wird. Die binäre Konstruktion des biologischen Geschlechts, so die Argumentation, ist letztlich Ausfluß eines Denkens und Deutens im Medium der Sprache, die sich damit als Ort erweist, an dem sich geschlechtliche Unterschiede repräsentieren. Was sich in der Sprache ausdrückt, ist die gesellschaftlich konstruierte Form der Wahrnehmung und Etikettierung dessen, was als »weiblich« bzw. »männlich« gelten soll (Chris Weedon 1990). So gesehen schafft nach Butler erst der gesellschaftlich geführte Diskurs die Geschlechterdifferenz. Da dieser Diskurs eingebunden ist in machtpolitische Strategien im Rahmen einer, wie sie es nennt, »heterosexuellen Matrix«, ist ein Entkommen aus der Naturalisierung des Geschlechtergegensatzes nur möglich, wenn man sowohl den Körper als auch das soziale Geschlecht als diskursiv hervorgebrachte politische Kategorien begreift. Diese De-Naturalisierung der Geschlechterdifferenz hat zur Konsequenz, daß auch die Kategorie sex als soziales Konstrukt betrachtet wird und die Unterscheidung von sex und gender gänzlich aufgegeben wird.

Nachdem der Feminismus den Satz »Alles ist Biologie« überführt hatte in die Feststellung: »Biologische Unterschiede sind kulturell überformt«, läßt sich die dekonstruktivistische Sichtweise in dem Satz zusammenfassen: »Alles ist Kultur – inklusive der Biologie« (Hilge Landweer, Mechthild Rumpf 1993, S. 4).

Ist auf diese Weise der kulturell bedingte Status der Geschlechtsidentität als radikal unabhängig vom anatomischen Geschlecht denkbar, können »die Begriffe *Mann* und *männlich* dann ebenso einfach einen weiblichen Körper bezeichnen wie umgekehrt die Kategorien *Frau* und *weiblich*« (Judith Butler 1991a, S. 23). Die naheliegende, für die Frauenbewegung folgenreiche Konsequenz besteht darin, daß auch Männer sich weiblich verhalten können und Frauen demnach nicht allein das Subjekt feministischer Anliegen sein müssen. Das hat Folgen auch für das herkömmliche Verständnis von »weiblicher Identität« bzw. für das Subjekt feministischer Politik. Auch sie sind nach Butler Effekt gesellschaftlicher Diskurse (oder

Bezeichnungspraktiken) und nicht etwa Manifestationen eines authentischen Selbst, das sich auf Grund seiner Geschlechtszugehörigkeit originär erkennt und darstellt. Butlers Schlußfolgerung: »Es genügt nicht zu untersuchen, wie Frauen in Sprache und Politik vollständiger repräsentiert werden können. Die feministische Kritik muß auch begreifen, wie die Kategorie ›Frau(en)‹, das Subjekt des Feminismus, gerade durch jene Machtstrukturen hervorgebracht und eingeschränkt wird.« (Judith Butler 1991a, S. 17)

Dient das Geschlecht als soziales Klassifikationsmerkmal im patriarchalen Diskurs somit zur Legitimation der Ungleichheit im Geschlechterverhältnis, erscheint eine Bezugnahme des Feminismus auf die Kategorie Frau zutiefst fragwürdig. In Frage steht damit nicht nur die Identität eines feministischen Subjekts, das im Namen aller Frauen politische Forderungen einklagt, sondern jegliche Vorstellung einer weiblichen Identität. Butler plädiert deshalb dafür, »die definitorische Unvollständigkeit der Kategorie Frau« nicht nur zu akzeptieren, sondern sie »als stets offenen Schauplatz umkämpfter Bedeutungen« zu betrachten (Judith Butler 1991a, S. 35). Für Butler mündet dieses Resümee in eine, wie sie es nennt, »Geschlechterverwirrung«, an deren Ende eine Vervielfältigung der Geschlechter denkbar wäre. Die Frage, was die Kategorie Frau beinhaltet, bleibt somit vorerst offen.

Diese radikale Dekonstruktion der Geschlechterdifferenz hat vielerlei Kritik und weiterführende Analysen provoziert (vgl. *Feministische Studien* 2/1993; Heike Kahlert 1996b; Ute Luise Fischer u. a. 1996). Was sich – zumindest auf diskurstheoretischer Ebene – auflöst, ist die Vorstellung zweier biologisch unterschiedener Geschlechter und damit allerdings auch, so der Haupteinwand, der Körper bzw. alle damit einhergehenden geschlechtsdifferenten Sexualisierungen bzw. Körperschemata, die dieser »Entsexuierungstendenz« anheimfallen (Hilge Landweer 1993).

So bleibt die Antwort auf die Frage nach einer weiblichen Identität jenseits patriarchaler Zuschreibungsmuster vorerst offen – offen für die Kritik an den patriarchalen Verhältnissen, in denen »Männlichkeit und Weiblichkeit sozial-historisch-kulturell produzierte, mystifizierte und ideologisierte Herrschaftsfaktoren in einer vom männlichen Diskurs beherrschten Welt sind« (Alexandra Busch 1989, S. 161). Diesen Diskurs zu durchbrechen ist eine Sache, seine gesellschaftlichen Voraussetzungen zu verändern, eine andere. Beides gehört jedoch zusammen.

Weiterführende Literaturempfehlungen

Becker-Schmidt, Regina, Gudrun-Axeli Knapp (1987): *Geschlechtertrennung – Geschlechterdifferenz. Suchbewegungen sozialen Lernens.* Bonn.
Dies ist ein mit vielen literarischen Beispielen angereichertes Lesebuch, das die »Suchbewegungen sozialen Lernens« als Hineinwachsen in das soziosymbolische System der Zweigeschlechtlichkeit aus feministischer Sicht nachzeichnet. Auch wenn es auf Grund seiner vielen Fremdworte nicht ganz einfach zu lesen ist, gibt es dennoch einen guten Einblick in den Stand der feministischen Diskussion zur Problematik der doppelten Vergesellschaftung und ihrer Auswirkungen auf den weiblichen Lebenszusammenhang bzw. die weibliche Persönlichkeitsstruktur.

Fausto-Sterling, Anne (1985): *Gefangene des Geschlechts. Was biologische Theorien über Mann und Frau aussagen.* München, Zürich.
Eine gut lesbare, umfassende Einführung und kritische Darstellung aller Forschungsergebnisse, die sich auf soziobiologistische Argumentationen stützen.

Lenz, Ilse, Ute Luig (Hg.) (1990): *Frauenmacht ohne Herrschaft: Geschlechterverhältnisse in nichtpatriarchalen Gesellschaften.* Berlin.
Pflichtlektüre für alle, die auf der Suche nach Vorbildern nicht-patriarchaler Gesellschaften sind. Die einzelnen Beiträge geben einen differenzierten Einblick in die Matriarchatsdiskussion und benennen Kriterien zur Beurteilung »geschlechtssymmetrischer Gesellschaften«.

Rohde-Dachser, Christa (1991): *Expedition in den dunklen Kontinent. Weiblichkeit im Diskurs der Psychoanalyse.* Berlin, Heidelberg usw.
Das Buch bietet eine umfassende Darstellung und feministische Kritik an der Psychoanalyse, bis hinein in die neueren Entwicklungen. Dies geschieht u. a. dadurch, daß die Autorin die unbewußten Phantasien offen legt, die in die Begriffe und Theorien über die Differenz der Geschlechter eingehen, so daß die latente Geschlechtsspezifität der psychoanalytischen Konzepte deutlich wird.

Schenk, Herrad (1979): *Geschlechtsrollenwandel und Sexismus. Zur Sozialpsychologie geschlechtsspezifischen Verhaltens.* Weinheim, Basel.
Das Buch gibt einen umfassenden und kritischen Überblick über die empirischen Ergebnisse zum Thema Geschlechtsrollen/Geschlechtsunterschiede. Zur Einführung sehr zu empfehlen.

Sullerot, Evelyne (1979): *Die Wirklichkeit der Frau.* München.
Das Buch enthält eine Fülle von Beiträgen zur Frage der Geschlechtsunterschiede aus biologischer, medizinischer, psychologischer und soziologischer Sicht. Eine Pflichtlektüre für alle, die sich mit dem Soziobiologismus auseinandersetzen wollen.

3. Kapitel

Sozialisation oder: Wie werden Frauen und Männer gemacht?

> »Als Anna und Bernadette (vierjährig) das erste Mal einen nackten kleinen Buben sahen, glaubten sie, er sei krank, weil er einen so schrecklichen Zipfel am Bauch hängen habe. Sie riefen die Mama, um dem armen kleinen Buben zu helfen. (...) In den Gesprächen von Annelie (zweieinhalbjährig) nimmt die Existenz von Busen einen wesentlich größeren Raum ein als das Schwanzi. (...) Auch Schorschi (zweieinhalbjährig) beteiligt sich sehr intensiv und mit großem Interesse an den Gesprächen über Busen. – Ich habe noch nie vom Busenneidkomplex bei Buben und Männern gehört.« (Marianne Grabrucker 1985, S. 140 f.)

Von den Anfängen der Frauenforschung an war es Feministinnen ein Anliegen, die Geschlechterdifferenz nicht auf die biologischen Unterschiede zwischen Frau und Mann zurückzuführen, sondern sie als Folge eines historisch-soziokulturellen Formungsprozesses, eben der Sozialisation, zu betrachten.

In der traditionellen Sozialisationsforschung gab es bis zum Aufkommen der neuen Frauenforschung Mitte der 70er Jahre keine ausgeprägte Theorie der geschlechtsspezifischen Sozialisation. Andere Themen standen im Zentrum, vor allem die Frage, wie Normen und Werte an die nächste Generation vermittelt werden und welche Unterschiede es dabei zwischen den Angehörigen verschiedener sozialer Schichten zu beobachten gibt. Bei Unterschichtkindern stellte man beispielsweise »Defizite« in der Sozialisation fest, die durch kompensatorische Maßnahmen wie etwa Vorschulprogramme ausgeglichen werden sollten. Man untersuchte Erziehungsstile und unterschied den »autoritären« vom »partnerschaftlichen« oder »antiautoritären«, wobei letzterer nicht nur für die Kinder, sondern für die gesamte Gesellschaft eine Befreiung von Herrschaftsstrukturen mit sich bringen sollte. Bei dieser Art von Fragestellungen wurde die Geschlechterdimension nahezu vollkommen ausgeblendet.

Die unübersehbaren geschlechtsspezifischen Unterschiede der Sozialisation in der Familie, aber auch in Kindergarten, Schule, Beruf und allen weiteren Sozialisationsinstanzen, wurden zwar behandelt, dann jedoch als letztlich »naturgegeben« hingenommen, also nicht weiter problematisiert. Man registrierte die unterschiedliche Behandlung von Mädchen und Jungen durch die Erwachsenen sowie die Reaktionen der Kinder und beschrieb letztere, wenn nicht als biologisch angelegt, dann als Imitations- oder Identifikationslernen der jeweiligen Geschlechtsrolle. Die Frage nach einer möglichen Überwindung dieser Unterschiede – wie man sie im Zusammenhang mit der schichtspezifischen Sozialisation stellte – tauchte jedoch nicht auf: Man ging eben davon aus, daß die Komplementarität der Geschlechterrollen gut und notwendig sei.

Auch hier waren Feministinnen die ersten, die sich dieser Frage zuwandten (vgl. Eva Breitenbach, Carol Hagemann-White 1994). Die Anfänge der feministischen Sozialisationsforschung sind nicht eindeutig festzumachen. Anstöße kamen aus vielen Richtungen. Margaret Meads ethnologisch-kulturvergleichende Forschungen über die gänzlich andersartigen Geschlechterrollen in Südsee-Völkern aus den dreißiger Jahren waren für viele Frauenforscherinnen Anlaß, sich darüber Gedanken zu machen, daß die Geschlechterdifferenz und -sozialisation in unseren Gesellschaften keine »Naturgegebenheit« sein kann und damit also auch veränderbar ist. Auch Simone de Beauvoirs bahnbrechendes Werk *Das andere Geschlecht* von 1949 war ein solcher Anstoß. Mit ihrem Ausspruch: »Man kommt nicht als Frau zur Welt, man wird es«, hat sie ohne Frage vielen Frauen die Augen für die frauenfeindliche Sozialisation im Patriarchat geöffnet.

---

1 Janine Chasseguet-Smirgel 1976; Dorothy Dinnerstein 1979; Luce Irigaray 1980; Nancy Chodorow 1985; Christiane Olivier 1987; Anja Meulenbelt 1985; Margarete Mitscherlich-Nielsen 1985; Jessica Benjamin 1990; Christa Rohde-Dachser 1990.

Die feministische Auseinandersetzung mit der Psychoanalyse Sigmund Freuds

Vor allem aber war es die Psychoanalyse Sigmund Freuds und die von ihm entwickelte Theorie der psychosexuellen Entwicklung von Jungen und Mädchen, die die Kritik von Psychologinnen und Soziologinnen seit etwa Anfang der siebziger Jahre herausforderte und zur Suche nach einer feministischen Theorie weiblicher Sozialisation führte.

Wie schon im Kapitel 2 (S. 48 ff.) ausgeführt wurde, bezieht sich Freud mit seiner sogenannten »Ödipus-Theorie« (der kleine Junge richtet seine sexuellen Wünsche auf die Mutter und erlebt den Vater als Rivalen) zunächst nur auf die Entwicklung von Jungen. Die psychosexuelle Entwicklung des Mädchens blieb für ihn bis in sein hohes Alter, wie er selbst sagte, ein Rätsel. Erst 1925, also mit fast siebzig Jahren, formulierte er seine Gedanken zur weiblichen Sexualentwicklung, die für ihn eine defizitäre Abweichung von der männlichen Norm darstellt, so daß das Mädchen als minderwertig erscheint.

Die feministische Kritik an Freuds Psychoanalyse[1] richtet sich vor allem gegen folgende Punkte seiner Theorie:

- die Höherbewertung des »Männlichen« (gleich dem »Menschlichen«) und die Beschreibung der weiblichen psychosexuellen Entwicklung als bezogen auf dieses »Männliche«;
- die Überbetonung des Phallus als Symbol sexueller Stärke;
- die Sicht der Frau als »kastriertes« Mängelwesen;
- die Behauptung, Kinder würden durch die Wahrnehmung der Geschlechtsorgane (Vorhandensein oder Nicht-Vorhandensein eines Penis) ihre Geschlechtsidentität erlangen;
- die Überbetonung der Mutterschaft als biologische Bestimmung der Frau, auf die hin das Mädchen sozialisiert wird;
- die Verleugnung weiblichen Lustempfindens, sofern es nicht auf den Mann bezogen ist;
- die Entwertung der Mutter-Tochter-Beziehung;
- die Leugnung der realen sexuellen Übergriffe von Männern auf Töchter oder auf andere weibliche Verwandte dadurch, daß man von angeblichen »libidinösen« Phantasien des Mädchens ausgeht;
- das Ignorieren des realen gesellschaftlichen Machtgefälles zwischen Mann und Frau in der Familie in seiner Relevanz für die Geschlechtersozialisation;

- das Ignorieren der gesellschaftlichen Bedingtheit von Geschlechterrollen und ihrer keineswegs universellen, sondern zeitgebundenen Ausprägung im Patriarchat;
- die Unfähigkeit der psychoanalytischen Theorie, den Wandel der Geschlechterrollen und damit auch der geschlechtsspezifischen Sozialisation zu erfassen;
- den Biologismus der Freudschen Psychoanalyse, der die Geschlechterdifferenz im Patriarchat als naturwüchsig erscheinen läßt und damit legitimiert;
- die teilweise verheerenden Auswirkungen der psychoanalytischen Theorie der Weiblichkeit in der Therapie von Frauen. Hier erwiesen sich insbesondere auch Freuds eigene Fallbeschreibungen als extrem sexistisch.

Dennoch war die Psychoanalyse nicht nur Gegenstand feministischer Kritik, sie lieferte auch die Basis für feministische Theoriebildung zur Sozialisation. Denn Freud hat mit seiner Vorstellung vom »Unbewußten« – jener Instanz, in der die Erfahrungen aus der frühen Kindheit bis in das Erwachsenenleben hinein gespeichert und aktivierbar sind – auch Feministinnen ein brauchbares Erklärungsmodell an die Hand gegeben, um zu verstehen, weshalb sich gerade die bestehenden Geschlechterverhältnisse so außerordentlich schwer verändern lassen.

Feministische Theorien der Geschlechtersozialisation

In direkter Auseinandersetzung mit der Psychoanalyse haben vor allem amerikanische Soziologinnen bzw. Psychologinnen wichtige Beiträge zu feministischen sozialisationstheoretischen Entwürfen geleistet, die auch in Deutschland großen Einfluß haben (vgl. hierzu auch die Zusammenfassung bei Anja Meulenbelt 1985).

Die amerikanische Soziologin *Nancy Chodorow* (1985; orig. 1978) leitet die Entwicklung einer weiblichen oder männlichen Geschlechtsidentität aus dem für Mädchen und Jungen unterschiedlichen Ablösungsprozeß von der ersten Bezugsperson her, die auch heute noch zumeist die Mutter ist. Vom Jungen wird eine Abgrenzung von der Mutter verlangt, die er durch Identifikation mit männlichen Macht- und Autoritätsfiguren und gleichzeitiger Abwertung der Mutter und der Weiblichkeit generell erlangt. Aspekte von Weiblichkeit bei sich selbst lernt der Junge zu verleugnen oder zu verdrängen. Er entwickelt ein Ich, das durch Distanzierung, Dominanz, Konkurrenz und Aggression, insbesondere gegenüber Mädchen und Frauen und durch stärkere Sach- als Personenbezogenheit gekennzeichnet ist. Eine positive Aneignung von Männlichkeit würde erfordern, daß der Junge sich an einen Mann anlehnt, der ihm »Männlichkeit« vorlebt. Da jedoch Väter überwiegend abwesend sind und die Erziehung ihrer Kinder der Mutter überlassen bleibt, ist diese Möglichkeit in der Realität kaum gegeben (vgl. Kapitel 5). Nach Chodorow kann sich die Tochter nicht in gleichem Maße wie der Sohn über die Mutter erheben, denn sie ist ja eben auch »nur« eine Frau. Sie ist auf dieselbe Rolle fixiert, die im Vergleich zur männlichen Rolle weniger Lebenschancen bietet. Anders als der Sohn kann sich jedoch die Tochter länger und unbefangener mit der Mutter eins fühlen und daraus Kraft ziehen.

Auch *Dorothy Dinnerstein* (1979 [1976]) hat sich aus ihrer Kritik an Freuds Psychoanalyse heraus vor allem mit der Bedeutung der Mutter für die Sozialisation von Mädchen und Jungen befaßt. Wir werden von einer Mutter geboren und – in patriarchalen Gesellschaften – fast ausschließlich von ihr versorgt. Sie nährt uns, ist die »gute« Mutter. Aber sie läßt uns auch Versagungen zuteil werden, was sie zu einer »bösen« Mutter macht. Diese Versagungen werden nach Dinnerstein vom Kind am Geschlecht der Mutter festgemacht. Es wendet sich zum Vater als Schutz vor ihr. In Projektion verfolgt uns die »böse« Mutter auch im Erwachsenenalter, was wiederum dazu führt, daß der Schutz in patriarchalen Institutionen gesucht wird. Der Unterschied zwischen Mädchen und Jungen besteht nach Dinnerstein darin, daß dem Mädchen klar ist, mit der Mutter sozusagen »in einem Boot« zu sitzen, so daß ihr nur die Unterwerfung unter männlichen Schutz, der aber immer auch zugleich Bedrohung ist, offensteht. Der Junge dagegen weiß, daß er sich, wenn er groß ist, über die Frau stellen kann, daß er sie seiner Vorherrschaft unterwerfen, sie besitzen kann. Auch Dinnerstein schließt aus dieser Analyse, daß wir als Frauen und Männer das Patriarchat in uns nicht überwinden können, solange Männer nicht die Pflegeaufgaben für die Kinder übernehmen und sich als ganze Person in ihren »guten« wie »bösen« Aspekten – wie bislang eben nur die Mütter – der Herausforderung der Kindererziehung stellen.

Auf die unterschiedliche Bedeutung des Ablösungsprozesses von der Mutter geht auch *Carol Gilligan* (1984 [1982]) ein. Aus den Erfahrungen von Abgrenzung, die Jungen im Verlauf ihrer Sozialisation erleben, und denen von Verbundenheit, die vorwiegend die Mädchensozialisation kennzeichnen, entwickelt sich ein unterschiedliches Sozialverhalten und moralisches Urteil bei beiden Geschlechtern: Jungen/Männer messen sich vor allem an einem abstrakten Ideal von Gerechtigkeit, während Mädchen/Frauen ein Selbst und eine moralische Grundhaltung entwickeln, die von sozialem, personenorientiertem Handeln bestimmt sind. Weibliche Interaktion und Kommunikation beruhen somit stärker auf Beziehungsorientierung und vernetztem Denken, während Männer hierarchisches Denken, das sich in Macht- und Dominanzstreben äußert, bevorzugen. Da sie schon als Jungen die Erfahrung von Trennung machen mußten, gehen Männer auch im Erwachsenenalter eher davon aus, daß Beziehungen leicht ersetzbar sind. Gilligan plädiert für eine gesellschaftliche Anerkennung der »weiblichen Moral der Anteilnahme« und ihre Einbeziehung in alle Bereiche des sozialen Lebens.

Dorothy Dinnerstein, Nancy Chodorow und Carol Gilligan werden seit der Übersetzung ihrer Werke ins Deutsche in den achtziger Jahren auch bei uns als maßgebliche feministische Theoretikerinnen der Geschlechtersozialisation angesehen. Allerdings hat es auch nicht an Kritik aus den eigenen feministischen Reihen an ihrem tiefenpsychologischen Ansatz gefehlt: Für manche Kritikerinnen steht die Kleinfamilie mit ihren patriarchalen Strukturen noch zu sehr im Mittelpunkt der Betrachtung. Vermißt wird auch ein alternatives Modell von geschlechtsspezifischer Sozialisation, das Wege zu einer Aufhebung der patriarchalen Geschlechterverhältnisse aufweist (vgl. Überblick bei Helga Bilden 1991, S. 196).

Neben diesen Amerikanerinnen fand in Deutschland Anfang der siebziger Jahre *Elena Belottis* Buch *Was geschieht mit kleinen Mädchen* (1975) ein großes Echo. Sie ging nicht von einer Kritik an der Psychoanalyse aus, sondern stellte anhand von empirischen Untersuchungen dar, wie einflußreich der direkte interaktionelle Austausch zwischen Mutter und Kind für die geschlechtsspezifische Sozialisation ist. Sie berichtet, daß häufig bereits vor der Geburt eine Einstimmung auf das bevorzugte Geschlecht des Kindes – fast immer das eines Jungen – stattfindet, daß Mädchen und Jungen schon als Säuglinge und Kleinkinder unterschiedlich behandelt werden, daß Spielzeug grundsätzlich nach geschlechtsspezifischen Kriterien ausgewählt wird und daß vor allem nicht nur in der Familie, sondern in allen weiteren sozialen Institutionen eine unterschiedliche Behandlung von Mädchen und Jungen stattfindet, was sie in die ihnen von der Gesellschaft vorgeschriebene Geschlechtsrolle drängt. Auch wenn Elena Belotti von den Verhältnissen in Italien ausgeht, wo die Bevorzugung des männlichen Geschlechts noch stärker zu sein scheint als bei uns, und auch wenn sie manchmal eine allzu direkte Beziehung zwischen dem Verhalten der Mutter und dem Erziehungserfolg annimmt, ist diese Studie als »Klassikerin« der geschlechtsspezifischen Sozialisationsforschung noch heute gültig.

Gleiches gilt für *Ursula Scheus* Buch: *Wir werden nicht als Mädchen geboren, wir werden dazu gemacht* – das Ende der siebziger Jahre erschien und seine Aktualität bis heute nicht verloren hat. Auch Ursula Scheu präsentiert Untersuchungen, die detailliert belegen, welche Unterschiede in der Behandlung von Mädchen und Jungen von Geburt an gemacht werden. Der Wert beider Studien liegt vor allem darin, zum erstenmal eine umfassende Darstellung geschlechtsspezifischer Sozialisationspraktiken vorgelegt zu haben. Andere Sozialisationsforscherinnen, insbesondere Carol Hagemann-White, haben Kritik geübt an der allzu vereinfachten Kausalbeziehung zwischen dem konkreten mütterlichen Verhalten und der jeweiligen geschlechtsspezifischen Reaktion des Kindes, die Elena Belotti und auch Ursula Scheu hergestellt haben.

Auch *Carol Hagemann-White* hat sich zunächst mit der Psychoanalyse auseinandergesetzt und zur gleichen Zeit wie Nancy Chodorow und Dorothy Dinnerstein – ohne jedoch von ihren Arbeiten gewußt zu haben – ihre feministische Kritik an Freuds Theorie der weiblichen Sexualität entwickelt (1979). Sie ist dann jedoch einen Schritt über die Kritik hinausgegangen und hat mit ihrer Theorie des »symbolischen Systems der Zweigeschlechtlichkeit« (1984b) einen sehr viel umfassenderen Entwurf einer feministischen Sozialisationstheorie vorgelegt. Wenn in einer Gesellschaft dieses System der Zweigeschlechtlichkeit etabliert ist, wird von allen Menschen verlangt, sich jeweils eindeutig nur dem einen oder dem anderen Geschlecht zuzuordnen, da Zwischenformen, Übergänge in Form von Zwitterwesen u. a., kulturell nicht zugelassen sind. Wir gehen in unseren Gesellschaften aufgrund unserer zweigeschlechtlichen Alltagstheorie wie selbstverständlich davon aus, daß jeder Mensch nur einem Geschlecht zugeordnet werden kann, was jedoch nicht in allen Kulturen der Fall ist und was auch in unserer Kultur nicht der gelebten Realität entspricht (vgl. Gesa Lindemann 1993). Denn auch wir kennen viele Zwischenformen von subjektiv erlebter Geschlechtszugehörigkeit, die jedoch generell als abweichend beschrieben werden (vgl. Kapitel 6).

Das jeweilige symbolische System der Geschlechtlichkeit – bei uns also die Zweigeschlechtlichkeit – wird von allen Heranwachsenden im Verlauf der Sozialisation erlernt. Für Carol Hagemann-White kommt es dabei jedoch nicht in erster Linie auf das Verhalten der Pflegepersonen, insbesondere der Mutter, an (was oft genug einer Beschuldigung der Mutter gleichkommt), sondern auf den gesamten Kontext, in dem Sozialisation stattfindet, eben den Kontext der Zweigeschlechtlichkeit der patriarchalen Gesellschaft und ihrer Höherwertung des Männlichen.

»Unabhängig von der Art, wie konkrete Eltern und Erziehungspersonen die eigene Haltung zur Geschlechterordnung definieren, erzwingt unsere Kultur eine Selbstzuordnung als Mädchen oder Junge im Unterschied zum jeweils anderen Geschlecht als Bedingung der Möglichkeit der Identität.« (Carol Hagemann-White 1988b, S. 234)

Die Geschlechtszuordnung wird nach Carol Hagemann-White mit der Sprache erworben, da diese die Kenntnis des eigenen sozialen Orts als Geschlechtswesen ermöglicht.

»Eine zureichende Theorie geschlechtsspezifischer Sozialisation wird davon ausgehen müssen, daß nicht erst gewisse Rollenerwartungen, sondern schon die Geschlechtszugehörigkeit selbst Teil des symbolischen Systems einer Kultur ist, dessen Grundlagen gleichzeitig mit dem Erwerb der Sprache angeeignet werden.« (Carol Hagemann-White 1988a, S. 51 f.)

Daher ist es nicht allein entscheidend, wie die Eltern bewußt die Geschlechtsidentität des Kindes fördern, etwa dadurch, daß sie geschlechtsspezifisches Spielzeug, Bilderbücher usw. auswählen oder bestimmtes Verhalten als »richtig« für ein Mädchen oder einen Jungen loben. Viele Untersuchungen haben ihrer Ansicht nach das Augenmerk allzu stark auf diese mehr materiellen Aspekte des Sozialisationsprozesses gerichtet. Der Erwerb der Geschlechtsidentität ist nach Hagemann-White ein aktiver Prozeß der Selbstkategorisierung des Kindes. Das Kind ordnet sich in das System der Zweigeschlechtlichkeit ein, weil dies eine lebenswichtige Anpassung, eine notwendige Aneignung gesellschaftlicher Realität bedeutet, ohne die es in der nach dem Geschlecht polarisierten Gesellschaft nicht existieren kann.

Nicht zuletzt aus diesen Überlegungen heraus plädiert auch *Hel-*

ga Bilden[2] dafür, die Geschlechtsidentität als eine »Konstruktion« aufzufassen:

»Ich spreche daher ohne den emphatischen Anspruch, der mit ›Identität‹ immer verbunden ist, von *Selbst-Bildung* oder *Selbst-Entwicklung* (Selbstkonstruktion und -konstitution). Für mich steht dabei Selbst als reflexive Beziehungskategorie im Vordergrund: Ich bin/werde ich selbst in Beziehung zu anderen und zu mir. Ich bilde und entwickle mich selbst in meiner Lebenstätigkeit, die eingelassen in und konstitutiver, eventuell kreativer Teil sozialer Praktiken ist.« (Bilden 1991, S. 291)

Ein Mädchen oder Junge »erwirbt« also nicht ihre/seine Geschlechtsrolle, fügt sie nicht einem irgendwie ursprünglichen, geschlechtslosen »Ich« hinzu, sondern *ist* Mädchen oder Junge in allem, was ihr/sein Ich ausmacht, weil sich alle Menschen in ihrer und seiner Umgebung auf sie ihn als Mädchen oder Junge beziehen und sie/er dies ebenfalls tut. Selbstreflexivität und Selbst-Bildung sind auch nach Helga Bilden entscheidend von der Symbolisierungsfähigkeit des Kindes, d. h. vom Spracherwerb, abhängig, wobei sie auch die nonverbale Körper-»Sprache« mit einbezieht (Helga Bilden 1991, S. 295; Carol Hagemann-White 1988b; vgl. auch Marianne Krüll 1989).

Geschlechtsspezifische Sozialisation aus der Sicht des Kindes

Gerade diese Überlegungen von Carol Hagemann-White und Helga Bilden weisen darauf hin, daß bei der Betrachtung der geschlechtsspezifischen Sozialisation die Perspektive des Kindes einbezogen werden muß. In Theorien der Sozialisation wurde nämlich meist

2 Helga Bilden hat ihren wichtigen und vielzitierten Beitrag über»Geschlechtsspezifische Sozialisation« im Handbuch der Sozialisationsforschung aus dem Jahre 1980 völlig überarbeitet und neu geschrieben (1991). Der frühere Artikel ist jedoch keineswegs veraltet und sollte daher auch weiter gelesen werden. Ein Vergleich zwischen beiden zeigt eine hochinteressante Entwicklung feministischer Theoriebildung und Forschung, von der Helga Bilden – sehr persönlich, aber sicher stellvertretend für viele andere Forscherinnen – Zeugnis ablegt, nämlich die Hinwendung zum konstruktivistischen Denken.

übersehen, daß Kinder die Welt nicht so wahrnehmen wie Erwachsene bzw. wie Erwachsene meinen, daß Kinder sie wahrnehmen. Wir haben kaum Vorstellungen darüber, wie es Kindern gelingt, Merkmale in der Erscheinung, im Verhalten, in Funktionen von Personen dem einen oder dem anderen Geschlecht zuzuordnen. Denn diese Merkmale werden ihnen nicht ausdrücklich vermittelt. Wie Kinder diese Unterscheidungen lernen, ist ein höchst komplexer Prozeß, der nicht nur den Eltern, sondern auch der wissenschaftlichen Analyse weitgehend verborgen bleibt (Carol Hagemann-White 1984b, S. 82 ff.).

Biologische Merkmale sind dabei offenbar nicht ausschlaggebend, schon gar nicht das von Freud so sehr betonte Wissen um den Besitz eines Penis beim Mann, denn diesen können Kinder unserer Kultur nur in Ausnahmesituationen sehen. Aber auch diejenigen Merkmale, die das Kind leicht beobachten kann, die geschlechtstypische Kleidung, die sichtbaren sekundären Geschlechtsmerkmale (der Busen der Frau, der Bartwuchs des Mannes), die körperliche Motorik oder die unterschiedlichen Stimmlagen von Frauen und Männern, scheinen für das Kleinkind nicht zentrale Kriterien für die Zuordnung zu einem Geschlecht zu sein.

Vielmehr liefern die Beziehungen und Interaktionen zwischen den Menschen unterschiedlichen Geschlechts, vor allem die zwischen seinen nächsten Bezugspersonen, einem Kind in der Zeit des Spracherwerbs die notwendigen Anhaltspunkte dafür, wie Frauen und Männer zu unterscheiden sind. Wie sich Frauen und Männer, Mädchen und Jungen wechselseitig zueinander verhalten, gibt dem Kind Aufschluß über die Regeln der Geschlechterverhältnisse, insbesondere da diese Regeln als Erwartungen an das Verhalten des Kindes gerichtet werden.

Suzanne Kessler und *Wendy McKenna* (1985) haben durch Befragung von Kindern im Alter zwischen drei und sechs Jahren ermittelt, daß Dreijährige fast ohne Fehler angeben können, ob die Abbildung eines Menschen eine Frau oder einen Mann darstellt, daß sie aber teilweise sehr seltsame Theorien entwickeln, weshalb sie die jeweilige Zuordnung gemacht haben (S. 101 ff.).[3] Wie ein Kind, das die

3 Sehr interessant sind auch Suzanne Kesslers und Wendy McKennas Versuche mit Erwachsenen, die gezeichnete Figur eines nackten Menschen mit gemischten Geschlechtsmerkmalen (eine Figur mit Brüsten und Penis oder eine mit Scheide und starkem Körperhaarwuchs ohne Brüste) einem Geschlecht zuzu-

Sprache grammatikalisch richtig zu sprechen beginnt, nicht angeben kann, welche Grammatikregeln es anwendet, so kann ein Kind die »Grammatik« des Geschlechterverhältnisses – ohne sie benennen zu können – anwenden.

Ähnliches haben *Hans* und *Shulamith Kreitler* (1967) in einer Befragung von israelischen Kindergartenkindern zu ihrem Bild von Mutter und Vater ermittelt. Auch diese Kinder vermochten sehr klar eine Unterscheidung zu treffen, die sie am konkreten Handeln und am Aussehen festmachten. Bemerkenswert war dabei, daß die Jungen auf die Frage: »Möchtest du wie dein Vater sein oder nicht?« zu zwei Dritteln mit »Ja« antworteten, während diese Frage (»Möchtest du wie deine Mutter sein oder nicht?«) von den Mädchen nur zu einem Drittel bejaht wurde (Hans Kreitler, Shulamith Kreitler 1967, S. 142).

In einer höchst eindrucksvollen, weil ehrlichen und zugleich humorvollen Studie über die Entwicklung ihrer eigenen kleinen Tochter hat *Marianne Grabrucker* (1985) in Tagebuchform die verblüffend subtile Wahrnehmungsfähigkeit der Zweijährigen aufgezeichnet: Anneli, die gerade sprechen gelernt hat, bemerkt an Plakatwänden und im Fernsehen: »Frau nackig – Mann redet!« (S. 33 f., 38) Gleichzeitig hat die Kleine verstanden, daß Mann-Sein mit höherem Ansehen verbunden ist, denn sie entscheidet, auch ein Mann werden zu wollen, wenn sie groß ist (S. 85, 107). Marianne Grabrucker macht auch deutlich, wie sehr sie selbst dazu beiträgt, dem Kind die Geschlechtsunterschiede und die Höherbewertung des Männlichen nahezubringen, obwohl sie als Feministin dies zu vermeiden sucht. Bei einem Besuch im Zoo kommentiert sie das Aussehen eines Löwen: »Und das ist jetzt der Löwenpapa, da schau mal, wie groß der ist«, und bemerkt dazu:

»Ich gebe an Anneli das patriarchale System weiter: Es hat keinen Sinn, emanzipatorische Bücher sorgfältig auszuwählen, wenn ich andererseits ungebrochen vermittle, daß der Chef der Familie der Papa ist, daß er der *Größte* ist, daß ich als Frau bei seinem Erscheinen besonders ehrfürchtig bin und daß alle anderen Fami-

ordnen. Es wurden erheblich häufiger Zuordnungen zum männlichen Geschlecht vorgenommen als zum weiblichen. Die Autorinnen deuten dieses Ergebnis so: »Es scheint keine Erkennungszeichen zu geben, die eindeutig weiblich sind, während es viele definitiv männliche Merkmale gibt. Männlich zu sein heißt, etwas zu *haben,* weiblich zu sein heißt, etwas *nicht zu haben* (Kessler/McKenna 1985, S. 153, 142 ff.; Übers. Marianne Krüll).

lienmitglieder dem Größten untergeordnet sind, auch wenn es im Alltag bei uns in der Familie anders ist.« (Marianne Grabrucker 1985, S. 43)

Aus der Position des Kindes betrachtet, ist geschlechtsspezifische Sozialisation also sehr viel mehr als die bloße Aneignung der eigenen Geschlechtsrolle. Ein Kind internalisiert die Struktur der Geschlechterverhältnisse, also des gesamten Netzes von Beziehungen zwischen Frauen und Männern in seinem Umfeld. Dies ist besonders relevant im Zusammenhang mit Verhältnissen von Unterdrückung oder Gewalt in diesem Netz. Diese werden von Mädchen und Jungen selbst dann als Teil der eigenen Geschlechtsrolle verinnerlicht, wenn sie sie nur beobachten. Wer als kleiner Junge Zeuge von Gewalt von Männern gegen Frauen war (und welcher Junge war dies nicht – sei es auch nur in den Medien!), wird Gewalt als Teil seiner Geschlechtsidentität in sich aufbauen. Ein kleines Mädchen wird – selbst wenn sie männliche Gewalt nicht körperlich erleiden mußte, sondern auch nur als Zeugin oder in den Medien miterlebt hat – die Opferrolle als Teil ihrer Geschlechtsidentität verinnerlichen. Ob und wie sich dieser Aspekt der Geschlechtsrolle auf das reale Verhalten auswirkt, ist allerdings offen, zumindest wenn wir die theoretischen Überlegungen zur Selbstkategorisierung ernst nehmen, nach denen wir auch selbst entscheiden, welche Verhaltensmuster wir wie ausprägen und leben.

Geschlechtsspezifische Sozialisation in der Pubertät[4]

Auch wenn die sozialen Geschlechterverhältnisse und die eigene Identität als Mädchen oder Junge schon mit dem Spracherwerb eine Realität darstellen, hört Sozialisation mit der frühen Kindheit nicht auf (zur schulischen und hochschulischen Sozialisation s. Kapitel 7). In der Pubertät erleben Mädchen und Jungen noch einmal eine Phase der Suche nach ihrer Geschlechtsidentität, die in unserer Gesellschaft noch zusätzlich dadurch erschwert wird, daß es bei uns – anders als in vielen Kulturen – keine formellen Übergangsriten ins Erwachsenenleben gibt. Mädchen und Jungen erleben die körperlichen Veränderun-

4 Vgl. zum Folgenden die zusammenfassenden Darstellungen von Anja Meulenbelt (1985), Helga Bilden (1980 und 1991), Lising Pagenstecher u. a. (1985).

gen dieser Phase auch heute noch weitgehend als verwirrend oder gar erschreckend. Die sexuelle Aufklärung durch erwachsene Bezugspersonen mißlingt meist, da diese selbst mit ihrer Sexualität und Sinnlichkeit nicht im reinen sind und in verstrickten Beziehungen leben. Die daraus resultierende Verhaltensunsicherheit der jungen Menschen müssen sie weitgehend allein oder mit ebenso verunsicherten Gleichaltrigen aufzulösen versuchen. Die geschlechtsspezifischen Unterschiede derartiger Lösungsversuche sind hier besonders groß.

In vielen Untersuchungen wurde nachgewiesen, daß Jungen, die sich von jeher davor hüten mußten, »weibisches Verhalten« zu zeigen, sich in der Pubertät noch stärker vom anderen Geschlecht abgrenzen, um nicht in den Verdacht der Verweichlichung oder gar der Homosexualität zu kommen. Vor allem Jungen der Unterschicht versuchen, ihre Männlichkeit durch sexistische Abwertung der Mädchen und des Weiblichen, z. B. durch Konsum pornographischer Schriften oder durch Erzählen sexistischer Witze (Helga Kotthoff 1988), zu stärken. In Peer-Gruppen von Gleichaltrigen durchstehen sie Mutproben, um sich ihrer Männlichkeit zu versichern.[5]

In der Vorpubertät war es Mädchen häufig noch gestattet, sich »wie ein Junge« zu verhalten. Mit der Pubertät nimmt jedoch der Druck auf sie zu, die weibliche Rolle zu übernehmen, was vor allem heißt, daß sie eine Jungenfreundschaft vorweisen können. Auch hier stehen Mädchen der Unterschicht unter stärkerem Zwang zur heterosexuellen Beziehung. Mädchen stellen sich auf die Beziehung zum Mann ein, erleben ihren eigenen Körper als Sexualobjekt, um dessen Attraktivität sie ständig besorgt sind, mit dem sie aber auch Wert erlangen können. Mädchenfreundschaften sind meist Zweierbeziehungen, in denen die Freundinnen wechselseitige Bestätigung und Austausch suchen. Es heißt, daß diese Mädchenfreundschaften häufig in die Brüche gehen, wenn eines der Mädchen eine Jungenbeziehung eingeht. Andererseits belegen neuere empirische Untersuchungen, daß Mädchen-, ebenso wie später Frauenfreundschaften im weiblichen Lebenszusammenhang eine außerordentlich wichtige Rolle spielen (mündliche Mitteilung von Carol Hagemann-White).

5 Eine wichtige Sozialisationsinstanz, die, von Ausnahmen abgesehen, ausschließlich jungen Männern vorbehalten ist, stellt das Militär, die »Schule der Nation«, dar. Die soziale Konstruktion von Männlichkeit durch das Militär wird zunehmend von feministischen Sozialwissenschaftlerinnen kritisch untersucht (vgl. Birgit Seemann 1996).

Dieser Widerspruch könnte damit zusammenhängen, daß auch in der feministischen Sozialisationsforschung heterosexuelle Stereotype eine Rolle spielen, was auch erklären würde, daß die Sozialisation von lesbischen Mädchen und Frauen kaum erforscht ist.

Die neuere feministische Adoleszenzforschung beschäftigt sich zunehmend mit der Bedeutung des Mutter-Tochter-Verhältnisses für die weibliche psychosexuelle Entwicklung.[6]

Obwohl sich in den letzten Jahrzehnten große Veränderungen im Selbstbewußtsein von Mädchen feststellen lassen – nahezu alle Mädchen wollen einen Beruf ausüben –, ist die Orientierung beider Geschlechter auf die heterosexuelle Beziehung in patriarchalem Muster mit ihren negativen Folgen vor allem für die Frauen vorherrschend (vgl. Kapitel 6).

Fazit und Ausblick

Als Schlußfolgerung läßt sich festhalten, daß Kinder das Geschlechterverhältnis, das die Erwachsenen ihnen vorleben, vor allem dadurch erlernen, daß sie die zugrundeliegende Alltagstheorie der Zweigeschlechtlichkeit wie eine »Grammatik« der Geschlechterbeziehungen in sich aufnehmen. Da diese Alltagstheorie besagt, daß Frauen und Männer eindeutig dem einen bzw. dem anderen Geschlecht zuzuordnen sind und daß die einmal vorgenommene Zuordnung unverrückbar ist, sind Kinder sehr darauf bedacht, die eigene Geschlechtsrolle zu be- und zu ergreifen, denn durch sie wird ihr soziales Sein, ihr Ich, existentiell konstituiert.

Da jedoch das Männliche grundsätzlich höher bewertet wird, lernt ein Mädchen, daß ihre Geschlechtsrolle mit Inferiorität verbunden ist. Wenn sie »gut« ist, d. h. sich rollenangepaßt verhält, ist sie »schlecht« oder zumindest schlechter als der Junge. Die Verhaltensstrategien von Mädchen, mit diesem Konflikt zu leben, lassen sich schon im frühesten Kindesalter erkennen: Verweigerung der eigenen Körperlichkeit, Überanpassung, Resignation, Selbsthaß. Allerdings wird in vorpubertärer Zeit dem Mädchen die Übernahme »männlicher« Verhaltensweisen noch zugestanden. Mit der Pubertät

6 Vgl. Karin Flaake, Vera King 1992; Elizabeth Debold u. a. 1994; Lyn M. Brown, Carol Gilligan 1994; Janneke van Mens-Verhulst u. a. 1996.

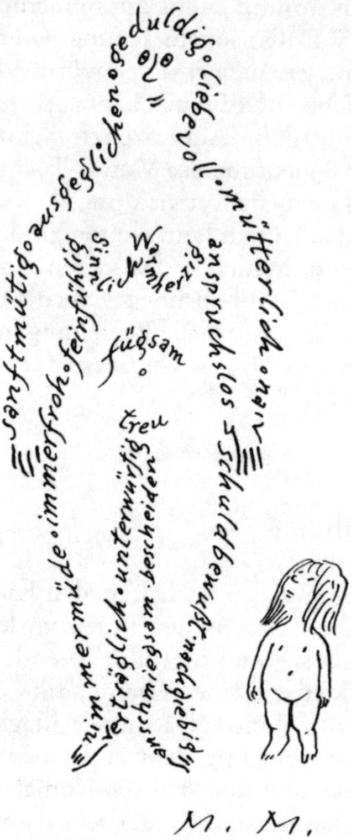

jedoch muß sich ein Mädchen in ihre Rolle fügen, sonst wird sie zu einer Außenseiterin mit allen möglichen negativen Konsequenzen bis hin zur Psychiatrisierung.

Jungen dagegen lernen, daß sie – wenn sie groß sind – die höher bewertete männliche Rolle einnehmen werden, daß sie auch schon als Kinder sich Mädchen und Frauen gegenüber als »kleine Männer« produzieren können/müssen. Ihre Identität finden sie durch doppelte Negation der Mutter: Sie müssen sie nicht nur als nährende Versorgerin aufgeben, sondern auch als »Andere«, die sie nie sein können. Aber Jungen finden auch keinen emotionalen Halt über die Identifikation mit dem Vater/Mann, denn dieser ist nicht nur weitgehend abwesend oder nur in vermittelter Form (als Fernseh-Held) für

ihn präsent, sondern auch mit dem Homosexuellen-Tabu besetzt, das jede körperliche und emotionale Nähe ausschließt.

Feministische Sozialisationstheorie ist also keineswegs nur eine Theorie weiblicher Sozialisation, sondern immer auch eine Theorie der Konstruktion des Geschlechterverhältnisses – sowohl im Prozeß der Sozialisation der/des Einzelnen als auch im Rahmen gesellschaftlicher Strukturen. Seit Beginn der 90er Jahre wenden sich feministische Sozialisationsforscherinnen auch verstärkt der Jungensozialisation zu und problematisieren die gesellschaftliche Konstruktion von Männlichkeit (vgl. Sigrid Metz-Göckel 1993). Auch ist in diesem Zusammenhang zu betonen, daß Geschlechtersozialisation nicht nur in der frühkindlichen Phase stattfindet und damit unveränderbar festgeschrieben ist; vielmehr soll mit Helga Bilden betont werden, daß die Geschlechtersozialisation ein lebenslanger Prozeß ist, der in ständiger Interaktion verwirklicht wird, der aber aus diesem Grund auch möglichen Veränderungen Raum gibt (Helga Bilden 1980, S. 802 f.).

Welche Perspektiven ergeben sich aus dieser Darstellung für die zukünftige Entwicklung feministischer Sozialisationstheorie und -praxis? Es erscheint vor allem wichtig, in Kulturen der Vergangenheit und Gegenwart und anderen Ethnien nach Modellen der Geschlechterdifferenz und der Geschlechterverhältnisse zu suchen, die von den uns vertrauten, scheinbar »natürlichen« abweichen.

Feministische Theologinnen, Archäologinnen und Historikerinnen haben inzwischen eine Fülle von Material zusammengetragen, mit dem belegbar ist, daß das Patriarchat, wie wir es kennen, gerade erst 5000 Jahre alt ist, daß vor dieser Zeit die Menschen dagegen in Gesellschaften mit anders strukturierten Geschlechterverhältnissen gelebt haben, in denen Frauen eine geachtete und anerkannte Position innehatten. Belege dafür sind die alt- und jungsteinzeitlichen Frauenfiguren, die in ganz Europa in großer Zahl gefunden wurden und die bis zu 30 000 Jahre alt sind. Darstellungen von Männern aus dieser Zeit gibt es so gut wie nicht. Belege dafür sind auch die großen Stadt- und Tempelanlagen von Chatal Hüyük oder Malta, die Stätten eines Kults der Großen Göttin waren. Mythen vieler Völker liefern ebenfalls Belegmaterial dafür, daß in vorschriftlichen Zeiten die Welt und der Kosmos als weiblich erfaßt wurden. Die weibliche Kraft der Erneuerung durch Geburt, aber auch die tödliche Kraft der »Mutter Erde«, zu der wir zurückkehren, sind in vielerlei mythischen Formen überliefert.[7]

Ebenso wichtig sind Modelle egalitärer oder frauenzentrierter Gesellschaftsstrukturen der Gegenwart, die aus vielen ethnologischen Quellen zu erschließen sind, wenn auch häufig in patriarchaler Verzerrung, da die Forschungsberichte aus männlicher Sicht verfaßt sind. Die Minangkabau auf Sumatra, die Hopis im Südwesten der USA, das balinesische Volk sind vielzitierte Beispiele für Kulturen mit einer Geschlechterordnung, die nicht auf der Dominanz der Männer beruht. Interessant sind auch Kulturen, in denen nicht nur

7 Marija Gimbutas 1995; Heide Göttner-Abendroth 1984; Riane Eisler 1989; Carola Meier-Seethaler 1988; Cillie Rentmeister 1980; Gabriele Meixner 1995.

zwei, sondern mehrere Geschlechterkategorien unterschieden werden, zwischen denen die Menschen auch wechseln können (vgl. Carol Hagemann-White 1988b, S. 228 ff.).

Diese nur beispielhaft genannten Belege für ein anderes als das patriarchale Geschlechterverhältnis können Frauen und Männer davon befreien, an eine »natürliche«, weil »biologische« Geschlechterdifferenz zu glauben und die Sozialisation ihrer Kinder darauf zu gründen.

Gleichzeitig tragen solche Beispiele mit dazu bei, Theorien der geschlechtsspezifischen Sozialisation fort- oder neu zu entwickeln, in denen die symbolisch-sprachliche Determination geschlechtsspezifischen Verhaltens im Mittelpunkt steht. Die Frage danach, was denn mehr zur Frau- bzw. Mann-Werdung beiträgt, die Sozialisation oder die Biologie, erweist sich dann als unsinnig, weil »Biologie« und »Sozialisation« nicht zu trennen sind, da beide über symbolisch-sprachliche Vermittlung gesellschaftliche Produkte darstellen (Marianne Krüll 1989).

Sinnvoll bleibt dagegen die Frage: Was folgt daraus, wenn Frau- und Mann-Werden als biologisch-anlagebedingter oder aber als symbolisch-sprachlicher Prozeß angesehen werden? Aus der biologistischen Sicht folgt eine Festschreibung auf diejenige Geschlechterdifferenz, die in der Gesellschaft vorherrscht: Sie dient den Interessen derjenigen, die sie als Alltagstheorie durchzusetzen vermögen – im Patriarchat also die Unterordnung der Frau unter die Interessen des Mannes. Wenn wir dagegen Mann- und Frau-Werden als Produkt von Sozialisation, also einer symbolisch-sprachlichen Aneignung der Zweigeschlechtlichkeit in unserer Gesellschaft ansehen, dann können wir uns von den vorgegebenen Mustern und Modellen der Geschlechterdifferenz distanzieren, können nach Alternativen Ausschau halten. Die Chance für eine Veränderung erstarrter Rollenstereotype, die im Falle patriarchaler Strukturen eine Verbesserung der Situation der Frau mit sich bringen würde, liegt auf der Hand.

Carol Hagemann-White meint, daß wir die »Null-Hypothese« riskieren sollten, d. h. aufhören sollten, von einer natürlichen Zweigeschlechtlichkeit auszugehen, und statt dessen die Geschlechterdifferenz als kulturelle Konstruktion zu fassen. Eventuell vorhandene hormonelle oder in der Körperlichkeit liegende Unterschiede, so meint sie, würden ohnehin aufgrund der Formbarkeit des Menschen überspielt werden können. Aus dieser Perspektive der »Null-Hypothese« ergibt sich ihrer Meinung nach auch eine deutlichere Wahrnehmung der Durchgängigkeit des jeweils in einer Gesellschaft bestehenden Geschlechterverhältnisses im gesamten sozialen Gefüge:

»So wird sichtbar, daß in Kulturen, die zwei Geschlechter unterscheiden und sie ungleich setzen, die Geschlechterpolarität in einem vielschichtigen Verhältnis zu Statushierarchien jeder Art in derselben Kultur steht. Einerseits bestimmt die Geschlechterpolarität auch den Zugang eines Geschlechts zu Tätigkeiten und Rechten; umgekehrt ist die Wertigkeit von Tätigkeitsfeldern davon mitbestimmt, welchem Geschlecht sie zustehen. Andererseits werden Machthierarchien jeder Art erotisiert: Sie werden in Begriffen der Geschlechtlichkeit und auch der Sexualität im engeren Sinne chiffriert.« (Carol Hagemann-White 1988b, S. 231)

Und wie in einem Wechselspiel wirken die auf der Geschlechterpolarität basierenden gesellschaftlichen Strukturen ihrerseits auf die Sozialisation der nachfolgenden Generation ein, die in eben diesen Strukturen der Zweigeschlechtlichkeit aufwächst.

Im Prozeß der Sozialisation werden wir also vor allem dadurch zu Frauen und Männern gemacht, daß uns suggeriert wird, Weiblich- resp. Männlich-Sein sei unsere biologische »Natur«. Denn das hindert uns, wahrzunehmen, daß wir damit gezwungen werden, uns die in unserer Gesellschaft gültigen Geschlechterrollen anzueignen. Wenn wir uns aus den Zwängen patriarchaler Zuschreibungen befreien wollen, wenn wir den Zirkel der Reproduktion der Zweigeschlechtlichkeit durch die Sozialisation einer jeden neuen Generation durchbrechen wollen, dann müssen wir lernen, auch unsere »Natur« als sozialisiert zu begreifen (vgl. Regine Gildemeister 1992). Sie kann sich ändern, wenn sich die patriarchalen Verhältnisse ändern, aber auch das Patriarchat wird sich ändern, wenn wir unseren Kindern die Zweigeschlechtlichkeit unserer Gesellschaft als eine soziale Konstruktion vermitteln und ihnen damit die Chance geben, sich ihre Identität aus einer Vielfalt von möglichen Lebensformen anstelle der polaren Geschlechterrollen auszuwählen.

Weiterführende Literaturempfehlungen

1. Allgemein

Beauvoir, Simone de (1968): *Das andere Geschlecht. Sitte und Sexus der Frau.* Reinbek.

»Klassikerin« der Frauenbewegung. Ein Muß für alle, die die Aufbruchphase der zweiten Frauenbewegung kennenlernen wollen.

Mead, Margaret (1949): *Mann und Weib – Das Verhältnis der Geschlechter in einer sich wandelnden Welt.* Reinbek.
»Klassikerin« zum Thema der geschlechtsspezifischen Sozialisation in nicht-europäisch-amerikanischen Kulturen.

2. *Feministische Theorien der Geschlechtersozialisation*

Belotti, Elena G. (1975): *Was geschieht mit kleinen Mädchen?* München.
Darstellung der geschlechtsspezifischen Sozialisation in der frühen Kindheit. Ein wenig überholt, da der Zusammenhang zwischen mütterlichem Verhalten und den Reaktionen des Kindes zu monokausal gesehen wird. Dennoch lesenswert.

Bilden, Helga (1991): Geschlechtsspezifische Sozialisation. In: Klaus Hurrelmann, Dieter Ulich (Hg): *Neues Handbuch der Sozialisationsforschung.* Weinheim, Basel (völlig neue Fassung des Beitrags von 1980).
Beide Beiträge stellen nicht nur die wohl umfassendste Darstellung der feministischen Geschlechtersozialisationsforschung und -theorien dar, sondern dokumentieren auch die theoretische Fortentwicklung auf diesem Gebiet: Nicht mehr die Geschlechterpolarität, sondern das Geschlechterverhältnis steht im Zentrum feministischer Sozialisationsforschung.

Chodorow, Nancy (1985): *Das Erbe der Mütter. Psychoanalyse und Soziologie der Geschlechter.* München.
Vielzitierte Studie über die feministische Kritik an Freuds Psychoanalyse. Das »Muttern« und die jeweilige Wirkung auf Mädchen und Jungen wird als Hauptquelle für geschlechtsspezifische Rollenunterschiede angesehen.

Dinnerstein, Dorothy (1979/1986): *Das Arrangement der Geschlechter.* Stuttgart.
Die »Meerjungfrau« und der »Minotaurus« (so lautet die Übersetzung des amerikanischen Originaltitels) als Inbilder der Geschlechterdifferenz im Patriarchat und ihre Entstehung in der patriarchalen Kleinfamilie sind das Thema.

Gilligan, Carol (1984): *Die andere Stimme. Lebenskonflikte und Moral der Frau.* München.
Analyse der Geschlechterdifferenz mit dem Ziel, die »weibliche Stimme« als moralisch höherstehend darzustellen und daraus die Forderung ihrer stärkeren Einbeziehung in gesellschaftliche Zusammenhänge herzuleiten.

Hagemann-White, Carol (1984): *Sozialisation: weiblich – männlich?* Opladen.
Bedeutende Studie über die geschlechtsspezifische Sozialisation in der zweigeschlechtlichen Gesellschaft, zugleich Übersicht über verschiedene theoretische Ansätze und empirische Forschungsergebnisse.

Meulenbelt, Anja (1985): *Wie Schalen einer Zwiebel. Oder: Wie wir zu Frauen und Männern gemacht werden.* München.

Sehr klare und fundierte Darstellung aller wichtigen Fragen, Theorieansätze, empirischen Belege zur geschlechtsspezifischen Sozialisation.
Scheu, Ursula (1977): *Wir werden nicht als Mädchen geboren, wir werden dazu gemacht.* Frankfurt.
Vielzitierte Darstellung der geschlechtsspezifischen Sozialisation mit detaillierten Beschreibungen des Verhaltens von Eltern und Kindern in den verschiedenen Entwicklungsphasen.

3. Geschlechtsspezifische Sozialisation aus der Sicht des Kindes

Grabrucker, Marianne (1985): *»Typisch Mädchen ...« Prägung in den ersten drei Lebensjahren. Ein Tagebuch.* Frankfurt.
Erfrischend lebendig geschriebenes Tagebuch einer Feministin über die Entwicklung ihrer eigenen Tochter, aus dem die Perspektive des Kindes, zugleich aber auch die Interaktion zwischen Kind und Umwelt im Prozeß der Geschlechtssozialisation hautnah nachvollziehbar wird.

4. Geschlechtsspezifische Sozialisation in der Pubertät

Brown, Lyn M., Carol Gilligan (1994): *Die verlorene Stimme. Wendepunkte in der Entwicklung von Mädchen und Frauen.* Frankfurt/New York.
Die Autorinnen beschreiben in ihrer entwicklungspsychologischen empirischen Studie, wie Mädchen in der Adoleszenz ihre Stimme, die Verbindung zu ihrem Selbst, verlieren.
Düring, Sonja (1993): *Wilde und andere Mädchen. Die Pubertät.* Freiburg i.Br.
Die Autorin untersucht in ihrer spannenden empirischen Studie nicht nur den Verlauf der weiblichen Pubertät, sondern auch die Konflikte von Mädchen mit der kulturellen Zweigeschlechtlichkeit.
Flaake, Karin, Vera King (Hg.) (1992): *Weibliche Adoleszenz. Zur Sozialisation junger Frauen.* Frankfurt/New York.
Psychoanalytikerinnen, Soziologinnen und Psychologinnen thematisieren in ihren Aufsätzen vor allem Körperlichkeit, Sexualität und die Herausbildung weiblicher Lebensentwürfe in der Adoleszenz von Mädchen.
Mens-Verhulst, Janneke van, Karlein Schreurs, Liesbeth Woertman (Hg.) (1996): *Töchter und Mütter. Weibliche Identität, Sexualität und Individualität.* Stuttgart, Berlin, Köln.
Die Aufsätze von namhaften internationalen psychoanalytischen Sozialisationsforscherinnen zur Bedeutung der Tochter-Mutter-Beziehung für die weibliche Identitätsbildung und psychosexuelle Entwicklung betonen den aktiven Part der Töchter in diesen Beziehungen.

4. Kapitel

Der respektlose Umgang mit Frauenarbeit

Dieses Kapitel handelt von »Frauenarbeit«, einem zentralen Thema der Frauenforschung, mit dem sie sich zu Beginn der 70er Jahre zu Wort meldete. Mittlerweile liegt eine große Menge von empirischen und theoretischen Veröffentlichungen zur historischen Entstehung, aktuellen Ausdifferenzierung und Perspektive von Frauenarbeit vor. Aber die Erkenntnisse harren der Umsetzung (Deutsche Forschungsgemeinschaft 1994).

Der Gebrauch des Begriffs »Frauenarbeit«, der sowohl die familiären als auch berufliche Tätigkeiten umfaßt, ist relativ neu. Er entstand in den Anfängen der Frauenforschung, als deutlich wurde, daß der »weibliche Lebenszusammenhang« (Ulrike Prokop 1976) anders strukturiert ist als der von berufstätigen Männern, deren »Normalarbeitsbiographie« als Grundmodell fungiert.

Die herkömmlich betriebene Sozialwissenschaft begriff lange nur jene Tätigkeit als Arbeit, die professionell für Lohn/Einkommen verrichtet wurde. Hausarbeit genoß keine wissenschaftliche Relevanz, und außerhäusliche Erwerbsarbeit von Frauen war allenfalls Nebensache. Die analytischen Kategorien, Untersuchungsansätze und Maßstäbe bezogen sich auf männliche Berufsarbeit. Erst die Frauenforschung gab die entscheidenden Anstöße, die Konsequenzen dieser Sichtweise grundlegend und kritisch zu reflektieren (Ursula Müller 1984; Ursula Beer 1990).

Mit dem Prozeß der Industrialisierung und zunehmenden funktionalen Arbeitsteilung ist die Entstehung der bis heute typischen Form von Frauenarbeit, die primär Hausarbeit, sekundär Erwerbsarbeit ist, nicht hinreichend beschrieben. Wir erfassen und erklären die Besonderheiten der doppelten Belastung von Frauen und der nachrangigen Bewertung von Frauenarbeit nicht, wenn wir detaillierten Beschreibungen der faktischen Aufgabenteilung nachgehen.

Wichtiger ist ihr Status, ihre gesellschaftliche Wertschätzung, denn die Teilung der Arbeit in unserer Gesellschaft folgt dem Prinzip der Geschlechterhierarchie: Was Frauen tun, wird generell geringer bewertet und gewürdigt als das, was Männer tun. Deren Leistung ist, so die normative Regel, stets besonders, besser, bedeutend, bleibend. Die ungleiche Wertung verschiedenartiger Tätigkeiten hat Tradition in unserem Kulturkreis und mit dem Streben nach Unabhängigkeit und »Kontrolle über die eigenen Lebensbedingungen« zu tun (Ute Holzkamp-Osterkamp 1978). Je mehr Druck, Unabdingbarkeit, Notwendigkeit einer Arbeitstätigkeit anhaftet, desto geringer ist ihre Attraktivität. Je unabhängiger, ungebundener und offener die Gestaltbarkeit einer Arbeit ist, desto höher die Wertschätzung. Zeitsouveränität, Aufgabenvielfalt und Eigeninitiative stehen daher »hoch im Kurs« bei Männern wie Frauen (Helmut Klages u. a. 1992).

Aber warum gilt Frauenarbeit, die schon als Hausarbeit Vielfalt und Selbständigkeit, Kreativität und Improvisationsgeschick verlangt, so wenig?

Wir geben im Folgenden zunächst einen Überblick über die Frauenforschung zur Geschichte, Theorie und Empirie der Hausarbeit ohne Männer. Es folgt ein Beitrag zur Frauenerwerbsarbeit, zur Industriesoziologie ohne Frauen und zur Industriesoziologie mit Frauen, die von der Frauenforschung aufgegriffen und durch den feministischen Perspektivenwechsel ergänzt und erweitert wurde. Ein wichtiger Hinweis zum Vorgehen: Wir blicken zum Thema Frauenarbeit zurück in die *Entwicklung der Debatte* und nach vorn, zeichnen wichtige Stränge der bisherigen Denkbewegungen nach und versuchen, sie auf Schlüsselfragen zu beziehen. Denn: Aktuelle Diskurse von heute wiederholen oft schnellebig und »konsumorientiert« diverse Ansätze. Es lohnt sich, alte Sackgassen und Fehler kennenzulernen und die Stationen und Wege nachzuvollziehen, die die wissenschaftliche Diskussion eines Themas durchlief.

Familien- und Hausarbeit als Frauensache

Im Folgenden wird auf die bisherige Entwicklung der wissenschaftlichen Diskussionen um Hausarbeit vor und zu Zeiten der Frauenforschung eingegangen. Es geht um (1) die wissenschaftliche Verortung von Hausarbeit und (2) Debatten um Hausarbeit, um (3) Hausarbeitsgeschichte(n), die (4) gesellschaftliche Arbeitsteilung und (5) häusliche Arbeitsteilung sowie um das (6) Hausfrauenbewußtsein.

(1) Wissenschaftliche Verortung von Hausarbeit

Die Doppelarbeit von Frauen ist auf der *Mikroebene* mehr als die rein technisch-sachliche Organisation und Erledigung einer umfangreichen Aufgabenvielfalt im beruflichen und haushalterischen Alltag. Sie ist soziales Handeln von Frauen, die (meist teilzeitig) berufstätig sind und zudem eine Familie managen. Dort stehen sie zwischen Menschen mit übereinstimmenden wie gegenläufigen Interessen, die sie immerfort beantworten und synthetisieren, egal, ob sie einkaufen, kochen oder Streit schlichten, putzen und aufräumen. Sie gestalten mit jeder Intervention das gemeinsame Leben.

Das führt zu Zerreißproben. Haus- und Erwerbsbereiche sind auf der *Makroebene* funktional getrennte und sozial gespaltene Sphären. Sie stehen strukturell in einem Konkurrenzverhältnis zwischen den knappen Zeit- und Kostenkalkülen des *Arbeitsmarkts* und den »privaten« Bedürfnissen an Fürsorglichkeit. Idealtypisch teilen sich die Geschlechter die Aufgabenbereiche. Das Um-, Vor- und Versorgen der Mitglieder eines Haushalts liegt in den Händen von Frauen. Männer schaffen als »Familienernährer« die materiellen Voraussetzungen. Aber dieses Modell klappt nicht mehr. Haushalte sind auf mehrere Verdienste angewiesen. Männer begreifen sich beharrlich als Hauptverdiener, als diejenigen, die eigentlich bzw. potentiell diesen Status haben. Selbst wenn ihre Frauen gut verdienen und die kontroversen Anforderungen der Haus- und Berufstätigkeit koordinieren, beanspruchen sie diese Rolle symbolisch (Helge Pross 1978; Sigrid Metz-Göckel, Ursula Müller 1986). Die Befähigung zur Doppelarbeit mit der unermüdlichen Bereitschaft zur Fürsorglichkeit für andere bringen Frauen wie eine Mitgift auf den *Heiratsmarkt* ein. Männer müssen eine gute Ausbildung und (Aussichten auf) einen sicheren Arbeitsplatz vorweisen. Und ein Grundverständnis ist: Er schafft das Geld herbei, sie konsumiert es. Ist das die Folie, auf der sich die ungleiche Wertschätzung männlichen und weiblichen Tuns so unbeirrt entfalten kann?

Frauenarbeit hat als Doppelarbeit die je spezifischen Eigenlogiken und Zeitstrukturen beider Sphären angemessen zu berücksichtigen, ihre teils komplementären, teils inkompatiblen Ansprüche zu verorten, Verbindungen und Entzerrungen vorzuschlagen und in die Wege zu leiten. Das ist bis heute die »andere« Arbeit von Frauen. Es ist »vermischtes Tun«, komplizierte, komplexe, nur kurzfristig plan- und strukturierbare Er- und Beziehungsarbeit. Sie sichert die gesellschaftliche Reproduktion und Regeneration, bleibt aber Gratisarbeit und führt zu Einbußen, spätestens beim Rentenbezug (Helga Krüger, Claudia Born 1987; Karin Jurczyk, Maria S. Rerrich 1993; Ilona Ostner 1994).

Und es bleibt am Arbeitsmarkt bei der stockenden Erwerbsintegration von Frauen, der auffälligen Segregation weiblicher Berufsarbeit im Dienstleistungssektor (Hausarbeitsnähe), der vergleichsweise niedrigen Gehälter und ungünstigen Stellungen in der betrieblichen Hierarchie. Es bleibt ein »Rätsel«, daß Frauen trotz rapide verbesserter schulischer und beruflicher Bildung im Vergleich zu den Männern ihrer Qualifikationsgruppe betrieblich überwiegend niedriger rangieren. Wie setzt sich – trotz alledem – die soziale Diskriminierung qua Geschlecht jenseits aller Bildungs- und Berufserfolge durch? Wo »schleicht« sie sich ein? Wirkt sie als Relikt alter Zeiten? Entsteht sie neu? Wie funktioniert das System der Auf-/Abwertung, das Männer qua Geschlecht »automatisch« beruflich und gesellschaftlich besserstellt?

(2) Debatten um Hausarbeit

In den 70er Jahren wird die Norm der unentgeltlichen Hausfrauenarbeit erstmals in der BRD öffentlich thematisiert. Die Frage nach der Legitimation von »Arbeit aus Liebe – Liebe als Arbeit« (Gisela Bock, Barbara Duden 1977) sowie Kampagnen, die »Lohn für Hausarbeit« fordern, entfachen heftige Debatten über die Funktion der Hausarbeit im »kapitalistischen Patriarchat«. Sie beeinflussen den sozialwissenschaftlichen Diskurs nachhaltig und regen interdisziplinäre Forschungsprojekte an (Sigrid Metz-Göckel 1994b).

Es sind überwiegend Wissenschaftlerinnen, die sich jetzt sozialhistorischen, gesellschaftspolitischen und familientheoretischen, aber auch haushaltsökonomischen Fragen nach der stofflichen und sozialen Seite von Frauenarbeit widmen. Sie untersuchen die Entstehung der einzelnen Elemente und Facetten der Hausarbeit, differenzieren sach- und personenbezogene Tätigkeiten aus und beschreiben die auf das physische und psychische Wohl gerichtete Hausarbeit als »Sorgearbeit« (Ilona Ostner 1978). Sie entdecken Formen der einfachen Haushaltung (verbrauchsorientiert) und der erweiterten Eigenproduktion (selbstversorgungs-/vorsorgeorientiert), analysieren die Relevanz von Betreuungs- und Erziehungstätigkeiten (kindzentriert) und die Leistungen von Frauen in der familieninternen Alten- und Krankenpflege. Auch Mithelfende im landwirtschaftlichen bzw. gewerblichen Familienbetrieb, die Ehefrauen der Bauern und Handwerker, die »den Laden« zusammenhalten, werden befragt. Sie sind formal Hausfrau, faktisch oft die heimliche Chefin des Chefs, tüchtige, aber prekär beschäftigte Ehefrauen.[1]

Daß all diese weitgehend unsichtbaren Leistungen zumindest »indirekt produktiv« sind, daß die generative Reproduktion, die Versorgung, das Umsorgen, die Hege der alten und Pflege der nachwachsenden Generation, unerläßlich und (über-)lebenswichtig sind, daran zweifelt die progressiv orientierte Soziologie bald »im Prinzip« nicht mehr. Insbesondere die populäre »Soziologie sozialer Bewegungen« weiß um die Brisanz der Geschlechterungleichheit, um die Frauenbewegung und die unaufhaltsame Dynamik, mit der sich Gleichheitsforderungen durchzusetzen vermögen (Karl-Werner Brand 1984). Aber diese Erkenntnisse müssen sich gegen ordnungs- und konflikttheoretische Positionen einer altbackenen Soziologie durchsetzen, die in den 70er Jahren dominiert und Frauen – mal apodiktisch, mal konzessionsbereit – primär aufs Familiäre zu verpflichten versucht. Die Einteilung des weiblichen Lebensverlaufs in zwei oder drei Phasen soll zur Norm werden.

Das Frauenleben wird für »einfache« Bevölkerungskreise in zwei Phasen unterteilt: Fabrikarbeit zwecks Finanzierung der »Aussteuer« – Ehe- und Familienphase. Für Frauen mit guter Schulbildung gilt: Berufsausbildung – Familienphase bei Mutterschaft – Wiedereinstieg. Mittlerweile haben solche offen instrumentalisierenden Ansätze in der wissenschaftlichen Debatte und Forschung keine Chance mehr. Sie werden von Analysen abgelöst, die sich dem Problem der Benachteiligung von Frauen zumindest stellen und auf diese Weise ihr Familienengagement zu wahren suchen. Denn unübersehbar ist, daß Frauen (seit 1970) die Familienphasen abkürzen, bis zu 10 Jahren später beginnen und nach 4-6 Jahren beenden. Sie erledi-

1 Angelika Willms-Herget 1985; Kerstin Werner 1986; Annelore Chaberny 1994.

gen sie erheblich schneller als ihre Müttergeneration (Claudia Born u.a. 1996). Das ist »Wasser auf die Mühlen« der Frauenforschung:

(1) Sie befaßt sich im Übergang zu den 80er Jahren intensiv mit mikrosoziologischen Aushandelungsprozessen und Entscheidungen zur »Vereinbarkeitsfrage«. Bedenken der Familiensoziologie fließen ein: Wieviel mütterliche Erwerbstätigkeit verträgt die Hausfrau, wieviel die Sorgearbeit? Wie regeln Frauen sie »doppelte« Lebensführung? Welche Wege wählen sie? Als Familienfrauen sind sie unzufrieden, als Berufstätige quält sie das »schlechte Gewissen«. Die Kompensationsversuche, das Kombinationsgeschick und der tägliche Balanceakt zwischen zwei Welten, der viel Phantasie und Improvisation verlangt, werden detailliert nachgezeichnet und überwiegend handlungstheoretisch analysiert. Zielkonflikte und Engpässe gibt es in allen Variationen. Aber trotz der Belastungen nimmt die (teilzeitige) Erwerbsbeteiligung weiter zu. Frauen wollen das Problem der (Un-) Vereinbarkeit immer seltener zugunsten einer längeren Familienphase, schon gar nicht zugunsten eines Hausfrauendaseins auflösen. Sie wollen raus, teilhaben am öffentlichen Leben und ihre erworbenen Qualifikationen unter Beweis stellen.

(2) Um die Mitte der 80er Jahre dreht sich folglich der Focus auf Fragen nach strukturellen Hemmnissen der Vereinbarkeit und einer beruflichen Gleichstellung, die adäquate Jobs und gute Gehälter sichert. Das böte Chancen einer Entlastung für Mütter, die eine Fremdbetreuung einsetzen könnten. In makrosoziologischen Arbeitsmarktanalysen wird nun nach Zugangsbarrieren zu qualifizierten Berufen gesucht, die Frauen ausbremsen. Der Kreis schließt sich rasch. Die Haus- und Sorgearbeit wird als entscheidendes Hindernis ausgemacht. Sie bindet Frauen an Teilzeit und »hausarbeitsnahe« Tätigkeitsfelder, mutet ihnen eine Beschäftigung unterhalb ihrer Qualifikation zu, zudem geringe Verdienstmöglichkeiten, schlechte Statusstufen, den Verzicht auf Weiterbildung und Aufstieg etc. Diese schleppende Erwerbsintegration, von der Männer systematisch profitieren, wird Gegenstand zahlreicher empirischer Untersuchungen.

Aber auch hier zeigt sich, daß Frauen nicht eine Seite ihres Lebens aufgeben. Sie entscheiden sich zwar für »weniger« Familie, spätere Mutterschaft und eine kalkuliert-reduzierte Sorgearbeit, aber nicht prinzipiell gegen dieses Feld. Die Koppelung der Familien- wie Erwerbsneigung ist Element der weiblichen Kultur und Glückssuche. Ihre Realisierung entspricht dem gesellschaftlichen Interesse. Betriebe und Unternehmen sehen sich nicht in der Lage, dies umzusetzen und verweisen auf die Politik. Sie soll die Rahmenbedingungen für die Vereinbarkeit verbessern und mehr Kinderbetreuungsstätten schaffen sowie flexible Arbeitszeitregelungen, Angebote für Schulkinder, Mütterzentren, Nachbarschaftshilfen, Netzwerke etc. Und immer gehört die resigniert-redundante Forderung an Männer und Väter, sich partnerschaftlicher zu verhalten und stärker an der Hausarbeit zu beteiligen, zum Repertoire (Claudia Gather 1996).

(3) Mit Beginn der 90er Jahre setzt sich wegen der Vereinseitigung und Sackgasse, in die auch diese Debatte gerät, ein neues Paradigma durch. Es trägt der (über Jahrzehnte) stabilen Zwischenorientierung von Frauen Rechnung, die »bei-

des« wollen. Ihr Interesse an Familie und Beruf, ihre Verknüpfung von Haus- und Erwerbsarbeit wird nun selbst zentriert und zum sozialwissenschaftlichen Gegenstand, in dem Handlung und Struktur zusammenfließen. Diese Zwischenorientierung läßt simultane wie sukzessive Realisierungen von Familie und Erwerb zu, beeinflußt den Verlauf der Biografie unterschiedlich intensiv, ist Übergang, Suchprozeß, Abwarten, Experimentieren. Die Schnittpunkte der Entscheidung werden zum Gegenstand von Empirie gemacht und im Lebensverlauf beobachtet (Leokadia Brüderl, Gert Wagner 1992; Sibylle Meyer, Eva Schulze 1994; Claudia Born, Helga Krüger, Dagmar Lorenz-Meyer 1996).

(3) Hausarbeitsgeschichte(n)

Mit der Trennung von Arbeits- und Wohnstätten entstehen private und öffentliche Sphären. Sie bescheren uns die »modernen« Strukturprobleme des Auseinanderdriftens von Arbeiten und Leben, Lieben, Leiden. Lohnarbeit wird von allem befreit, was die Güterproduktion und ihre stetige Steigerung stört. Lebenswelten werden abgespalten, verdrängt und in die Zuständigkeit privater Haushalte verbannt. Sozialhistorische Studien zu frühen Formen der Haushaltung zeigen die ungleichzeitigen und ungleichartigen »Bereinigungsprozesse«, die in bäuerlichen Hauswirtschaften später einsetzen und anders verlaufen als in bürgerlichen oder proletarischen Haushalten.

Die Rezeption solcher historischen Sozial- und Kulturstudien erfolgt in der Soziologie nur schleppend. Dabei mögen Befürchtungen, sich in Details zu verlieren und an aktuellen Schlüsselfragen vorbeizugehen, eine Rolle spielen. Das aber birgt die Gefahr, Bilder zu transportieren, die aus erzählten Geschichten, nicht aus der wissenschaftlichen Erforschung von Geschichte stammen. Es erklärt vielleicht, warum sich in der soziologischen Diskussion um Arbeit und Familie, Hausarbeit und Hausfrauen z. T. peinliche Klischees, romantisierende und voluntaristische Konstrukte finden, die alle sozialen Konfliktstoffe der Vergangenheit eliminieren und z. B. Entwürfe eines Lorenz von Stein (1886) über den Wert der Hausfrauenarbeit für die Nationalökonomie für eine Beschreibung der damaligen Wirklichkeit halten.

Heidi Rosenbaum (1992) und Michael Mitterauer (1992) tragen mit zahlreichen Studien dazu bei, daß einige dieser Zerrbilder zurechtgerückt werden. Danach ist z. B. die »Pluralisierung« familiärer Haushaltsformen kein neuartiges Phänomen; »Großfamilien«

dominierten nie, »Singles« gab es immer. Arbeitsteilige Spezialisierungen (Beruf, Hausarbeit) sind ein Resultat der späten Industrialisierung, aber ohne historische Vorläufer. Agrarwirtschaften kannten keine Fixierung auf Einzelfunktionen. Es gab nur grobe Normen der Arbeitsaufteilungen nach Alter und Geschlecht. Entscheidend waren Erfahrung/Geschick und Körperkraft/Ausdauer. Alle nahmen ein breites, saisonal variierendes Tätigkeitsspektrum wahr (Birgit Bolognese-Leuchtenmüller, Michael Mitterauer 1993).

Faszinierende sozialhistorische Studien zur »Aufklärung« von Prozessen der Arbeitsverteilung zwischen den Geschlechtern gibt es über das Wäschewaschen als einem Zentrum von Hausarbeit. Karin Hausen (1987), Barbara Orland (1991) und Jean Claude Kaufmann (1994) zeigen, wie diese Arbeit in sozial brisanten Spannungsfeldern von den Festen der »Waschweiber« auf Maschinen übergeht und unsichtbar wird. In den Widersprüchen von Natur und Technik, Privatheit und Öffentlichkeit, Zentralität und Marginalität wird sie abgewertet und entfremdet, aber auch erleichtert und entlastet. Was uns bleibt, ist die »schmutzige Wäsche« als symbolträchtiges Medium mit doppeldeutigen, stets aber abwertenden Konnotationen über das Tun von Frauen, sei es nun das »Schwatzen« oder Reinigen. Jean Claude Kaufmann (1994) zeigt mit sensiblen Techniken der Gesprächsanalyse, wie alltägliche Diskurse über Sauberkeitsregeln in Paarbeziehungen praktisch und symbolisch bedeutsam werden für das Aushandeln von Mustern der häuslichen Arbeitsteilung. Der potentielle Streitpunkt zwingt kontinuierlich zu Konsensen.

Die Untersuchungen zur Einführung von Waschautomaten, Nähmaschinen (Karin Hausen 1978) wie zu Staubsaugern oder Autos (Schwartz-Cowan 1983), aber auch zu Schreibmaschinen etc. zeigen, daß die geschlechtsspezifische Zuordnung von Arbeit nichts mit ihrer Funktionalität und dem »one best way« zu tun hat, wenngleich sie damit durchweg begründet wird. Sie erfolgt primär entlang der Bruchlinien von Interesse und Macht zwischen den Geschlechtern und anderen sozialen Gruppierungen mit ungleichen Durchsetzungschancen. Technisch-organisatorische Umstellungsphasen bieten die Möglichkeit, Funktionsbereiche neu zu schneiden und so zuzuweisen, daß die Verdrängung und Abwertung von Tätigkeiten stabilisiert und verstärkt wird – ein weites, noch wenig untersuchtes Feld für die zukünftige Forschung.

(4) Gesellschaftliche Arbeitsteilung

Lange galt die Überzeugung, daß Hausarbeit »schon immer« die Domäne von Frauen gewesen sei. Der Verweis auf urzeitliche und antike Traditionen der geschlechtlichen Arbeitsteilung reichte den Sozialwissenschaften als Erklärung und Begründung aus. Die Belastungsreduktion bot den Stoff für eine »verheißungsvolle« Perspektive: Als Überbleibsel aus alten Zeiten werde Hausarbeit im Laufe des Modernisierungsprozesses Funktionen an den Markt abgeben und schließlich verschwinden: Hausarbeit als Restkategorie? Die Wirtschafts-, Sozial- und Geisteswissenschaften haben viel zur Tradierung und Verfestigung dieser Sichtweise beigetragen. Nur die Frauenforschung widersprach dieser Analyse und Prognose deutlich und zeigte, daß die geschlechtsspezifische Arbeitsteilung, die Frauen ausschießlich auf das häusliche Tun verweist, eine Institution der Neuzeit ist (Ulla Knapp 1986).

Das Mittelalter kannte diese strikte Zuordnung weder in den ländlichen noch städtischen Wirtschaftseinheiten. Die Arbeitsteilung folgte dem Ständesystem. Sie war vertikal streng hierarchisch geordnet und vom feudalen Patriarchat bewacht. Frauen hatten sich entsprechend ihrer jeweiligen Standeszugehörigkeit einzuordnen, besetzten aber viele Aufgabenfelder.

Erst die neuzeitliche Trennung der Geschlechter im arbeitsteiligen System, in dem nun Frauen auf das Private und Männer auf das Öffentliche verwiesen sind, vollzieht die entscheidenden Reduktionen für das weibliche Geschlecht. Dem Mann bieten sich analog neuartige patriarchale Funktionen der Verfügung über die Arbeit von anderen an: Das Zuarbeiten und Versorgen/Bedienen im häuslichen Bereich wird an Frauen delegiert, unterliegt männlicher Kontrolle und Gestaltungskompetenz. Diese »Domestizierung« ist das zentrale Kennzeichen der neuzeitlichen Frauenarbeit. Sie privilegiert Männer, weil diese ihre elementare Versorgung erledigen lassen, um sich »höheren Aufgaben« zu widmen. In dieser Phase des Übergangs wird männlicher Gestaltungswille hoch-, weibliches (Be-)Dienen geringwertig eingestuft. An dieser Polarisierung beteiligen sich die Philosophen der neuzeitlichen Aufklärung eifrig: Humboldt, Kant, Schopenhauer und Hegel spielen sich die Bälle zu (Karin Hausen 1978; Cornelia Klinger 1986; Silvia Bovenschen 1979). Liegt da des »Pudels Kern« bzw. ein Ursprung der persistenten Abwertung von Frauen(-arbeit)?

Die Nachzeichnung der schrittweisen gesellschaftlichen Arbeitsteilung verweist auf eine Trennung und Zerlegung, Verlagerung und Vertiefung von Einzelfunktionen durch Industrialisierung. Kämpfe um Macht und Kontrolle, um Unabhängigkeit und Freiheit, die sich mit der Ablösung der ständischen Ordnung in allen sozialen Einheiten abspielen, werden in der Frauengeschichtsforschung unter dem Aspekt der »Polarisierung der Geschlechtscharaktere« (Karin Hausen 1976) genauer rekonstruiert.

Moderne Formen der Hausarbeit entwickeln sich seit den 50er Jahren durch schubartige Prozesse der »Technisierung des Alltags«. Die »letzte Bastion«, die Privatsphäre des Familienhaushalts, wird vom Gütermarkt mit Kalkülen der technisch-ökonomischen Rationalität erobert. Dadurch verschiebt sich die gesellschaftliche Arbeitsteilung – jedoch nicht die zwischen den Geschlechtern! Wichtige Funktionen der Haushaltsproduktion werden an externe Institutionen, vor allem an private, öffentliche und industrielle Dienstleistungsbetriebe abgegeben. Das führt zum einen zur Entlastung von körperlich anstrengender und zeitaufwendiger Hausarbeit, zum anderen zu einer internen Differenzierung und größeren »Fertigungstiefe« der personenbezogenen Sorgetätigkeiten.

Die Auslagerung produktiver Funktionen betrifft die Herstellung von Textilien und Kleidung, Nahrungs- und Genußmitteln (Anbau, Ernte, Konservierung, Lagerung, Vor- und Zubereitung). Auch die elementare Versorgung mit einer flächendeckenden Infrastruktur (z. B. Krankenhäuser), Wasser und Energie werden zum Standard. Nicht nur Geräte, die die Hausarbeit erleichtern (sollen), sondern auch solche, die die »Veralltäglichung der Technik« mit Informations- und Unterhaltungselektronik, mit Telefon und Auto durchsetzen, verändern Kommunikationsweisen, Tempo und Mobilität, Reichweite und Vielfalt der Bewegungs- und Erfahrungsräume. Was das für die Umschichtung in Sozialbeziehungen bedeutet, ist der empirischen Untersuchung erst begrenzt zugänglich.[2]

Haushalte werden vom Güter- und Arbeitsmarkt extrem abhängig. Das macht ihre innere soziale Balance anfällig und ruft Mütter auf den Plan: Ihr »Job« besteht Tag für Tag darin, Störungen bzw. Beeinträchtigungen zu checken, auszugleichen und so für die psychische Stabilisierung aller zu sorgen. Die Intensivierung personen-

2 Wolfgang Glatzer u. a. 1991; Barbara Mettler-Meibohm, Christine Bauhardt 1993; Sibylle Meyer, Eva Schulze 1993, 1994.

bezogener Tätigkeiten besteht zudem in neuartigen Eigenleistungen, die durch den Technikeinsatz erst möglich werden: der Transport von Kindern (Auto), die Netzwerkkommunikation (Telefon) in der engeren und weiteren Verwandtschaft, Nachbarschaft, im Freundes- und Bekanntenkreis und schließlich die auf spezielle Zeiten und Vorlieben abgestimmte Essenszubereitung (Mikrowelle), Kleider- und Wäschepflege (Trockner) sowie die Freizeitgestaltung, für die zum Teil aufwendige Vor- und Nachbereitungen getroffen werden.

Zeitbudgetstudien zeigen, daß moderne Kälte- und Kühlsysteme, Mikrowellenherde, insbesondere aber die Informations- und Kommunikationstechniken (Erreichbarkeit, Austauschdichte) das Zeitgefüge des Alltagslebens flexibilisieren. Ob damit auf den öffentlich proklamierten und praktizierten Umbruch der Zeitstrukturen reagiert oder vorbereitet wird, ist offen. Ob dadurch Zeitsouveränität und Freizeit für Hausfrauen entsteht, ist wegen der Logistik, alles für jedermann auf Dauer verfügbar zu haben, zumindest fraglich. Die Zeit wird disponibler – wem nützt das?

(5) Häusliche Arbeitsteilung

Der durchschnittliche Arbeitszeitaufwand in Haushalten (USA; Großbritannien) hat sich in der ersten Hälfte dieses Jahrhunderts kaum verändert. Er lag in den 20er Jahren unter 50 Wochenstunden, stieg nach dem Ersten Weltkrieg bis in die 60er/70er Jahre hinein um 3 bis 4 Stunden an und sank dann langsam auf ca. 40 Stunden pro Woche. Bundesrepublikanische Zeitbudgetanalysen bestätigen eine Verringerung der wöchentlichen Stundenzahl von ca. 60 auf 50 Stunden zwischen 1950 und 1980. Diese Angaben gelten für Vier- bis Fünfpersonenhaushalte.

Für die Durchschnittshausfrau hat Helge Pross nach Erhebungen um 1970 noch ca. 60 Wochenstunden für einen Vierpersonenhaushalt veranschlagt. Der Arbeitsaufwand hat sich bis 1990 auf durchschnittlich 35 bis 40 Std. verringert.

Früher hatten Frauen in proletarischen Haushalten fast doppelt so lange zu tun wie Frauen aus bürgerlichen Schichten, die auf Dienstboten zurückgriffen. In den 60er Jahren setzte eine Nivellierung ein (ca. 5 Std. täglich). Frauen der unteren Schichten hausarbeiten heute deutlich weniger als früher, Mittelschichtshausfrauen haben etwas länger zu tun, selbst dann, wenn sie für Fensterputzen und

Bügeln stundenweise Fremdhilfe einsetzen. Sie kümmern sich in der Regel intensiver um die Schularbeiten und Freizeitaktivitäten ihrer Kinder: Hier findet eine Rückverlagerung institutioneller Aufgaben, eine »Hausfrauisierung« statt.

Eine deutliche Verschiebung des Arbeitszeitvolumens, das für Hausarbeit aufgebracht wird, erfolgt, wenn Frauen erwerbstätig werden. Neuere Studien zeigen, daß erwerbstätige Frauen durchschnittlich noch drei Stunden im Haushalt tätig sind. An Wochenenden und freien Tagen häufen sich allerdings die Vor- und Nachbereitungen (Rosemarie Heckmann 1990). Nichterwerbstätige bzw. Vollzeithausfrauen investieren deutlich mehr Zeit und stellen hohe Leistungsansprüche an sich selbst. Sie verteilen die Hausarbeit gleichmäßiger und entsprechen durchgängig einem höheren, teilweise exklusiven Anspruchsniveau der Familienmitglieder. Ausschlaggebend für die Länge eines hausfraulichen Arbeitstages ist früher wie heute in allen Schichten die Anzahl der Kinder. Deren Betreuungsbedürftigkeit expandiert wegen verlängerter Schul- und Ausbildungszeiten bis ins Alter von 18 und mehr Jahren. Sie reicht in der Regel bis zum Eintritt in das Berufsleben. Söhne sind besonders oft »Nesthocker«.

Hausarbeit ist Mischarbeit insofern, als sie gleichzeitig verschiedenartigen Anforderungen, wie z. B. der Sachbezogenheit und Personenzentriertheit, entsprechen muß. »Liebe geht durch den Magen« heißt, daß das Besorgen und Zubereiten der Nahrung nicht nur der elementaren Versorgung dienen, sondern darüber hinaus auch der individuellen Berücksichtigung von besonderen Ansprüchen. Diese steigen mit den größeren Variationsmöglichkeiten, die die technische Ausstattung der Küche bietet (Ilona Ostner 1988). Der Beziehungsaspekt, nämlich die Tatsache, daß jede sachbezogene Leistung auch einen Personenbezug hat oder erhält, verleiht der Hausarbeit einen spezifischen Sinn, macht sie erträglich, lädt sie aber auch durch emotionale Anforderungen auf. So entstehen diffuse Überforderungen.

Liebe wird als Regulativ, als Gegenstand und Ertrag der Hausfrauenarbeit identifiziert. Frauen haben es den anderen komfortabel zu machen und voller Ehrgeiz das Geschäft des Verwöhnens zu betreiben. Sie haben dabei sowohl den Gleichbehandlungsanspruch gegenüber den Kindern zu wahren als auch hierarchische Strukturen zu berücksichtigen. Das verleiht ihnen Macht und die Möglichkeit, auf das familiäre Wohlbefinden einzuwirken. Mütter und Familien-

frauen haben großen Einfluß auf das Leben anderer, gestalten sie doch deren Tageslauf elementar.[3]

Bis heute leisten Frauen kontinuierlich das überwiegende Quantum der regelmäßig anfallenden Haus-, Betreuungs-, Versorgungs- und Erziehungsarbeit, nämlich durchschnittlich mehr als 70 bis 80 % (Harald Rohlinger, Victor Thiessen 1988). Beteiligungsappelle an Männer verhallen und bleiben ohne Resonanz – selbst bei denen, die erklärte Befürworter der Frauenemanzipation sind.

Nur wenige Männer (ca. 20 % der 20 bis 50jährigen) sind dagegen, daß Frauen voll berufstätig sind – auch wenn die eigene Ehefrau davon gern ausgenommen wird. Die Mehrheit findet es selbstverständlich, daß Frauen als Kolleginnen und Konkurrentinnen im Berufsfeld auftreten – aber möglichst nicht im unmittelbaren Arbeitsumfeld. Männer nehmen, das ist auffällig, eine Modifikation und Relativierung der strikten geschlechtshierarchischen Trennung vor: Frauen werden in der Berufssphäre geduldet, ihre Angleichung an die Männerwelt wird heute weitgehend akzeptiert. Aber Männer selbst wollen mit der weiblichen Lebens- und Symbolwelt nicht identifiziert werden. Sie können sich selbst als Hausmänner gar nicht denken – allenfalls für einen begrenzten Zeitraum.

---

3 Über die Formen von Hausarbeit in verschiedenen Schichten, Alterskohorten und Milieus, deren Lebensweisen sich erheblich wandelten, wissen wir wenig, obwohl seit 1990 Hausarbeit vom Statistischen Bundesamt im Auftrag des Familienministeriums unter die »Zeit-Lupe« genommen wird. Detaillierte Tagebuchaufzeichnungen, Gespräche und Interviews sollen Aufschluß über die familiären Zeitbudgetmuster geben. Dabei interessieren vor allem die Mehrfachbelastungen von Frauen durch Erwerbstätigkeit, Kinderbetreuung und Krankenpflege, durch fehlende Kindergartenplätze, lange Wegezeiten sowie Koordinationsprobleme zwischen Erwerbs-, Sozial-, Organisations- und Eigenzeit (Sylvia Gräbe 1992, 1993).

Das ungleiche Belastungsverhältnis mit häuslichen Pflichten besteht uneingeschränkt und wird von beiden Seiten überwiegend akzeptiert, wenn der Ehemann voll berufstätig und die Ehefrau Vollhausfrau ist. Eine Beteiligung von Ehemännern am Arbeitsaufkommen im Haushalt ist am größten, wenn Frauen vollerwerbstätig sind. Männer (und Kinder) leisten hier die größte Entlastung, aber auch dann nur 30 % der anfallenden Arbeit.

Vollberufstätige Frauen genießen bzw. verschaffen sich offenbar familienintern mehr Anerkennung. Das gilt besonders für Industriearbeiterinnen. Ihre Bereitschaft und Fähigkeit, sich mit ihren Vorstellungen zur häuslichen Arbeitsteilung durchzusetzen und erfolgreich Mithilfe zu reklamieren, ist deutlich ausgeprägter als bei teilzeitarbeitenden Frauen. Sie hebeln die Geschlechterhierarchie zwar nicht aus, können jedoch paritätischer aushandeln, wer wann was wie macht und: Sie können Bedingungen stellen, weil der Haushalt auf ihr Gehalt angewiesen ist. Frauen, die teilzeitig erwerbstätig sind, können auf eine innerhäusliche Arbeitsteilung überhaupt nicht rechnen. Ihre eingeschränkte Berufstätigkeit muß als Begründung dafür herhalten, ihnen den gesamten häuslichen Aufgabenbereich zuzuweisen. Die Verhandlungsbasis dieser Frauen ist schlecht: Wenn sie vom Mann mehr häusliche Mitarbeit verlangen, werden sie zur Reduzierung ihrer Erwerbsarbeitszeit gedrängt. Diese »Zwickmühle« meiden sie.

Nach wie vor gilt, daß die Frage der Vereinbarkeit von Beruf und Kind – von wenigen Ausnahmen abgesehen – kein Thema für Männer ist. Der Balanceakt geht voll zu Lasten von Müttern, die individuell integrieren, was strukturell getrennt ist (Gisela Notz 1991a und b).

Seit den 70er Jahren haben Untersuchungen wiederholt belegt, daß Männer eine kontinuierliche Verpflichtung auf (begrenzte) Mitarbeit im Haushalt ausgesprochen standhaft negieren bzw. unterlaufen. Mit wechselnden, teils abstrusen, teils phantasievollen Begründungen dokumentieren sie ihre prinzipielle Abwehr. Sie verweigern vor allem jede Mitwirkung, wenn es sich um Hausputz und »Beziehungsarbeit« handelt. In Befragungen betonen sie zwar, daß die Betreuung und Erziehung der Kinder sehr wohl ihre Sache sei, aber das schlägt sich nicht in einer faktischen Beteiligung am Ver- und Umsorgen von Kindern nieder.

Väter beanspruchen vor allem das Recht, die wichtigen Entscheidungen über den Lebens-, Schul- und Ausbildungsweg von Kindern, über finanzielle Ausgaben und Fragen der jugendlichen Freizeitbeschäftigung zu fällen. Damit betonen sie ihre Dominanz, ihre familiäre Machtstellung und Verantwortung, geben also ihrem Status das Gewicht, das sie als »heimliche Patriarchen« beanspruchen (Sigrid Metz-Göckel, Ursula Müller 1986). Sie erweisen sich zu Hause eher als Gegner denn als Partner.

Die »Dortmunder Männerstudie« von Sigrid Metz-Göckel und Ursula Müller (1986) zeigt, daß Männer zu Beginn des Zusammenlebens in einem gemeinsamen Haushalt eine große Bereitschaft zeigen, ihren Anteil an Hausarbeit zu leisten. Die faktische Beteiligung bleibt allerdings weit hinter dieser Absicht zurück. Junge Männer äußern noch mit großer Selbstverständlichkeit ihre Übereinstimmung mit der Gleichheitsnorm. Sie befürworten eine Gleichverteilung der häuslichen Beanspruchung. Mit der Zeit und besonders dann, wenn das erste Kind geboren ist, läßt sowohl die Zustimmung zu dieser Norm nach als auch die tatsächlich geleistete Hausarbeit.

Das gilt auch für ihr begeistertes Engagement bei Schwangerschaft und Geburt. Obwohl Männer vermehrt und mit Nachdruck Kinder wollen, wenden sie sich ab, wenn sie Vater werden. Nur eine verschwindende Minorität beteiligt sich an der durch kleine Kinder dramatisch anwachsenden Haus- und Versorgungsarbeit. Die meisten, fast alle, konzentrieren sich gerade jetzt auf ihren Beruf, um Karriere zu machen und – für die Familie – mehr Geld zu verdienen. So zumindestens begründen sie ihren Schritt; Frauen sehen das z. T. anders. Sie vermuten »Rückzugsgefechte« und Distanzierungsversuche, respektieren diesen Schritt jedoch »um des lieben Friedens willen«. Damit haben sie meistens ein folgenreiches Zugeständnis gemacht. Das Ungleichgewicht der innerehelichen Macht- und Kompetenzverteilung ist eingeleitet und schwer revidierbar (Gisela Notz 1991a und b).

(6) Hausfrauenbewußtsein

Die Frage nach dem Hausfrauenbewußtsein ist prekär. Der Begriff mutet zumindest merkwürdig verstaubt an, weil Frauen sich seit ca. 20 Jahren überwiegend als Hausfrauen auf Zeit begreifen und die »Daseinsform« der Vollhausfrau hinter sich lassen. In der ehemaligen DDR war die sog. Nur-Hausfrau verpönt (Sabine Gensior 1995; Hildegard Maria Nickel 1996). Frauen in Ost und West identifizieren sich stark mit der Mutterschaft als einer intensiven Phase der häuslichen Anbindung, suchen aber parallel bzw. nach wenigen Jahren extern nach Beschäftigung und Erwerb. Es sind nicht finanzielle Engpässe oder übertriebene Konsumansprüche, die sie motivieren: Die Decke fällt ihnen auf den Kopf, das kindzentrierte Kommunizieren strapaziert sie, und ihre Neugier auf das eigene Leben verlangt nach Teilhabe am öffentlichen Geschehen (Regina Becker-Schmidt u. v. a. 1984).

Der Trend einer »Hausflucht« von Töchtern, die sich dem Bedienen der Väter und Brüder entziehen, setzt früh und schubartig ein. Untersuchungen zur Industriearbeit von Mädchen und jungen Frauen weisen dies bereits um 1910 nach (Marie Bernays 1910, Rose Otto 1911). Weibliche Arbeitskräfte drängen auf den Arbeitsmarkt, tummeln sich auf dem Heiratsmarkt und wissen wohl, daß sie sich mit einer Schwangerschaft auf das schwere Los ihrer Mütter einlassen (Lisbeth Franzen-Hellersberg 1932). Mit der Mär von »glücklichen Müttern und Hausfrauen« in den Köpfen bzw. der Lebenswirklichkeit unserer Vorgängerinnen versuchen Wissenschaftlerinnen seit der Jahrhundertwende aufzuräumen, aber sie dringen erst in den 70er Jahren langsam durch (Helga Milz 1994).

Als Ende der 50er Jahre über das damals bedrohliche Thema der Müttererwerbstätigkeit geforscht wird und starke Erwerbsneigungen wie Arbeitsfreude festgestellt werden, ist die (männliche) Fachwelt empört (Elisabeth Pfeil 1961). Für die 60er Jahre weist Ursula Lehr (1969) nach, daß erwerbstätige Mütter ihre Zeit mit Kindern intensiver und bewußter gestalten als Vollhausfrauen. Schließlich zeichnen Befragungen von Helge Pross (1976), Silvia Kontos und Karin Walser (1979) äußerst düstere Selbsteinschätzungen und Prognosen von Hausfrauen nach. Das Leiden an Anerkennungsdefiziten führt in dieser Zeit zur Konstruktion des Begriffs »Hausfrauensyndrom«. Ihm werden diverse gesundheitliche Störungen zugeordnet (Ulrike Maschewsky-Schneider 1996).

In der Retrospektive auf die Forschungen zum Lebensmodell »Hausfrau« finden sich spannende Anhaltspunkte einer systematischen Ab-/Niedrigwertung dieser »Daseinsform«, die das Da-Sein, die ständige Präsenz und Verfügbarkeit für andere kultivierte und dafür geringgeschätzt, ver- bzw. mißachtet wurde. Sie hat sich folgerichtig als dauerhaft angestrebter Lebensentwurf aufgelöst und neu formiert. Frauen hausarbeiten heute anders, (selbst-)bewußter, kreativ gestaltend, auch lässiger und nachlässiger gegenüber den Anforderungen von Ordnung und Sauberkeit von einst. Und sie agieren durchaus machtvoll – wie ihre Mütter. Aber sie konzentrieren sich weniger als diese auf die funktional-materiellen, stärker auf die organisatorisch-sozialen Aufgaben, die in einem Haushaltskontext anfallen. Das ist eine Reaktion auf die gesellschaftliche Geringschätzung. Aber nach allem, was wir heute über die Dynamik des »doing-gender« wissen, ist die Struktur der Rangfolge tief verankert. Individuell ändern wir sie durch Anstrengungen nicht, aber ohne diese ändert sich nichts ... (Gerhard Schmidtchen 1984).

Warum das (Be-)Dienen von Frauen wann, wie, wodurch unwert, unattraktiv, inakzeptabel wurde, ist eine seit einem Jahrzehnt intensiv bearbeitete wissenschaftliche Fragestellung (Ilona Ostner 1991). Sie verschiebt sich derzeit auf die soziale Rekonstruktion von Negativ-Konnotationen, die dem weiblichen Tun anzuhaften scheinen. Angelika Wetterer (1992b, 1993, 1995) beschäftigt sich mit diesen Fragen nach Verknüpfungen von Professionalisierungsprozessen und Funktionszuteilungen, in denen »das Geschlecht« mitgeschleppt und immer wieder neu hierarchisch angeordnet wird, nämlich als Männlichkeit mit wertsetzender Kraft und Weiblichkeit mit dem Charakter des schmückenden Beiwerks. Daß das nur funktionieren kann, weil viele Frauen mittun, ist unstreitig.

Hausfrauenbewußtsein ist ein problematisches Denkkonstrukt, weil Frauen ihr Leben in der Regel auf beides einrichten, auf Familie und Erwerb. Aber eben dies wurde ihnen lange als Diffusität und Unentschiedenheit angelastet. Unterstellungen und Diskreditierungen, die mit den Beschränktheiten, der Immanenz und Selbstgerechtigkeit, -genügsamkeit und -gefälligkeit der Frau, insbesondere der auf den häuslichen Bereich reduzierten Hausfrau, operierten, waren Zuschreibungen, die griffen und galten, nicht nur im Witz. Das regte niemanden auf; Wissenschaftlerinnen waren, wenn sie sich kritisch äußerten, schnell überstimmt. Sie befanden sich in einer eklatanten Minderzahl.

Zumindest für Frauen mit guter Schul-/Ausbildung ist der doppelte Lebensentwurf, die Orientierung auf Familie und Erwerb als simultan gelebte Realität heute Standard. Das hat in der sozialwissenschaftlichen Forschung zum Konzept der »doppelten Vergesellschaftung« geführt, das die Kompetenz von Frauen für beide Lebensbereiche zu analysieren versucht. Folglich kann Hausfrauenbewußtsein weder theoretisch noch empirisch isoliert werden. Wir können aber von einem Frauenbewußtsein sprechen, das sich vermittelnd zwischen den Sphären bewegt. Wenn wir uns die empirischen Untersuchungen zum Frauenbewußtsein aus diesem Jahrhundert ansehen, zeigt sich eine Bewegung der langen Wellen, der vorsichtigen Schritte und Versuche, die allesamt in eine Richtung weisen: zunächst weg von den Eltern, weg von der fesselnden Familienanbindung, von der Fessel vieler »Kinder«. Aber diese Abkehr ist kein linearer Prozeß oder Automatismus. Frauen wollen Kinder und binden sich im Zuge der Mutterschaft für eine Phase zurück ans Heim, ans Haus, an Sorgearbeit auf Zeit (Helgard Kramer u. v. a. 1986).

Diese *Zwischenorientierung* gab es als bewußte Haltung schon lange. Sie wurde Frauen nur nicht zugestanden, weil von ihnen verlangt wurde, sich zu entscheiden, entweder für das eine oder für das andere. Als Bekenntnis und Anspruch ist dieses systematische »going-between« neu, es ist offener, frei gewählt und unterschiedlich gestaltbar. Was die Generation der um 1980 geborenen Frauen daraus zur Zeit macht, ist eine empirische Frage. Häuslichkeit steht bei den Mädchen und jungen Frauen hoch im Kurs, aber was verstehen sie darunter? Wie begreifen sie und ihre potentiellen Partner, die jungen Männer, diese Verortung und vor allem: Wie setzen sie ihre Ansprüche auf Gleichheit, auch die auf Gleichbehandlung der Geschlechter in der Arbeit, in der Familie, beim Wäschewaschen und in der Kindererziehung etc. um?

Frauenerwerbsarbeit

Lehrbücher über Industriesoziologie lassen die Schwierigkeiten erkennen, in aktuelle Problemstellungen systematisch einzuführen, weil seit der Industrialisierung vielfältige Wandlungsprozesse erforscht und neue Theorien über die menschlichen Arbeitsleistungen in Organisationen entwickelt wurden.

Arbeit (Arbeitsteilung, Arbeitsorganisation, Arbeitsmarkt, Sozialisation durch Arbeit, gesellschaftliche Arbeit) ist die zentrale Kategorie dieser speziellen Soziologie, wobei der Blick auf eine Arbeit gegen Entgelt gerichtet wird. Somit wurden traditionell weite Bereiche von Frauenarbeit ausgeschlossen.

Industriesoziologie ohne Frauen

Für die herkömmliche Industriesoziologie ist nur jene Arbeit interessant, die in einer Arbeitsstätte außerhalb des Wohnbereichs stattfindet und sich nach strengen arbeitsorganisatorischen Regeln vollzieht. Zur Erfassung des Arbeitsprozesses werden Untersuchungen über die Bedingungsfaktoren, die die Arbeitsgestaltung und ihre Veränderungen beeinflussen, durchgeführt. Neben dem Verhältnis von Technik und Arbeitsgestaltung steht neuerdings auch die Organisation als strukturierende Einheit von Interessengegensätzen und Handlungspotentialen im Mittelpunkt.

Durch die zentrale Fragestellung nach dem Verhältnis von Technik und Arbeitsgestaltung fallen Frauen aus den empirischen Untersuchungen quasi naturwüchsig heraus, denn die industrielle Produktion durchzieht eine geschlechtsspezifische Arbeitsteilung: Während die Männer in Bereichen zu finden sind, die durch technologische Wandlungsprozesse gekennzeichnet sind, arbeiten Frauen in Bereichen, in denen Mechanisierungssperren einen solchen Wandel verhindern. Von Mechanisierungssperren spricht die Industriesoziologie immer dann, wenn entweder technische oder ökonomische Gründe eine Mechanisierung und/oder Automatisierung von Arbeitsvollzügen verhindern, wenn Menschen entweder gar nicht oder nur teilweise von Maschinen ersetzt werden können. Durch die Mechanisierung/Automatisierung entstand eine Tendenz zur Polarisierung von Qualifikationen: in die qualifizierten technischen Arbeitsabläufe einerseits und die »übrig«-bleibenden Tätigkeiten andererseits, die durch das Verrichten von einfachen Handgriffen gekennzeichnet sind (Horst Kern, Michael Schumann 1970).

Frauenarbeit und technischer Wandel schließen sich weitgehend aus (Hannes Friedrich u. a. 1973). Der Stand der Technik ist ein Trennungskriterium zwischen männlicher und weiblicher Arbeit. Je weiter die Technik die Arbeitsprozesse auf kontrollierende und arbeitsvorbereitende Funktionen beschränkt, um so stärker verschwinden Frauen aus den Betrieben.

Der industriesoziologische Blick auf die Organisation als Zentrum von machtpolitischen Entscheidungen eröffnet sich erst in den 80er Jahren. Vorher wurden vor allem die technologischen Entscheidungen betrachtet. Damit einher geht ein Organisationsbegriff, der Organisation als soziales System begreift, in dem bestimmte Normen und Werte sowie hierarchisch aufgebaute und aufeinander abgestimmte Positionen und Rollen der Zielerreichung dienen. Ziel ist die Reduktion der Umweltkomplexität und die damit verbundene stetige Anpassung an Veränderung. Diese industriesoziologische Organisationsforschung wurde dabei zunächst ohne Einbezug der gesellschaftshierarchischen Bedingungen geführt (Christiane Jüngling 1991).

Deshalb waren für die Industriesoziologie männliche Arbeitsbereiche interessant. Dort veränderten sich die Arbeitsprozesse und schritt die Mechanisierung voran. Neue arbeitsorganisatorische Konzepte wurden entwickelt, wie z. B. der Taylorismus in der Metallindustrie.[4] Hier gilt, daß von Männern die Rede ist, wenn es sich um arbeitende Menschen handelt. Analog wurde auch die Organisation als soziales System für Männer verstanden, denn Männer haben die Handlungskontrolle in den Organisationen.

Industriesoziologie mit Frauen

Trotz dieses beschriebenen Ausschlusses von Frauen findet die Frauenfrage ihren – wenn auch zweitrangigen – Platz in der Industriesoziologie. Denn die durch die Industrialisierung aufkommende Lohnarbeit betrifft nicht nur die männliche, sondern auch die weibliche Bevölkerung. Da eine verstärkte Einbeziehung von Frauen in den Produktionsprozeß Auflösungserscheinungen von traditionellen familialen Strukturen und der geschlechtsspezifischen Arbeitsteilung nach sich ziehen könnte, werden die weiblichen Arbeitskräfte in der Industriesoziologie hauptsächlich unter dem Aspekt des Erhalts von Familie, alten Rollenmustern und der Gebärbereitschaft thematisiert. Beide Arbeitsbereiche von Frauen haben einen Ort in der Industriesoziologie, allerdings nur unter der Prämisse der Auf-

4 Frederick Winston Taylor, ein amerikanischer Arbeitswissenschaftler, befürwortete und untersuchte Arbeitsteilungskonzepte Anfang des 20. Jhs. in der Automobilindustrie. Von diesen Arbeitsprozessen waren hauptsächlich Männer betroffen. Taylor entwickelte eine wissenschaftliche Betriebsführung (scientific management). Sie ist auch heute noch eine der Grundlagen der praktizierten Methoden von Arbeitsorganisation. Alle Kenntnisse und Fähigkeiten werden systematisiert und von den subjektiven Fähigkeiten der Arbeiter gelöst. Der Arbeitsprozeß wird in kleinste Teilarbeiten zerlegt. Die Gestaltung der Arbeitsabläufe erfolgt durch Zeitstudien (REFA).

rechterhaltung der geschlechtsspezifischen, hierarchischen Arbeitsteilung.

Auch innerhalb der Produktion dominiert wie in der Familie die »Aufrechterhaltung der Geschlechterhierarchie«. Um eine Konkurrenz der Geschlechter untereinander auszuschließen, entwickelt sich in der industriellen Produktion eine Arbeitsteilung qua Geschlecht. Dabei werden Frauen jene Bereiche zugewiesen, die sich aus Haushaltstätigkeiten (z. B. Herstellen von Kleidung oder Nahrung) entwickelt haben. Gleichzeitig werden sie seit Beginn der Industrialisierung in Arbeitsbereichen eingesetzt, wo Tätigkeiten auszuführen sind, die sich durch spezifische sensumotorische Anforderungen und nervliche Belastungen auszeichnen.[5]

Die Besonderheit von Frauenindustriearbeit besteht in einer spezifischen Benachteiligung. Sie zeigt sich vor allem im verengten Zugang zum Arbeitsmarkt und der Zuweisung von Tätigkeiten mit geringen Qualifikationsanforderungen. Gleichzeitig sind sie an hohe, einseitige Belastungen und, gemessen an der männlichen Arbeitskräftegruppe, an eine geringe Bezahlung gebunden. Der Einsatz von Frauen in diesen unterprivilegierten Arbeitsfeldern wird mit ihren Familienpflichten begründet.

Frauenerwerbsarbeit/Frauenindustriearbeit wird so als etwas Zusätzliches, Vorübergehendes betrachtet. Die Betriebe können auf dieses Charakteristikum von Frauenerwerbsarbeit zurückgreifen und Industriearbeiterinnen als Reservearmee behandeln. Wenn Frauenindustriearbeit als vorübergehendes Phänomen gilt, muß sie auch nicht in den Mittelpunkt des Untersuchungsinteresses gerückt werden. Selbst die Gewerkschaften, die bei der Entwicklung von Arbeitsstrukturen einflußreich sind, haben große Probleme, Frauen als gleichwertige Kolleginnen zu akzeptieren. Sie sehen sie vielmehr als Störfaktoren bei der Durchsetzung ihrer Politik, etwa in der Lohnfrage und Arbeitszeitgestaltung.

Erst in der Weimarer Zeit gibt es erste zaghafte Versuche von Frauen, Frauenindustriearbeit, aber auch die neu aufkommende An-

---

5 Obwohl, wie Angelika Willms-Herget (1985) feststellt, Frauen in mehr Bereichen eingesetzt sind als Männer, besteht eine Trennung zwischen männlichen und weiblichen Arbeitsbereichen. Frauen haben einen verengten Arbeitsmarktzugang. In geringem Umfang sind Frauen in Männerarbeitsbereichen anzutreffen, in keinem oder verschwindend geringem Maße Männer in Frauenarbeitsbereichen.

gestelltenarbeit zu beschreiben und die besondere Leistungsfähigkeit von Frauen hervorzuheben (vgl. z. B. Isa Strasser 1927). Dieser Versuch, Frauenerwerbsarbeit ins Licht zu rücken, hängt mit zwei Phänomenen zusammen. Zum einen sind zu Beginn der Weimarer Zeit mehr Frauen auf dem Arbeitsmarkt. Diese stärkere quantitative Präsenz beruht auf einer partiellen Auflösung des geschlechtsspezifischen Arbeitsmarktes während des Ersten Weltkrieges. Nun kann Frauenerwerbsarbeit nicht länger als eine vorübergehende Erscheinung begriffen werden. Zum anderen ist das Selbstbewußtsein von Frauen gestiegen. Während des Krieges waren Frauen Alleinverdienerinnen, hielten die Kriegsproduktion aufrecht und konnten so eine berufliche Identität entwickeln. Nach 1918 sind mehr Frauen in der Lage und gezwungen, sich ihren Lebensunterhalt zu verdienen. Besonders Frauen der Mittelschicht suchen einen Arbeitsplatz als Angestellte (Ursula Nienhaus 1982).

Bis 1970 wurde die Frauenfrage nur unter den beschriebenen Gesichtspunkten thematisiert. Erst danach werden im Verlauf der siebziger Jahre neue Forschungsprojekte entwickelt. Auf Initiative von IndustriesoziologInnen entsteht bei der Deutschen Forschungsgemeinschaft (DFG) ein neuer Schwerpunkt, »Integration der Frau in die Berufswelt«, zu dem mit unterschiedlichen Fragestellungen und Methoden die ersten Erhebungen über Frauenerwerbsarbeit durchgeführt werden. Die Berichte über diese Projekte gelten als »Klassikerinnen« der Frauenforschung (Ilona Ostner, Elisabeth Beck-Gernsheim, Regina Becker-Schmidt, Christel Eckart u. a., Ilona Schöll-Schwinghammer etc.).

Interessanterweise findet die Geburtsstunde der deutschen Frauenforschung nicht – wie wir aus der Vorgeschichte annehmen könnten – in der Familiensoziologie, die sich als Soziologie der Frau verstand, statt, sondern in der Industriesoziologie. Frauenforscherinnen greifen die zentrale Kategorie der Industriesoziologie auf und beschäftigen sich mit den beiden Seiten von Arbeit: mit der Haus- und Berufsarbeit. Durch die Auseinandersetzung mit dem Arbeitsbegriff konnten u. a. alte Vorurteile und Sichtweisen, die sich auf Frauen, ihre Qualifikationen und Ansprüche beziehen, revidiert werden. Bewußtseinsprozesse von Frauen konnten neu erklärt werden, und die Frage nach den Gründen für die systematische Benachteiligung von Frauen provozierte eine erneute Emanzipationsdebatte. Sie richtete den Blick auf Machtverteilungsprozesse in Organisationen.

Die Widersprüchlichkeit des weiblichen Lebenszusammenhangs,

die aus der Zuweisung von Frauen zu zwei mit unterschiedlichen Werten ausgestatteten Arbeitsbereichen resultiert, wird zur Grundlage aller Untersuchungen über Frauenerwerbsarbeit.

Die frauenzentrierte Forschung stellt bis heute einen wichtigen Strang der Industrie- und Betriebssoziologie dar, konnten doch auf ihrer Grundlage neue theoretische Konzepte entwickelt werden. Im folgenden sollen nach einem kurzen Abriß der Erwerbssituation von Frauen die wesentlichen Forschungsergebnisse themenzentriert wiedergegeben werden:

- Sozialhistorie
- Arbeitsbewußtsein
- Arbeitssituation
- theoretische Ansätze
- ein neuer Blickwinkel der Industriesoziologie mit Frauen: die Organisations- und Personalentwicklung als Instrument des geschlechtsspezifisch segmentierten Arbeitsmarktes
- Frauen und Industriesoziologie im wiedervereinigten Deutschland

Erwerbssituation von Frauen

Der Anteil der Frauen an den Erwerbstätigen beträgt knapp 39 %. 57 % der Frauen im erwerbsfähigen Alter beteiligen sich am Erwerbsleben.

Nach wie vor ist die Erwerbsbeteiligung der Frauen von der Familienphase abhängig. Obwohl Frauen zwischen 20 und 60 auch verstärkt als Mütter am Erwerbsleben teilnehmen, zeigen die Verlaufskurven der Erwerbsbeteiligung von Frauen, daß die Vereinbarkeit von Familie und Beruf fast ausschließlich Angelegenheit der Frauen bleibt (Christiane Schiersmann 1995). Ihre Erwerbstätigkeit geht in der familialen Phase zurück. Allerdings ist diese Phase altersverschoben, sie beginnt erst mit Anfang Dreißig. Junge Frauen befinden sich heute länger in der Ausbildung als früher und konnten auch bei den schulischen Bildungsabschlüssen mehr als gleichziehen (Christiane Schiersmann 1995). Gleichzeitig gehen ältere Frauen früher in Rente. Trotz der nachweisbaren familialen Bezogenheit zeigen die Daten ein verändertes Erwerbsverhalten von Frauen. Ein stetig ansteigender Anteil der verheirateten Frauen verbleibt lebenslang im Erwerbsleben und unterbricht die Erwerbstätigkeit nicht mehr nach der Geburt des ersten Kindes. Soweit eine Unterbrechung vorgenommen wird, ist diese kürzer als in den vergangenen Jahrzehnten. Als eine der Ursachen für steigende Frauenerwerbsquoten von verheirateten Frauen wird eine Erhöhung des Angebots an Teilzeitarbeitsplätzen angesehen. Ungefähr die Hälfte der verheirateten, abhängig erwerbstätigen Frauen üben eine Teilzeitbeschäftigung aus (Anne Meiners in: Margit Frackmann 1990, S. 27). Insgesamt sind von den erwerbstätigen Frauen 30 % in Teilzeit tätig, während die Teilzeitarbeit bei den Männern mit knapp 2 % auf eine geringe Resonanz stößt (Christel Eckart 1990).

Die Ausweitung der Teilzeitbeschäftigung in den sechziger und siebziger Jahren geschah trotz des Widerstands der Gewerkschaften als Angebot an die Arbeitsmarktreserve verheirateter Frauen. Das Angebot an Teilzeitarbeit und die Frauenerwerbsquote korrelieren noch miteinander. So ist z. B. in Ländern der EU mit hoher Frauenerwerbsquote (z. B. Norwegen, Schweden) auch der Anteil der Teilzeitbeschäftigten besonders hoch.

Da auch die Unternehmen Teilzeitarbeit als Instrument flexibler Arbeitszeitgestaltung entdecken, ist es sicherlich interessant, die Entwicklung in den nächsten Jahren zu beobachten.

Struktur der Erwerbstätigkeit

Die Situation von Frauen auf dem Arbeitsmarkt unterscheidet sich von derjenigen der Männer immer noch grundlegend. Sie sind benachteiligt durch Arbeitsmarktsegmentierung, Lohndiskriminierung, erhöhte Betroffenheit von Arbeitslosigkeit, geringere Aufstiegsmöglichkeiten und spezifische Arbeitsbelastungen (sensumotorische Anforderungen, psychischer Belastungsaufwand). Trotz längerer schulischer und beruflicher Ausbildung lassen sich wesentliche Verbesserungen der Situation von Frauen auf dem Arbeitsmarkt nicht feststellen.

Obwohl der Anteil der Mädchen an Gymnasien gestiegen ist und die Gesamtzahl der weiblichen Auszubildenden sich erhöht hat, konzentrieren sich Mädchen auf wenige Ausbildungsberufe und Frauen auf wenige Tätigkeitsfelder auf dem Arbeitsmarkt.

Im verarbeitenden Gewerbe sind Frauen entweder in den Branchen anzutreffen, in die die traditionellen Haushaltstätigkeiten verlagert wurden, wie die Textilindustrie, das Bekleidungsgewerbe oder die Nahrungs- und Genußmittelindustrie. Oder sie sind in jenen Branchen, in denen »feine kleine Dinge« gefertigt werden, wie in der Elektrotechnischen Industrie, der Feinmechanik und Optik etc., beschäftigt.

Im *Angestelltenbereich* sind die typischen Einsatzfelder bei den Bürotätigkeiten der Schreibbereich und die Datenerfassung, die routinisierte und zum Teil die qualifizierte Sachbearbeitung. 3,5 Mio. von den insgesamt 5 Mio. im Angestelltenbereich beschäftigten Frauen sind im Bürobereich tätig (Karin Gottschall 1990). Neben dem Bürobereich konzentrieren sich Frauen auf den Verkaufs-, Gesundheits-, Schönheits- und Reinigungsbereich. Zusammenfassend läßt sich für die Frauenerwerbsarbeit folgendes feststellen:

- Konzentration auf wenige Berufsgruppen
- Konzentration auf Angestelltentätigkeiten
- hohe Betroffenheit von Arbeitslosigkeit
- Konzentration auf untere Positionen

Merkmale ihrer Tätigkeitsfelder sind:

- Verrichtung von einfachen, repetitiven Teilfunktionen
- schlechte Bezahlung
- wenig Aufstiegsmöglichkeiten
- wenig Qualifizierungschancen
- restriktive Arbeitsbedingungen

Dennoch drängen Frauen auf den Arbeitsmarkt. Sie suchen am Arbeitsplatz jedoch stärker als Männer nach kooperativen und kommunikativen Zusammenhängen. Im Erwerbsleben finden sie die soziale Anerkennung, die ihnen zu Hause fehlt.

Die sozialhistorische Forschung

Die sozialhistorische Forschung hat das Ziel, die vorfindliche Frauenerwerbstätigkeit, die durch eine spezifische Benachteiligung gekennzeichnet ist, zu erklären. Sie will Veränderungen der Frauenerwerbstätigkeit aufzeigen und die Frage nach der Genese der Spaltung des Arbeitsmarktes in Männer- und Frauenberufe beantworten (Angelika Willms-Herget, Ingeborg Wegehaupt-Schneider, Anke Wolf-Graaf, Ulla Knapp, Karin Hausen u. a.).

Auf der Grundlage von neuen Berechnungen des vorhandenen statistischen Materials, Sekundäranalysen, Berichten der Gewerbeaufsicht und Gewerkschaften, biographischem Material, Archivbeständen in Betrieben sowie Romanen wird versucht, die Geschichte der Frauen neu zu entdecken bzw. überhaupt erst einmal sichtbar zu machen, zu beschreiben und zu systematisieren.

Nach über 100 Jahren Frauenerwerbsarbeit wurden so z. B. anhand der sozialhistorischen Forschungen Veränderungen von Frauenarbeit aufgezeigt, die anderen Gesetzmäßigkeiten folgen als der Wandel von Männerarbeit.

Eine Besonderheit der weiblichen Erwerbstätigkeit liegt in der Zuweisung zu spezifischen Arbeitsplätzen. Neu aufkommende Arbeitsbereiche werden Frauen zugesprochen, wenn sie für sie als »geeignet« erscheinen. Frauenarbeitsplätze entstehen dort, wo ein Mangel an männlichen Arbeitskräften besteht. Frauen wurden stets als »halbe Kräfte« ins Erwerbsleben integriert, ihre »besonderen« familiären Bedingungen schlagen sich nieder in »besonderen« Arbeitsplätzen, die extra für sie eingerichtet werden (Angelika Willms-Herget 1985, S. 16). Die »Besonderheit« setzt eine Grenze zwischen männlichen und weiblichen Arbeitsbereichen. Trotz wirtschaftlichem, sozialem und technischem Wandel bleiben diese Grenzen auf jeweils neuer Stufe erhalten. Frauen werden Arbeitsplätze mit hohen Belastungen, geringer Qualifikationsanforderung und niedriger Bezahlung zugewiesen. Dabei spielt weniger die reale Qualifikationsanforderung eine Rolle.

Zwei Beispiele sollen dies erläutern: In der Zeit von 1907 bis 1925 verdoppelte sich die Gesamtzahl der Angestellten; die Zahl der weiblichen Angestellten erreichte dagegen mit 1,2 Mio. das Dreifache des Niveaus von 1907. Die Ausweitung bezieht sich insbesondere auf die Bürotätigkeiten. Dieser »Siegeszug« der Frauen in die Büros hängt neben dem Einsatz der Schreibmaschine als normales Arbeitsmittel vor allem mit Arbeitsteilungsprozessen, verbunden mit geschlechtsspezifischen Personaleinsatzstrategien, zusammen. Die durch arbeitsorganisatorische Veränderungen hervorgerufenen Möglichkeiten, relativ unqualifizierte routinisierte Tätigkeiten zusammenzufassen und aus dem Arbeitsprozeß auszugliedern, bedingen einen erhöhten Fraueneinsatz. Frauen gelten unter personalpolitischen Gesichtspunkten als flexibel, billig und für Routinetätigkeiten besonders geeignet (Karin Gottschall 1990).

Die weibliche Industriearbeit verändert sich in ihren traditionellen Einsatzfeldern (Textil, Bekleidung, Nahrungs- und Genußmittelindustrie) besonders in jenen Industriezweigen, die durch einen ausgedehnten Einsatz von einfachen und leicht zu bedienenden Maschinen Rationalisierungsmaßnahmen vornehmen. Diese niedrigschwellige Technisierung ist schon geschlechtsspezifisches Programm, denn Männer würden solche Arbeitsplätze mit Leistungsunwillen beantworten. Die arbeitsorganisatorischen Umstrukturierungen »bevorzugen« daher Frauen an einfachen Maschinen. Durch die Maschinen wird ein Großteil qualifizierter und/oder körperlich schwerer Arbeiten, die nur Männern zugänglich waren, auf die Vielzahl körperlich leichter Arbeiten reduziert, die »nur« einfache Handgriffe, Geduld, Genauigkeit und Fingerfertigkeit verlangen. Das »Schnittmuster« der Geschlechterhierarchie setzt sich nicht nur bei der neuen Aufteilung der Tätigkeiten durch, sondern auch bei der Bezahlung (Ingeborg Wegehaupt-Schneider 1985).

Neben diesen Ergebnissen über den geschlechtsspezifischen Arbeitsmarkt wird durch die sozialhistorische Forschung eine Überprüfung alter Thesen möglich. So wurde z. B. früher in fast allen Forschungen davon ausgegangen, daß die massenhafte Beschäftigung von Frauen in der industriellen Produktion eine Verdrängung von Männern bewirkt habe. Bei einer genaueren Nachprüfung zeigte sich jedoch, daß dies in Wirklichkeit nicht der Fall war (Ingeborg Wegehaupt-Schneider 1985). Ebenso kann Karin Gottschall (1990) nachweisen, daß nicht die Schreibmaschine den Fraueneinsatz im Büro bedingt, sondern sehr früh einsetzende Rationalisierungsmaßnahmen, die männliche und weibliche Arbeitsbereiche entstehen lassen.

Selbst die beiden Weltkriege, die für die Frauenbeschäftigung starke Veränderungen bedeuteten, konnten die angeschobene »Modernisierung« nicht als Prozeß beibehalten. Nach Beendigung der Ausnahmesituation kam es zu einer Rekonstruktion der alten Benachteiligung auf jeweils neuer Stufe.

Studien zum Arbeitsbewußtsein von Frauen

Fast alle zu diesem Themenkreis vorliegenden empirischen Studien setzen sich anhand der soziobiographischen Methode[6] mit den widersprüchlichen Erfahrungen auseinander, die Frauen wegen der Unterschiedlichkeit von Haus- und Berufsarbeit machen. Sie versu-

6 Die soziobiographische Methode stellt anhand eines Leitfadens zu unterschiedlichen Themenkomplexen offene, nicht festgeschriebene Fragen. Die Forschenden entwickeln gemeinsam mit den Befragten ein Gespräch. Eine solche qualitative Methode hat den Vorteil, daß in den Forschungsgegenstand weniger theoretische Vorannahmen eingehen.

chen, die Verarbeitungsformen und die Bewertung der doppelten Verankerung zu erfassen. Auch hier wird in neuerer Zeit bevorzugt ein gemischtes Instrumentarium von Erhebungsmethoden eingesetzt. Fast alle bisher vorliegenden Untersuchungen zum Arbeitsbewußtsein operieren mit dem soziobiographischen Interview. Von dieser Methode wird eine Erfassung des »gesellschaftlichen Bewußtseins«, der Denkweisen und der sozialen Orientierungen von handelnden Frauen erwartet.

Das qualitative Interview sollte eine neue Kategorienbildung ermöglichen, die nicht aus Untersuchungen von/mit Männern abgeleitet würde; es sollte ermöglichen, keine theoretischen Vorentscheidungen zu implizieren und daß die Interaktion zwischen Forscherin und Forschungsgegenstand sowie eine kritische Reflexion darüber einbezogen würde.

Die Ergebnisse der wichtigsten Studien sollen kurz angesprochen werden:

Die Studie von Regina Becker-Schmidt u. v. a. (1982) befaßt sich mit der Frage, warum Mütter außerhäuslich arbeiten. Befragt wurden 30 Akkordarbeiterinnen, die Mütter von kleinen Kindern waren, sowie 30 Arbeiterfrauen, die – wegen der Kinder – die Erwerbsarbeit aufgegeben hatten. Im einzelnen sollte untersucht werden, mit welchen Schwierigkeiten die Erwerbsarbeit für sie verbunden ist und was ihnen die Erwerbsarbeit im Vergleich mit der Hausarbeit bedeutet.

Aus dieser Studie wird deutlich, welchen Einfluß Zeitrhythmen auf das Leben der Frauen haben. Denn der im Reproduktionsbereich geforderte Zeitrhythmus bei der Kindererziehung und Hausarbeit ist inkompatibel mit dem der kapitalistisch-industriellen Produktion.

Aus den Ergebnissen der empirischen Studien von Christel Eckart u. a. (1979) und Friedrich Weltz u. v. a. (1979) lassen sich reichhaltige subjektive Merkmale der Arbeitskräftegruppe Frau herausfiltern, die zu einer Verfestigung der strukturellen Benachteiligung im Arbeitsprozeß beitragen.

Die Ausrichtung auf die Familie wird von den Betrieben durch ihre Einsatzbedingungen unterstützt. Der »weibliche Lebenszusammenhang« legt das nahe, macht eine solche Schlußfolgerung aber nicht zwingend. Arbeitsbedingungen wie Akkordarbeit, Vereinzelung, hohe psychische Belastungen verhindern bzw. brechen eine Orientierung von Frauen auf Lohnarbeit.

Von anderen Arbeitskräftegruppen lassen sich Frauen durch spezifische subjektive Merkmale (Orientierungen, Dispositionen) unterscheiden, die durch eine primäre Ausrichtung auf den Hausarbeitsbereich erworben werden. Frauen entwickeln Fähigkeiten, Interessen, Haltungen und Orientierungen, die der familiär reproduktionsbezogenen Arbeit entsprechen. Die daraus folgenden inhaltlichen Berufsinteressen bestimmen die Berufswahl. Nicht Einkommen, Prestige und Aufstiegschancen sind die Kriterien, nach denen eine Wahl getroffen wird, sondern interessante Arbeitserfahrungen, gerechte Behandlung durch freundliche Vorgesetzte, angenehme Arbeitsbedingungen. Diese drücken sich vor allem durch guten Kontakt zu den Kolleginnen aus.

Um die unterschiedlichen Anforderungen von Haus- und Berufsarbeit nicht als zu widersprüchlich zu erfahren, versuchen viele Mädchen und Frauen bereits bei der Berufswahl, einen Kompromiß zwischen den beiden unterschiedlichen Anforderungsarten von Hausarbeit und Berufsarbeit zu schließen.

Studien zur Arbeitssituation

Vielfältige Beschreibungen der Arbeitsplätze (im engeren Sinne: Arbeitskraft – Arbeitsgegenstand – Arbeitsmittel) von Frauen geben Auskunft über Akkordhetze, nervliche Belastungen, kognitive Unterforderungen und geringe Bezahlung. Allerdings existieren kaum industriesoziologische Studien, die die subjektiven und objektiven Bedingungen der Arbeitssituation von Frauen umfassend erheben und typisieren. Kategorien zur Erfassung der Arbeitssituation von Frauen werden lediglich in einer einzigen Untersuchung entwickelt, wobei hier sowohl für die Qualifikations- als auch Belastungsanalyse differenzierte Kategorien entwickelt werden. Für die Industrie- und weite Teile der Angestelltenarbeit wird von Lothar Lappe[7] herausgearbeitet, daß die äußerst geringen qualifikatorischen Anfor-

7 Die Studie von Lothar Lappe entstand im Rahmen eines Forschungsprojektes »Frauenarbeit und technischer Wandel« (Robert Breithaupt, Lothar Lappe, Ilona Schöll-Schwinghammer, Ingeborg Wegehaupt-Schneider). Für die Perspektive der Frauenforschung ist eine Analyse der Belastungen von Frauenarbeitsplätzen von großer Bedeutung. Für ein solches »Gesamtbelastungskonzept« bietet die Untersuchung von Lappe wesentliche Grundlagen.

derungen und die damit verbundene Reduktion der Dispositionsmöglichkeiten intellektuell stark unterfordernd und ermüdend/demotivierend wirken.

Diese Erwerbsarbeit ist nur zu ertragen, wenn sie durch eigenständig gestaltbare Hausarbeit kompensiert wird. Darauf setzen die Betriebe. Den geringen Qualifikationsanforderungen entsprechen physische Belastungsformen: schwerdynamische Muskelarbeit, statische Halte- und Haltungsarbeit, einseitige Muskelbelastungen, die sich zudem durch hohe Bewegungsfrequenzen auszeichnen. Derartige Formen der Belastung sind häufig schwer zu identifizieren und werden generell unterbewertet. Ein Beispiel ist die Einordnung von schwerer Arbeit. In den Kategorien zur Belastung wird unter »Schwere« einer Arbeitssituation nur die physische Beanspruchung der Arbeitenden betrachtet. Als »schwere« Arbeit gilt nach wie vor »körperlich schwere« Arbeit. In dem Schwerarbeitskonzept finden sensumotorische, nervliche und psychisch »schwere« Anforderungen keine Berücksichtigung. Solche Arbeitssituationen gelten nach wie vor als leichte Belastungen.[8]

Wie kommt es nun, daß so wenige Angaben über die stoffliche Seite der Frauenarbeit gemacht werden? Sicherlich liegt ein Grund darin, daß es schwer fällt, Worte für die tägliche Routine, Monotonie und Arbeit am »Kleinen und Feinen« zu finden. Dies gilt auch für die Hausarbeitsanalyse. Die »Unsichtbarkeit« der Leistungen von Frauen in Haus- und Berufsarbeit, aber auch die verbreitete Unaufmerksamkeit gegenüber ihren Belastungsdimensionen wiederholen sich in der Forschung. Die Leistungen von Frauen tauchen erst wieder in der Forschung zum Frauenbewußtsein auf.

Theoretische Ansätze: die Besonderheiten von Frauenarbeit

Halten wir die Strukturveränderungen der Frauenerwerbsarbeit noch einmal fest:

8 Wie wichtig es wäre, die Gesamtbelastungen von Frauen zu betrachten, zeigt z. B. folgende Tatsache: Im Familienleben gelten keine Beschränkungen hinsichtlich des Tragens schwerer Lasten. Nun fallen im Haushalt aber eine Vielzahl von körperlich schweren Arbeiten an, wie das Heben und Tragen von Kindern, Einkaufen, Fensterputzen etc. Diese Heb- und Traglasten sind viel schwerer als die gesetzlich zugelassenen Mengen in der industriellen Produktion.

- Mehr Frauen denn je sind erwerbstätig
- Weibliche Erwerbsbiographien gleichen sich männlichen an, d. h. die Verweildauer von Frauen im Beruf wird länger, die Familienphasen/Unterbrechungszeiten werden kürzer
- Frauen haben inzwischen gegenüber Männern einen Bildungsvorsprung. Trotz ihrer gestiegenen Ausbildungsbeteiligung verweisen die Frauenanteile im Kohortenvergleich immer noch auf ein qualitatives Ausbildungsdefizit gegenüber Männern. Dennoch ist im Zeitvergleich eine Verschiebung im Unabhängigkeits-/Abhängigkeitsgefüge der Geschlechter zugunsten von Frauen zu beobachten. Das verweist darauf, daß nicht nur die Qualifizierung und Berufstätigkeit, sondern auch andere Faktoren das Geschlechterverhältnis beeinflussen (Sabine Gensior, Sigrid Metz-Göckel 1990)

Trotzdem ist die Benachteiligungsstruktur nicht aufgehoben. Die Situation von Frauen auf dem Arbeitsmarkt ist nach wie vor gekennzeichnet durch ein eingegrenztes Spektrum an Arbeitsplätzen (Arbeitsmarktsegmentation), durch geringen Lohn, besondere Belastungen und minderqualifizierten Einsatz. Noch kann die spezifische Benachteiligungsstruktur als Abgrenzungskriterium von männlicher und weiblicher Arbeit gelten.

In der industriesoziologischen Segmentationstheorie finden sich die ersten Ansätze zur Erklärung des Arbeitsmarktschicksals von Frauen. Die Segmentationstheorie unterteilt den Arbeitsmarkt in einen internen und externen Sektor bzw. in die beiden Kategorien von Belegschaft: Stamm- und Randbelegschaft. Frauen werden aufgrund phänomenologischer Befunde dem externen Sektor bzw. der Randbelegschaft zugeordnet.

Der eher typologisch beschreibende Segmentationsansatz wird weiterentwickelt zu einem Ansatz, der die Entstehung von zwei Segmenten, dem primären und sekundären Segment, beschreibt (Michaela Kleber 1991, S. 92 ff.). Das primäre Segment mit dem Kennzeichen Aufstieg, gute Bezahlung, Arbeitsplatzsicherheit etc. wird hauptsächlich männlichen Arbeitskräften zugewiesen, während das sekundäre Segment, das Segment der Jedermanntätigkeiten, den Frauen vorbehalten bleibt. »Jedefrautätigkeiten« wäre allerdings der angemessene Ausdruck, weil spezifische Frauengrundqualifikationen abgerufen werden – ob jeder Mann darüber verfügt, ist äußerst zweifelhaft.

Dieser Betrachtungsweise stehen empirische Befunde entgegen, daß z. B. Frauenarbeitsplätze generell unsicherer sind, daß sie sich von den Arbeitsplätzen anderer Problemgruppen auf dem Arbeitsmarkt unterscheiden. Frauenarbeitsplätze sind deutlich getrennt von männlichen. Betriebe weisen Frauen von vornherein nur spezifische Arbeitsplätze zu, so sind weibliche Arbeitskräfte z. B. auch auf allen Qualifikationsstufen auf bestimmte Arbeitsbereiche konzentriert. Offensichtlich kann die geschlechtsspezifische Segregation mit dem Segmentationsansatz nicht hinreichend erklärt werden. Neue Ansätze gehen nach eingehenden empirischen Untersuchungen davon aus, daß die Segmentation nach dem Geschlecht quer zu anderen Segmentationsmustern verläuft.

In diesem Zusammenhang kommen der von Ilona Ostner und Elisabeth Beck-Gernsheim entwickelten Bestimmung von Haus- und Berufsarbeit als formdifferenten und dennoch komplementären Formen der Arbeit unter Bedingungen entwickelter Warenproduktion für die Situation der Frau auf dem Arbeitsmarkt große Bedeutung zu. Sie ermöglicht, objektive Strukturen des Arbeitsmarktes und Besonderheiten weiblicher Berufspraxis in ihrem Zusammenwirken zu erfassen und sie als gesellschaftlich produziert und reproduziert zu begreifen:

1. Frauen entwickeln ein besonderes Arbeitsvermögen, das von den Betrieben aufgenommen wird. Die betrieblichen Einsatzstrategien orientieren sich an der Diskontinuität weiblicher Berufsarbeit und verwerten die unmittelbar reproduktiven Verhaltensweisen. Aus der Sicht des Betriebes ist das weibliche Arbeitskräftepotential unspezifisch genug, um an unterschiedlichsten Arbeitsplätzen in unterschiedlichen Wirtschaftsbereichen eingesetzt zu werden. Es ist andererseits doch spezifisch genug, um gerade für bestimmte unqualifizierte, selten auch qualifizierte Tätigkeiten verwertbar zu sein.
2. Frauen haben, bedingt durch die spezifischen Arbeitstätigkeiten, die ihnen durch die geschlechtsspezifische Arbeitsteilung zugefallen sind, so etwas wie eine »weibliche Kultur« entwickelt. Das heißt: Sie verfügen über Fertigkeiten, Verhaltensweisen und Befähigungen zu einer Form von Arbeit und Identität, die mehr oder weniger zwangsläufig auf kurzfristige, erfolgreiche, auf eher »unmittelbare« Reproduktion, auf Erhaltung und Sicherung des Gegebenen gerichtet ist (Ilona Ostner 1978, S. 188 ff.).

3. Die Identifikation von Frauen mit einer besonderen Arbeitsform und Arbeitsweise, nämlich der Familien- und Hausarbeit, und die lebensgeschichtliche Auseinandersetzung mit ihr haben Konsequenzen für das Arbeitsvermögen von Frauen, also auch für ihr berufliches Verhalten. So sind z. B. die Orientierungen am Gegenwärtigen, am Konkreten, Vorfindbaren, am Erfolg, der unmittelbar aus den jeweiligen Arbeitsaufgaben kommt, dominierend. Dazu gehören auch der Eifer und die Meisterschaft im Lösen von konkreten Problemen, der Rückgriff auf Bewährtes und die hohe Bereitschaft zur Improvisation. Gleichzeitig existiert ein ausgeprägtes Desinteresse am Expansiven, Großartigen, Zukünftigen, soweit es den Rahmen der augenblicklichen Aufgabenstellungen sprengt. Aber: Empathie und Intuition, Erfahrung und divergentes Denken sind vor allem Qualitäten des weiblichen Arbeitsvermögens, auch in der Berufsarbeit.

Das betriebliche Interesse, dieses weibliche Arbeitsvermögen aufzugreifen, liegt darin, extrafunktionale Qualifikationen und vorhandene Produktivitätspotentiale auszunutzen (Michaela Kleber 1991, S. 100 ff.).

Eine Verbindung der Segmentationsansätze mit dem Ansatz des geschlechtsspezifischen Arbeitsvermögens vertritt z. B. Michaela Kleber, die meint, die geschlechtsspezifische Segmentation sei nur bei expliziter Berücksichtigung der Rolle der betrieblichen Arbeitsorganisation zu verstehen. Arbeitsorganisation wird ihrer Meinung nach weder durch das Produkt noch durch die Technik, noch durch die auf dem Arbeitsmarkt vorhandenen und vorgegebenen Berufsqualifikationen entwickelt. Sie ist in der Gestaltung relativ frei. Damit rücken unternehmerische Entscheidungen ins Blickfeld. Sie geht davon aus, daß sich Entscheidungsfindungsprozesse an gesellschaftlichen Rollenbildern orientieren. Damit rückt die Organisation als soziales System ins Blickfeld.

In der neueren Literatur finden sich neben dem Konzept des weiblichen Arbeitsmarktes, das als differenztheoretisch angesehen wird, vor allem hierarchietheoretische Ansätze (Geschlecht als Statuskategorie, gendering-Konzept), die das Geschlechterverhältnis als gesamtgesellschaftliches Strukturprinzip begreifen und damit auch als Strukturprinzip für Unternehmen. Dieser Ansatz wird von Karin Gottschall und Anja Wolde erweitert. Sie begreifen das Geschlechterverhältnis als doppelt strukturiert – durch industriekapitalistische Vergesellschaftung wie auch durch die in bürgerlichen Gesellschaften inhärenten gesellschaftlichen Strukturen (Karin Gottschall 1995, S. 140 f.).

Ein neuer Blickwinkel der Industriesoziologie mit Frauen

Ein weiterer Teil der neueren Literatur in der industriesoziologischen Frauenforschung beschäftigt sich mit der Frage, ob die Organisations- und Personalentwicklung ein Instrument sein kann, um den geschlechtsspezifisch segmentierten Arbeitsmarkt zu verändern. Sowohl theoretisch wie auch empirisch wird damit ein neuer Fokus gesetzt.

Der Blick auf die Organisation ermöglicht es, die Verteilungsprinzipien von Arbeit konkret zu betrachten und Veränderungen zu initiieren, d. h. es handelt sich um einen erkenntnistheoretischen wie politischen Ansatz. Zentrale Kategorien für Organisationen sind Arbeit, Macht und Politik. Organisationen sind ein soziales System und spiegeln die gesellschaftliche Wirklichkeit wider. Organisationen als soziale Systeme verstanden stehen im permanenten Austausch mit der Umwelt und konstituieren infolge der Wechselwirkung zwischen Organisation und Gesellschaft Gleichheits- bzw. Ungleichheitsstrukturen. Frauenförderung als Bestandteil von Organisations- und Personalentwicklung kann, ist sie in einer Organisation erfolgreich, durch die Wechselwirkung zwischen Unternehmen und Gesellschaft, zum Instrument von veränderten Strukturen auf dem Arbeitsmarkt werden. Es ist das Ziel von Frauenförderung, Männerdominanz in Organisationen aufzuweichen und Machtpotentiale neu zu verteilen. Sollte dieses Ziel erreicht werden, so würden sich die Trennlinien zwischen männlicher und weiblicher Arbeit verschieben und verändern. Dieses Ziel kann allerdings nur erreicht werden, wenn einige Bedingungen erfüllt sind (Regine Benal 1993, S. 45 ff.). Hierzu gehören u. a.:

- ein neues Verhältnis von Frauen zu Macht (Es ist erstaunlich, wie negativ der Machtbegriff noch immer bei Frauen konnotiert ist)
- Weiterbildungsmaßnahmen und -möglichkeiten
- Bildung von unterstützenden Netzwerken

Die Untersuchung von Eva Brumlop und Ursula Hornung (1994) macht deutlich, daß gezielte Frauenförderung bisher relativ selten ist. In der alten Bundesrepublik existieren in etwa 80 Unternehmen Frauenförderungs- bzw. Gleichstellungsprogramme. Schwerpunkte dieser Programme liegen bisher begrenzt im Bereich der Regelungen zur Vereinbarung von Beruf und Familie sowie bei Vereinbarungen zu flexibleren Arbeitszeiten.

Christiane Jüngling weist auf die Schwierigkeiten der Umsetzung solcher Frauenförderpläne hin. Es sollen systematische, strukturelle und persönliche Wettbewerbsvorteile und Privilegien der männlichen Beschäftigten mit ihrer Zustimmung abgebaut werden, noch dazu bei gleichzeitiger Dominanz männlicher Entscheidungsträger (Christiane Jüngling 1991, S. 192).

Trotz begrenzter Durchsetzungskraft von solchen Instrumenten wird davon ausgegangen, daß sie sinnvoll sind. Denn die Initiativen zur betrieblichen Gleichstellung führen zu einer Diskussion der Chancen, Ambivalenzen und Grenzen der Integration erwerbstätiger Frauen unter den Bedingungen von herrschenden Macht- und Interessenkonstellationen.

Gleichzeitig wird darauf hingewiesen, daß ein großer Forschungsbedarf besteht, und zwar sowohl hinsichtlich übergreifender Theorien zur Bedeutung des Geschlechts für den Umgang mit Macht und Politik als auch bezüglich konkreter empirischer Ergebnisse über organisationspolitische Prozesse bei Versuchen zur Veränderung geschlechtshierarchischer Strukturen und Beziehungen in Organisationen. Besonders wichtig wäre hier ein interdisziplinärer Ansatz aus Organisationstheorie, Industriesoziologie, Psychologie und Sozialpsychologie sowie der Frauenforschung (Christiane Jüngling 1991, S. 200).

Exkurs:
Neue Herausforderungen durch industriesoziologische Frauenforschung im vereinten Deutschland

Betrachten wir zunächst die industriesoziologische Frauenforschung in der DDR. Hildegard Maria Nickel stellt die These auf, daß es keine industriesoziologische Frauenforschung in der DDR gab. Die Forschungen über Frauen hatten Grenzen,

- »weil Frauen weitgehend funktional und damit einseitig betrachtet wurden. Sie wurden auf ihre ökonomische, biologische und/oder politische Funktion reduziert. Frauen interessierten nicht als Subjekte und in der Komplexität ihrer konkreten Lebenszusammenhänge, sondern als Arbeitskräfte, politische Funktionäre, Leitungskader, Gebärende und/oder als Mütter;

- weil es in ›objektiven‹ Analysen um die ›optimale‹ gesellschaftliche Verteilung von Frauen auf Qualifikationsgruppen, Berufe, Leitungsfunktionen ging. Gemessen an männlichen Leistungen wurde darin beurteilt, ob Frauen das eine schon ›ganz gut‹ machen, das andere aber noch lernen müssen. So gesehen handelt es sich über weite Strecken um Defizit- statt um Differenzforschung. Diese Defizite sollten zur Erreichung ›höherer‹, meist ökonomischer Zwecke überwunden werden (...);
- weil sie parteilich im Sinne der herrschenden Ideologie und Apparate waren (...);
- weil Geschlecht auf eine statische Merkmalsklasse reduziert und nicht als Strukturkategorie behandelt wurde.« (Hildegard Maria Nickel 1996, S. 327 f.)

Vorsichtig interpretiert zeigen die Ergebnisse dieser begrenzten Forschungen, daß es in der DDR-Gesellschaft eine gewisse ökonomische Unabhängigkeit von Frauen gab sowie eine quantitative Integration ins Erwerbsleben, allerdings ohne qualitative Chancengleichheit.

Wie aktuelle Analysen zeigen, kommt es zum gegenwärtigen Zeitpunkt zu einer Neuverteilung knapper werdender Arbeitsplätze zu Lasten von Frauen, d. h. bisher von Frauen besetzte Arbeitsplätze und -bereiche werden remaskulinisiert, obwohl Frauen am Erwerbsleben teilnehmen möchten (Sabine Gensior 1994, S. 557 ff.). Es scheint besonders wichtig, diesen Prozeß empirisch zu begleiten.

Resümee

Die empirischen Untersuchungen der Frauenforschung zum Themenkreis Haus- und Erwerbsarbeit machen deutlich, daß Arbeit *die* zentrale Kategorie im weiblichen Lebenszusammenhang ist. Für Frauen sind beide Sphären praktisch und prinzipiell ineinander verschränkt. Ihre »Freizeit« ist überwiegend Hausarbeitszeit.

Wir haben gesehen, daß die benachteiligte Lage von Frauen auf dem Arbeitsmarkt aus der gesellschaftlichen Arbeitsteilung resultiert, die den Frauen die Reproduktionsarbeit zuschreibt. Die Mißachtung, die Hausarbeit, wiewohl lebenserhaltend, erfährt, setzt sich in der Erwerbsarbeit fort. Die hier vorgelegten Ergebnisse aus der Frauenarbeitsforschung zeigen den funktionalen Wandel der weiblichen Tätigkeiten in und außerhalb des Hauses bei gleichbleibender Geringschätzung. Die Frage nach den Ursachen beziehungsweise Bedingungen der beharrlichen Tradierung dieses Vorurteils ist offen. Wir wissen zudem wenig darüber, wie Frauen selbst diese Diskriminierung im einzelnen erfahren und verarbeiten. Fakt ist, daß Frauen – trotz alledem – Haus- und Berufsarbeit wollen. Obwohl »eines zu wenig und beides zuviel« ist, verzichten sie auf keine Seite ihrer Lebenstätigkeit. Weder die gesellschaftliche Minderbewertung der Hausarbeit, noch die Benachteiligung in der Erwerbsarbeit hat daran bisher viel geändert.

Der wichtigste Beitrag der Frauenforschung für die Arbeitsdebatte und Industriesoziologie besteht zweifellos darin, deutlich gemacht zu haben, daß nicht länger mit einem verkürzten, nur auf Markt und Lohn bezogenen Arbeitsbegriff operiert werden kann. Als Arbeit ist auch das anzusehen, was getan werden muß, um eine Arbeitskraft einsatzfähig zu machen. Diese Regenerations- und Reproduktionsarbeit geht direkt und indirekt in den industriellen Verwertungsprozeß ein. Sie fängt psychische und physische Krisen auf. Typisch ist, daß sie jetzt – nach und nach – »entdeckt« wird. Frauen entziehen sich nämlich teilweise dieser Aufgabenstellung. Ihr Selbstverständnis lehnt die traditionelle Rollenzuweisung des Dienens ab. Sie lernen, an sich selbst zu denken und widersprechen mutig der Norm weiblicher Aufopferung aus Liebe. Die Frauenforschung begleitet und unterstützt diese Identitätssuche und öffnet den Blick dafür, daß die familiären und häuslichen Aufgaben erstens *Arbeit* sind, welche zweitens nicht notwendig von Frauen verlangt werden können. Sie obliegt, so das neue Selbstverständnis, beiden Geschlechtern.

Damit ist die Frauenforschung Vorreiterin einer dringend erforderlichen wissenschaftlichen und gesellschaftlichen Debatte geworden. Arbeitsauffassungen und Einstellungen zur Arbeit, kurz: die Bedeutung von Arbeit als »Lohnarbeit«, unterliegen einem gravierenden Wertewandel, dem entsprochen werden muß. Das Unbehagen an der Arbeit nimmt zu – auch bei Männern.

Weiterführende Literaturempfehlungen

Beckmann, Petra, Gerhard Engelbrech (Hg.) (1994): *Arbeitsmarkt 2000 – Ein Schritt vor oder ein Schritt zurück? Beiträge zur Arbeitsmarkt- und Berufsforschung*, Bd. 197, Nürnberg, S. 836-851.

Deutsche Forschungsgemeinschaft (Hg.) (1994): Sozialwissenschaftliche Frauenforschung in der BRD. Mitteilung 1. Berlin.

Eckart, Christel (1988): Verschlingt die Arbeit die Emanzipation? in: Ann Anders

(Hg.): *Schlüsseltexte der Neuen Frauenbewegung seit 1968.* Frankfurt am Main.

Sehr kritische und anregende Überlegungen zum Verständnis von Frauenarbeit in der Frauenforschung.

Gräbe, Sylvia (Hg.) (1992): *Alltagszeit – Lebenszeit. Zeitstrukturen im privaten Haushalt* (Stiftung der Private Haushalt, Bd. 17). Frankfurt am Main.

Hantsche, Brigitte (1989): *Schritte zur Aneignung des eigenen Lebens. Stellenwert, Definition und Realisationsmöglichkeiten von Selbstständigkeitsbestrebungen junger Frauen und Männer der »60er Generation«.* In: Müller, Ursula, Hiltraud Schmidt-Waldherr (Hg.), S. 163-185.

Eindrucksvolle Beschreibung der unterschiedlichen Lebensentwürfe von Jungen und Mädchen.

Hochschild, Arlic Russell (1990): *Das gekaufte Herz. Zur Kommerzialisierung der Gefühle,* Frankfurt.

Hier geht es um Gefühle, um ihre Mobilisierung, Regulation, Kontrolle und um ihr Arrangement im Alltag.

Meyer, Sibylle, Eva Schulze (1994): *Alles automatisch. Technikfolgen für die Familien. Längsschnittanalysen und zukünftige Entwicklungen.* Berlin.

Orland, Barbara (1991): *Wäsche waschen. Technik und Sozialgeschichte der häuslichen Wäschepflege,* Reinbek.

Eine faszinierende Sozialgeschichte des Wäschewaschens, die exemplarisch für die Verdrängung von Hausarbeit aus dem gesellschaftspolitischen Blickfeld steht.

Resch, Marianne, Martina Rummel (1986): *Von allem die Hälfte. Frauen im Beruf.* Köln.

Eine interessante Materialsammlung zu den Themenbereichen Erwerbstätigkeit, Ausbildung, Karriere, Gewerkschaften und Zukunft der Frauenarbeit.

Richelmann, Doris (1988): *Frauen und neue Technologien.*

Eine übersichtliche Auswahlbibliographie mit einführender Kommentierung. Sämtliche bis 1987 erschienene einschlägige Titel werden aufgeführt.

Wetterer, Angelika (Hg.) (1995): *Die soziale Konstruktion von Geschlecht in Professionalisierungsprozessen.* Frankfurt/New York.

Kapitel 5

Die Familie – das »Reich der Frau«?

»Das Private ist politisch«
(Slogan der Zweiten Frauenbewegung)

»Die guten Männer reden uns ein, wir lebten unter ihrer Herrschaft wie im Paradiese. Vergebens rufen wir uns heiser, daß wir vom Baum der Erkenntnis gegessen haben und des Paradieses nicht mehr würdig seien. Wie der Engel im Paradies hält der Mann das flammende Schwert in den Händen, aber (...) nicht, um uns auszutreiben, sondern um uns gewaltsam gegen unsern Willen darin festzuhalten!«
(Hedwig Dohm, *Was die Pastoren denken.* Berlin 1872. Neuaufl. Zürich 1977, S. 95)

Frauenfragen waren schon immer ein wichtiges Thema in der Familiensoziologie, gilt doch die Familie als »Reich« der Frau und sie in ihrer Hausfrauen- und Mutterrolle als familiärer Mittelpunkt. Bezeichnenderweise blieben jedoch die Frauen wieder weitgehend unberücksichtigt, wenn die Familie als »Keimzelle der Gesellschaft« in ihren Funktionen für den Erhalt des gesellschaftlichen Gefüges betrachtet wurde. Der soziologische Begriff der »Familien«funktionen blendet aus, daß es Frauen waren und sind, durch die diese Funktionen für die Gesellschaft erfüllt werden. Frauen wurden in familiensoziologischen Analysen unsichtbar gemacht oder »funktionalisiert«, so daß auch die Familiensoziologie dazu beitrug, das patriarchale Gesellschaftssystem zu stützen.

Dies wird besonders deutlich in den Anfängen der deutschen Soziologie nach dem Zweiten Weltkrieg, als die Familiensoziologie Hochkonjunktur hatte.[1] Man suchte damals in der Familie einerseits die Schuld am Aufkommen der Naziherrschaft, andererseits erhoffte

1 Vgl. zum Folgenden die zusammenfassende Darstellung von Helga Milz: »Blick zurück nach vorn!« (1990), in der die Anfänge der deutschen Familiensoziologie unter feministischer Perspektive analysiert werden.

man sich von ihr die demokratische Erneuerung der Nachkriegsgesellschaft. Einige der aus der Emigration zurückgekehrten Soziologen (Theodor W. Adorno, Max Horkheimer) meinten, die Ursachen des Naziterrors in der sogenannten »autoritären« Familie zu erkennen, durch die Menschen den »autoritären Charakter« erwarben, der sie zu blindgläubigen Gefolgsleuten Hitlers machte. Wenn diese gesellschaftskritische Analyse auch in weiten Teilen Zustimmung erhielt, so ist doch auffällig, daß die innerfamiliäre Struktur der neuen, »demokratischen« Familie in erster Linie durch einen Abbau des hierarchischen Verhältnisses zwischen den Generationen, also zwischen Eltern und Kindern, herbeigeführt werden sollte. Dagegen wurde die Veränderung der Geschlechterbeziehungen nicht beachtet.

Andere Familiensoziologen der ersten Stunde (Helmut Schelsky, René König, Gerhard Wurzbacher, Gerhard Baumert) waren mehr daran interessiert, das positive Potential der Familien, ihre Durchhalte- und Erneuerungskraft zu betonen. Der Wandel der Nachkriegsfamilie, so war die Prognose, vollziehe sich automatisch in Richtung auf eine Nivellierung der Schichten- und Geschlechterverhältnisse. Die »Partnerschaftsehe« wurde zum Leitbild deklariert, wobei allerdings nicht an eine Beteiligung des Mannes an Haushalts- und Kinderversorgungsaufgaben gedacht war, nicht einmal an eine vermehrte außerhäusliche Erwerbstätigkeit der Frau. Partnerschaft sollte sich lediglich in »gleichberechtigten« Binnenbeziehungen äußern, die sich bei unveränderter Rollenverteilung – die Frau im Haus, der Mann im Beruf – ergeben sollten. Der Funktionswandel der Familie wurde als eine »Intimisierung« beschrieben: Endlich befreit von der staatlichen Bevormundung sollten sich die Familienmitglieder auf ihre inneren Kräfte besinnen. Die Frau sollte durch den Rückzug in die Familie zur »Heimbewahrerin« werden und damit einen Binnenraum schaffen, der als Gegenpol zur immer anonymer werdenden Industriegesellschaft die Regeneration der berufstätigen Männer ermöglichen und einen emotionalen Schutzraum für die Kinder bieten sollte.

Aufgrund von empirischen Untersuchungen, deren ideologische Vorbelastung und methodische Schwächen weitgehend übersehen wurden, behauptete man, dieser Rückzug der Frauen in die Familie sei ihr eigener Wunsch. Untersuchungen, die das Gegenteil belegten, wurden nicht zitiert und sind bis heute nahezu unbekannt, so daß die Vorstellung einer freiwilligen »Rückkehr zum Herd« der Frauen in der Nachkriegszeit noch heute in der familiensoziologischen Diskussion vorherrscht. Helga Milz (1990, S. 148 ff.) zitiert eine Reihe von Untersuchungen aus den vierziger und fünfziger Jahren – bezeichnenderweise von Frauen durchgeführt –, in denen Frauen zu Wort kommen, die auch damals schon Beruf und Familie vereinbaren wollten, die die Diskriminierung der Müttererwerbstätigkeit anprangerten und mehr gesellschaftliche Unterstützung forderten.

In den sechziger Jahren war der Aufbruch der Frauen aus der Enge der Familie nicht mehr zu übersehen. Dennoch waren es auch in jenen Jahren vor allem Frauen, die diese Veränderungen erforschten. Elisabeth Pfeil (1961) führte eine umfangreiche Befragung von erwerbstätigen Müttern durch. Sie ging zwar dabei von einem konservativen Familienmodell aus, nach dem die Frau ihr Hauptbetätigungsfeld in der Familie hatte, deckte jedoch zugleich die Widersprüchlichkeit und die ungeheuren Belastungen der Müttererwerbstätigkeit als gesellschaftliches Problem auf. Ursula Lehr stellte in ihrer umfangreichen, auf qualitativen Interviews basierenden biographischen Studie über den Berufsverlauf von Frauen von 1969 unter anderem heraus, daß erwerbstätige Mütter keineswegs »schlechte« Mütter sind, sondern ihren Kindern aus ihrem erfüllten Leben heraus mehr Anregungen geben können als die »Vollzeitmütter«.

Mit dem Beginn der neuen Frauenbewegung Anfang der siebziger Jahre wurde die Kritik an den gängigen, von Männern entwickelten familiensoziologischen Konzepten immer radikaler. Allerdings verstanden sich die prominentesten Vertreterinnen der Familiensoziologie – Helge Pross, Rosemarie Nave-Herz, Heidi Rosenbaum – trotz ihrer ausgeprägten Frauenforschung anfangs nicht als Feministinnen. Feministische Kritik an der Familiensoziologie kam von Soziologinnen, die sich mit den auch von der marxistischen Theorie vernachlässigten Problemen der Erwerbsarbeit von Frauen und der unbezahlten Hausarbeit befaßten (vgl. Kapitel 4). Die Juristin Barbelies Wiegmann (1980) zeigte auf, daß die »Hausfrauenehe« für die Frauen eine Falle ist, da ihr Scheitern für diese zumeist eine wirtschaftliche Katastrophe bedeutet. Die Geschichtssoziologinnen Ingeborg Weber-Kellermann (1974) und Ute Gerhard (1978) wiesen nach, daß die traditionelle Geschichtsschreibung der Familie eine Geschichte ohne Frauen ist. Insbesondere aber wurde die Familiensoziologie durch die theoretische und praktisch-politische Arbeit von Frauen aus der autonomen Frauenbewegung aufgerüttelt, die auf die Gewalt gegen Frauen in der Familie aufmerksam machten – ein Thema, das bis dahin in der Familiensoziologie nicht vorkam.

Inzwischen ist die Geschlechterperspektive in der Familiensoziologie nicht mehr wegzudenken, wenngleich es Familiensoziologen immer noch schwerzufallen scheint, feministische Theorien und Forschungsergebnisse in ihre eigenen Arbeiten einzubeziehen. Betrachten wir im Folgenden einige ausgewählte familiensoziologische Themen in feministischer Perspektive.

Ehe und Partnerschaft – Balanceakt zwischen alten Leitbildern und neuen Lebensformen[2]

Ehe und Partnerschaft haben sich seit Ende der sechziger Jahre enorm gewandelt. Die Ausweitung der Bildungschancen für Frauen und, damit verbunden, ihre Möglichkeit zu größerer ökonomischer Selbständigkeit haben die heterosexuellen Paarbeziehungen vom Zwang der ehelichen Legitimierung befreit. Auch wenn die sogenannte »sexuelle Revolution« insbesondere für die Frauen keine wirkliche Befreiung von traditionellen Zwängen mit sich brachte, hat doch fraglos eine allgemeine Enttabuisierung der nicht-ehelichen Sexualität stattgefunden, wie sie in den sechziger Jahren undenkbar gewesen wäre.

So haben die sogenannten »nichtehelichen Lebensgemeinschaften« in erstaunlich kurzer Zeit, nämlich in nur zwanzig Jahren, den Makel der »wilden Ehe« oder des »Konkubinats« verloren, den sie trotz der weitverbreiteten »Onkelehen« in der Nachkriegszeit besaßen. Vor allem für junge Menschen sind sie heute eine selbstverständliche Lebensform geworden. Nach Schätzungen auf der Basis des Mikrozensus betrug die Zahl der nichtehelichen Lebensgemeinschaften im Jahre 1994 insgesamt 1,7 Millionen (Statistisches Bundesamt 1996a).[3] In Großstädten wird der Anteil der nichtehelichen Lebensgemeinschaften an allen Haushalten auf mehr als 10 % ge-

2 Maria S. Rerrich: *Balanceakt Familie.* Freiburg 1990a.

3 In 1,2 Millionen nichtehelichen Lebensgemeinschaften sind keine Kinder vorhanden, in 462 000 dagegen lebt das Paar mit Kindern (Statistisches Bundesamt 1996a).

schätzt. 40 % von ihnen sind unter dreißig Jahre alt. In einer repräsentativen Befragung wurde ermittelt, daß etwa ein Drittel der unverheiratet Zusammenlebenden fest plant zu heiraten, und etwa ein weiteres Drittel sich über eine spätere Heirat noch nicht sicher ist. Das restliche Drittel derjenigen, die nicht heiraten wollen, besteht vorwiegend aus älteren Menschen. Man kann also sagen, daß für viele junge Menschen das nichteheliche Zusammenleben eine Art »Probeehe« darstellt (Bundesminister für Jugend, Familie und Gesundheit 1985, S. 12 ff.).

Statistiken über ein quasi-eheliches Zusammenleben von gleichgeschlechtlichen Paaren gibt es nicht. Ohne Zweifel hat sich gerade für Frauen diese Form des Zusammenlebens von »doppelt Diskriminierten« (als Frau und Lesbe) als eine echte Lebenschance erwiesen.

Trotz aller Alternativen und aller Vorbehalte ist die Ehe weiterhin für die große Mehrheit der Menschen in unserer Gesellschaft die angestrebte Lebensform. Dabei sind die Erwartungen an die Ehe und die Partnerbeziehung enorm gestiegen. »Liebe«, nicht mehr in romantischer Verklärung, aber doch als eine exklusive und umfassende Gefühlsbeziehung, soll die Basis der Ehe sein. Mit dieser Erwartung, die angesichts der Befreiung aus traditionellen, Halt gebenden Bindungen noch weniger erfüllbar ist als in anderen Zeiten, sind die Einzelnen vollkommen überfordert. Die Umbruchsituation auf gesellschaftlicher Ebene spiegelt sich wider im »Chaos der Liebe« zwischen den Partnern (Ulrich Beck, Elisabeth Beck-Gernsheim 1990).

Doch sind die Unterschiede zwischen den Geschlechtern in bezug auf die Erwartungen an die Ehe, wie sich in vielen Untersuchungen gezeigt hat (Sigrid Metz-Göckel, Ursula Müller 1985; Renate Köcher 1985; Maria Rerrich 1990; Ulrich Beck, Elisabeth Beck-Gernsheim 1990; Cheryl Benard, Edit Schlaffer 1990), erheblich: Viele Frauen wollen nicht mehr die Ergänzung, die »bessere Hälfte« des Mannes sein. Nicht zuletzt durch den Einfluß der Frauenbewegung erwarten Frauen, daß ihre Beziehung auf emotionalem Austausch und auf wechselseitigem Verstehen basiert. Sehr viele Frauen erwarten auch, daß die Arbeit im Haushalt und im außerhäuslich-beruflichen Bereich gleichgewichtig zwischen Partnerin und Partner aufgeteilt wird. Männer dagegen haben noch immer weitgehend traditionelle Erwartungen an ihre Partnerin. Sie soll höchstens »mehr desselben« in die Beziehung einbringen, also nicht nur »Heimchen am Herd«, sondern auch Berufsfrau und intelligente Gesprächspartnerin sein. Er ist bereit, ihr Freiräume zu gewähren, aber nur in dem Umfang, wie sie seine eigene Freiheit nicht einschränken. Seine Versorgung im Alltag und seine beruflichen Interessen dürfen durch ihre Aktivitäten nicht beeinträchtigt werden (vgl. Kapitel 4).

Der in diesen grundverschiedenen Rollenerwartungen liegende unvermeidliche Konflikt soll mit dem »Band der Liebe«, das für die Frau sehr leicht zu einem Strick wird, überwunden oder überdeckt werden. Denn mit der Vorstellung einer Liebesbeziehung werden die Beteiligten, wiederum insbesondere die Frau, auf ihre privaten Ressourcen verwiesen: Wenn die Beziehung scheitert, hatten Partnerin und Partner (besonders aber die Frau) nicht genug »Liebe« füreinander (für den Mann). Die gesellschaftlichen Hintergründe für den Konflikt – eben die konfligierenden Rollenerwartungen von Frauen und Männern in der Ehe – bleiben verborgen. Mehr noch: Der männliche Partner kann das Scheitern der Beziehung allein der Frau anlasten, da sie ja – entsprechend der immer noch geltenden und meist auch von ihr selbst akzeptierten Frauenrolle – für die emotionale Beziehungsarbeit zuständig ist. Cheryl Benard und Edit Schlaffer gehen deshalb so weit zu sagen, daß

> »(...) die ›Beziehungsunfähigkeit‹ der Männer kein Manko ist, sondern eine erfolgreiche Methode zur Durchsetzung ihrer unmittelbaren Interessen« (Benard/Schlaffer 1990, S. 140).

Die Privatisierung gesellschaftlicher Strukturen – hier der Beziehungen zwischen Ehefrau und -mann – macht es für die Beteiligten sehr schwer zu erkennen, daß jede einzelne Ehe im Grunde aus zwei Ehen besteht, der der Frau und der des Mannes. In allen Bereichen ihres Zusammenlebens – Sexualität, Erotik, Arbeitsteilung, Gesprächsverhalten, Hobbies, Umgang mit den Kindern, mit anderen Menschen und mit sich selbst (die Liste ließe sich beliebig verlängern) – sind sie »intime Fremde« (Lillian Rubin 1982). Selten wird gesehen, daß die Berufstätigkeit von Männern grundsätzlich ein »Eineinhalb-Personen«-Beruf ist, der die private, unbezahlte Alltagsarbeit, die nahezu ausschließlich von Frauen geleistet wird, mit einbezieht (Elisabeth Beck-Gernsheim 1980). Da die Ehe die Stütze der von wirtschaftlichen, kirchlichen und politischen Institutionen getragenen patriarchalen Strukturen unserer Gesellschaft darstellt, wird die Aufdeckung der fortgesetzten Ausbeutung der Frau im Namen der »Liebe zum Mann« mit allen Mitteln verhindert.

Diese Ideologie der Liebe hat es möglich gemacht, daß das Thema der Gewalt in der Ehe bis in die siebziger Jahre hinein nicht ins Licht der Öffentlichkeit gerückt ist. Mit der Einrichtung der ersten Frauenhäuser Ende der siebziger Jahre wurde Gewalt gegen Frauen und Kinder in der Familie endlich als allgemeines Problem anerkannt. Nachweislich wird in allen sozialen Schichten von Ehemännern/Partnern Gewalt an »ihren« Frauen ausgeübt. Nach Schätzungen werden in den USA Frauen in jeder zweiten bis dritten Ehe geschlagen (Carol Hagemann-White 1983, S. 116). Für Deutschland schätzt man die Zahl der geschlagenen Frauen zwischen 100 000 und 4 Millionen pro Jahr, wobei die Häufigkeit zwischen einmal in der Ehe bis einmal täglich variiert (Margrit Brückner 1983, S. 28; vgl. dazu Kapitel 6).

Da sexuelle Gewalt in der Ehe auch 1996 noch nicht juristisch geahndet wird, sind Frauen weiterhin der Gewalt ihrer Ehemänner hilflos ausgeliefert. Auch wenn Männer nicht mehr von ihrer Frau die Erfüllung der »ehelichen Pflichten« verlangen können, sie also nicht gegen ihren Willen zum Sexualverkehr zwingen können, ist diese Vorstellung bei Männern, aber auch bei Frauen, noch immer weit verbreitet und legitimiert die Gewalt des Mannes. Die Gründe, weshalb geschlagene Frauen in ihren Ehen bleiben, reichen von der Hoffnung, daß der Ehemann sich bessert, über die Scham des Aufdeckens und der Angst, daß eine Trennung für sie und die Kinder negative ökonomische Folgen haben wird, über das Gefühl der moralischen Verpflichtung, eine Ehe »bis daß der Tod euch scheidet« aufrechtzuerhalten (Margrit Brückner 1983, S. 35 f.), bis hin zum »taub und stumm sein« angesichts von Gewalt, weil sie den Frauen aufgrund ihrer eigenen Kindheitserlebnisse übermächtig erscheint (Mary F. Belenky u. a. 1989, S. 37 ff.).

Kinderwunsch und Wirklichkeit oder: »Mutter ist an allem schuld« (und nicht der abwesende, abweisende, ver-führende Vater)

Die Zahl der Geburten hat sich seit der Mitte der sechziger Jahre stark verringert, seit Mitte der siebziger Jahre wurden nur noch ca. 500 000 Kinder pro Jahr geboren (vgl. Abbildung 1).

Viele Gründe mögen dafür eine Rolle spielen, entscheidend ist jedoch die Weigerung der Frauen, sich ihr Leben durch viele Kinder

Abbildung 1

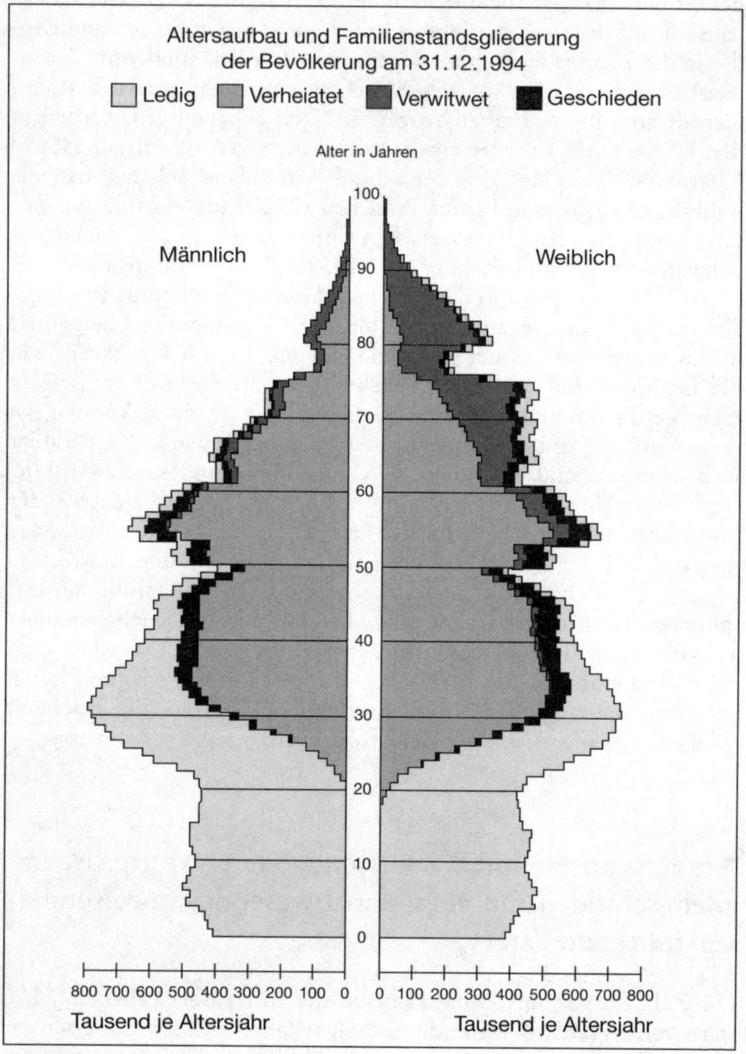

Aus: Statistisches Bundesamt (Hg.) (1996b): *Bevölkerung und Erwerbstätigkeit. Reihe 1: Gebiet und Bevölkerung 1994.* Wiesbaden, S. 29.

beeinträchtigen zu lassen. Untersuchungen haben gezeigt, wie einschneidend sich das Leben einer Frau – gleich welcher Schichtzugehörigkeit – verändert, wenn sie ein Kind bekommt. Die Entscheidung für ein Kind ist nicht ein Hinzufügen von Aufgaben zu den bisherigen, es ist eine qualitative Umstrukturierung sämtlicher Lebensbereiche der Frau: Wenn sie im Beruf bleibt, ist die Organisation der »Doppelrolle« ihre Aufgabe und erfordert eine grundlegende Veränderung ihrer Zeitstrukturen, die Besorgung von Pflege für das Kind u. v. m. Wenn sie »Nur-Hausfrau« ist, wird ihr Alltag vom Rhythmus des Kindes bestimmt.

Die Partnerbeziehung ändert sich meist hin zu einer mehr traditionellen Rollenbeziehung, insbesondere wenn die Mutter ihre Erwerbstätigkeit einschränkt oder aufgibt. Männer erleben das erste Kind oft als Verlust ihrer gewohnten Beziehung zur Partnerin, die sich nun verstärkt dem Kind widmet. Der Druck auf die Frau, es auch ihm noch recht machen zu sollen, wird dadurch weiter erhöht (Gisela Notz 1991a und b).

Vor allem begegnen Mütter einer extrem kinderfeindlichen Umwelt, von den fehlenden Krippenplätzen (nur für etwa 8 % der Kinder unter 3 Jahren steht in der Bundesrepublik ein Krippenplatz zur Verfügung; (Statistisches Bundesamt 1996a, S. 476), dem akuten Mangel an Kindergartenplätzen, den ungeeigneten Wohnungen, den tödlichen Gefahren in städtischen Gebieten, bis hin zu den Schwierigkeiten, Kleinkinder zu Zusammenkünften von Erwachsenen, gleich welcher Art, mitnehmen zu können (Elisabeth Beck-Gernsheim 1989, S. 144).

Mit der Mutterschaft erfährt jede Frau, die bis dahin über berufliche, bezahlte Arbeit soziale Anerkennung erlangte, eine gravierende Einbuße ihres gesellschaftlichen Wertes und damit auch ihres Selbstwertes. Denn der Wert ihrer Arbeit für das Kind ist ökonomisch nicht meßbar. Er wird nicht mit Geld bezahlt (Elisabeth Beck-Gernsheim 1989, S. 52). In einer Welt, in der ein Mensch vor allem an seinem Einkommen gemessen wird, ist die unbezahlte – weil eben tatsächlich »unbezahlbare«! – Arbeitsleistung der Mutter nicht viel wert. Der sogenannte Ernährer der Familie kann sogar die Meinung haben, daß er mit seinem Lohn oder Gehalt die Arbeit, die sie für ihn und seine Kinder leistet, bezahlt, und nicht wenige Familienfrauen sind sogar selbst dieser Ansicht (vgl. Kapitel 4).

Obwohl Mutterschaft nicht mehr als hauptsächliches Wesensmerkmal für Weiblichkeit angesehen wird, geht man im Alltagsverständnis – und weitgehend sogar auch in der traditionellen Familiensoziologie – immer noch davon aus, daß Frauen aufgrund ihrer Biologie besser mit Kindern umgehen können als Männer. Besonders in der frühen Kindheit sollen sie die alleinige Verantwortung für die physische und psychische Versorgung der Kinder tragen. Väter stehen am Rande, häufig immer noch als diejenigen, die strafen, weil »Mutter zu weich« ist, oder auch als diejenigen, denen die mehr kognitive Unterweisung der Kinder obliegt. Sie sind die »Feierabend-«, »Sonntags-« oder »Freizeitväter«, von den Kindern nicht selten deshalb mehr geliebt oder vielleicht auch nur idealisiert als die immer anwesende »Alltags-Mutter«.

In feministisch-kritischer Perspektive wird dagegen Mutterschaft als eine soziale Institution betrachtet, die an der biologischen Mutterschaft festgemacht wird, wobei von der einzelnen Mutter normativ die Liebe zum Kind gefordert wird. Wenn eine Mutter zu wenig oder auch zu viel Liebe aufbringt, wird es ihr zur Last gelegt, unabhängig davon, unter welchen sozialen Bedingungen sie lebt. Sie soll ein immer gleichbleibendes, spontanes positives Gefühl für ihre Kinder haben, sonst fehlt ihr der »Mutterinstinkt«, ist sie eine »unnormale« Mutter. Eine Gesellschaft kann noch so kinderfeindlich sein, eine Frau kann ungewollt Mutter geworden sein – sie *muß* Liebe für ihr Kind empfinden, sonst ist sie ein schlechter Mensch. Der Widersinn dieser Forderung wird noch dadurch verstärkt, daß der Maßstab für »richtige« Mutterliebe nicht an ihrem Verhalten festgemacht wird, sondern vom Verhalten des Kindes abhängt: Wenn am Kind »Störungen« festgestellt werden, wird der Mutter die Schuld zugeschrieben, und sie fühlt sich selbst schuldig. Feministische Familientherapeutinnen haben auf die Paradoxie hingewiesen, daß Mütter oft als »überbeschützend« bezeichnet werden, wenn sie die ihnen angetragene Rolle dem Ideal entsprechend erfüllen (Marianne Walters u. a. 1991; Thelma Goodrich u. a. 1991). Die Mutter ist in einer »Double-bind«-Situation, einer Falle, denn was immer sie macht, kann ihr als Fehler ausgelegt werden: Hütet sie die Kinder, kann sie für »überbeschützend« gelten, geht sie eigenen (Berufs-)Interessen nach, kann sie der »Vernachlässigung« bezichtigt werden.

Die zunehmende Betonung des »Kindeswohls« in den letzten Jahrzehnten ist ebenfalls ausschließlich zulasten der Mütter gegangen (Elisabeth Beck-Gernsheim 1989, Maria S. Rerrich 1990a), die immer mehr leisten und dabei ihre eigenen Bedürfnisse zurückstellen müssen, wenn sie sich nicht dem Vorwurf der Vernachlässigung des Wohles ihres Kindes aussetzen wollen.[4] Die Sozialisation von Mädchen und Jungen ist daher generell von der Überforderung der mit dieser Aufgabe allein betrauten Mutter gekennzeichnet. Feministische Forscherinnen haben die sich daraus ergebenden Folgen für die geschlechtsspezifische Sozialisation untersucht (vgl. Kapitel 3).

Auch die geteilte Elternschaft, d. h. die von Müttern und Vätern gleichermaßen getragene Fürsorge für ihre Kinder, ist nicht zu verwirklichen, wofür nicht nur äußerliche Gründe (Schwierigkeit, als Mann eine Teilzeitstelle zu finden) eine Rolle spielen, sondern vor allem die negativen Aspekte des Hausfrauendaseins: Männer, die zeitweilig als »Hausmänner« tätig waren, sind froh, die damit verbundenen Belastungen wieder an die Frau abgeben zu können (Gabriele Busch u. a. 1995; Gisela Notz 1991a und b). Sie legitimieren die Unlust an dieser Rolle weiterhin mit der Ideologie der Mütterlichkeit, die Frauen qua »Natur« angeboren sein soll. Und selbst wenn Väter sich an der Reproduktions- und Versorgungsarbeit beteiligen, obliegt die Arbeitsplanung der Mutter, die auch die volle Verantwortung für die Organisation von Betreuungshilfen (Kinderfrau) oder für die Versorgung der kranken Kinder trägt.[5]

1994 gab es bereits 2,28 Millionen alleinerziehende Mütter, die sich nach Verwitwung, nach einer mißlungenen Partnerschaft oder von Anbeginn bewußt zu einer Mutterschaft ohne Partner entschlossen haben. Ihre Zahl zeigt eine steigende Tendenz. Von diesen Alleinerziehenden haben 1,42 Millionen Mütter Kinder unter 18 Jahren zu versorgen (Statistisches Bundesamt 1996a, S. 67 und 476).[6]

Die wirtschaftliche Lage alleinerziehender Mütter ist schwierig.

---

4 Daß seit einigen Jahren auch bereits Schwangere zur Verantwortung gezogen werden, wenn sie ihr eigenes Leben nicht vollständig auf die angeblichen Bedürfnisse auch des ungeborenen Kindes einstellen, ist eine Entwicklung, die für Feministinnen einen erneuten Versuch darstellt, Frauen auf die Mutterrolle festzulegen (Elisabeth Beck-Gernsheim 1989, S. 109 ff.). Dabei wird auch ersichtlich, daß der Begriff des »Kindeswohls« beliebig ausgedehnt werden kann, wie es die herrschende Interpretation verlangt (vgl. auch Marianne Krüll 1989).

5 Auch in der ehemaligen DDR, mit dem hohen Anteil ganztags erwerbstätiger Frauen und Mütter, war die Arbeitsteilung zwischen Frau und Mann im Haushalt nicht viel anders als in der BRD (Fremerey/Kupferschmidt 1991, S. 31 f.).

6 Der Anteil alleinerziehender Väter umfaßte 1994 nur etwa 15 % aller Alleinerziehenden. Bei Angaben über alleinerziehende Eltern sollte diese Relation immer beachtet werden. Es handelt sich zu 85 % um alleinerziehende *Mütter.* Es sind Probleme von Frauen, um die es geht!

Abbildung 2

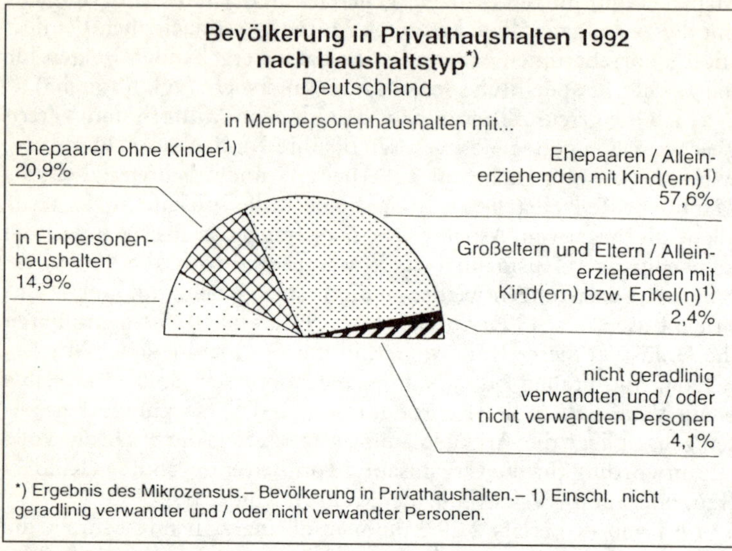

Aus: Statistisches Bundesamt (Hg.) (1995): *Im Blickpunkt: Familien heute.* Wiesbaden, S. 8.

Als Erwerbstätige haben sie das Problem, das Kind gut unterzubringen, was bei fehlenden Krippen- und Kindergartenplätzen problematisch ist. Viele alleinerziehende Mütter leben von Sozialhilfe, d. h. am Rande des Existenzminimums (vgl. Eva Mädje, Claudia Neusüß 1996). Die Unterhaltszahlungen der Väter müssen oft vom Jugendamt eingezogen und an die Mutter ausgezahlt werden (Sibylle Meyer, Eva Schulze 1989, S. 117 ff., Regina Berger-Schmitt u. a. 1991).

Trotz der hier dargestellten extremen Belastung einer Mutter durch das Kind ist der Wunsch nach einem Kind bei der Mehrzahl der Frauen weiterhin vorhanden. Mutterschaft ist ein zentraler Bezugspunkt weiblichen Lebens. Um so mehr ist zu kritisieren, daß in patriarchalen Geschlechterverhältnissen die Erfüllung dieses Wunsches – der schließlich im Interesse beider Geschlechter liegt – den Frauen weitgehend nur Nachteile bringt.

Die zerbrochene Familie – Scheitern und Neubeginn

Die Änderung des Scheidungsrechts im Jahre 1977 ersetzte die Regelung nach dem »Verschuldungsprinzip« durch das »Zerrüttungsprinzip«, d. h. Ehen können nun ohne Schuldfeststellung nach mindestens einem Jahr des Getrenntlebens auch gegen den Willen der jeweiligen PartnerInnen geschieden werden (Sigrid Nolte 1990).

1994 wurden in der Bundesrepublik rund 440 000 Eheschließungen gegenüber 166 000 Ehescheidungen gezählt. d. h., jede dritte Ehe wird irgendwann einmal geschieden. Zu zwei Dritteln sind es Frauen, die die Scheidung einreichen. Allerdings ist auch die Zahl der Wiederverheiratungen groß. Von allen Eheschließenden sind in einem Viertel die Frau, der Mann oder beide schon einmal verheiratet gewesen. Auf ca. 166 000 Ehescheidungen kommen ca. 93 000 Wiederverheiratungen. Dabei ist allerdings der Unterschied zwischen Frauen und Männern beachtlich: Von den vierzigjährigen geschiedenen Frauen heiraten nur etwa die Hälfte erneut; von den gleichaltrigen Männern sind es zwei Drittel. Frauen bleiben also nach einer Ehescheidung häufiger unverheiratet als Männer (Statistisches Bundesamt 1996a, S. 73 und 80).[7]

Das Scheitern einer Ehe wird allgemein als ein privates Problem der Beteiligten betrachtet. Dabei ist auffällig, daß die Beschuldigungen weitaus mehr gegen die Frauen gerichtet sind, die sich auch häufiger selbst die Schuld für das Scheitern der Ehe geben (Marianne Walters u. a. 1991). Die gesellschaftlich bedingten Rollenkonflikte, in die sie verstrickt sind, werden von ihnen häufig nicht erkannt und daher personalisiert.

Nach der Scheidung sind die Folgen für die Frau im allgemeinen erheblich negativer als für den Mann. Barbelies Wiegmann hat schon 1980 in einem eindringlichen Appell vor der »Hausfrauenehe« gewarnt, die eine Frau nach dem Scheitern der Ehe in ökonomische Abhängigkeit von ihrem Ex-Mann bringt oder von Sozialhilfe abhängig macht (Barbelies Wiegmann 1980; Doris Lucke 1990a).

Besondere Probleme entstehen bei einer Scheidung, wenn Kinder da sind. Im Zusammenhang mit den steigenden Scheidungszahlen ist die Debatte um das Sorgerecht für die Kinder in den letzten Jahren

---

7 Mit zunehmendem Alter wird der Unterschied zwischen Männern und Frauen, die nach einer Scheidung wieder heiraten, größer (Statistisches Bundesamt 1996a, S. 73).

besonders heftig geführt worden. In etwa 85 % aller Scheidungen erhalten Mütter das Sorgerecht, im Fall von Kindern unter drei Jahren sind es sogar 97 % (Marlene Stein-Hilbers 1989b, S. 197).

In jüngster Zeit fordern vor allem Männer – darunter auch einige namhafte Familiensoziologen – als verbindliche gesetzliche Regelung das gemeinsame elterliche Sorgerecht im Scheidungsfall (vgl. Marlene Stein-Hilbers 1994).[8] Ganz abgesehen davon, daß in allen Fällen, in denen die Geschiedenen um die Kinder kämpfen, auch eine gesetzliche Regelung nur selten Frieden stiften kann, wird in dieser Debatte die typische geschlechtsspezifische Rollenverteilung außer acht gelassen, so als wären Mütter und Väter in gleichem Maße für die Versorgung der Kinder zuständig. Wenn Väter das Sorgerecht erhalten, versorgen sie das Kind nur in den seltensten Fällen selbst, vielmehr sind es wieder andere Frauen – die neue Partnerin, bezahlte Kinderfrauen –, die diese Aufgabe übernehmen. Marlene Stein-Hilbers fordert daher, das Sorgerecht an die »erarbeitete Mutter- oder Vaterschaft« zu knüpfen:

»Die ›neuen Rechte der neuen Väter‹ können dann diskutiert werden, wenn Väter sich aus ihrer primären Berufsorientierung und der Spiel- und Freizeitbeschäftigung mit Kindern gelöst und sich ihre Vaterschaft erarbeitet haben.« (1989b, S. 205)

Wenn Geschiedene mit Kindern wieder heiraten (»sukzessive« oder »serielle« Ehen), kommt es zum Problem der »Parallel-Familien«, die für die Kinder Loyalitätskonflikte mit sich bringen können. Es entstehen Beziehungen, für die es keine gesellschaftlichen Rollen gibt – bis auf die »böse Stiefmutter« oder die »Stieftöchter« im Märchen. Das Kind gewinnt ein vergrößertes Verwandtschaftssystem, das jedoch wegen der Trennung der Eltern fast immer besonders gespannt ist. Die Stiefelternschaft stellt auch wieder in erster Linie für die Frau eine Belastung dar – als Mutter ebenso wie als Stiefmutter. Sie ist, wie aus familientherapeutischen Studien hervorgeht, häufig übermäßig darum bemüht, die Trennung vom Vater für die Kinder zu erleichtern bzw., im Fall der Stiefmutter, die leibliche Mutter zu ersetzen (Verena Krähenbühl u. a. 1984).

---

8 Bisher ist das gemeinsame Sorgerecht der Ausnahmefall (vgl. *Harenberg Lexikon der Gegenwart* 1996, S. 327).

Mehrgenerationen-Beziehungen – die Familie der Alten – die Frau im Alter

In der Familiensoziologie wurde bislang nicht hervorgehoben, wie unterschiedlich erwachsene Frauen und Männer ihre Beziehungen zur eigenen Herkunftsfamilie erleben und gestalten. Wie Ursula Lehr (1987) nachdrücklich betont, sind Frauen der mittleren Generation für die Aufrechterhaltung der Beziehungen zu den eigenen Eltern, aber auch zu den Schwiegereltern zuständig, insbesondere wenn die alten Eltern pflegebedürftig werden. Opfert sich die Tochter/Schwiegertochter nicht und werden die Alten in Pflegeheimen untergebracht, wird ihr – ähnlich wie im Fall der Kinderversorgung – mangelnde Liebe zum Vorwurf gemacht. An Söhne wird diese Forderung nicht herangetragen, da sie entsprechend ihrer Rolle für die außerhäusliche Erwerbstätigkeit zuständig sind, daher »keine Zeit« haben. Frauen bleiben sozusagen »mit unsichtbaren Schlingen« (Marianne Walters u. a. 1991) an ihre Herkunftsfamilie gebunden und zu lebenslanger Hilfeleistung verpflichtet (Maren Bracker u. a. 1988).

Allerdings finden die Frauen der mittleren Generation, insbesondere wenn Kinder da sind, auch entscheidende Hilfe durch die eigenen Mütter. Die Betreuung der Kinder durch die Großmütter ist wegen der fehlenden öffentlichen Kinderbetreuungseinrichtungen immer noch in vielen Familien – insbesondere bei Alleinerziehenden oder in Krisensituationen – die einzige Lösung. Das Netz der Frauensolidarität zwischen den Generationen ist in einer Familie von außerordentlicher Bedeutung. Bislang wurde dies in der Soziologie vorwiegend unter dem Aspekt einer negativen Beeinflussung der Sozialisation der Kinder oder der Spannungen zwischen der mittleren und der älteren Generation behandelt. Der Leistung von Frauen im Zusammenhang mit der Intergenerationen-Solidarität sollte auch in der feministischen Forschung noch weitaus mehr Beachtung geschenkt werden.

Es ist nun allerdings zu erwarten, daß sich die veränderte Rolle der Frau auf ihr Alt-Sein auswirkt, so daß die Großmütter möglicherweise demnächst in geringerem Maße bereit sein werden, ihre überlasteten Töchter oder Schwiegertöchter zu unterstützen, sei es, weil sie selbst im Erwerbsleben stehen, sei es, weil sie nicht bereit sind, das endlich wiedergewonnene Für-sich-Sein aufzugeben. In Befragungen von Müttern zeigt sich, daß sie zwar den Wunsch haben, von ihren eigenen Müttern Unterstützung zu bekommen, daß dieser Wunsch jedoch relativ selten realisierbar ist, auch wegen der größeren räumlichen Entfernungen zwischen den Generationen. Ob sich auch die Frauen der mittleren Generation nicht mehr in dem Maß wie bisher für die Pflege und Versorgung der alten Eltern bereitfinden werden, dürfte vor allem davon abhängen, ob sich die öffentliche Altenversorgung verbessert, was zur Zeit allerdings nicht der Fall zu sein scheint.

Verwitwung ist ein Frauenphänomen, denn 85 % der Verwitweten sind Frauen. Da die Verwitwung überwiegend Frauen im Alter trifft, sind von den über 60jährigen Frauen etwa 70 % verwitwet. Witwen leben überwiegend in Einpersonenhaushalten, wobei allerdings die Verbindungen zu Verwandten, besonders den Kindern, meist eng sind (Ursula Lehr 1987, S. 173 ff.; vgl. Statistisches Bundesamt 1996a, S. 66).

Noch bedeutet Altwerden, insbesondere die Verwitwung, für eine Frau etwas grundsätzlich anderes als für einen Mann. Ihre ökonomische Situation ist schlechter. Häufig müssen alte Frauen unterhalb der Armutsgrenze leben. Frauen sind sehr viel häufiger in Alters- und Pflegeheimen zu finden, was sich aus ihrer statistisch längeren Lebensdauer erklärt, aber auch die Probleme des Alt-Werdens von Frauen verstärkt.

Ihre psychische Situation ist darüber hinaus gekennzeichnet durch das Tabu der Sexualität. Während ein Mann noch im Alter als sexuell attraktiv auch für jüngere Frauen angesehen wird, gilt die alte Frau als erotisch nicht anziehend. Obwohl Frauen gerade nach der Menopause, nachdem die Angst vor ungewollten Schwangerschaften nicht mehr besteht, ein Höchstmaß an sexueller Lust genießen könnten, wird ihnen dies durch die Rollenzuschreibung, die sie weitgehend in ihr Selbstbild übernehmen, versagt. Ob sich dieses Bild der Frau im Alter durch die »neuen Alten« verändern wird, deren Anteil an der Gesamtbevölkerung in den nächsten Jahrzehnten nicht nur enorm zunehmen wird, sondern die auch unter erheblich besseren Verhältnissen leben und alt werden könnten als die Generationen vor ihnen, bleibt abzuwarten (Christel Schachtner 1988).

Immerhin ist es erstaunlich, daß Frauen trotz aller sozialen Benachteiligungen eine weitaus (etwa 6 Jahre) höhere Lebenserwartung haben als Männer. Auch in früheren Zeiten lebten Frauen im Durchschnitt länger als Männer, Ende des 19. Jahrhunderts allerdings nur etwa ein bis zwei Jahre, wobei die allgemeine Lebenserwartung erheblich niedriger war als heute.[9] Seltsamerweise sind empirische Untersuchungen oder theoretische Erklärungsmodelle zu diesem Tatbestand äußerst rar. Aus einer Längsschnittstudie geht hervor, daß Frauen wahrscheinlich deshalb länger leben, weil sie nach einem lebenslangen »Dasein für andere« zu sich selbst kommen. Sie entwickeln Kompetenzen, um sich in bestimmten Situationen nicht ausgeliefert zu fühlen, sondern selbstbestimmte Kontrolle ausüben zu können. Während das Alleinsein in Unabhängigkeit und Abgrenzung für Frauen im Alter lebenserhaltend zu sein scheint, ist für alte Männer eher umgekehrt eine vermehrte Einbindung in familiäre Zusammenhänge lebensverlängernd. Die geringere Lebenserwartung von Männern könnte man daher auch umgekehrt als eine Folge ihrer im gesamten Leben nicht entwickelten sozialen Fähigkeiten ansehen, die sie zugunsten ihrer Berufsorientierung vernachlässigt haben.

Die Vielfalt der Familienformen – Chance für jede einzelne und jeden einzelnen und für eine neue Gesellschaft

Die »Vater-Mutter-Kind«-Familie war – trotz aller Beteuerungen traditioneller Familiensoziologen – nie universell. Immer lebten mehr Menschen allein oder in nach innen zerrütteten oder äußerlich zerbrochenen Familien als in sogenannten »heilen« Familien. Im Unterschied zu früheren Zeiten ist jetzt allerdings auch das Ideal der Familie nicht mehr unangefochten gültig, vielmehr treten die Formen des ehefreien Zusammenlebens, der Einelternschaft, der seriellen Verheiratung und des Alleinlebens sehr viel häufiger auf. Daraus ergeben sich für die einzelnen wie für das gesamte gesellschaftliche Gefüge unabsehbare Konsequenzen. Die Vielfalt der lebbaren Familienstrukturen erfordert Entscheidungen, für die es keine Vorbilder aus der Vergangenheit gibt. Diese Vielfalt bedeutet insbesondere für die Frauen eine potentielle Befreiung aus gesellschaftlichen Zwän-

9 Die Lebenserwartung eines ein Jahr alten Mädchens betrug 1871/1881 48,06 Jahre, die eines Jungen 46,52 Jahre. Dagegen hat ein einjähriges Mädchen 1994 eine Lebenserwartung von ca. 79 Jahren und ein Junge von ca. 73 Jahren (*Der Fischer Weltalmanach* 1997, 1996).

gen, die noch vor wenigen Jahren kaum überwindbar waren (Ulrich Beck, Elisabeth Beck-Gernsheim 1990).

Andererseits verwundert es nicht, wenn an dem traditionellen Bild der »heilen« Familie als erstrebenswertem Ideal weiterhin festgehalten wird, da es scheinbar den Halt des Bewährten bietet. Vergessen wird dabei jedoch, daß dieses Ideal sich auch in der Vergangenheit nicht bewährt hat. Der gegenwärtig starke politische Druck in Richtung auf eine Wiederherstellung patriarchaler Familienstrukturen durch eine extrem frauenfeindliche Familienpolitik, die die Frau wieder auf ihr Hausfrau- und Mutter-Sein zurückverweist, bedeutet in feministischer Sicht eine enorme Verschärfung der Probleme. Zu fordern ist dagegen eine Familienpolitik, die die Vielfalt der Lebensformen nicht weiterhin abwertet, sondern als gleichberechtigte Modelle leitbildhaft anerkennt und politisch – durch Gesetzgebung – fördert. Das sind insbesondere:

– die Familie mit berufstätiger (Ehe-)Frau und Kind(ern)
– die Familie der alleinerziehenden Mutter
– die Familie der nicht-ehelichen Lebensgemeinschaft
– die Familie nach Wiederverheiratung (insbesondere mit Kindern)
– die Familie, in der alte Menschen (meist von einer Frau) betreut werden
– die alleinlebende Frau (insbesondere im Alter)
– die lesbische Familie

Vor allem aber steht nun endlich an, daß Männer für Familienaufgaben in die Pflicht genommen werden. Es müssen gesellschaftliche Strukturen geschaffen werden, die es Männern ermöglichen, aktiv daran mitzuarbeiten, die patriarchale Familie als Leitbild und Realität zum Verschwinden zu bringen, so daß nicht mehr gilt, was Lerke Gravenhorst und Karin Jurczyk konstatieren:

»Nur unter ganz außerordentlichen Bedingungen kann Familienleben gelingen, etwa wenn Mittel wie Geld, Zeit und Raum nicht knapp, die Erwerbsarbeit nicht zu einengend ist und die persönlichen Beziehungen Ungleichwertigkeiten zwischen Frau und Mann überwinden. Im typischen Fall bleibt Familie für Frauen (und für alle Beteiligten!) ein riskantes und zwiespältiges Unterfangen, dessen Preis sehr hoch sein kann.« (Lerke Gravenhorst, Karin Jurczyk 1983, S. 74)

Ausblick: zukünftige Aufgaben einer feministischen Familiensoziologie

Auch in Zukunft wird es die Aufgabe von Feministinnen bleiben, familiensoziologische Arbeiten kritisch daraufhin zu untersuchen, inwieweit die Beschreibung und Analyse von Familien unter Verwendung von sogenannten geschlechtsneutralen Begriffen wie »Elternschaft«, »Partnerbeziehungen«, »innerfamiliale Kommunikation«, »Funktionen der Familie« usw. die bestehenden Unterschiede zwischen den Lebenswelten von Frauen und Männern »neutralisiert« und damit vor allem die Lebenswelt von Frauen für die wissenschaftliche Erkenntnis ausblendet. Die konsequente Einführung der Geschlechterperspektive in die Familiensoziologie, wobei auch die Geschlechtszugehörigkeit der forschenden und schreibenden WissenschaftlerInnen Berücksichtigung findet, wird Kennzeichen feministischer Familiensoziologie bleiben.

Auf der Theorieebene gilt es, jegliche Form von biologistischen und soziobiologistischen Erklärungen, mit denen die Geschlechterunterschiede in der Familie als unveränderbar festgeschrieben werden sollen, zu verwerfen und theoretische Modelle fortzuentwickeln, die eine konkrete Veränderung der patriarchalen Herrschaftsverhältnisse in der Familie ermöglichen. Hierbei könnte die Einbeziehung feministisch-familientherapeutischer Theorieansätze interessante innovatorische Anstöße geben, da sie dem wechselhaften weiblichen Lebenslauf eher entsprechen (Anne W. Schaef 1985; Marianne Walters u. a. 1991; Thelma Goodrich u. a. 1991; Luise Eichenbaum, Susie Orbach 1984).

Feministische Familiensoziologie als offen gelebte, parteiliche Wissenschaft wird auch auf der politischen Ebene nicht nachlassen, sich für die Belange von Frauen einzusetzen und ihre Forschungsinteressen auf Themen lenken, die eine Veränderung der Geschlechterverhältnisse bewirken. Dabei ist die Anbindung an die Frauenbewegung, insbesondere die autonome Frauenforschung und -praxis, z. B. in der Frauenhausbewegung, der Lesbenbewegung, den verschiedenen Initiativen gegen sexuellen Mißbrauch von Mädchen u. v. a., für die feministische Familiensoziologie unverzichtbar.

Weiterführende Literaturempfehlungen

1. *Ehe und Partnerschaft: zwischen alten Leitbildern und neuen Lebensformen*

Beck-Gernsheim Elisabeth (1980): *Das halbierte Leben. Männerwelt Beruf, Frauenwelt Familie.* Frankfurt am Main.

»Klassikerin« unter den feministischen Büchern zur Doppelrolle der Frau in Familie und Beruf.

Benard, Cheryl, Edit Schlaffer (1990): *Laßt endlich die Männer in Ruhe. Oder: Wie man sie weniger und sich selbst mehr liebt.* Reinbek.

Alle Bücher von Cheryl Benard und Edit Schlaffer: Witzig zu lesen, sehr anschaulich und provokativ.

Busch, Gabriele, Doris Hess-Diebäker, Marlene Stein-Hilbers ([2]1994): *Den Männern die Hälfte der Familie, den Frauen mehr Chancen im Beruf.* Weinheim.

Vielzitierte, weil einzige gründliche empirische Studie zum Thema der geteilten Elternschaft (die es nicht gibt!).

Gysi, Jutta, Dagmar Meyer (1993): Leitbild: berufstätige Mutter – DDR-Frauen in Familie, Partnerschaft und Ehe. In: Hedwig, Gisela, Hildegard Maria Nickel (Hg.): *Frauen in Deutschland 1945-1992.* Bonn.

Überblick über die frauenbezogene Familiensoziologie in der DDR.

Metz-Göckel, Sigrid, Ursula Müller (1986): *Der Mann. Die Brigitte-Studie.* Weinheim und Basel.

Eine der wichtigsten empirischen Studien über die (Nicht-)Beteiligung der Männer an Kindererziehung und Hausarbeit.

Nave-Herz, Rosemarie (Hg.) (1987): *Wandel und Kontinuität der Familie in der Bundesrepublik Deutschland.* Stuttgart.

Vielzitierter Sammelband familiensoziologischer Arbeiten mit einigen feministischen darunter.

Rosenbaum, Heidi (1982): *Formen der Familie. Untersuchungen zum Zusammenhang von Familienverhältnissen, Sozialstruktur und sozialem Wandel in der deutschen Gesellschaft des 19. Jahrhunderts.* Frankfurt am Main.

Historische Studie, die unser Bild von der »heilen Großfamilie« in der Vergangenheit relativiert. Die bäuerliche, handwerkliche, bürgerliche und proletarische Familie des 19. Jhs. werden detailliert und unter besonderer Berücksichtigung der Rolle der Frau dargestellt.

Schenk, Herrad (1987): *Freie Liebe – wilde Ehe. Über die allmähliche Auflösung der Ehe durch die Liebe.* München.

Fundierte historische Darstellung der nichtehelichen Lebensgemeinschaft.

2. *Kinderwunsch und Wirklichkeit*

Beck-Gernsheim, Elisabeth (1989): *Mutterwerden – der Sprung in ein anderes Leben.* Frankfurt.
Die Problematik der Mutterschaft in unserer Zeit hautnah und anschaulich dargestellt.

Frohnhaus, Gabriele (1994): *Feminismus und Mutterschaft. Eine Analyse theoretischer Konzepte und der Mütterbewegung in Deutschland.* Weinheim.
Ergebnisse zum Verhältnis von Feminismus und Mutterschaft, gut lesbar zusammengestellt.

Interdisziplinäre Forschungsgruppe Frauenforschung (IFF) (Hg.) (1989): *La Mamma. Beiträge zur sozialen Institution Mutterschaft.* Köln.
Sammelband von Aufsätzen zum Thema Mutterschaft, die das gesamte Spektrum der gegenwärtigen Diskussion abdecken und in sehr lebendiger, provokativer Sprache gefaßt sind.

Notz, Gisela (1991a): *»Du bist als Frau um einiges mehr gebunden als der Mann«. Die Auswirkungen der Geburt des ersten Kindes auf die Lebens- und Arbeitsplanung von Müttern und Vätern.* Bonn.
Sehr differenzierte empirische Untersuchung (qualitative Panel-Befragung) von Paaren vor und nach der Geburt ihres ersten Kindes.

Rich, Adrienne (1979): *Von Frauen geboren. Mutterschaft als Erfahrung und Institution.* München.
Eine Theorie und Geschichte der Mutterschaft im Patriarchat, die unter die Haut geht, weil sie von einer Mutter von drei Söhnen stammt und mit allen Vorurteilen über den angeblich biologischen ›Mutterinstinkt‹ aufräumt.

3. *Scheidung*

Wiegmann, Barbelies (1980): *Das Ende der Hausfrauenehe. Plädoyer gegen eine trügerische Existenzgrundlage.* Reinbek.
Immer noch aktuelle Warnung für Frauen, sich auf das Hausfrauen- und Mutterdasein ohne berufliche Absicherung zu verlassen.

4. *Die Frau im Alter*

beiträge zur feministischen theorie und praxis, 33 (1992): AltersWachSinn. Hg. von Sozialwissenschaftliche Forschung und Praxis für Frauen e.V., Köln.
Wissenschaftliche Ergebnisse und Erfahrungen zum Alt-Werden und -Sein von Frauen.

Lehr, Ursula (1987): *Zur Situation der älterwerdenden Frau. Bestandsaufnahme und Perspektiven bis zum Jahre 2000.* München.

Hervorragende Zusammenstellung aller relevanten Forschungsergebnisse und Theorieansätze zum Thema »Frau im Alter«.

Schachtner, Christel (1988): *Störfall Alter. Für ein Recht auf Eigen-Sinn.* Frankfurt.
Auf der Basis von Interviews mit alten Menschen hergeleitetes Plädoyer für ein würdiges Leben im Alter.

5. *Vielfalt neuer Familienformen*

Beck, Ulrich, Elisabeth Beck-Gernsheim (1990): *Das ganz normale Chaos der Liebe.* Frankfurt.
Aufsatzsammlung mit wichtigen, kritischen Beiträgen zur gegenwärtigen Umbruchsituation der Familie. Durch die vielen Beispiele und den lockeren Stil gut lesbare Einführung in aktuelle Themen.

Goodrich, Thelma Jean, Cheryl Rampage, Barbara Ellman, Kris Halstead (1991): *Feministische Familientherapie.* Frankfurt/New York.
Diese Innensicht der Familie aus der (feministischen) therapeutischen Praxis liefert nicht nur Anschauungsmaterial, sondern auch neue theoretische Ansätze für die Familiensoziologie.

Pieper, Marianne (Hg.) (1994): *Beziehungskisten und Kinderkram. Neue Formen der Elternschaft.* Frankfurt/New York.
Sammelband mit aktuellen empirischen Ergebnissen zu neuen Familienformen.

Rerrich, Maria S. (1990a): *Balanceakt Familie. Zwischen alten Leitbildern und neuen Lebensformen.* Freiburg. (Aktualisierte 2. Auflage. Erstauflage 1988).
Feministisch-kritische Auseinandersetzung mit der These von der »Krise der Familie«. Auf der Grundlage einer historisch-theoretischen Analyse wird die gegenwärtige Situation des Umbruchs als Chance für eine Erneuerung der Familie durch Schaffung neuer familiärer Lebensformen dargestellt.

Sasse, Birgit (1995): *Ganz normale Mütter. Lesbische Frauen und ihre Kinder.* Frankfurt am Main.
Aktuelle Studie über lesbische Frauen mit Kindern.

Walters, Marianne, Betty Carter, Peggy Papp, Olga Silverstein (1991): *Unsichtbare Schlingen. Die Bedeutung der Geschlechterrollen in der Familientherapie. Eine feministische Perspektive.* Stuttgart.
Die vielen Fallbeispiele aus der therapeutischen Praxis der vier Pionierinnen der feministischen Familientherapie liefern eine unerschöpfliche Fülle von Anschauungsmaterial für die Geschlechterperspektive in der Familie.

6. *Kapitel*

Liebe, Sexualität und patriarchale Gewalt

> »Frauen sind in unserer Gesellschaft für Liebe ›zuständig‹. Liebe ist das ›Ressort‹ der Frauen als Mütter, Ehefrauen, Geliebte – und Ort ihrer Macht und Ohnmacht.« (Margrit Brückner 1984, S. 216)

Feministische Analysen und Kritiken zeig(t)en insbesondere die männliche Herrschaft über den weiblichen Körper und die Sexualität von Frauen in Geschichte und Gegenwart. Zentrale Fragestellungen und Ergebnisse sozialwissenschaftlicher Frauenforschung sollen hier anhand von drei Bereichen erläutert werden:

- die Selbstbestimmung über den weiblichen Körper und über die weibliche Fruchtbarkeit
- Gewalt von Männern gegen Mädchen und Frauen
- Frauenfreundschaften und lesbisches Leben

Neben diesen drei zentralen Bereichen feministischer Diskussionen gibt es eine Fülle weiterer Themen, die hier nicht berücksichtigt werden können.[1]

Die (zweite) Frauenbewegung in Deutschland begann mit der politischen Kritik an dem Abtreibungsparagraphen 218. Im Sommer 1971 erklärten über 300 Frauen in einer Selbstanzeigenkampagne im *Stern*, illegal abgetrieben zu haben. Sie forderten legale und durch die Krankenkassen getragene Möglichkeiten des Schwangerschaftsabbruchs, sexuelle Aufklärung und kostenlose Verhütungsmittel.

---

1 Vgl. allgemein: beiträge zur feministischen theorie und praxis 10 (20) und 20 (45). Weitere Themenbereiche sind u. a.: die Sexualisierung des weiblichen Körpers: Frigga Haug 1991b; Pornographie: Andrea Dworkin 1990; Frauenhandel und Prostitutionstourismus: Agisra 1990; Magersucht: Joan Jacobs Brumberg 1994; weibliche und männliche Körpersprache: Marianne Wex 1979; Gitta Mühlen Achs 1993; feministische Sport- und Bewegungsforschung: Susanne Bischoff 1993.

Die politische Forderung nach »selbstbestimmter« Kontrolle der weiblichen Gebärfähigkeit wurde einer der Ausgangspunkte feministischer Forschung.

Feministinnen warfen zunächst eine Menge Fragen auf, die sich aus der politischen Kritik an dem Abtreibungsparagraphen 218 ergaben: Wieso ist Abtreibung für die Frau strafbar, obwohl Schwangersein doch ihren Körper betrifft? Wieso sind FrauenärztInnen in den meisten Fällen Männer, obwohl doch die Gebärfähigkeit ein offenkundiges Potential von Frauen ist, das sie von Männern unterscheidet? Wurden (wenn ja, wie) Abtreibungen in der Geschichte reglementiert? Gab es Zeiten, in denen Frauen größere Freiräume als heute hatten, über ihre Fruchtbarkeit selbst zu bestimmen? Welche politischen Kontroversen gab es um Gesetze zur Abtreibung in der Historie?

Mit diesen eminent politischen Fragestellungen begannen Feministinnen einzelne Epochen der Geschichte zu untersuchen. Inzwischen liegt eine Vielzahl von feministischen historischen und soziologischen Studien vor.

Ein Bereich, der besonders intensiv erforscht wurde, ist die Hexenverfolgung in Europa zwischen dem 15. und dem 18. Jahrhundert. Feministinnen kritisierten, daß die traditionelle Geschichtswissenschaft meist völlig verschwiegen hatte, daß bei der Hexenverfolgung – zwar regional unterschiedlich verteilt – meist erheblich mehr Frauen als Männer verfolgt, verurteilt und getötet wurden.

Wieso war die Hexenverfolgung in Europa zu Beginn der Neuzeit lediglich im Hinblick auf vorausgehende Ketzerverfolgungen und im Zusammenhang mit der Reformation und Gegenreformation interpretiert worden? Wieso war weitgehend unberücksichtigt geblieben, daß sich die grundlegenden Schriften der Verfolger in erster Linie gegen Frauen richteten, und zwar gegen die eigenständige Kontrolle weiblicher Sexualität? Wieso war die Professionalisierung der Medizin nicht in ihren jeweils unterschiedlichen Auswirkungen auf Frauen und Männer untersucht worden?

Die feministische Geschichtswissenschaft konnte inzwischen zeigen, daß es sich bei der Hexenverfolgung um eine besonders krasse Form patriarchaler Gewalt handelte, in deren Verlauf und in deren Folge Frauen ihres Wissens und ihrer Kompetenzen über die weibliche Fruchtbarkeit enteignet und ihrer Nähe zu anderen Frauen beraubt worden waren.

Die Kontrolle und Enteignung weiblicher Gebärfähigkeit ist auch Thema zahlreicher Studien, die sich auf das 19. und 20. Jahrhundert beziehen. Ein Ergebnis feministischer Geschichtsforschung ist u. a., daß erst seit Ende des 19. Jahrhunderts Abtreibungen innerhalb der ersten drei Monate kriminalisiert wurden. Zahlreiche feministische Studien befassen sich mit der breiten politischen Kontroverse um den § 218 in der Weimarer Republik und arbeiten Ähnlichkeiten und Differenzen zu der heutigen Debatte heraus.

Durch die politischen Kontroversen in den achtziger Jahren wurden ferner feministische Analysen zu neueren Technologien der Schwangerschaftsüberwachung und der künstlichen Schwangerschaftserzeugung angeregt. Kritikerinnen dieser Technologien haben sie als Produkte patriarchaler Allmachtsphantasien beschrieben, mit denen die weibliche Gebärmutter als »medizinischer Risikofaktor« ausgeschaltet und noch weitergehende medizinische Kontrolle über Frauen erlangt werden soll.

Mit vielen Fragestellungen und Untersuchungen haben feministische Sozialwissenschaftlerinnen Neuland betreten. Der weibliche Körper und die weibliche Fruchtbarkeit waren bis in die achtziger Jahre hinein allenfalls ein randständiges Thema der Geschichte und der Soziologie. Wenn Abtreibung untersucht wurde, so oft im Rahmen strafrechtlicher Fragestellungen, etwa in der Kriminalsoziologie als abweichendes, strafbares Verhalten. Die Frauenforschung eröffnet hingegen eine völlig veränderte Perspektive: Ausgehend von dem Selbstbestimmungsrecht als Frauen-(Menschen-)recht werden strafrechtliche oder normative Abtreibungsver- und -gebote und die erweiterten technischen Möglichkeiten der Schwangerschaftsüberwachung und -erzeugung als Kontrolle weiblicher Sexualität und weiblichen Lebens analysiert.

Auch die feministische Forschung über Gewalt gegen Frauen ist aus der konkreten politischen Arbeit in der Frauenbewegung entstanden. Von ihren Ehemännern und Freunden mißhandelte Frauen und Frauen, die sexuelle Übergriffe von Vätern, Brüdern oder anderen Verwandten in ihrer Kindheit erlitten hatten, schlossen sich zusammen und begannen, ihre gemeinsame Betroffenheit zu erkennen und nach Lösungsstrategien zu suchen. Inzwischen gibt es eine Vielzahl von Initiativen gegen Männergewalt und gegen sexuelle Übergriffe auf Mädchen. Zufluchtsstätten und Beratungsstellen für betroffene Mädchen und Frauen wurden von Feministinnen eingerichtet, und durch die unbürokratischen Hilfsangebote fanden viele Frauen und Mädchen den Mut, ihre teils jahrelang erlittenen (und oft weit zurückliegenden) Mißhandlungen mitzuteilen und öffentlich zu machen. Dadurch wurde das erschreckende Ausmaß der Männergewalt gegenüber Frauen erstmals deutlich gemacht.

Als Konsequenz aus diesen praktischen Erfahrungen bezweifelten Feministinnen, daß Gewalt von Ehemännern und Freunden gegenüber Frauen und Kindern nur ein Problem »pathogener«, gestörter Familien sein sollte, wie oft in der Familiensoziologie angenommen wurde (vgl. Kapiel 5). Sie kritisierten, daß Vergewaltigung als Handlung einzelner Täter mit »abnormem« Sexualverhalten interpretiert wurde, so etwa häufig in der Kriminalsoziologie. Auch die Annahme, nach der der Frau bzw. dem Mädchen eine Mitschuld an dem Verbrechen zukam, wurde in Frage gestellt: so das Bild der gefährdeten Prostituierten, der Tramperin, des koketten Mädchens, der Mutter des mißbrauchten Mädchens, die sich dem Ehemann verweigert haben sollte. Durch die Frauenbewegung und die Frauenforschung sind Studien zu Männergewalt in Ehen und Partnerschaften sowie sexuelle Übergriffe auf Kinder, insbesondere auf Mädchen, zu – inzwischen anerkannten Gebieten – sozialwissenschaftlicher Forschung geworden.

Lesbische Frauen waren seit Beginn der Frauenbewegung am Aufbau von feministischen Gruppen und Projekten entscheidend beteiligt, haben viele Aktionen gegen den Abtreibungsparagraphen 218 und gegen Männergewalt mitgetragen. Gleichzeitig kritisierten lesbische Feministinnen den patriarchalen Zwang zur Heterosexualität und begannen nach einer positiven lesbischen Identität und nach Vorläuferinnen in der Geschichte zu suchen. Die traditionelle Soziologie, so stellte sich heraus, hatte Frauenfreundschaften, einschließlich erotisch-sexueller Beziehungen, völlig außer acht gelassen. Wurden gleichgeschlechtliche Liebesbeziehungen in der Soziologie thematisiert, so handelte es sich fast ausschließlich um Beziehungen männlicher Homosexueller, denen »abnormes« Sexualverhalten bescheinigt wurde. Inzwischen existiert eine wachsende Zahl von Forschungsarbeiten zur spezifischen Lebenssituation lesbischer Frauen in der Geschichte und in der Gegenwart.

Heute, Ende der neunziger Jahre, gibt es eine unübersehbare Fülle von Gruppen und Projekten der Frauen-(Lesben-)bewegung. Der konkrete, teils veränderte Lebenszusammenhang von Frauen war und ist die Triebkraft für neue, veränderte Forschungsfragen, die gerade auch den scheinbar privaten Lebenszusammenhang von Frauen in den Mittelpunkt wissenschaftlichen Interesses rücken.

Die Selbstbestimmung über den weiblichen Körper und die weibliche Fruchtbarkeit

Das Ideal der Selbstbestimmung über den weiblichen Körper und die Fruchtbarkeit beinhaltet die rationale Kontrolle der eigenen Leiblichkeit und unterstellt die vernünftige Planbarkeit von Zeugen und Gebären. Dieses bedeutet einerseits erweiterte Handlungsspielräume für Frauen, kann jedoch andererseits zur Legitimation von Politiken dienen, die mit dem Zugeständnis reproduktiver Freiheit eugenische und bevölkerungspolitische Strategien der Selektion verbinden. Bei dem Ideal der Selbstbestimmung handelt es sich insofern um eine Konfliktkategorie (vgl. Susan Zimmermann 1988).

Betrachten wir im Folgenden die feministische Forschung zur Selbstbestimmung über den weiblichen Körper und die weibliche Gebärfähigkeit anhand von einigen Beispielen:

- die Hexenverfolgung: Enteignung der Frauen von Wissen und Kompetenzen
- »der Frauenleib als öffentlicher Ort« und der »öffentliche Fötus«
- das Abtreibungsverbot in Deutschland – § 218: Die Interessen des Staates sind nicht die Interessen der Frauen
- Schwangerschaftsüberwachung und künstliche Schwangerschaftserzeugung: technische Entwicklungen, veränderte Kontrolle und veränderte Wahrnehmung

Die Hexenverfolgung: Enteignung der Frauen von Wissen und Kompetenzen

Feministische Historikerinnen und Soziologinnen analysierten theologische, medizinische und juristische Schriften der Hexenverfolger und ihrer Gegner, untersuchten Prozeßakten der Hexenverfolgung und fragten nach den ihnen zugrundeliegenden Deutungsmustern und Handlungsformen in ihren Auswirkungen auf Frauen. Sie zeigten, daß die Anklagen sich nicht zufällig in erster Linie gegen Frauen richteten, denn es wurde ihnen unter anderem vorgeworfen, die Fruchtbarkeit von Frauen, Männern oder Tieren zu verhindern oder Kinder zu töten (vgl. Brigitte Brück 1986).

Feministische Historikerinnen und Soziologinnen verdeutlichten, daß die Anklage und Verfolgung hauptsächlich Frauen traf, die als

Hebammen, Heilkundige oder auch helfende Nachbarinnen kundig und tätig waren. Zusätzlich galt – wie aus den Schriften der Hexenverfolger zu entnehmen ist – in der Tradition der als sündhaft vorgestellten Eva potentiell jede Frau als schlecht, verwerflich und lüstern; einzige Ausnahme war die reine Jungfrau Maria.

Das Bild von Hexen, das den Verfolgungen zwischen dem Ende des 15. und dem Ende des 18. Jahrhunderts zugrunde liegt, spiegelt ein Bild von Frauen wider, die dem Teufel huldigen, sich auch mit dem eigenen Geschlecht vergnügen, die fliegen und die Fruchtbarkeit schädigen. Bei diesem Bild, so hat Claudia Honegger (1978) zeigen können, handelt es sich um ein systematisiertes Deutungsmuster, in dem ältere Abwehrkonzeptionen gegen Ketzer, christliche Dämologie und volkstümliche Vorstellungen verschmolzen. Es konnte in einer allgemeinen Umbruchsituation, die den Übergang vom Mittelalter zur Neuzeit kennzeichnete, handlungsleitend werden, weil durch diese Umbruchsituation bei den Menschen in starkem Maße Ängste und Verunsicherung ausgelöst wurden. Diese Ängste wurden über ihre Personalisierung in der Hexe, indem diese zum Sündenbock gemacht wurde, vermindert (vgl. auch Gabriele Becker u. a. 1981; Thomas Hauschild u. a. 1979).

Die amerikanische Wissenschaftskritikerin Carolyn Merchant (1987) hat darauf aufmerksam gemacht, daß die Hexe, die als Ausdruck ungebändigter Natur erschien, wie die Natur, die als weiblich nährende, aber auch zerstörende vorgestellt wurde, gebändigt werden sollte: die Hexe in der Hexenverfolgung, die Natur mittels der Naturwissenschaft.

Mögen die Gründe für die Hexenverfolgung und ihre Auswirkungen in den verschiedenen Regionen Deutschlands und Europas auch recht unterschiedlich gewesen sein, so ist doch nicht zu übersehen, daß in den folgenden Jahrhunderten die Bevölkerung stark anstieg. Dieser Bevölkerungsanstieg ging einher mit einer allmählichen Enteignung weiblichen Erfahrungswissens durch männliches Expertenwissen.

Esther Fischer-Homberger (1983, 1984) hat für die Gerichtsmedizin gezeigt, daß sich zwischen dem 16. und 18. Jahrhundert entscheidende Machtverschiebungen zwischen Frauen und Männern ergeben haben. Zu Beginn dieser Zeitspanne waren Hebammen in Fragen von Kindesmord oder auch im Rahmen von Scheidungsprozessen – in denen die Hebamme feststellen sollte, ob die Ehe vollzogen war – angesehene Gutachterinnen. Am Ende dieser Zeitspanne, im

18. Jahrhundert, ging parallel mit der Degradierung der Hebammen zu Helferinnen der Ärzte ihre gerichtsmedizinische Tätigkeit vollständig in die Hände der Mediziner über.[2]

»Der Frauenleib als öffentlicher Ort« und der »öffentliche Fötus«[3]

Im 18. Jahrhundert vollzog sich die Aufspaltung von Haus- und Erwerbsarbeit, die allmähliche Trennung des privaten vom öffentlichen Bereich, die für die Geschlechter sehr unterschiedliche Konsequenzen hatte (vgl. Kapitel 4). Für die Frau wurden die Liebe und Fürsorge für den Mann und die Kinder zum normativen Ideal.

Als gegenläufig zur Privatisierung des weiblichen Lebensraumes beschreibt Barbara Duden das allmähliche »Öffentlichwerden« des Leibesinneren der Frau:

> »Während einerseits die neu entdeckte Naturbedingtheit von Häuslichkeit, Hausarbeit, Mutterschaft, Schutzbedürfnis und ehelicher Abhängigkeit die Frau durch Recht, Erziehung und Ethos in die ›Privatsphäre‹ befördert, wird ihr Schoß wissenschaftlich und durch professionelle Vermittlung zum öffentlichen Uterus. Ihr Körper wird zu einem Ort, an dem sich ein Vorgang vollzieht, der den Staat, die Volksgesundheit, den Volkskörper, wie auch die Kirche und den Ehemann unmittelbar betrifft. Wie in einem konvexen Spiegel läßt sich diese neue, paradoxe Vergesellschaftung der Frau in der Geschichte der ersten Kindsbewegung beobachten.« (1991a, S. 111)

Barbara Duden rekonstruiert, wie sich das Schwangerschaftserleben von Frauen seit dem 18. Jahrhundert grundlegend gewandelt hat. Sie konfrontiert Aufzeichnungen eines Eisenacher Frauenarztes aus dem 18. Jahrhundert mit heutigen Diagnosen. Danach fühlte sich und galt eine Frau im 18. Jahrhundert als werdende Mutter, wenn sie Kindsregungen spürte, also etwa im vierten oder fünften Monat. Heute hingegen gibt ein medizinischer Befund innerhalb weniger Wochen nach der Empfängnis Auskunft darüber, ob eine Schwangerschaft vorliegt. Einige Wochen später wird das Ungeborene im Leibesinneren der Frau mittels Ultraschall zum sichtbaren »öffentlichen Fötus«. Der Körper der Frau verliert als natürliche Grenze an Bedeutung. Gleichzeitig schwindet die gesellschaftliche Bedeutung

---

2 Vgl. auch Barbara Ehrenreich, Deidre English 1982.

3 Vgl. Barbara Duden 1987, 1988a, 1988b, 1991a, 1991b, 1993.

der Körperwahrnehmung der Frau zugunsten der wissenschaftlichen Definitionsmacht über ihren Körper.

Da die Frau im 18. Jahrhundert erst dann als schwanger galt, wenn sie Kindsbewegungen fühlte, wurde auch eine Abtreibung erst nach diesem Zeitpunkt als Tötungsdelikt bestraft. Das änderte sich in Deutschland im 19. Jahrhundert. Im Deutschen Reichsstrafgesetzbuch von 1871 wird – im Gegensatz zu älteren Gesetzestexten – kein Unterschied mehr zwischen einer Abtreibung in den ersten vier Monaten und einem späteren Zeitpunkt gemacht. Barbara Duden interpretiert diese Vorverlagerung der Strafbarkeit als

»... eine Verschärfung in der Bevormundung der Gebärmütter, weil zunehmend auch die ersten Monate der Schwangerschaft kontrolliert werden. Diese Verschärfung hängt mit der Entstehung der modernen Medizin zusammen: Sie hat sowohl die Mittel zur Abtreibung an sich gezogen als auch zugleich durch die wissenschaftliche Embryologie das Dogma vom ›Leben des Kindes‹ unmittelbar nach der Empfängnis möglich gemacht und moralisch verfochten.« (1988b, S. 117)

Das Abtreibungsgesetz in Deutschland – § 218: Die Interessen des Staates sind nicht die Interessen der Frauen

Bei der Gründung des Deutschen Reiches im Jahre 1871 wurde das Abtreibungsverbot in den §§ 218-220 des Reichsstrafgesetzbuches festgelegt. Bis 1926 konnte danach Abtreibung mit Zuchthausstrafe von bis zu fünf Jahren bestraft werden. Das galt sowohl für die Schwangere wie für die HelferInnen bei einer Abtreibung.

1926 wurden die §§ 218-220 Reichsstrafgesetzbuch ersetzt durch den § 218. Abtreibung war nun kein Verbrechen mehr, sondern ein weniger schwer zu bestrafendes Vergehen. Im Jahre 1927 trat zudem eine veränderte Rechtssprechung infolge eines Reichsgerichtsurteils in Kraft, das medizinisch begründete Eingriffe in begrenztem Ausmaß legalisierte.

Inzwischen gibt es eine Reihe von feministischen Studien über die breite Debatte um den § 218 in der Weimarer Zeit (vgl. Cornelia Usborne 1994, Vera Neumann 1991). Darin wird der erbitterte Kampf zwischen GegnerInnen und BefürworterInnen des Abtreibungsverbotes in der Weimarer Republik deutlich. Die BefürworterInnen einer restriktiven Abtreibungsgesetzgebung bezeichneten Abtreibungen als Seuche, die durch »genußsüchtige« Frauen verbreitet werde, sprachen von Kindermord, durch den der »Volkskörper« und die nationale Größe Deutschlands geschädigt werde. Die BefürworterInnen einer Abschaffung bzw. einer Liberalisierung der Abtreibungsgesetzgebung geißelten den § 218 als »Klassenparagraphen«, der die »Volksgesundheit« gefährde. In beiden Gruppen fanden eugenische Überlegungen zur »qualitativen Verbesserung« der Bevölkerung allgemeine Akzeptanz.

Das Argument der Selbstbestimmung der Frau über ihren Körper spielte hingegen – im Gegensatz zu der heutigen Debatte – fast keine Rolle. Eine Ausnahme bildete der *Bund für Mutterschutz und Sexualreform,* dessen MitgliederInnen das Selbstbestimmungsrecht über die weibliche Gebärfähigkeit als Recht der »neuen Frau« ausdrücklich forderten. Gleichzeitig befürworteten auch sie eugenische Ideale, die die Selbstverantwortung der Einzelnen und des Staates für »gesunde und taugliche« Nachkommen beinhalteten (Kristine von Soden 1988).

Im Nationalsozialismus wurde dann die eugenische (rassenhygienische) Programmatik zur offiziellen Politik. Freiwillige Abtreibung und Sterilisation wurden seit 1933 einerseits schwerer als zuvor bestraft, und gleichzeitig wurde die »Zwangssterilisation« sogenannter »Minderwertiger« eingeführt. Ab 1943 war in Ausnahmefällen sogar die Todesstrafe für Abtreibung möglich (vgl. Gisela Bock 1980).

Ute Gerhard beschreibt die politische Bedeutung des § 218 für Frauen zusammenfassend wie folgt:

»Für das Verhältnis der Geschlechter aber hat dieser Paragraph deshalb eine so herausragende politische Bedeutung, weil er die männliche Kontrolle über die weibliche Sexualität und die Verfügung über die wichtigste Produktivkraft der Frauen, ihre Gebärfähigkeit, zu sichern versucht. Denn in den mittlerweile jahrzehntelangen Kämpfen und ideologischen Auseinandersetzungen um diese Strafrechtsnorm geht es nicht um den Schutz werdenden Lebens – das war immer ein Interesse vor allem von Frauen –, sondern um die Bestrafung der Frau für eine Entscheidung, die nur sie allein fällen kann.« (1990a, S. 366 f.)

Diese Aussage trifft auf die Debatte um den § 218 in der Weimarer Republik ebenso zu wie auf die Situation heute.

Blicken wir zunächst zurück: Im Sommer 1971, dem Jahr der Selbstanzeigenkampagne im *Stern,* erschien die soziologische Studie von Helge Pross, in der erstmals betroffene Frauen zu Wort kamen. Sie hatte in zwei Aufrufen im *Stern* einige Jahre zuvor (1966) Leserinnen, die Erfahrungen mit illegalen Schwangerschaftsunterbrechungen hatten, gebeten, ihr darüber zu berichten.

Die Resonanz, insbesondere auf ihren zweiten Aufruf, war

enorm. Die Frauen beschrieben ihre sehr unterschiedlichen Motive: materielle Gründe (u. a. Wohnraumnot), familiäre Gründe (z. B. eine hohe Kinderzahl oder Angst vor einer unehelichen Geburt), Partnerschaftskonflikte (bereits bestehende oder befürchtete Konflikte mit dem Partner, Alkohol, Gewalt) und Angst vor möglichen Mißbildungen beim Kind (wegen des Alters der Frau, erblicher Belastungen). In geringem Ausmaß wurden auch Vereinbarkeitsprobleme mit der eigenen Ausbildung oder mit dem Beruf genannt.

Deutlich wird aus der Untersuchung, daß die Frauen aus Not abtreiben, oft nicht ohne moralische oder religiöse Konflikte. Helge Pross kommt zu dem Resümee:

> »Da Frauen, die keinen anderen Ausweg sehen, sich nicht von der vorzeitigen Beendigung der Schwangerschaft abhalten lassen; da der Versuch, sie mit gesetzlichen Mitteln zum Gebären zu zwingen, jeden Tag aufs neue scheitert, hat der § 218 StGB faktisch nur die Funktion, die Nöte der Frauen unnütz zu erhöhen. Effektiv ist er lediglich ein Mittel zur Intensivierung der Angst.« (1971, S. 61)

Mit dieser Studie hatte Helge Pross bereits 1971 – zu Beginn der Herausbildung der §-218-Bewegung – den von konservativer Seite immer wieder vorgebrachten Vorwurf entkräftet, Frauen, die abgetrieben hätten, handelten leichtfertig und amoralisch oder seien Mörderinnen.

Die Frauenbewegung und -forschung stellt heraus, daß Abtreibung potentiell alle Frauen betrifft. »Jede dritte Frau in der Bundesrepublik steht einmal in ihrem Leben vor der Entscheidung, ob sie eine ungewollte Schwangerschaft austragen oder abbrechen will« (Susanne von Paczensky, Renate Sadrozinski 1988). Die seit 1976 in der (alten) Bundesrepublik geltende Indikationsregelung schrieb das Abtreibungsverbot fort, gewährte jedoch Straffreiheit bei medizinischen, ethischen und sozialen Gründen (»Indikationen«). Diese strafrechtliche Regelung stellte zwar eine Verbesserung gegenüber dem älteren Abtreibungsverbot dar. Sie gab jedoch nicht der Frau, sondern den Ärzten sowie den privaten und öffentlichen Beratungsstellen die Macht, die Gründe einer Frau für einen Schwangerschaftsabbruch zu akzeptieren oder abzulehnen. Die Indikationsregelung ist somit eine modifizierte Fortsetzung der Tradition, in der Frauen von Ärzten, der Kirche und dem Staat die Kontrolle über ihre Fruchtbarkeit genommen wird.

Dies wurde insbesondere im bislang größten Abtreibungsprozeß der bundesdeutschen Rechtsgeschichte, während des Prozesses im bayerischen Memmingen in den Jahren 1988/89, deutlich. Fast 200 Frauen und einigen Ehemännern und Freunden sowie dem behandelnden Arzt wurde die Nichteinhaltung des Instanzenweges und die ambulant durchgeführten Abbrüche vorgeworfen (Brigitte Kiechle 1991; Gisela Friedrichsen 1991).[4]

Schwangerschaftsüberwachung und künstliche Schwangerschaftserzeugung: technische Entwicklung, veränderte Kontrolle und veränderte Wahrnehmung

Zeitgleich zu den neueren Debatten um den Schwangerschaftsabbruch sind die technischen Möglichkeiten der Schwangerschaftsüberwachung (Ultraschall, Amniozentese) und der künstlichen Schwangerschaftserzeugung in den letzten Jahrzehnten enorm gestiegen. Ultraschall und Amniozentese (Fruchtwasseruntersuchung zwischen der 14. und 18. Schwangerschaftswoche) machen das Leibesinnere der Frau sichtbar. Beide Techniken ermöglichen »Anomalien« des Fötus festzustellen, bedeuten gleichzeitig jedoch »Geschlechts- und Qualitätskontrolle« des Ungeborenen.

In-vitro-Befruchtung[5] und Embryonenspülung[6] sind Methoden der künstlichen Schwangerschaftserzeugung. Bei der In-vitro-Befruchtung wird die Zeugung außerhalb des Körpers der Frau vorgenommen, bei der Embryonenspülung erfolgt die Zeugung innerhalb des Körpers einer anderen Frau. Beide Methoden dienen der Be-

---

4 Seit Mitte 1995 gilt in Deutschland die Fristenregelung mit Beratungspflicht, danach ist ein Schwangerschaftsabbruch in den ersten zwölf Wochen der Schwangerschaft nicht rechtmäßig, aber straffrei, wenn die Schwangere sich beraten läßt. Die Krankenkassen zahlen nur bei Vorliegen einer Indikation, wenn das Leben der Mutter in Gefahr ist, wenn eine schwere Mißbildung des Embryos/Kindes wahrscheinlich ist oder wenn eine Vergewaltigung der Schwangerschaft zugrunde liegt. Bayern verschärfte die Bundesgesetzgebung durch ein Landesgesetz, nach dem die Frauen verpflichtet werden, in der Beratung ihre Gründe für den Abbruch darzulegen. Außerdem dürfen nach dem Landesgesetz Kliniken und Ärzte maximal 25 % ihrer Einnahmen durch Abtreibungen erzielen.

5 In-vitro-Fertilisation (IVF) = Befruchtung im Reagenzglas.

6 Embryonenspülung: Befruchtete Eizellen werden aus der Gebärmutter einer Frau »herausgespült« und anschließend in die Gebärmutter einer anderen Frau eingepflanzt.

handlung unfruchtbarer Frauen (auch nach der Menopause), sind jedoch oft uneffektiv und mit erheblichen gesundheitlichen Risiken für die betroffenen Frauen verbunden.

Die Untersuchung der befruchteten Eizellen (Präimplantationsdiagnostik) beinhaltet – wie auch die verschiedenen Methoden der vorgeburtlichen Untersuchung (Pränataldiagnostik) – die medizinische »Qualitätskontrolle« des Embryos bzw. Fötus. Viele Feministinnen kritisieren diese technischen Entwicklungen, weil sie Ärzten erweiterte Möglichkeiten der Kontrolle weiblicher Fruchtbarkeit böten. Die Kritik richtet sich gegen medizinisch-ethische Normen, die die schwangere Frau zum risikobehafteten uterinen Versorgungssystem des Embryos machen und den Embryo zum Versuchsobjekt und zum zu behandelnden Patienten der Medizin (Rita Arditti u. a. 1985; Gena Corea 1986; Paula Bradish u. a. 1987).

Die gestiegenen technischen Möglichkeiten der Schwangerschaftsüberwachung in Folge der Amniozentese haben die Anforderungen an die Schwangere grundlegend verändert. Darauf hat die amerikanische Soziologin Barbara Katz Rothmann hingewiesen:

> »Eine Diagnostik, die in der Mitte der Schwangerschaft ein Urteil fällt, stellt außergewöhnliche Anforderungen an die Frau, nämlich sich von ihrem Fötus getrennt zu sehen. Statt daß sie sich von vollkommener Einheit zur Separation, die gerade mit der Geburt beginnt, hinbewegt, verlangt diese Technologie, daß sie mit Separation und Distanzierung anfängt. Erst wenn ein akzeptierbares Urteil gefällt und der Fötus für erhaltenswert erklärt wurde, soll die Bindung beginnen.« (1989, S. 117)

Sie bezeichnet diese durch die Pränataldiagnostik veränderte Wahrnehmung der Schwangerschaft als »Schwangerschaft auf Abruf«. Die künstliche Schwangerschaftserzeugung ist andererseits – wie Renate Duelli-Klein zeigt – ein »Geschäft mit der Hoffnung« von Frauen (und Männern), das eher selten zum erwünschten »Erfolg«, einem Kind, führt (Duelli-Klein 1989; Eva Schindele 1995).

Gewalt von Männern gegen Mädchen und Frauen

Feministische Forschung in diesem Themenbereich ist meist in direktem Zusammenhang mit der Hilfs- und Beratungsarbeit der Notrufe, Frauenhäuser, Mädchenberatungsstellen und Mädchenhäuser

für mißhandelte und vergewaltigte Mädchen und Frauen entstanden. Indem geschlagene und mißhandelte Frauen ihre Erfahrungen öffentlich machten, brachen sie ein Tabu der patriarchalen Gesellschaft: das Schweigen über die alltägliche Männergewalt, der Frauen und Mädchen ausgesetzt sind. Feministische Forschung ist parteiliche Forschung, deren oberstes Ziel die Selbstbestimmung von Mädchen und Frauen ist. Das Verständnis von sexueller Gewalt ist an dem Verständnis der Betroffenen orientiert.

In der Kriminalsoziologie und Kriminologie wird ebenso wie im Alltagsverständnis sexuelle Gewalt gemeinhin als aggressiver Ausdruck von männlicher Sexualität verstanden, wobei der männliche »Sexualtrieb« analog einem Dampfkessel konstruiert ist, der aggressiv auf Entladung drängt.

Dem stellt die feministische Forschung entgegen:

»Sexuelle Gewalt gegen Frauen und Mädchen ist nicht ein aggressiver Ausdruck von Sexualität, sondern der sexuelle Ausdruck von Aggression und Feindseligkeit und damit Ausdruck des politischen Verhältnisses zwischen den Geschlechtern«. (Verein zur Weiterbildung von Frauen e.V. 1991, S. 6)

Die diesbezügliche Forschung hat gezeigt, daß es in der Mehrzahl der Fälle die »normalen« Männer, die Ehemänner, die Geliebten, die Freunde oder die Bekannten sind, die Gewalt gegen Mädchen und Frauen ausüben. Damit wurde das klassische Bild vom Vergewaltiger und Mißhandler als »fremdem Mann auf der Straße« als ein Mythos entlarvt.[7]

Die Verursachungsfaktoren gewalttätigen männlichen Verhaltens, die verschiedene Studien herausarbeiten, sind unterschiedlich und widersprüchlich. Sie lassen keine eindeutige Zuordnung von männlicher sexueller Gewalt zu bestimmten sozialen Gruppen zu. Der Zusammenhang zwischen der Gewalt und den patriarchalen Strukturen ist hingegen eindeutig. Auf eheliche Mißhandlung bezogen schrieb Margrit Brückner schon 1985:

»Die unumstrittenen Nachweise, daß Schwangerschaft, Eifersucht des Mannes und die Isolierung der Ehefrau durch den Mann Mißhandlung heraufbeschwören oder bestärken können, spricht dafür, daß die Mißhandlung von Frauen zusammenhängt mit patriarchalischen Besitzansprüchen der Männer gegenüber Frauen.« (1985, S. 91)

Ebenso kann auch davon ausgegangen werden, daß es sich bei Mädchen, die sexuelle Übergriffe erleiden, oder bei mißhandelten Frauen nicht um Gruppen mit speziellen Charakteristika handelt (vgl. Ulrike Brockhaus, Maren Kolshorn 1993). Dagegen spricht vor allen Dingen die große Verbreitung inner- und außerhäuslicher Gewalt. 1995 sind dem Bundeskriminalamt für das Bundesgebiet insgesamt 47 108 Straffälle gegen die sexuelle Selbstbestimmung bekannt geworden. Von Vergewaltigung waren Frauen und Mädchen zu 100 % betroffen, von sexueller Nötigung zu ca. 90 %, von sexuellem Mißbrauch zu ca. 75 % (Bundeskriminalamt 1996, S. 139-144).

---

7 Ulrike Teubner u. a. 1983; Barbara Kavemann, Ingrid Lohstöter 1984; Susan Brownmiller 1980; Florence Rush 1989; Cheryl Benard, Edit Schlaffer 1978; auch bei sexueller Belästigung am Arbeitsplatz scheint es sich in der Regel um die Verteidigung von männlichen Machtpositionen mittels Sexualität zu handeln, vgl. Monika Holzbecher, Anne Braszeit, Ursula Müller und Sibylle Plogstedt 1990; Uta Krüger 1992; Sabine Kirchhoff 1994.

Dabei kommen nach Schätzungen des Bundeskriminalamtes auf einen angezeigten »Fall« 18 bis 20 nicht gemeldete. Ferner ist zu berücksichtigen, daß jeder »Fall« ganz Unterschiedliches beinhalten kann (einmalige, tägliche, mehrmals tägliche oder langjährige sexuelle Übergriffe auf Frauen und auf Mädchen). Außerdem ist zu beachten, daß Vergewaltigung in der Ehe in der Bundesrepublik auch 1996 noch nicht strafbar ist.

Die Folgen sexuellen Mißbrauchs sind schwerwiegend: Nach vorliegenden Schätzungen wurden 70 % der Prostituierten und 80 % der Rauschgiftsüchtigen in ihrer Kindheit oder Jugend sexuell mißbraucht.

Die sogenannten »Beziehungstaten«, bei denen Täter und Opfer sich vor der Tat kennen, werden im Falle des Mißbrauchs von Mädchen oft von Müttern oder auch Vätern und LehrerInnen nicht geglaubt. Wird den Mädchen geglaubt, so werden diese Fälle häufig um der »Familienehre« willen nicht zur Anzeige gebracht. Werden sexuelle Übergriffe angezeigt, so müssen die Mädchen meistens den Tathergang mehrmals schildern, was belastend ist, und oftmals wird von der Polizei und den Gerichten eine Mitschuld des Mädchens angenommen (Barbara Kavemann, Ingrid Lohstöter 1984; Ulrike Brockhaus, Maren Kolshorn 1993; Sabine Kirchhoff 1994).

Ähnlich ist es, wenn Frauen wegen sexueller Nötigung oder Vergewaltigung eine Anzeige erstatten. Erstens werden weniger Anzeigen erstattet, wenn der Täter ein Bekannter oder Freund war oder ist, und zweitens wird die Frau oft einer Mitschuld bezichtigt (sie habe sich nur geziert, Widerstand sei nicht erkennbar gewesen etc.).

Sexuelle Gewalt gegen Mädchen und Frauen wird in der feministischen Forschung als besonders krasser Ausdruck der patriarchalen Gesellschaft interpretiert, in der

> » ... Gewalt gegen Frauen in weibliche Lebensbedingungen und in das Bild der Frau aufs engste verwoben sind« (Margrit Brückner 1983, S. 25).

Margrit Brückner interpretiert Mißhandlung als komplexen Prozeß wechselseitiger Bedingungen von patriarchaler Gewalt und weiblicher Verstrickung in diese Gewalt. Sie analysiert die Bilder, die mißhandelte Frauen von sich haben, und deren Beziehungen zu Männern; sie fragt, welche gesellschaftlichen Muster von Weiblichkeit in ihnen enthalten sind. Sie entdeckt Bilder, die im weitesten Sinne um die Liebe zentriert sind: um die eigene Mütterlichkeit, die eigene Selbstlosigkeit, die Stärke des Mannes (sei er besitzergreifend oder klug), Wünsche nach Symbiose.

Sie repräsentieren das gesellschaftliche Bild von Weiblichkeit, welches grenzenlose »blinde« Liebe zu anderen, besonders zum Mann, einschließt und die Liebe zu sich selbst ausschließt. Die Differenz zwischen gelebter Realität (in der die Frau heiratet, weil sie schwanger ist oder der Mann sie will) und imaginierter »wahrer« Liebe läßt die Frau in sehnsüchtigem Verlangen verharren. Gerade diese gesellschaftlichen Bilder von Weiblichkeit, die immer auch Uneigennützigkeit einschließen, machen den Ausbruch aus gewalttätigen Beziehungen so schwierig. Inzwischen gibt es eine Fülle von Selbsthilfeinitiativen und Selbsthilfeliteratur, die sich an die von Gewalt betroffenen Mädchen und Frauen, an die Partner bzw. Partnerinnen (bei Lesben) oder an andere Angehörige wenden (vgl. Ellen Bass, Laura Davis ^{6}1995; Laura Davis ^{2}1995, Ursula Enders 1995; Namenlos 1992 ff.; Michaela Huber 1996).[8]

Frauenfreundschaften und lesbisches Leben

Die Forschung über Frauenfreundschaften und lesbisches Leben hat sich insbesondere aus Lesbengruppen und -treffen entwickelt. Seit 1984 gibt es die jährlich in welchselnden Städten stattfindenden Lesbenfrühlingstreffen (früher als Lesbenpfingsttreffen bezeichnet) und seit 1985 jeweils im Herbst die Berliner Lesbenwoche. Seit 1990 erscheint (neben anderen) die Lesbenzeitschrift *Ihrsinn.* Seit 1991 finden in zweijährigem Abstand Symposien deutschsprachiger Lesbenforschung statt (vgl. Madeleine Marti u. a. 1994). Konsens lesbisch-feministischer Gesellschaftsanalyse ist, daß sie das Diktat der heterosexuellen Norm in Frage stellt.

Durch die Frauenbewegung wurde das »Coming-out« leichter möglich als vorher. »Coming-out« meint dabei sowohl die persönliche Erkenntnis, Lesbe zu sein, als auch, sich öffentlich als solche zu erkennen zu geben. Lesbische Feministinnen fragten nach den spezifischen Bedingungen lesbischer Lebens- und Liebesverhältnisse. Sie suchten nach Vorläuferinnen in der Geschichte, untersuchten ihre Diskriminierung und ihren Widerstand, verfolgten

8 Über Frauen als Täterinnen vgl. Michele Elliott 1995.

Ansätze lesbisch-frauenbewegter Subkultur und deren Vernichtung.[9]

Die Forschung gestaltet sich schwieriger als in anderen Bereichen der Frauenforschung. Insbesondere für die Geschichte stellt sich die Frage nach den Kriterien für die Bestimmung lesbischer Frauenbeziehungen, nach den Differenzierungsmöglichkeiten zwischen Fraueenfreundschaften und Frauenliebesbeziehungen. Selbst für den Beginn des zwanzigsten Jahrhunderts wissen wir wenig darüber, wie lesbische Frauen lebten. Lebten sie eher als Paare oder nicht? Orientierten sie sich an traditionellen Geschlechterrollen (Mann/Frau – Butch/Femme), oder bevorzugten sie egalitärere Verhaltensweisen? Wie ist die Rolle alleinlebender Frauen in der Geschichte zu beurteilen, wie die Rolle von unterschiedlichen Formen von Frauengemeinschaften (Frauenklöstern, Beginenhöfen, FrauenVerwandtschaftsbeziehungen, romantischen Frauenfreundschaften)? Dies alles sind ungelöste Fragen der lesbisch-feministischen Forschung.

Aus der Forschung wird deutlich, daß sich ein lesbisches Selbstbewußtsein frühestens Ende des 19. Jahrhunderts herausbildete, und zwar zeitgleich mit den Versuchen der Sexualwissenschaft, gleichgeschlechtliche Sexualität als »deviante«, von der Normalität abweichende zu stigmatisieren (vgl. Lillian Faderman 1990, 1991; Ilse Kokula 1981; Lesbian History Group 1991).

Gleichzeitig entwickelte sich in Deutschland seit Ende des 19. Jahrhunderts für Frauen – zunächst für die Bessergestellten – die Möglichkeit, (unabhängig vom Verdienst des Ehemannes) ökonomisch selbständig mit einer Partnerin zusammenzuleben. Aus früheren Epochen haben wir für Europa nur von einzelnen Frauen Kenntnis, die sich teils als Männer verkleideten, um mit einer Frau (ihrer Geliebten?) zusammenzuleben.[10]

Seit diese historische Möglichkeit für Frauen bestand, eine Wirt-

---

9 Vgl. *beiträge zur feministischen theorie und praxis* 25/26 (1989)

10 Vgl. Lising Pagenstecher 1992; Hanna Hacker 1987; Margit Göttert 1989; Lillian Faderman 1990; Rudolf Dekker, Lotte van de Pol 1990. Der Zusammenhang zwischen ökonomischer Selbständigkeit von Frauen und der Möglichkeit für Frauen zusammenzuleben wird für den außereuropäischen Bereich bei Janice G. Raymond (1987) deutlich: Die chinesischen Eheverweigerinnen der Provinz Kuangtung waren im 19. Jahrhundert aufgrund ihrer Erwerbstätigkeit in der Rohseidenproduktion ökonomisch unabhängig. Vgl. auch Gabriele Meixner 1995.

schafts-, Lebens- und Liebesgemeinschaft einzugehen, wurden lesbische Frauen als »krankhaft«, »abnorm« und als »Mannweiber« bezeichnet und diffamiert und ihre Sozialisation als »mißlungene Weiblichkeitssozialisation« angeprangert (vgl. Lising Pagenstecher 1983). Lillian Faderman hat darauf aufmerksam gemacht, daß lesbisch liebende Frauen immer dann in der Geschichte diffamiert wurden, wenn sie männliche Privilegien einforderten (Faderman, 1990).[11]

Die Pathologisierung lesbischer Frauen in Deutschland hat Gudrun Schwarz (1983) analysiert. Sie zeigt, daß seit Ende des 19. Jahrhunderts die – sich in Deutschland entwickelnde – Sexualwissenschaft eine Typologie weiblicher Homosexueller entwarf, die an polaren »Geschlechtscharakteren«[12] orientiert war. Das »Mannweib«, ausgestattet mit männlichen Berufswünschen (Maschinenbau, Wissenschaft), männlichen Hobbys (Pferde), männlichem Äußeren (kurze Haare) und männlichem Habitus (Trinken, Rauchen, selbstbewußter Blick), galt als die eigentliche, »angeboren« Homosexuelle. Die »andere«, die weibliche Frau in der Paarbeziehung, galt als die »Pseudo-Homosexuelle«, die Verführte.

Hanna Hacker (1987) bezeichnet diesen patriarchalen Systematisierungsprozeß, in dem von der Sexualwissenschaft und auch von den Homosexuellenorganisationen die »eigentliche« Homosexuelle als die »männliche« Frau entworfen wurde, als »Homologisierung«. Der als »männlich« klassifizierten Frau wurden Rechte auf Bildung und politische Partizipation zugestanden, die Mehrheit der Frauen wurde von diesen Privilegien ausgeschlossen.

---

11 Bezeichnend ist, daß die Nähe zu Frauen in unterschiedlichen Zeiten anders gewertet wird (sowohl von der Gesellschaft als auch von der Wissenschaft): Caroll Smith-Rosenberg hat Tagebücher und Briefe amerikanischer Mittelschichtsfrauen zwischen 1760 und 1880 ausgewertet. Sie zeigt die überaus innigen Bindungen zwischen Töchtern und Müttern, zwischen Kusinen und Freundinnen auf, die oft ein Leben lang dauerten. Dabei sind romantische, teils von glühender Zuneigung sprechende Briefe durchaus keine Seltenheit. Diese engen Beziehungen zwischen Frauen galten im Amerika des 18. und 19. Jahrhunderts als gesellschaftlich akzeptabel. Sie waren Teil der viktorianischen Gesellschaft, die auf der strikten Trennung der Lebensbereiche zwischen den Geschlechtern basierte. Von der Geschichtswissenschaft des 20. Jahrhunderts wurden diese Frauenfreundschaften meist übersehen (Smith-Rosenberg 1981).

12 Zum »Geschlechtscharakter« s. Kapitel 2.

Teils diese polaren Zuschreibungen übernehmend, teils in Abgrenzung davon, begründeten lesbische Frauen insbesondere in Berlin in den zwanziger Jahren eine eigenständige lesbische Subkultur mit Treffpunkten, Vereinen und Zeitschriften. Diese Ansätze eigenständiger Subkultur wurden durch die Nationalsozialisten zerschlagen, lesbische Frauen wurden verfolgt. Die lesbische Selbstfindung war in den fünfziger und sechziger Jahren mühsam, in den siebziger und achtziger Jahren einfacher, wenn auch keinesfalls unproblematisch.[13]

Als »doppelt Diskriminierte«, als Frauen und als Lesben, unterscheiden sich frauenliebende Frauen von homosexuellen Männern, die zwar als einen gleichgeschlechtlichen Partner Liebende auch diskriminiert werden (insbesondere angesichts von Aids), jedoch als Männer dem dominierenden Geschlecht angehören (Lising Pagenstecher 1992).

Lesben sind in verschiedensten Bereichen Diskriminierungen ausgesetzt, darauf haben Brigitte Reinberg und Edith Roßbach in ihrer Studie aus dem Jahre 1985 hingewiesen. Danach fühlten sich drei Viertel der von ihnen befragten 400 lesbischen Frauen in der Bundesrepublik sowohl in der Öffentlichkeit als auch von ihren Familien diskriminiert; zwei Drittel der Frauen gaben an, auch von FreundInnen und Bekannten diskriminiert zu werden. Die Diskriminierungsformen waren unterschiedlich. Sie reichten von Totschweigen und Nicht-Ernstnehmen lesbischer Beziehungen über Abbrüche von Kontakten bis zu körperlichen Angriffen. Körperliche Angriffe hatten Lesben fast ausschließlich von Männern erlebt. Die Tabuisierung und das Nicht-Ernstnehmen der lesbischen Partnerschaft durch Bekannte, FreundInnen, KollegInnen und die Familie stellte sich als dominante Form heutiger Diskriminierung in der Bundesrepublik heraus, die, über Jahre erfahren, zu Selbstzweifeln und Verunsicherung führt. Brigitte Reinberg und Edith Roßbach sprechen aufgrund der großen Verbreitung von Diskriminierungen davon, daß die Diskriminierung System hat:

> »So läßt sich alles in allem ein Ineinandergreifen von struktureller und direkter, manifester und latenter, psychischer und physischer Gewalt gegen Lesben konstatieren, deren Zusammenspiel letztendlich einem Zweck zu dienen scheint: Lesben unsichtbar zu machen und zu halten.« (1985, S. 231)

13 Vgl. Adele Meyer 1981; Ilse Kokula 1983, 1987; Eldorado 1984; Claudia Schoppmann 1991; Lising Pagenstecher 1983.

Durch die Unsichtbarkeit lesbischer Frauen wird das »Coming-out« zu einem lebenslangen Prozeß.

Eine besondere Form der Diskriminierung erfahren lesbische Mütter, denen teils das Sorgerecht für ihre Kinder entzogen wird (vgl. Uli Streib 1991; Birgit Sasse 1995). Außerdem ist es insbesondere für junge Mädchen oft schwierig, ihre Zuneigung zu Frauen zu entdecken (vgl. Lising Pagenstecher, Monika Jaeckel und Jutta Brauckmann 1985).

Die Ausgrenzung lesbischer Existenz ist ein Ausdruck patriarchaler Normierung, die von lesbischen Feministinnen als »Zwangsheterosexualität« bzw. »Heterosexismus« bezeichnet wird (vgl. Adrienne Rich 1991).

Trotz der systematischen Diskriminierung wagen heute viele Frauen das »Coming-out«. Lising Pagenstecher beschreibt, daß Frauen in ganz unterschiedlichen Phasen ihres Lebens ihre erotische Nähe zu Frauen entdecken:

> »Frauen von heute verlieben sich in Frauen in jedem Alter und in allen Lebenslagen: Teenager wie Großmütter, Unverheiratete und Verheiratete, Arbeiterinnen und Bürgerliche, Frauenbewegte und Traditionelle, solche, die das schon immer wollten, und solche, die das nie für möglich gehalten hatten. Frauen entdecken die erotische Anziehung von Frauen in sehr unterschiedlichen Lebensphasen, einige schon als Mädchen, andere als junge Frauen, manche erst als Vierzig- und Fünfzigjährige.« (Pagenstecher 1992)[14]

Fazit und Ausblick

Die Beziehungen zwischen den Geschlechtern werden bis jetzt vorwiegend als Ver-Hinderungsverhältnisse für Frauen analysiert. Dies ist angesichts der Allgegenwart sexistischer Strukturen, Bilder und Verhaltensformen, in die Frauen auf widersprüchliche Weise eingebunden sind, nur allzu verständlich. Denn die Versklavung der Frau-

---

14 Für die USA s. Shere Hite 1988; für die ehemalige DDR s. Ursula Sillge, 1991. Zur Kritik an Dispositionstheorien vgl. Lising Pagenstecher 1983. Inzwischen gibt es eine wachsende Anzahl von Publikationen über lesbische Liebesbeziehungen (vgl. JoAnn Loulan, Margaret Nichols, Monica Streit u. a. 1993), über in der Kindheit und Jugend erfahrene sexuelle Gewalt (vgl. Namenlos 1993) und auch über Gewalt zwischen Lesben (vgl. Constance Ohms 1993). Zur neueren Diskussion vgl. Sabine Hark 1996a und b sowie Sheila Jeffreys 1994.

en, die immer auch die patriarchale »Fremdbestimmung« über ihre Gebärfähigkeit und Sexualität einschließt, ist nach Gerda Lerner möglicherweise der Beginn und eine der Urformen menschheitsgeschichtlicher Unterdrückung, eine Voraussetzung zur Durchsetzung des Patriarchats. Gerda Lerner beschreibt die Entstehung und Durchsetzung des Patriarchats als einen Prozeß von 2500 Jahren, der sich zwischen 3100 und 500 vor unserer Zeitrechnung vollzogen hat. Dieser Prozeß der kollektiven Unterordnung von Frauen unter Männer beruht in entscheidender Weise – so ihre These – auf der sexuellen Versklavung der Frauen:

»Erst nachdem die Menschen gelernt hatten, wie sich die Frauen aus Gruppen, die als Fremde definiert werden konnten, versklaven ließen, lernten sie, auch die Männer dieser Gruppen zu versklaven, und später sogar Menschen untergeordneten Ranges aus der eigenen Gesellschaft.

Es gab also die sexistisch und rassistisch begründete Versklavung von Frauen schon vor der Herausbildung von Klassen und Klassenunterdrückung.« (Gerda Lerner 1991, S. 264)

Die sexuelle Versklavung und die Reglementierung sexuellen Verhaltens von Frauen sind die Eckpfeiler des Patriarchats und bedürfen daher der grundsätzlichen Analyse und Kritik, um auf die Abschaffung des Patriarchats hinzuwirken.

Die lesbische Existenz erscheint gegenüber der heterosexuellen Lebensweise als potentiell widerständige Utopie. Die lesbisch-feministische Forschung hat gezeigt, daß seit Ende des 19. Jahrhunderts die Beziehungen zwischen den Geschlechtern enger, die zwischen Frauen lockerer geworden sind und erotische Bezüge zwischen Frauen in ein lesbisches Ghetto abgedrängt wurden. Angesichts dieser Ergebnisse stellen sich viele neue Fragen: Welche Prozesse haben zum allmählichen Verdrängen und Vergessen enger Beziehungen zwischen Frauen geführt? Was bedeutet die Einengung erotischer Beziehungen zwischen Frauen und die Ausweitung erotischer Nähe zu Männern? Was haben Frauen dabei gewonnen, was verloren? Zeichnet sich gegenwärtig eine neue Entfernung in den intimen Beziehungen zwischen Frauen und Männern ab? Finden andererseits neue Annäherungen zwischen Frauen statt?

Weiterführende Literaturempfehlungen

1. *Die Selbstbestimmung über den weiblichen Körper und über die weibliche Fruchtbarkeit*

Duden, Barbara (1987): *Geschichte unter der Haut. Ein Eisenacher Arzt und seine Patientinnen um 1730.* Stuttgart.
Körpersoziologische Studie zur historischen Veränderung des Schwangerschaftserlebens.

Honegger, Claudia (Hg.) (1978): *Die Hexen der Neuzeit. Studien zur Sozialgeschichte eines kulturellen Deutungsmusters.* Frankfurt am Main.
Sozialgeschichtliche Studie zur Hexenverfolgung; Wiederabdruck einiger wesentlicher Aufsätze der traditionellen Hexenforschung.

Martin, Emily (1989): *Die Frau im Körper. Weibliches Bewußtsein, Gynäkologie und die Reproduktion des Lebens.* Frankfurt/New York.
Eine kritische Auseinandersetzung mit den Gemeinplätzen der Medizin, zumal der Gynäkologie. Untersucht werden die Themen Geburt, Menstruation und Wechseljahre mit Hilfe von Interviews mit Frauen aus unterschiedlichen sozialen Schichten. Was als Biologie gilt, wird als Ideologie entlarvt.

Mertens, Heide (1991): *Wunschkinder. Natur, Vernunft und Politik.* Münster.
Feministische Analyse von pro- und antinatalistischer Bevölkerungspolitik seit der Aufklärung in kapitalistischen und sozialistischen Industriegesellschaften und in Entwicklungsländern.

Schindele, Eva (1995): *Schwangerschaft. Zwischen guter Hoffnung und medizinischem Risiko.* Hamburg (mit einem Beitrag von Anne Waldschmidt).
Sozialwissenschaftliche Studie zu Möglichkeiten, Risiken und Schwierigkeiten der Pränataldiagnostik.

Staupe, Gisela (Hg.) (1993, 1996): Unter anderen Umständen: Zur Geschichte der Abtreibung. Eine Publikation des Deutschen Hygiene-Museums. Dortmund.
Anschaulicher Ausstellungskatalog zur Geschichte der Abtreibungsgesetze und -debatten in Deutschland bis heute.

Zimmermann, Susan (1988): Weibliches Selbstbestimmungsrecht und auf »Qualität« abzielende Bevölkerungspolitik. Ein unverarbeiteter Zusammenhang in den Konzepten der frühen Sexualreform. In: *beiträge zur feministischen theorie und praxis.* Mamalogie 21/22. Sozialwissenschaftliche Forschung und Praxis e.V. (Hg.), S. 53-71.
Wichtiger Aufsatz zum Zusammenhang von weiblicher Selbstbestimmung und Eugenik in der Sexualreformbewegung.

2. *Gewalt von Männern gegenüber Mädchen und Frauen*

Brockhaus, Ulrike, Maren Kolshorn (1993): *Sexuelle Gewalt gegen Mädchen und Jungen. Mythen, Fakten, Theorien.* Frankfurt/New York.

Über Erscheinungsformen und Ursachen sexueller Gewalt gegen Mädchen und Jungen, über traditionelle Theorien und feministische Reformulierungen.

Brückner, Margrit (1983): *Die Liebe der Frauen. Über Weiblichkeit und Mißhandlung.* Frankfurt am Main.
Soziologische Studie zur Verwobenheit von patriarchaler Gewalt und Weiblichkeit.

Heiliger, Anita, Constance Engelfried (1996): *Sexuelle Gewalt. Männliche Sozialisation und potentielle Täterschaft.* Frankfurt/New York.
Soziologische Studie zur Verwobenheit von patriarchaler Gewalt und Männlichkeit.

Kirchhoff, Sabine (1994): *Sexueller Mißbrauch vor Gericht.* Opladen (Band 1: Beobachtung und Analyse, Band 2: 15 Gerichtsprotokolle).
Rechtssoziologische Studie zu sexuellem Mißbrauch vor Gericht.

Minssen, Angela, Ursula Müller (1995): *Wann wird ein Mann zum Täter? Psycho- und Soziogenese männlicher Gewaltbereitschaft gegenüber Frauen. Eine Literaturauswertung.* Hg. vom Ministerium für die Gleichstellung von Frau und Mann des Landes Nordrhein-Westfalen. Düsseldorf.
Interdisziplinärer Überblick über Theorien zur Entstehung männlicher Gewaltbereitschaft im Geschlechterverhältnis.

Namenlos (1992 f.): *Schriftenreihe zur Selbsthilfe für MädchenFrauenLesben gegen sexuelle Gewalt. Für ein Leben frei von sexueller Gewalt.* Darmstadt.
Selbsthilfeberichte und -gedichte zu erfahrener sexueller Gewalt und den unterschiedlichen Auswirkungen. Sehr lesenswert!

Verein zur Weiterbildung von Frauen e.V. (Hg.) (1991): *Dokumentation zur Fachtagung »Sexueller Mißbrauch von Mädchen und Frauen. November 1987 in Köln.* Köln (2. Aufl.).
Dokumentation einer Fachtagung zu sexuellen Übergriffen auf Mädchen und Frauen; zusätzlich: Literaturhinweise und Kontaktadressen.

3. Frauenfreundschaften und lesbisches Leben

Faderman, Lillian (1990): *Köstlicher als die Liebe der Männer. Romantische Freundschaft und Liebe zwischen Frauen von der Renaissance bis heute.* Zürich.
Amerikanisches Standardwerk zur Geschichte von Frauenfreundschaften und lesbisch liebender Frauen.

Hacker, Hanna (1987): *Frauen und Freundinnen. Studien zur »weiblichen Homosexualität« am Beispiel Österreich 1870-1937.* Weinheim und Basel.
Sozialhistorische Studie zu Frauenfreundschaften und lesbisch liebenden Frauen im letzten Drittel des 19. und ersten Drittel des 20. Jahrhunderts, über Formen der Pathologisierung lesbischer Frauen und Formen der Gegenwehr.

Hark, Sabine (Hg.) (1996b): *Grenzen lesbischer Identitäten. Aufsätze.* Berlin.
Reader zur (De-)Konstruktion lesbischer Identitäten mit Aufsätzen von Ju-

dith Butler, Biddy Martin, Antke Engel, Sabine Hark, Ulrike Hänsch und Arlene Stein.

Loulan, JoAnn, Margaret Nichols, Monica Streit u. a. (Hg.) (1993): *Lesben Liebe Leidenschaft. Texte zur feministischen Psychologie.* München (2. Aufl.).
Nicht nur für Soziologinnen empfehlenswertes Buch über lesbische Liebesbeziehungen.

Pagenstecher, Lising (1992): Homosexualität/Lesben. In: Siegfried Rudolf Dunde (Hg.), *Handbuch Sexualität.* Weinheim, S. 95-102.
Spannende, gut lesbare Einführung in die historische und aktuelle Lebenssituation lesbisch liebender Frauen.

7. *Kapitel*

Von schlauen Mädchen und schlechten Chancen

»Als eine Frau lesen lernte, trat die Frauenfrage in die Welt.«
(Marie von Ebner-Eschenbach, 1830-1916)

Bildungsforschung war bis zu den 60er Jahren im wesentlichen Forschung über soziale Ungleichheit: Hier wurde nach Faktoren wie schicht- und regionalspezifischen Unterschieden in Bildungszugang, -möglichkeiten und -beteiligung gefragt. Auch das Geschlecht gehörte zu den Kategorien, die Unterschiede im Bildungsverhalten bedingten. Diese verschiedenen Faktoren finden ihren Ausdruck im Bild des »katholischen Arbeitermädchens vom Lande«, das zentrale Aspekte enthält, die zu einer Benachteiligung im Bildungswesen führen können. Als Maßstab gilt hier der männliche, wenig konfessionell gebundene Mittelschichtmensch, der in der (Groß-)Stadt lebt.

Bis zur Bildungsreform der 60er und 70er Jahre waren Beschränkungen und Begrenzungen von Bildungsmöglichkeiten für Frauen die Regel. Bildungsforschung und -politik bezogen Mädchen und Frauen kaum ein. Reformbemühungen im Bildungswesen setzten am Abbau sozialer Ungleichheit, an der Herstellung von Chancengleichheit im Zugang zu höherer Bildung und an der quantitativen Angleichung der Bildungsbeteiligung der Geschlechter und der verschiedenen sozialen Schichten an (vgl. Ludwig von Friedeburg 1989).

Als ein »Meilenstein« der Frauenbildungsforschung ist die 1969 von der Soziologie-Professorin Helge Pross veröffentlichte Studie *Über die Bildungschancen von Mädchen* anzusehen. Helge Pross arbeitet in dieser Studie heraus, daß es sozial bedingte und relevante Geschlechtsunterschiede in den Bildungschancen gibt. Sie beschäftigt sich mit der geschlechtsspezifischen Studien- und Berufswahl von Mädchen und jungen Frauen, mit der Situation von Studentinnen und »Arbeitertöchtern« und zeigt deren je spezifische Benachteiligungen im Bildungswesen auf. Sie hat festgestellt,

»daß die Hebung des Bildungs- und Ausbildungsniveaus von Mädchen und Frauen für sich genommen nicht genügt, um ihre Teilnahme an außerhäuslichen Prozessen, sei es in der Erwerbssphäre, sei es im öffentlichen Bereich, zu erhöhen. Bildung allein kann die soziale Ungleichheit nicht überwinden, und Bildungsreformen (...) bleiben nutzlose Investitionen, solange sie nicht mit anderen Maßnahmen verbunden werden.« (Helge Pross 1969, S. 104)

Zu letzteren zählt sie u. a. die Schaffung bzw. quantitative und qualitative Verbesserung der öffentlichen Kinderbetreuungseinrichtungen.

Einer der Schwerpunkte der neuen Frauenbewegung ist bis heute der Kampf um gleiche Bildung für Mädchen und Frauen, denn Bildung ist eine wichtige Voraussetzung für gesellschaftliche und politische Partizipation.

In den vergangenen Jahrzehnten hat sich die Bildungsbeteiligung von Mädchen und Frauen an Realschulen, Gymnasien und Hochschulen erhöht, ca. 50 % der AbiturientInnen sind inzwischen Mädchen, erstmals in der Geschichte der deutschen Universitäten haben im Wintersemester 1995/96 mehr Frauen als Männer ein Studium begonnen, ca. 40 % der StudentInnen sind Frauen. Mädchen und Frauen haben die besseren Schulerfolge und Bildungsabschlüsse als Jungen und Männer. Viele BildungsforscherInnen behaupten daher, Mädchen seien die »heimlichen Gewinnerinnen« der Bildungsreform der 60er und 70er Jahre, die Chancengleichheit sei inzwischen durch die Angleichung der Bildungsbeteiligung und -abschlüsse der Geschlechter erreicht. Feministische Bildungsforscherinnen sind anderer Meinung: Sie decken auf, in welcher Weise die Kategorie Geschlecht trotzdem noch immer Bildungsprozesse und Lebenschancen beeinflußt. Am Beispiel von zwei wichtigen Bildungsinstitutionen, Schule und Hochschule, sollen hier Fragestellungen und Ergebnisse der Frauenbildungsforschung aufgezeigt werden.[1]

1 Zentrale Bereiche der Bildungs- und Erziehungssoziologie sind die Erforschung der Bildungsinstitutionen und der in ihnen ablaufenden Sozialisations- und Erziehungsprozesse. Nicht nur Schule und Hochschule, sondern auch z. B. Kindergarten, Erwachsenenbildung und berufliche Ausbildung im dualen System sind Bereiche der Bildungsforschung. Feministische Bildungsforschung untersucht diese Sozialisationsprozesse aus der Perspektive der Geschlechterverhältnisse.

Der Streit um die Koedukation

Wir alle kennen den Spruch: »Wissen ist Macht!«, wurde doch die (politische) Machtlosigkeit und die mangelnde aktive Teilhabe des weiblichen Geschlechts am gesellschaftlichen Geschehen bis in die Gegenwart hinein mit der »schlechteren« Bildung von Mädchen und Frauen zu begründen versucht – dies zeigt z. B. ein Begriff wie »Puddingabitur«, der noch immer in Diskussionen um Bildungsabschlüsse von Mädchen auf Mädchenschulen zu finden ist.

Der Streit um die Koedukation, also um die gemeinsame Unterrichtung von Mädchen und Jungen in gleichen Bildungseinrichtungen und mit gleichen Bildungsinhalten, ist in Deutschland über 100 Jahre alt. Er war immer ein Streit um die *höhere* Mädchen- und Frauenbildung, ging es doch darum, damit Mädchen und Frauen auch den Eintritt in hochqualifizierte Berufe zu eröffnen.

Zentrale Forderungen der ersten Frauenbewegung seit Mitte des vergangenen Jahrhunderts waren die Gewährung gleicher Rechte und Zugangsmöglichkeiten für Mädchen und Frauen zur Bildung und damit auch Möglichkeiten der Teilhabe an gesellschaftlicher Macht. Frauenrechtlerinnen stritten für gleiche Bildungschancen beider Geschlechter: Mädchen sollten eine gleichwertige Schulbildung wie Jungen erhalten, Abitur machen dürfen, Frauen sollten endlich zum Studium an Hochschulen und Universitäten zugelassen werden.

In der ersten Frauenbewegung gab es verschiedene Positionen zur Verbesserung der Mädchenbildung. Uneinigkeit bestand über den Weg dahin: Der »gemäßigte« Flügel der bürgerlichen Frauenbewegung wollte die Geschlechtertrennung in der schulischen Bildung beibehalten und die Mädchenbildung z. B. durch die Einführung von Gymnasialkursen für Mädchen (Helene Lange[2]) verbessern. Dagegen stritt der »radikale« Flügel der Frauenbewegung für eine Aufhebung der Geschlechtertrennung und trat für die Einführung von »Einheitsschulen und Koedukation« (Hedwig Dohm[3]) als pädagogische Prinzipien ein. Mit der Zulassung von Mädchen

2 Helene Lange (am 9.4.1848 in Oldenburg geboren, gestorben am 13.5.1930 in Berlin) entstammte einer Kaufmannsfamilie. Sie war Lehrerin an einer privaten höheren Mädchenschule in Berlin und zugleich Leiterin des angeschlossenen Lehrerinnenseminars. Sie galt zu ihrer Zeit als *die* »Führerin der deutschen bürgerlichen Frauenbewegung«.

3 Hedwig Dohm (am 20.9.1833 in Berlin geboren, gestorben am 4.6.1919) litt Zeit ihres Lebens an der ihr zugedachten Rolle als Ehefrau und Mutter. Ab 1872 schrieb sie Streitschriften über die Emanzipation der Frau und forderte die Zulassung von Frauen zum Studium. Sie wurde zur Wegbereiterin der radikalen Feministinnen um die Jahrhundertwende.

zur allgemeinen (Jungen-)Bildung versprachen sich die Kämpferinnen gleiche Bildungsmöglichkeiten und -chancen für Mädchen, da beide Geschlechter nun formal die gleiche Bildung erhalten würden. Mit der Einführung der Koedukation sollte eine Aufwertung und eine bessere finanzielle Ausstattung der Mädchenbildung erreicht werden.

Der Blick in die Geschichte zeigt, daß Mädchen- und Frauenbildung in der Tat häufig qualitativ schlechtere Bildung war. Mädchen und Jungen wurden getrennt unterrichtet, es gab ein »Koedukationsverbot« (vgl. Gertrud Pfister 1988a). Noch bis in die Mitte dieses Jahrhunderts wurde für Mädchenbildung weniger Geld ausgegeben, Mädchenschulen waren oft schlechter mit Lehrmaterialien usw. ausgestattet, auch gab es unterschiedliche Curricula für beide Geschlechter. Mädchen sollten überwiegend im Hinblick auf ihre gesellschaftliche Rolle als (gebildete) Hausfrau und Mutter erzogen werden. Diese Verbindung von weiblicher Rolle und spezifischen Bildungsinhalten durchzieht Lehrpläne und Curricula von Mädchenbildungsanstalten.

In den 50er Jahren wurde Koedukation als pädagogisches Prinzip zunächst in Berlin, Hamburg, Bremen und Hessen rechtlich ermöglicht, die übrigen Bundesländer folgten in den 60er Jahren. Die Umstellung auf Koedukation betraf im wesentlichen den gymnasialen Bereich, denn Grund-, Haupt- und Realschulen wurden meistens auch vorher schon von Mädchen und Jungen gemeinsam besucht. Jungenschulen wurden für Mädchen geöffnet, etwas zögerlicher auch die Mädchenschulen für Jungen; methodisch-didaktische Konsequenzen aus der gemeinsamen Unterrichtung von Mädchen und Jungen wurden nicht gezogen. Auch in der LehrerInnen-Aus- und Fortbildung wurde der veränderten schulischen Situation keine oder nur kaum Aufmerksamkeit gewidmet. Die Einführung der Koedukation als »stille Revolution im Bildungssystem« wurde wissenschaftlich kaum diskutiert oder gar begleitet. Man ging davon aus, daß mit dem koedukativen Prinzip eine gleiche Unterrichtung der Geschlechter – und damit Chancengleichheit und Gleichberechtigung – erreicht würde. Faktisch wurden Mädchen jedoch der Jungenbildung angepaßt (Dale Spender 1985).

Was zu Beginn der 70er Jahre als bildungspolitische Reform und Fortschritt bezüglich einer Demokratisierung der Bildungschancen gefeiert worden war, hat bis heute nicht die gewünschten Konsequenzen erbracht. Trotz formal gleicher Bildungschancen zeigt sich eine faktische Ungleichheit zwischen den Geschlechtern, die sich spätestens in schlechteren – geschlechtsbedingten – Chancen der Mädchen auf dem Arbeitsmarkt äußert (vgl. Ursula Rabe-Kleberg 1990a).

Abbildung 3:

Der Sozio-Psychologische Bildungszirkel: ein Modell zur Erklärung der Benachtieligung von Mädchen in Schulen

Ansatzpunkt und Argumentationsrichtung variabel, Veränderungsmöglichkeiten greifen an jedem Punkt.

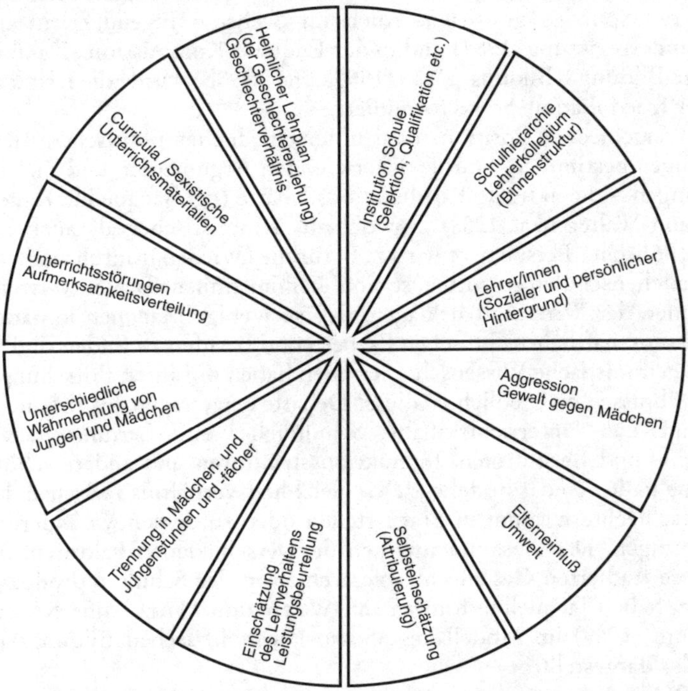

Jacqueline Kauermann-Walter, Maria Anna Kreienbaum (1989)

Koedukation hat sich bisher nur als formales, aber nicht als inhaltliches Prinzip erwiesen. Bildungsforscherinnen bezeichnen den gegenwärtigen koedukativen Unterricht als »Koinstruktion«, d. h. als parallele Unterrichtung von Mädchen und Jungen im selben Raum mit derselben Lehrperson (vgl. Dorothee Bierhoff-Alfermann 1988).

Genau wie in der alten Frauenbewegung wird nun (wieder) um die Koedukation gestritten: Zu Beginn der 80er Jahre begründeten feministische Lehrerinnen und Wissenschaftlerinnen die bundesweite AG FRAUEN UND SCHULE und diskutieren seit 1982 nahezu jährlich die feministische Schulkritik auf Fachkongressen weiter.[4] Nicht mehr nur in feministischen Kreisen wird inzwischen für eine Veränderung und Verbesserung der gegenwärtigen Koedukationspraxis und partiell sogar für eine Aufhebung des koedukativen Unterrichtspinzips gestritten. Auch im Sechsten Jugendbericht der Bundesregierung (1984) und in der Enquete-Kommission »Zukünftige Bildung – Bildung 2000« (1990a und 1990b) wurde die Kritik an der Koedukationspraxis formuliert.

Verschiedene Positionen aus unterschiedlichen politischen Richtungen bestimmen – mit je differierenden Argumenten und Zielsetzungen – die aktuelle Koedukationsdebatte (vgl. Jacqueline Kauermann-Walter u. a. 1988). Sowohl aus feministischer als auch aus katholischer Perspektive wird z. B. für die (Wieder-)Einführung von Mädchenschulen gestritten, sowohl Feministinnen als auch Vertreterinnen der Wirtschaft beklagen, daß so wenige Mädchen in naturwissenschaftlich-technischen Fächern und Berufen zu finden sind.

Feministische Wissenschaftlerinnen haben mit ihren Forschungsergebnissen maßgeblich zu dieser Debatte beigetragen. Sie haben gezeigt, daß Unterrichtsinhalte, Schulbücher und Lernmaterialien, Lehr- und Lernformen, Interaktionsstrukturen und andere schulische Faktoren das bestehende Ungleichheitsverhältnis zwischen den Geschlechtern kaum in Frage stellen oder zu dessen Veränderung beitragen. Das Zusammenwirken der verschiedenen Faktoren, die diese tradierten Geschlechterhierarchien in der Schule reproduzieren, haben Jacqueline Kauermann-Walter und Maria Anna Kreienbaum (1989) im Modell des »Sozio-Psychologischen Bildungszirkels« dargestellt.

Veränderungen und Durchbrechen der geschlechtsabhängigen

---

4 Die Diskussionen der Kongresse sind in Tagungsbänden publiziert (vgl. Uta Enders-Dragässer, Ilse Brehmer 1984; Ursula Rieger 1985; Uta Enders-Dragässer, Gabriele Stanzel 1986; Gisela Kindermann u. a. 1987; Sigrid Giesche, Dagmar Sachse 1988; Maria Anna Kreienbaum 1989; Renate Luca u. a. 1992; Landesausschuß der GEW Baden-Württemberg 1995; Astrid Kaiser 1996). Als weitere wichtige Sammelbände zur feministischen Schulforschung und Koedukationskritik sind die Publikationen von Hannelore Faulstich-Wieland 1987; Gertrud Pfister 1988; Uta Enders-Dragässer, Claudia Fuchs 1990; Edith Glumpler 1993 und 1994, ²1997 zu nennen.

Machtstrukturen in der Schule können an allen einzelnen Faktoren dieses Zirkels ansetzen.

Zu den einzelnen Segmenten des Zirkels liegen jeweils Frauenforschungsergebnisse vor, die zeigen, wie subtil z. T. die Diskriminierungsmechanismen auf Mädchen und Frauen in der Schule wirken. Zu einigen relevanten Bereichen werden diese Ergebnisse jetzt vorgestellt.

Interaktionsstrukturen in der Schule

Ein zentraler Bereich, in dem Geschlechterhierarchien reproduziert werden, sind schulische Interaktionsstrukturen. Untersuchungsergebnisse zeigen, daß Lehrkräfte Schülerinnen und Schüler abhängig von deren jeweiligem Geschlecht unterschiedlich behandeln und auch unterschiedliche Verhaltenserwartungen an die beiden Geschlechter haben (Heidi Frasch, Angelika C. Wagner 1982; Uta Enders-Dragässer, Claudia Fuchs 1989). Unabhängig vom jeweiligen Unterrichtsfach kommt Mädchen weniger Beachtung zu: Jungen bekommen ungefähr zwei Drittel der Aufmerksamkeit der Lehrkräfte. Selbst wenn Lehrerinnen und Lehrer sich vornehmen, eine Aufmerksamkeits-Parität herzustellen, kann eine 100%ige Gleichbehandlung von Mädchen und Jungen nicht erreicht werden, da der Lärmpegel in der Klasse deutlich ansteigt und sich Jungen über Ungleichbehandlung und Vernachlässigung beschweren. Dadurch ziehen sie die Aufmerksamkeit der Lehrkräfte auf sich und lernen, daß sie auch durch Störmanöver Zuwendung von der Lehrkraft bekommen (Uta Enders-Dragässer, Claudia Fuchs 1988). Gleichzeitig behindern sich Jungen durch ihr Störverhalten in ihrer Lernbereitschaft. Mädchen verhalten sich im Unterricht überwiegend aufmerksam, ruhig und eher angepaßt und erfüllen damit Erwartungen der Lehrkräfte an sie. Schülerinnen übernehmen die den Unterricht tragende Rolle, kooperieren mit der Lehrkraft – statt zu konkurrieren, wie Jungen dies häufig tun – und werden sogar zur Disziplinierung der Mitschüler herangezogen (Uta Enders-Dragässer, Claudia Fuchs 1989). Dieses »Wohlverhalten« trägt dazu bei, daß Mädchen eher von den Lehrkräften vernachlässigt werden. Mit dieser Benachteiligung in der Aufmerksamkeitsverteilung der Lehrkräfte wird eine an das Geschlecht gekoppelte Zweitrangigkeit vermittelt. Mädchen lernen so, daß ihr Verhalten weniger »wert« ist als das der Jungen.

Nicht nur diese Ergebnisse geben der Debatte um die (Wieder-) Einführung von Mädchenschulen neuen Auftrieb: Frauenforscherinnen aus Nordrhein-Westfalen belegten, daß ein überproportional großer Anteil von Informatik- und Chemiestudentinnen Mädchenschulen besucht hatte (Christine Roloff u. a. 1987). Darüber hinaus liegen bisher nur wenige Forschungsergebnisse zu Mädchenschulen vor (z. B. Roland Hepting 1978; Maria Anna Kreienbaum 1992).

In Mädchenschulen sind viele wichtige Funktionen von Mädchen und Frauen besetzt, sie sind Klassen- und Schulsprecherinnen. Vorbilder und Modelle sind so meistens weiblichen Geschlechts. Das wirkt sich positiv auf die Entwicklung von Selbstbewußtsein und Selbstvertrauen aus. Ähnlich positive Lernerfahrungen können Mädchen in geschlechtsgetrennten Lerngruppen sammeln. Im Gegensatz zu koedukativem Unterricht ist hier das Lernklima eher von Kooperation und Teamarbeit bestimmt.[5] Dennoch sind viele Mädchen einer Geschlechtertrennung im Unterricht gegenüber eher ablehnend. Obwohl sich nicht nachweisen läßt, daß sie hier weniger als im gemischten Unterricht lernen, befürchten sie, eine minderwertige Bildung zu erhalten. Jungen lehnen eine Geschlechtertrennung häufig ab, sie vermissen dann das weibliche »Publikum«. Lehrkräfte in Jungengruppen verweisen auf mangelnde Sozialkompetenzen und wachsende Disziplinprobleme im geschlechtshomogenen Unterricht mit Jungen.

Koedukative Schulen und Lernzusammenhänge bereiten auf das »wirkliche« Leben vor: In ihnen werden gesellschaftliche Geschlechterhierarchien gelernt, (re-)produziert und zementiert. Das »heimliche« Lernziel der Koedukation scheint in einer »Stabilisierung der Geschlechterhierarchie« (Maria Anna Kreienbaum 1988, S. 29) zu bestehen. Dale Spender (1985) drückt das so aus: Mädchen in koedukativen Schulen hätten »ihre Lektion gelernt« und die Spielregeln der Geschlechterverhältnisse, nämlich die Unterordnung des weiblichen Geschlechts unter das männliche, verinnerlicht. Sie wüßten um männliche Dominanzstrategien und Aggressionen und damit um gesellschaftliche – patriarchale – Machtverhältnisse. Mädchen entwickeln in koedukativen Lernzusammenhängen ein gebrocheneres Selbstvertrauen als Jungen (vgl. Marianne Horstkemper 1987).

Auch im LehrerInnen-Kollegium werden Geschlechterverhält-

5 Vgl. Jacqueline Kauermann-Walter, Sigrid Metz-Göckel 1989; Gisela Heppner u. a. 1990.

nisse reproduziert. Zwischen Lehrerinnen und Lehrern gibt es eine unsichtbare geschlechtsspezifische Arbeitsteilung: Lehrerinnen sind überwiegend für pädagogische Aufgaben wie emotionale und verständnisvolle Betreuung von Schülerinnen und Schülern, persönliche Anteilnahme und Schutz zuständig, während Lehrer als Wissensvermittler und Vertreter hierarchischer Machtstrukturen in der Schule gelten, deren fachliche Kompetenzen über die pädagogischen Fähigkeiten gestellt werden (vgl. Karin Flaake 1989a). Ohne die »unsichtbaren« pädagogischen Leistungen der Lehrerinnen ist Schule aber nicht möglich. Kommunikation und Kooperation im Kollegium sind durch Geschlechterhierarchien geprägt: In Konferenzen reden fast ausschließlich Männer, in schulischen oder schulbürokratischen Leitungsfunktionen sind Frauen nur zu einem sehr geringen Anteil vertreten. Obwohl es mehr Lehrerinnen als Lehrer gibt (in der Grundschule unterrichten hauptsächlich Frauen, während im Gymnasium der Frauenanteil nur noch bei ca. 36 % liegt), ist ihre Repräsentanz in Schulleitungen verschwindend gering: Je höher die Hierarchiestufe, desto weniger Frauen.

Lehrerinnen und Lehrer sind Modelle und Vorbilder für Schülerinnen und Schüler. Die Wahrnehmung von Geschlechterhierarchien bei Lehrkräften verfestigt Geschlechterrollenstereotype bei den Lernenden: Lehrerinnen werden als untergeordnete, zweitrangige Personen wahrgenommen, Lehrern werden übergeordnete Machtstrukturen zugeschrieben. Damit werden patriarchal-geprägte Geschlechterverhältnisse erlebt und als »normale« gesellschaftliche Wirklichkeit von beiden Geschlechtern verinnerlicht.

Geschlechtergrenzen und -reviere des Wissens: Zum Verhältnis »Mädchen und Technik/Naturwissenschaften«

Das Thema »Mädchen/Frauen und Naturwissenschaften/Technik« ist seit den 80er Jahren ein wichtiger Bereich der Frauenforschung. Die vorliegende Literatur zu diesem Themenkomplex ist kaum noch überschaubar, zwischen den einzelnen Disziplinen bestehen erhebliche Unterschiede im Forschungsstand.[6] Großen Einfluß auf das Technik(-des-)interesse von Mädchen hat die Schule.

---

6 Die meisten Ergebnisse gibt es im Bereich der Informatik. Im Bereich der schulischen Bildung liegen zahlreiche Forschungsergebnisse zu »Mädchen

Der qualitative Blick auf die angeblich formale Gleichheit der Bildungschancen zeigt, daß Mädchen bereits in der Schule nicht gleichmäßig in allen Fachrichtungen vertreten sind. Unabhängig vom Alter oder besuchten Schultyp ist das Verhalten der Mädchen in allen mathematisch-naturwissenschaftlich-technischen Fächern (einschließlich Informatik) ähnlich: Sobald Wahlmöglichkeiten bestehen, wählen Mädchen diese Fachrichtungen ab, in diesen Fächern dominieren die Jungen.[7] Diese »Geschlechterreviere des Wissens« (Jacqueline Kauermann-Walter, Maria Anna Kreienbaum 1990) setzen sich in der Berufs- und Studienfachwahl fort: Nahezu unabhängig von der sozialen Schichtzugehörigkeit finden sich fast alle Mädchen in Berufsausbildungen bzw. Leistungskursen wieder, die sie auf dem Arbeitsmarkt in schlechter bezahlte Berufe führen, die häufig auch weniger Aufstiegsmöglichkeiten bieten.

Die Einführung der reformierten Oberstufe mit ihren Möglichkeiten der Fächerwahl bzw. -abwahl hat offensichtlich eher geschlechtsspezifisch vorhandene Neigungen verstärkt, als diese abzubauen (vgl. Irene Kahle, Hildegard Schaeper 1991). In Leistungskursen Mathematik, besonders aber Physik und Chemie, sind nur vereinzelt Mädchen zu finden. Biologie bildet eine Ausnahme im naturwissenschaftlichen Bereich: Hier liegt nahezu eine Gleichverteilung der Geschlechter vor. Zwar waren die Schul- und Erwerbskarrieren von Mädchen und Frauen in der DDR staatlich gelenkt und dementsprechend der Frauenanteil in den gewerblich-technischen Richtungen erheblich höher als in Westdeutschland. Dennoch schnitten auch hier Mädchen und Frauen auf dem Arbeitsmarkt schlechter ab (Uta Meier 1991). In den neuen Bundesländern wählen Mädchen die technischen Bereiche eher »neigungsbezogen« ab.

Hinter der Diskussion um die Technik- und Naturwissenschaftsbildung von Mädchen verbirgt sich der weitaus umfangreichere Be-

---

und neuen Technologien/Informatik« vor (z. B. Sigrid Metz-Göckel u. a. 1991; Gisela Heppner u. a. 1990). Geringer ist der Forschungsstand bezüglich der Mathematik (Bettina Srocke 1989). Das Verhältnis von Mädchen zu den Naturwissenschaften ist relativ wenig erforscht (vgl. Bettina Hannover, Susanne Bettge 1993; speziell für Physik vgl. Lore Hoffmann 1988 und für Chemie vgl. Heidy Wienekamp 1990).

7 Zu diesem Phänomen liegen zahlreiche Untersuchungen vor (z. B. Klaus Hurrelmann u. v. a. 1986; Ilse Brehmer u. a. 1989; Gisela Heppner u. a. 1990; Christine Roloff, Brigitte Evertz 1992; Maria Anna Kreienbaum, Sigrid Metz-Göckel 1992).

reich der Berufsorientierung und Lebensplanung, der die »Mädchen und Technik«-Debatte abgelöst hat. Hatten die groß angelegten Modellversuchsprogramme zu »Mädchen in Männerberufen« (vgl. z. B. Barbara Stiegler 1985; Ulrike Hellmann, Volker Volkholz 1985) in den 80er Jahren den Beweis erbracht, daß Mädchen auch in gewerblich-technischen Berufen erfolgreich sind, zeigt sich dennoch, daß der Arbeitsmarkt demgegenüber nahezu resistent ist; auch entscheiden sich kaum mehr Mädchen für diese Berufe, obwohl sie bessere Zukunftschancen bieten als die traditionellen Ausbildungsberufe wie Friseurin, Verkäuferin und Arzthelferin. Die Trennlinie zwischen Männer- und Frauenberufen verläuft noch immer entlang des gewerblich-technisch-naturwissenschaftlichen Spektrums (Sabine Gensior, Sigrid Metz-Göckel 1990).

Berufsorientierung und Lebensplanung von Mädchen (und Jungen)

Die Fragestellung nach dem Berufsorientierungsprozeß von Mädchen und Jungen führt über die bloße berufliche Orientierung der Geschlechter hinaus, sie umfaßt vielmehr Fragen der gesamten Lebensplanung, Fragen der Vereinbarkeit von verschiedenen Lebensbereichen.

Mädchen haben heute einen »doppelten Lebensentwurf«, sie wollen beides: Beruf und Familie. Ihre Lebenszusammenhänge sind durch die Verschränkung und doppelte Bezogenheit auf zwei von ihrer Logik her gegensätzliche Lebensbereiche geprägt. Diese Doppelorientierung auf familiales und partnerschaftliches Zusammenleben einerseits und berufliche Tätigkeit andererseits prägt ihre Lebensplanung in spezifischer Weise (vgl. z. B. Brigitte Hantsche 1989; Martin Baethge u. a. 1988; Birgit Geissler, Mechtild Oechsle 1996). Auch Jungen wünschen sich in ihrer Lebensplanung Beruf und Familie, aber nur Mädchen überlegen, wie beides miteinander zu vereinbaren ist. Die meisten Jungen gehen in ihrer Lebensplanung noch immer davon aus, daß ihre zukünftige Frau die Berufstätigkeit aufgibt, wenn Kinder da sind, sie stellen die Priorität des Berufes für ihre Lebensplanung nicht in Frage. Während sie Beruf und Karriere anstreben und damit der gesellschaftlichen Norm der Männerrolle als künftiger Ehemann und Familienvater entsprechen, geraten Mädchen bei gleichen Planungen in den Konflikt zwischen Berufs-

und Geschlechtsrolle. Für sie ist das Problem der Vereinbarung beider Bereiche noch immer eher ein »privates«, von ihnen individuell zu lösendes, als ein gesellschaftliches, in hierarchischen Geschlechterverhältnissen angesiedeltes. Es fehlen Vorbilder für andere Lebensformen, das Wissen um die soziale Konstruktion der geschlechtsspezifischen Arbeitsteilung und unterstützende gesellschaftliche Rahmenbedingungen (vgl. Doris Lemmermöhle-Thüsing 1990 und 1992).

Die unterschiedliche Lebensplanung von Mädchen und Jungen prägt den Berufsfindungsprozeß, der auch von den allgemeinbildenden Schulen mit beeinflußt wird. Lebensplanung und das »Leben nach der Schule« sind aber bisher kaum Themen für den Unterricht. Erst langsam beginnt Schule, sich der veränderten Lebensrealität beider Geschlechter zu widmen, hier Orientierungshilfen im Unterricht bereitzustellen.

Allgemein hat die Berufsorientierung von Mädchen und jungen Frauen deutlich zugenommen, dennoch bestehen Unterschiede nach sozialer Herkunft, Religion und Schulbildung. Die Veränderungen im Ausbildungsverhalten von Mädchen und jungen Frauen müssen vor dem Hintergrund eines nach wie vor geschlechtsspezifisch geteilten und hierarchischen Ausbildungs- und Arbeitsmarktes gesehen werden, der Bedingungen setzt, die Frauen auf noch immer bestehende Rollenzuschreibungen festlegt (vgl. Kapitel 4). Trotz formaler Gleichheit und sogar zum Teil besserer Schulabschlüsse sind weibliche Jugendliche im Berufsfindungsprozeß anderen strukturellen Bedingungen und gesellschaftlichen Zumutungen als Jungen ausgesetzt. Helga Krüger (1989) hat gezeigt, daß das Berufsbildungssystem eine »Doing-Gender-Struktur« hat, d. h. eine Struktur, die männliche und weibliche Jugendliche mit geschlechtstypischen Übergangswegen von der Schule in die Arbeitswelt versieht. Das Berufsbildungssystem beinhaltet eine Doppelstruktur, die den weiblichen, um die Familie zentrierten Lebenslauf, und den männlichen, um den Beruf und die Erwerbskarriere zentrierten vorprogrammiert. Es beinhaltet auch einen Berufszuweisungsprozeß, der Berufswünsche bereits früh kanalisiert (vgl. Walter Heinz u. a. 1985). Daher kann von Berufs*wahl* nur bedingt gesprochen werden, sondern eher von Berufsfindung oder -lenkung als Prozeß.

Mädchen sind im dualen Berufsbildungssystem nur zu rund 38 % vertreten, sie dominieren aber in jenen vollzeitschulischen Ausbildungsgängen, die keine Berufsausbildung beinhalten (z. B. Handelsschulen), und in solchen mit einer Ausbildung für Schulberufe (z. B. Erzieherin, Krankengymnastin) (vgl. Helga Krüger 1989 und 1992). Verglichen mit den Jungen halten sie sich länger in Schulen auf, ihre Einmündung in den Arbeitsmarkt geschieht später.

> »Weibliche Jugendliche der 90er Jahre befinden sich in einer widersprüchlichen Situation: Einerseits führen längere Schul- und Berufsausbildungen, die zunehmende Erwerbstätigkeit der Frauen, die tendenzielle Auflösung traditioneller Frauenbilder sowie Veränderungen ›privater‹ Lebensformen zu einer stärkeren Individualisierung und Ausdifferenzierung weiblicher Lebensläufe. Andererseits aber begrenzen die Geschlechterverhältnisse, die sich konkretisieren in Arbeitsteilungen und in gesellschaftlichen Zuweisungen, weiterhin die Handlungsmöglichkeiten von Frauen.« (Doris Lemmermöhle-Thüsing 1992, S. 34)

Stehen den Mädchen im Bildungsbereich noch alle Türen offen, so werden sie ihnen im Ausbildungs- und Erwerbsbereich wieder zugeschlagen. Spätestens hier kommt das »böse Erwachen« (Sigrid Metz-Göckel, Elke Nyssen 1990, S. 138). Es zeigt sich, daß Mädchen zwar »besser gebildet und doch nicht gleich!« (Ursula Rabe-Kleberg 1990a) sind. Ihre vermeintliche Gleichheit mit dem männlichen Geschlecht hat hier deutlich spürbare Grenzen.

Der Kampf ums Frauenstudium

»Wenn Frauen in die Sphäre des Wissenschaftsbetriebs und damit hochqualifizierte Berufe eindringen, so bedeutet dies für Männer eine Infragestellung dieser Grundstrukturen der patriarchalischen Gesellschaft.« (Dagmar Schultz 1985, S. 188)

Dieses Zitat aus der Gegenwart zeigt die Dimensionen, in denen sich der Kampf von Frauen um gleiche Bildung bewegt. Dieser Kampf ist nicht neu, sondern historisch gewachsen: Seit der zweiten Hälfte des 19. Jahrhunderts hatte die alte Frauenbewegung um die Zulassung von Frauen zum Studium gekämpft, von dem sie bis zu Beginn des 20. Jahrhunderts – bis auf wenige Ausnahmen – ausgeschlossen waren. 1908 ließ auch Preußen als letzter deutscher Staat Frauen zum Studium zu.

1920 erhielten Frauen die Zulassung zur Habilitation und damit die Möglichkeit, als akademisch voll anerkannte Lehrende an der Universität zu arbeiten. 1923 wurden in Deutschland die ersten beiden ordentlichen Professorinnen ernannt: Margarethe von Wrangell (Pflanzenernährungslehre) und Mathilde Vaerting (Pädagogik). – In der Zeit des nationalsozialistischen Regimes zwischen 1933 und 1945 wurden für Frauen viele der Studien- und Berufsmöglichkeiten eingeschränkt bzw. ihnen (wieder) entzogen (vgl. zur Geschichte des Frauenstudiums Ingrid Schmidt-Harzbach 1977, Wilma Mohr 1987 und Anne Schlüter 1992b).

Seit den 50er Jahren hat sich das Hochschulstudium in zweierlei Richtungen demokratisiert: Frauen dürfen weitgehend ohne geschlechtsbedingte Einschränkungen studieren bzw. in der Wissenschaft tätig sein; 1950 fielen in Deutschland die Zölibatsbestimmungen für Beamtinnen weg, und Professorinnen durften nun neben ihrer Berufsausübung auch verheiratet sein und Kinder haben; gegenüber bildungsfernen Bevölkerungsschichten sind die Grenzen durchlässiger geworden, wenngleich bis heute der Großteil der Studierenden aus Mittelschichtsfamilien kommt; »Arbeitertöchter«[8]

8 Die Situation von studierenden Frauen aus bildungsfernen Schichten steht im Mittelpunkt der qualitativen Studien von Hannelore Bublitz (1980) und Gabriele Theling (1986). Beide Autorinnen zeigen anschaulich auf, welchen zusätzlichen Identitätskonflikten Frauen aus bildungsfernen Milieus an der Hochschule ausgesetzt sind: Gefühle von Fremdheit, Heimatlosigkeit, Probleme, den Bezug zum Herkunftsmilieu aufrechtzuerhalten, dominieren in

Abbildung 4:

Anteile der Frauen am hauptberuflichen wissenschaftlichen Hochschulpersonal und an den Studierenden 1994

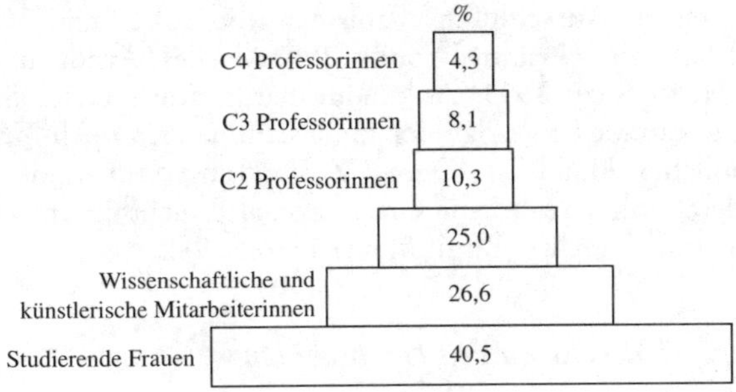

(Grund- und Strukturdaten 1996/97)

bilden noch immer an den Hochschulen eine verschwindende Minderheit (vgl. Sigrid Metz-Göckel u. a. 1989).

Noch immer verteilen sich die Geschlechter asymmetrisch auf die Fachbereiche: Über 60 % der Studentinnen sind in sprach-, geistes- und erziehungswissenschaftlichen Fachrichtungen zu finden, nur sehr wenige (ca. 10 %) studieren technische Fächer wie z. B. Maschinenbau, Ingenieurwissenschaften oder Physik. Soziologie wird zu ca. 50 % von Frauen studiert. In der DDR wurde die Fächer»wahl« staatlich gelenkt, Frauen studierten hier zu einem erheblich höheren Anteil mathematisch-technische Fächer. Seit Wegfall der staatlichen Lenkung ist dieser Anteil rückläufig (Irene Lischka 1993, S. 303).

Mit steigenden Qualifikationsstufen ist in den Hochschulen ein »Frauenschwund« zu beobachten: Es gibt nur ca. 7 % Professorinnen. Auch in eher traditionellen akademischen Frauendomänen wie Erziehungswissenschaft oder Sprachen sind Professorinnen äußerst rar, ebenso in der Soziologie (vgl. Angelika Wetterer 1990b und Kapitel 9); auch in der DDR war der Frauenanteil an den Professuren verhältnismäßig gering. Das zunehmende Verschwinden der Frauen entlang der verschiedenen Hierarchiestufen der Hochschule läßt sich in einer Qualifikationspyramide abbilden. Wenn auch weniger ausgeprägt, so

---

den Interviews. Neuere Forschungsergebnisse zum Verhältnis von Klasse, Geschlecht und sozialer Mobilität sind dokumentiert in Anne Schlüter (1992a) und 1993.

existierte diese geschlechtsspezifische Qualifikationspyramide auch in der DDR (Anke Burkhardt 1993, S. 342; vgl. Karin Hildebrandt 1989 und 1991). Die Umstrukturierung und Angleichung des DDR-Hochschulwesens an das westdeutsche, die sogenannte »Abwicklung«, führte zu massiven Ausschlußmechanismen von (Ost- und West-)Wissenschaftlerinnen (Brigitte Young 1993:Marlies Arndt u. v. a. 1993; Ruth Heidi Stein 1993; Anke Burkhardt, Ruth Heidi Stein 1996). Diese Pyramide zeigt, daß der Hochschulbereich noch immer fest in männlicher Hand ist: Dieser Zustand herrscht Ende des 20. Jahrhunderts »ohne rechtliche Grundlage, also rechtlos, aber vielen ist er immer noch recht« (Birgit Meyer 1986, S. 91).

Geschlechterverhältnisse an den Hochschulen

»Als wäre es nicht unser Ort...« – so beginnen Schilderungen von Frauen über die Hochschule als Lebens- und Arbeitsraum. Bis heute ist die Hochschule eine männlich geprägte Institution mit einer geringen Frauenrepräsentanz geblieben. In ihr haben sich »homosoziale Welten« herausgebildet, in denen die Strukturen der informellen Kontakte, der Wissensvermittlung und des Verhaltens durch männliche Normen geprägt sind. Hochschulen sind geprägt durch Anonymität, hierarchische Strukturen, spezifische Leistungs- und Konkurrenzsituationen und offensichtliche oder verdeckte Benachteiligungen von Frauen als Studentinnen, Hochschullehrerinnen oder nicht-wissenschaftlichem Personal. Zu den wissenschaftlichen Spielregeln gehört es u. a., lange Publikationslisten zu haben, in »Zitierkartellen« angemessen vertreten zu sein, entsprechende Fachgutachten bzw. Fürsprache zu haben, an relevanten Fachkongressen teilzunehmen: Spielregeln, die ohne Frauen aufgestellt wurden, die Frauen aufgrund ihrer historisch verspäteten Zulassung zu Hochschulen und Wissenschaft benachteiligen und die dennoch bis heute wissenschaftliche Kommunikationsstrukturen maßgeblich prägen.

Die Erfahrungen von Frauen in der Institution Hochschule, die sich offensichtlich von denen der Männer unterscheiden, spielen bisher kaum eine Rolle in der traditionellen Hochschulforschung. Diese ist bisher noch immer weitgehend »geschlechtsneutral männlich« (Stefanie Engler, Barbara Frieberthäuser 1990; vgl. auch Ludwig Huber 1991).

Durch den Einfluß der neuen Frauenbewegung, die auch vor den Türen der Alma Mater nicht haltmachte, ist die Hochschule für Frauen kein geschlechtsneutraler Ort mehr. Mit der aus der Frauenbewegung entstandenen Frauenforschung gerieten seit den 70er Jahren auch die hochschulischen Lern-, Lehr- und Arbeitsbedingungen in das Interesse feministischer Forscherinnen. Sie begannen zunehmend, ihre eigene Situation als Lehrende und Lernende im patriarchalen Wissenschaftsbetrieb zu erforschen[9] sowie Strategien und Aktivitäten zu dessen Veränderung zu entwickeln (vgl. Kapitel 8 und 9).

Die anhaltende Unterrepräsentanz von Frauen im wissenschaftlichen Personal der Hochschulen deutet auf noch immer wirksame strukturelle Barrieren in diesem traditionell von Männern dominierten Berufsbereich hin. Offensichtlich liegt es weniger an den Frauen selbst als vielmehr an hierarchischen Geschlechterverhältnissen und sexistischen Strukturen an Hochschulen:

»Macht über Frauen wird immer noch an Macht über den Geist *und* den Körper von Frauen gemessen. Kontrolle über männliche Institutionen und männliche Kultur zu behalten bedeutet, diesen Machtanspruch immer wieder zum Ausdruck zu bringen – sei es in sexistischen Lehrinhalten, in der Trivialisierung von Frauenstudien, in sexistischen Witzen, in Anzüglichkeiten oder im Versuch, auf Frauen Druck auszuüben, Sexualität als Tauschmittel gegen akademischen Erfolg einzusetzen.« (Dagmar Schultz 1985, S. 188; Hervorhebung i. Orig.)

Da es noch immer so wenige Professorinnen gibt, sind die meisten Frauen, die ein Studium aufnehmen oder eine weiterführende wissenschaftliche Karriere anstreben, auf männliche Mentoren angewiesen. Diese »heterosexuellen Beziehungsmuster« als institutionali-

9 Frauenforscherinnen geht es darum, zunächst ihre spezifische Situation als Frauen an der Hochschule zu entdecken (vgl. z. B. Frauen und Wissenschaft 1977; Sigrid Metz Göckel 1979; Hannelore Bublitz 1980; Ingrid N. Sommerkorn 1981; Ulla Bock u. a. 1983a und 1983b; Corinna Onnen-Isemann, Ursula Oßwald 1991; Johanna Kootz, Edith Püschel 1992; Elke M. Geenen 1994). Neuere Untersuchungen feministischer Hochschulforschung richten ihren Blick verstärkt auf die Differenzen in der Gleichheit von Frauen an der Hochschule und beschäftigen sich mit speziellen Gruppen, z. B. mit studierenden Müttern (Marion Göhler, Wolf-Dieter Scholz 1989; Bärbel Schön u. a. 1990), mit Studentinnen der Chemie und Informatik (Christine Roloff u. a. 1987; Christine Roloff 1989; Jacqueline Kauermann-Walter, Maria Anna Kreienbaum 1990), mit Ingenieurinnen (Doris Janshen, Hedwig Rudolph 1987) und mit Soziologinnen (Angelika Wetterer 1990b) bzw. SozialwissenschaftlerInnen (Brigitte Hasenjürgen 1996).

sierte asymmetrische Sozialisationsformen zwischen Professoren und Studentinnen oder Doktorandinnen folgen häufig dem Muster traditioneller Geschlechtersozialisation, in der Frauen dem männlichen Maßstab untergeordnet werden. Der Vergleich zur Vater-Tochter-Beziehung liegt nahe, was sich sprachlich z. B. in den »Doktorvätern« zeigt. Akademische »Töchter« können häufig nur unter schwierigen Bedingungen dem autorisierten Denken des »Vaters« entkommen – manchmal nur durch Beziehungsbruch (Agnes Dietzen 1990).

Frauenbeziehungen in der Wissenschaft hingegen beinhalten andere Sozialisationsmuster (vgl. Kapitel 8), hier werden in der Literatur Analogien zur Mutter-Tochter-Beziehung hergestellt (vgl. Evelyn Fox Keller, Helen Moglen 1990). Damit die wissenschaftliche Ausbildung für Frauen zu einer positiven Sozialisationserfahrung wird und ihre Berufswahlentscheidung auch hinsichtlich einer wissenschaftlichen Karriere positiv beeinflußt, ist es notwendig, den Frauenanteil an den Hochschullehrenden zu erhöhen, um hier eine Vielfalt an weiblichen Vorbildern und Identifikationsmöglichkeiten zu schaffen.

Wissenschaftlerin – ein Beruf für Frauen?

Wissenschaft gilt bis heute als besonders »sperriger Arbeitsplatz für Frauen« (Sigrid Metz-Göckel 1979). Äußere und innere Barrieren hindern Frauen daran, eine wissenschaftliche Karriere anzustreben.

Qualitative Befragungen von insgesamt 63 Wissenschaftlerinnen in verschiedenen Berufspositionen an der Universität Freiburg zeigen, wie Frauen selbst ihren wissenschaftlichen Karriereweg sehen: Fast alle beschreiben ihren Berufsweg als einen, der sich »eben einfach so ergeben habe«. Sie hätten »Glück gehabt«, seien in die Wissenschaft »reingerutscht«, wurden in diesen Beruf »reingeholt« oder »reingezogen«, aber bewußt geplant hätten sie die wissenschaftliche Laufbahn alle nicht. Eigenanteile an der wissenschaftlichen Karriere wie z. B. die Fähigkeit, bei einer sich bietenden Möglichkeit schnell zuzugreifen oder gern wissenschaftlich zu arbeiten, werden nur am Rande erwähnt. Sie konstruieren Karrieremuster nach dem Zufallsprinzip: »Es-hat-sich-so-ergeben-Karrieren« (Angelika Wetterer 1985). Ein Bündel von verschiedenen Ursachen begründet diese »Plan-Losigkeit« weiblicher Karrieren in der Wissenschaft: pragmatische Berufspläne (wissenschaftliche Karrieren erscheinen nicht als das realistischerweise Machbare für Frauen), die Fremdheit der Institutionen Wissenschaft und Hochschule, die jeweils unterschiedliche Lernprozesse bezüglich eigener Fähigkeiten zum wissenschaftlichen Arbeiten und bezüglich der institutionellen Spielregeln notwendig machen, sowie das mangelnde Zutrauen der Frauen zu ihren eigenen Fähigkeiten. Ein Zitat wie »Nein, selbst beworben hätte ich mich nie!« kennzeichnet die Ambivalenzen von Frauen gegenüber einem wissenschaftlichen Werdegang. Es braucht konkrete (Stellen-) Angebote und Ermutigungen von außen, um die Frauen in die Wissenschaft zu »locken« – und das, obwohl gleichzeitig die Befragten davon ausgehen, daß man(n) und frau in der Wissenschaft eigentlich nur etwas werden kann mit Zielstrebigkeit, Durchhaltevermögen und Zähigkeit, mit Ehrgeiz und unerschütterlichem Selbstvertrauen (vgl. Angelika Wetterer 1985 und 1989).

Frauen in der Wissenschaft müssen spezifische Identitätsbalancen zwischen den sich scheinbar ausschließenden Stereotypen »Weiblichkeit« und »Intellektualität«, d. h. eine Vereinbarkeit zwischen weiblicher und wissenschaftlicher Identität, herstellen. Dies zeigt sich besonders an den Frauen, die Wissenschaftlerinnen und Mütter sein wollen (vgl. *beiträge zur feministischen theorie und praxis* 6; Bärbel Schön u. a. 1990). Mit dieser Verschränkung zweier gegensätzlicher Lebensbereiche sind Frauen spezifischen Ambivalenzen im wissenschaftlichen Alltag ausgesetzt. Ihre Arbeits- und Lebenszusammenhänge sind nicht in separate Sphären trennbar: Ihre Prioritäten lauten gleichzeitig Arbeit und Familie, die der Männer hingegen Arbeit und karrierebezogene Tätigkeiten (vgl. Dagmar Schultz 1990).

Frauen und Männer erleben den Eintritt in Berufspositionen der homosozial-männlichen Welt der Hochschule unterschiedlich: Für Männer stellt der Eintritt in den Hochschuldienst einen beruflichen Sozialisationsprozeß dar, Frauen erleben ihn als Akkulturationsprozeß, d. h. als einen Anpassungsprozeß an neue (kulturelle) Lebensbedingungen, und entwickeln spezifische Formen des Umgangs damit. Der Werdegang männlicher Hochschullehrer kann als Fortsetzung der typischen männlichen Sozialisation in Kindheit und Jugend gesehen werden. Männer wachsen in den Hochschullehrerberuf unter Anleitung und Führung männlicher Vorbilder gewissermaßen organisch hinein und erleben diesen Prozeß als berufliche Sozialisation. Frauen finden aufgrund der geringen Frauenrepräsentanz an den Hochschullehrenden gewöhnlich keine bzw. nur selten Anleitung von anderen Wissenschaftlerinnen. Sie machen ihren Weg innerhalb der von Männern bestimmten Strukturen und Normen, die zumindest teilweise im Widerspruch zur weiblichen primären und sekundären Sozialisation stehen (vgl. Dagmar Schultz 1990).

Frauenförderung in der Wissenschaft

Die qualitative Untersuchung *Leben mit kurzfristigem Denken* von Ingrid Biermann, Christiane Schmerl und Lindy Ziebell (1985) beschäftigt sich mit einem »Randthema« der Forschung über AkademikerInnen: mit der Situation erwerbsloser Akademikerinnen. Die Studie zeigt Ausmaß und Folgen der psychischen Belastungen studierter Frauen verschiedener Fachrichtungen durch Erwerbslosigkeit auf. Bis heute sind doppelt so viele Akademikerinnen wie Akademiker erwerbslos – privilegiert (gegenüber vielen anderen Frauen durch ihre akademische Bildung) und doch diskriminiert. Hochschulabsolventinnen sind noch immer eher auf (kurz) befristeten und/oder Teilzeitstellen zu finden. Die Aufnahme einer ausbildungsadäquaten Erwerbstätigkeit stellt sich für Frauen deutlich problematischer dar als für Männer (Irene Kahle, Hildegard Schaeper 1991) – ein Faktum, das vor allem auf geschlechtshierarchische Arbeitsmarkt- und Beschäftigungsstrukturen zurückzuführen ist und kaum auf »mindere« Qualifikationen von Frauen.

Bereits seit Beginn der 80er Jahre fordern Frauen daher konsequente Frauenförderung. Der Begriff Frauenförderung ist mißverständlich und verschleiernd, impliziert er doch zunächst, daß Frauen defizitär seien und deshalb besonders gefördert werden müßten. Frauenförderung meint aber, daß bestehende Barrieren für Frauen abgebaut werden sollen, »damit ihre Potentiale überhaupt erst angemessen zur Entfaltung und Berücksichtigung gelangen können« (Sigrid Metz-Göckel 1990, S. 88). Offensive Frauenförderung heißt letztlich, »Maßnahmen zum Abbau von bisher selbstverständlicher – struktureller wie persönlicher – Männerförderung« (Sarah Jansen 1991, S. 5) zu ergreifen.[10]

10 Frauenförderung und die damit verbundene »Verstaatlichung« und »Verrechtlichung« der Frauenfrage ist inzwischen in vielen gesellschaftlichen Bereichen zu finden (vgl. z. B. Clarissa Rudolph 1993 und 1996; Elke Biester u. v. a. 1994). In der DDR war Frauenförderung in der Verfassung verankert (vgl. für den Bereich der Wissenschaft Petra Ridlhammer 1991).

Über Frauenförderung in der Wissenschaft wird nicht mehr nur in Frauenkreisen, sondern auch in bildungspolitischen Gremien debattiert (vgl. z. B. Bund-Länder-Kommission für Bildungsplanung und Forschungsförderung 1989). Frauenförderung ist inzwischen gesetzlich im Hochschulrahmengesetz und in unterschiedlichen Formen in den jeweiligen Landeshochschulgesetzen verankert. Dennoch ist sie nicht unumstritten. Zwar herrscht relative Einigkeit darüber, daß es zu wenig Frauen in der Wissenschaft gibt, über den Weg zur Erhöhung des Frauenanteils bestehen jedoch verschiedene Meinungen. Der Streit um die Frauenförderung ist wesentlich ein Streit um die Quotierung zugunsten von Frauen. Die Leitstelle Gleichstellung der Frau der Freien und Hansestadt Hamburg hat daher ein Rechtsgutachten anfertigen lassen (vgl. Ernst Benda 1986), das belegt, daß Quotierungen juristisch rechtmäßig sind.

Quoten sind zunächst danach zu unterscheiden, ob sie sich ausschließlich auf den Anteil der Geschlechter beziehen und auf Regelungen, wie dieser zu erreichen sei, verzichten. Das sind *Ergebnisquoten,* z. B. starre Quoten, Quoten als Zielvorgaben. Quoten können aber auch durch Vorschriften für Personalentscheidungen (z. B. Einstellungen) die Veränderung der Anteile der Geschlechter in Richtung auf die Erreichung einer bestimmten Quote anstreben. Das sind *Entscheidungsquoten,* z. B. Quoten mit vorrangiger Berücksichtigung bei gleicher Qualifikation (vgl. Heide Pfarr 1985).

Bestehende Frauenförderkonzepte setzen vor allem an der Erhöhung des Frauenanteils an den Wissenschaftlerinnen und am nicht-wissenschaftlichen Hochschulpersonal an. Neuerdings werden auch Studentinnen verstärkt als Subjekte und Objekte von Frauenförderung in die Debatte einbezogen. Als Beispiele sind die inzwischen an vielen Hochschulorten stattfindenden »Mädchen-Technik-Tage« zu nennen, die Schülerinnen ermutigen sollen, einen technischen Beruf oder ein technisches Studium zu ergreifen. Quotierungsmaßnahmen für studentische Hilfskraftstellen, Bewerbungstrainings oder Lehrveranstaltungen zu feministischen Themen sind weitere Beispiele für eine Studentinnenförderung.

Auswertungen der bisherigen Frauenfördermaßnahmen zeigen, daß die vorhandenen Maßnahmen und Instrumente für die Erhöhung des Professorinnenanteils nicht ausreichen bzw. nur sehr zögerlich wirksam werden. Einige Wissenschaftlerinnen kritisieren daher die bisherige Frauenförderpraxis aus verschiedenen Perspektiven (vgl. z. B. Theresa Wobbe 1988 und 1994; Angelika Wetterer 1992a und 1994). In der gezielten Entwicklung von Machtstrategien und einer wissenschaftlichen Gegenkultur von Frauen wird eine wichtige Unterstützung der institutionalisierten Frauenpolitik gesehen (vgl. Aylâ Neusel, Helga Voth 1992).

Bildungsreform geht von Frauen aus: Mädchen- und Frauenförderung im Bildungswesen

Ergebnisse feministischer Bildungsforschung zeigen, daß allein die formale Gleichheit der Geschlechter im Zugang zu Bildungsmöglichkeiten nicht zu einer Veränderung von Geschlechterverhältnissen beiträgt, sondern eher zu neuer Ungleichheit zwischen den Geschlechtern führt. Die Herstellung gleicher Bildungschancen wird noch immer überwiegend als Angleichung des weiblichen an das männliche Geschlecht und als »Aufholen« von Mädchen und Frauen diskutiert. Maßstab ist bisher die männliche Lebenswelt und eine an männlichen Interessen ausgerichtete Bildung. Ein solches Verständnis von Bildung bleibt dem Defizitdenken verhaftet und bezieht bestehende soziale Differenzen zwischen den Geschlechtern (vgl. Kapitel 2) nicht ein.

Die bessere Bildung der Mädchen und Frauen allein verhilft ihnen nicht zu guten Chancen auf dem Arbeitsmarkt, sie gerät eher zu einer »Bildungsfalle« (Ursula Rabe-Kleberg 1990a, S.12). Dennoch war die inzwischen weitgehend hergestellte Gleichheit der Bildungschancen von Mädchen und Frauen ein wichtiger Schritt hin zu einer Verwirklichung der Gleichberechtigung der Geschlechter, weitere Schritte müssen folgen.

Neben einer weiteren Verbesserung der Geschlechterbildung bedarf es konsequenter gleichstellungspolitischer Maßnahmen über das Bildungswesen hinaus.

Die Institutionalisierung von Frauen- bzw. Gleichstellungsbeauftragten an den Hochschulen der Bundesrepublik ist als wichtige bildungspolitische Entscheidung zu bewerten. Auch und gerade die Institution Schule, die alle Mädchen und Jungen durchlaufen müssen, sollte sich verstärkt mit Gleichstellungsfragen auseinandersetzen – als erstes Bundesland hat Schleswig-Holstein Gleichstellungsbeauftragte in den einzelnen Schulen eingesetzt. Weitere Bundesländer werden diesem Beispiel folgen.

Es reicht aber nicht, wenn Gleichstellungsbeauftragte nur Empfehlungen aussprechen dürfen, sie dürfen nicht »Alibi-Instanzen« oder »Mißstands-Verwalterinnen« sein, sondern brauchen Kompetenzen, brauchen Sanktionsmöglichkeiten, brauchen eine angemessene Ausstattung mit Sach- und Personalmitteln.

Daneben sind weitere Maßnahmen auf verschiedenen Ebenen erforderlich, um patriarchale Strukturen im Bildungswesen abzubauen:

- Im Bereich der *Personalpolitik* wird es weiterhin darum gehen müssen, den Frauenanteil zu erhöhen, vor allem auch in leitenden Positionen (z. B. Schulleiterinnen, Hochschullehrerinnen), sowie die Arbeitssituation von Frauen zu verbessern. Hierunter fallen u. a. Maßnahmen der Fort- und Weiterbildung, Kinderbetreuungsmöglichkeiten, Teilzeitarbeitsmodelle auch für Leitungsfunktionen. Die Berufsfindung von Mädchen und jungen Frauen sollte über bestehende Angebote hinaus unterstützt werden durch Berufsorientierungsangebote wie »Schnupperlehren« und »Schnupperstudien«. Im Bereich der Wissenschaft sind weitere Frauenförderprogramme einzurichten bzw. bestehende Programme verstärkt für Frauen zu nutzen. Hierzu gehören u. a. spezielle Förderprogramme für Frauen in der Qualifikationsphase (Promotion/Habilitation), die Einrichtung von Frauenforschungsprofessuren sowie eine verstärkte (finanzielle) Förderung von Frauenstudien und Frauenforschung. Angesichts der prekären Lage der öffentlichen Haushalte ist dies nur durch Umverteilung vorhandener Mittel möglich.
- Auch *Bildungsinhalte* und *Lehr-Lernformen* sind zu verändern.

> »Bei uns hat (...) noch keine Schülerinnen- und noch keine Lehrerinnengeneration, aber auch noch keine Schüler- und keine Lehrergeneration im institutionellen Raum der Schule ein systematisches Wissen um die soziale Lage, die Bedeutung und die Kämpfe von Frauen in Geschichte und Gegenwart erwerben beziehungsweise vermitteln können.« (Uta Enders-Dragässer 1990, S. 373)

Ergebnisse der Frauenforschung müssen in die bestehenden Curricula integriert werden, denn die Schere zwischen institutionellen Bildungsinhalten in Schule und Hochschule und verfügbarem Fachwissen von Frauenforscherinnen klafft zunehmend auseinander. (Feministische) WissenschaftspolitikerInnen sehen inzwischen die verstärkte Institutionalisierung von Frauenforschung an den Hochschulen als Bestandteil von Frauenförderung (vgl. Bund-Länder-Kommission für Bildungsplanung und Forschungsförderung 1994; Niedersächsisches Ministerium für Wissenschaft und Kultur 1994).

In didaktischen Ansätzen ist eine stärkere Mädchen- und Frauenorientierung zu berücksichtigen. Eine Didaktik, die sich auf die Interessen und Alltagserfahrungen von Mädchen und Frauen bezieht, ist auch für Jungen und Männer förderlich oder kann es sein. Es ist ebenfalls sinnvoll, Mädchen und Frauen in geschlechtshomogenen Lerngruppen zu unterrichten. Diese bieten »Räume« zur Entdeckung eigener Stärken und unterstützen emanzipatorische Prozesse, d. h. eine Emanzipation aus patriarchal-geprägten Geschlechterverhältnissen (vgl. Kapitel 8).

Diese curricularen und methodisch-didaktischen Anregungen zur Mädchen- und Frauenförderung können in bestehenden Bildungsinstitutionen umgesetzt werden. Die feministische Diskussion um Bildungsreform aus Frauensicht wird auch von Forderungen nach der *Einrichtung anderer Bildungsinstitutionen* durchzogen. Hier sind die außerhalb von bestehenden Bildungsinstitutionen entstandenen Frauenakademien und Frauenbildungszentren zu nennen; auch feministische Mädchenschulen und die verschiedenen gegenwärtig diskutierten Modelle einer Frauenuniversität sind solche feministischen Gegenentwürfe.

Und wohin geht die feministische Bildungsforschung (vgl. als Einblick in aktuelle Fragen: *beiträge zur feministischen theorie und praxis* 43/44)? Wichtige Bereiche sind hier der Vergleich zwischen der DDR bzw. Ost- und Westdeutschland (vgl. für die Schule z. B. Marlies Hempel 1995) und die begonnene Analyse von Differenzen innerhalb der beiden Geschlechter. Zunehmend blicken Frauenforscherinnen auch auf das männliche Geschlecht (vgl. z. B. Sigrid Metz-Göckel 1993), das nicht mehr nur noch als Gegenpol gesehen wird, von dem die »weibliche Differenz« abzugrenzen ist, sondern das als in sich ebenso wie Mädchen und Frauen heterogene Gruppe entdeckt wird. Von ungebrochener Bedeutung ist nach wie vor die Koedukationsdebatte, die inzwischen auch für den Hochschulbereich geführt wird, vor allem im Kontext der Bemühungen, eine Frauenuniversität zu gründen. In diesen Diskussionen wird deutlich, wie viele blinde Flecken es noch immer in der Forschung zum Lernen in geschlechtshomogenen Zusammenhängen gibt.

Darüber hinaus analysieren feministische Bildungs- und Organisationsforscherinnen zunehmend den geschlechtshierarchischen Charakter der Bildungsinstitutionen selbst mit ihren impliziten männerbündischen Strukturen und fragen danach, welche Bedeutung für eine geschlechtsbewußte und Geschlechterhierarchien abbauende Organisationsentwicklung von Frauen ausgeht und wie Frauen die Schul- und Hochschulreform gestalten (vgl. für die Schulreform z. B. Maria Anna Kreienbaum u. v. a. 1993; Dietlind Fischer u. a. 1996; Mechthild von Lutzau, Sigrid Metz-Göckel 1996). Mit dem feministischen Blick auf die Institutionen selbst läßt sich auch Frauen- bzw. Gleichstellungspolitik neu und verstärkt als Strukturpolitik verstehen (vgl. z. B. Christine Roloff 1996), die patriarchale Schulterschlüsse aufzubrechen trachtet, an einem neuen, gerechte(re)n Machtgefüge zwischen den Geschlechtern arbeitet und die Geschlechterhierarchie in Frauen-Bewegung bringt.

Weiterführende Literaturempfehlungen

1. Feministische Schulforschung

Enders-Dragässer, Uta, Claudia Fuchs (1988): *Jungensozialisation in der Schule. Eine Expertise.* Darmstadt. Enders-Dragässer, Uta, Claudia Fuchs (1989): *Interaktionen der Geschlechter. Sexismusstrukturen in der Schule.* Eine Untersuchung an hessischen Schulen im Auftrag des Hessischen Instituts für Bildungsplanung und Schulentwicklung. Weinheim, München.
Zwei wichtige feministische Studien, die die Geschlechterverhältnisse in der Schule nachzeichnen.

Enders-Dragässer, Uta, Claudia Fuchs (Hg.) (1990): *Frauensache Schule. Aus dem deutschen Schulalltag: Erfahrungen, Analysen, Alternativen.* Frankfurt am Main.
Das »Handbuch für alle, die sich mit der Schule kritisch auseinandersetzen«, enthält Texte von Lehrerinnen, Schülerinnen, Müttern und Wissenschaftlerinnen zur Schulpraxis.

Faulstich-Wieland, Hannelore (1991): *Koedukation – Enttäuschte Hoffnungen?* Darmstadt.
Aufarbeitung von vorliegenden Forschungsergebnissen zur Koedukation, umfangreiche Literaturhinweise.

Faulstich-Wieland, Hannelore, Marianne Horstkemper (1996): 100 Jahre Koedukationsdebatte – und kein Ende. Hauptartikel, Kritiken zahlreicher AutorIn-

nen und Replik in: *Ethik und Sozialwissenschaften. Streitforum für Erwägungskultur* 7 (4), S. 509-585.
Die um den Artikel der beiden pädagogischen Frauenforscherinnen geführte Kontroverse verdeutlicht, wie weit sich die Koedukationsdebatte inzwischen ausdifferenziert hat.

Flaake, Karin (1989): *Berufliche Orientierungen von Lehrerinnen und Lehrern. Eine empirische Untersuchung.* Frankfurt am Main, New York.
Faszinierende Interviewstudie, die zeigt, wie unterschiedlich Lehrerinnen und Lehrer ihren Berufsalltag ausgestalten, und die sich dadurch auszeichnet, daß sie einen Vergleich der beiden Geschlechter vornimmt.

Kreienbaum, Maria Anna (1995): *Erfahrungsfeld Schule. Koedukation als Kristallisationspunkt.* Weinheim (2. Aufl.).
Qualitative Studie zur schulischen Sozialisation in Mädchen- bzw. koedukativen Schulen.

Peggy Orenstein, Peggy (1996): *Starke Mädchen, brave Mädchen. Was sie in der Schule wirklich lernen.* Frankfurt/New York.
Spannende Berichte über Schülerinnen der achten Klasse über den Einfluß von Schule, Elternhaus und Gesellschaft auf die Entwicklung des Selbstbewußtseins und Selbstbildes.

Pfister, Gertrud (Hg.) (1988): *Zurück zur Mädchenschule? Beiträge zur Koedukation.* Pfaffenweiler.
Zusammenstellung kontroverser Positionen zur Koedukation.

Alle Tagungsreader der FRAUEN UND SCHULE-Kongresse (vgl. Fußnote 4, S. 186).
Sie dokumentieren die Diskussionen von nunmehr über zehn Jahren »Frauen und Schule«-Bewegung.

Stalmann, Franziska (1991): *Die Schule macht die Mädchen dumm. Die Probleme mit der Koedukation.* München.
Populärwissenschaftlich geschriebener, gut lesbarer Einstieg in die aktuelle Koedukationsdebatte.

2. *Feministische Hochschulforschung*

beiträge zur feministischen theorie und praxis 6 (1982): (Frau Prof. Dr.) ALMA MATER – Mütter in der Wissenschaft. München.
Biographische Erfahrungsberichte von Müttern in der Wissenschaft.

Bublitz, Hannelore (1980): *Ich gehörte irgendwie so nirgends hin... Arbeitertöchter an der Hochschule.* Gießen.
Wichtige Studie zu Arbeitertöchtern an der Hochschule.

Clemens, Bärbel, Sigrid Metz-Göckel, Aylâ Neusel, Barbara Port (Hg.) (1986): *Töchter der Alma Mater. Frauen in der Berufs- und Hochschulforschung.* Frankfurt am Main, New York.

Wetterer, Angelika (Hg.) (1992): *Profession und Geschlecht. Über die Marginalität von Frauen in hochqualifizierten Berufen.* Frankfurt am Main, New York.

Wetterer, Angelika (Hg.) (1995): *Die soziale Konstruktion von Geschlecht in Professionalisierungsprozessen.* Frankfurt am Main, New York.
Die Bände dokumentieren wichtige Facetten der feministischen Theoriebildung zu »Frauen in Hochschule und Beruf« und referieren empirische Forschungsergebnisse zu diesem Bereich.

Hasenjürgen, Brigitte (1996): *Soziale Macht im Wissenschaftsspiel. SozialwissenschaftlerInnen und Frauenforscherinnen an der Hochschule.* Münster.
Die empirische Untersuchung bezieht neben der Kategorie Geschlecht auch die Kategorie Klasse ein.

Mohr, Wilma (1987): *Frauen in der Wissenschaft.* Freiburg.
Einführender Überblick zur Geschichte des Frauenstudiums bis in die Gegenwart.

Schlüter, Anne, Annette Kuhn (Hg.) (1986): *Lila Schwarzbuch. Zur Diskriminierung von Frauen in der Wissenschaft.* Düsseldorf.
Sammelband zur Situation von Frauen an den Universitäten.

Schultz, Dagmar (1990): *Das Geschlecht läuft immer mit ... Die Arbeitswelt von Professorinnen und Professoren.* Pfaffenweiler.
Interviewstudie, die die Lebenswelt von Professorinnen mit der von Professoren vergleicht und Geschlechterverhältnisse an der Hochschule sichtbar macht.

3. Zur Debatte um Mädchen- und Frauenförderung

Biester, Elke, Barbara Holland-Cunz, Eva Maleck-Lewy, Anja Ruf, Birgit Sauer (Hg.) (1994): *Gleichstellungspolitik – Totem und Tabus. Eine feministische Revision.* Frankfurt/New York.
Der Band enthält kritische Beiträge zur Theorie und Praxis von Gleichstellungspolitik nicht nur im Bildungswesen.

Jansen, Sarah (1991): *Naturwissenschaftlerinnen und Ingenieurinnen: Von der Forderung nach Gleichstellung zur feministischen Forschung.* Hamburg.
Veröffentlichung einer Expertise für die der Grünen Bundestagsfraktion zur Enquete-Kommission »Bildung 2000« des Deutschen Bundestags. Gibt einen guten Einblick in die Frauenförderdiskussion im naturwissenschaftlich-technischen Bereich.

Lang, Sabine, Birgit Sauer (Hg.) (1997): *Wissenschaft als Arbeit – Arbeit als Wissenschaftlerin.* Frankfurt/New York.
In dem aus einem 1995 durchgeführten Kongreß hervorgegangenen Sammelband bilanzieren die Autorinnen und Autoren bisherige Maßnahmen zur Gleichstellung von Frauen in der Wissenschaft und entwickeln Perspektiven für künftige Gleichstellungspolitik.

Nyssen, Elke (1996): *Mädchenförderung in der Schule. Ergebnisse und Erfahrungen aus einem Modellversuch.* Weinheim, München.
Der Band untersucht die Auswirkungen von mono- und koedukativem Un-

terricht in ausgewählten Fächern auf die Leistungsentwicklung und die Selbstkonzepte von Mädchen (und Jungen) ebenso wie die Effekte einer gezielten Berufsorientierung in der Schule.

Rabe-Kleberg, Ursula (Hg.) (1990): *Besser gebildet und doch nicht gleich! Frauen und Bildung in der Arbeitsgesellschaft.* Bielefeld.
Tagungsreader, der die Diskussion um Frauen-Bildung und Frauen-Arbeit verknüpft.

Richelmann, Doris (1991): *Gleichstellungsstellen, Frauenförderung, Quotierung. Entwicklung und Diskurs aktueller frauenpolitischer Ansätze.* Ein Literaturbericht mit Auswahlbibliographie. Bielefeld.

4. Übersichten und Bibliographien

beiträge zur feministischen theorie und praxis 43/44 (1996): Um Bildung. Köln.
Wichtiger Überblick zur aktuellen feministischen bildungstheoretischen Diskussion.

Kleinau, Elke, Claudia Opitz (Hg.) (1996): *Geschichte der Mädchen- und Frauenbildung.* Band 1: Vom Mittelalter bis zur Aufklärung. Band 2: Vom Vormärz bis zur Gegenwart. Frankfurt/New York.
Unverzichtbares zweibändiges Handbuch zur weiblichen Bildungsgeschichte, an dem zahlreiche namhafte Autorinnen und Autoren aus verschiedenen Disziplinen mitgewirkt haben.

Langmaack Kirsten, Sabine Emmert, Margret Hübner, Christiana Klose, Pia Schmid, Brigitte Schultz, Claudia Torra (1994): *Frauen im pädagogischen Diskurs. Eine interdisziplinäre Bibliographie 1988-1993.* Frankfurt am Main.

Schultz, Brigitte, Christina Weber, Christiana Klose, Pia Schmid (1989): *Frauen im pädagogischen Diskurs. Eine interdisziplinäre Bibliographie 1984-1988.* Frankfurt am Main.

8. Kapitel

»Gemeinsam sind wir stärker!« Lernprozesse von Frauen an der Hochschule

> »Ohne die Möglichkeit, uns zu spiegeln, gibt es für uns Frauen keine freie Existenz, d. h., die Entwicklung eines positiven Lebensentwurfs ist dadurch entscheidend behindert.« (Veronika Mariaux 1991, S. 16)

Während in den USA bereits Forschungen über das Denken und Lernen von Frauen existieren (Carol Gilligan 1984; Seyla Benhabib 1989; Mary Field Belenky u. a. 1989), steht die deutsche feministische Forschung diesbezüglich noch am Anfang. Hier liegen im wesentlichen Erfahrungsberichte aus Frauenstudienveranstaltungen und lediglich punktuelle Theoretisierungen vor.[1]

Erfahrungsberichte machen deutlich, daß Frauen sich in Hochschulzusammenhängen fremd fühlen und die Lernsituationen als von Männern geprägt erleben:

»Ich mache seit drei Semestern Tutorien und meistens mit Anfängern und finde, daß sich da die Männer und Frauen sehr verschieden verhalten. Ich habe z. B. jetzt ein Tutorium mit 10 Männern und 5 Frauen und finde die Männer wirklich klassisch frecher und selbstbewußter, und was man so als männliche Sozialisationsergebnisse herausgefunden hat. – Als ich nur die Frauen hatte, ... die zeigten mir doch sehr viel Anlehnungsbedürftigkeit, ich kam mir so vor wie eine Mutter, mußte ihnen in sehr vielen Dingen doch so Tips geben, und das machte ich auch gern. Wäre diese Gruppe jetzt gemischt gewesen, hätten sie diese ganzen Fragen und Probleme nicht gebracht..., weil ich doch sehe, was die Männer da für einen Stil vorlegen, z. B. bei dem einen Tutorium, da geben sie ja kaum zu, daß sie irgendwelche Probleme haben..., es ist immer so eine schnodderige Lässigkeit. – Bei den Frauen habe ich eher das Gefühl – ich verallgemeinere das jetzt so –, daß sie

---

1 Vgl. z. B. Sigrid Metz-Göckel 1979; Susanne Dermutz 1984; Ulrike Büchner 1984; Verena Bruchhagen 1989; Rita Kurth, Margrit Ladenthin 1990; Christa Karras u. v. a. 1991; Ruth Fabianke, Heike Kahlert 1991; Cornela Giebeler 1992.

sich von mir als Tutor viel mehr Orientierung erwarten, während die Männer sagen, ›ach, das kriegen wir schon hin‹.« *(Romanistikstudentin)*

»Dort, wo von vornherein die Studenten mit der Erwartung studieren, an der Universität zu bleiben, da ist also diese (studentische) Elitetruppe sehr stark männlich besetzt. Die treten viel offensiver auf im Seminar und zum Teil ganz widerlich! Und es gibt sehr viel weniger Frauen, die mit der gleichen Durchsetzungskraft und mit der gleichen Kaltblütigkeit auch im Seminar die Diskussion an sich reißen und dann in so einen Dialog mit dem Professor eintreten, wo die anderen dann dasitzen und denken, sie wären ganz doof... Frauen sind möglicherweise auf anderen Gebieten, die für das Studium wichtig sind, im Vorteil, sagen wir mal: disziplinierter und gleichmäßiger arbeiten und schreiben können und hier vielleicht größere Fähigkeiten haben als Männer.« *(Geschichtsstudentin)*

»Ja, ich sehe bei männlichen Kommilitonen häufig das Motiv, eine Karriere zu machen oder etwas zu Hause zu übernehmen, eine Anwaltspraxis oder so. Da ist bei denen das Ziel so ganz klar vor Augen, da gucken sie auch nicht nach links und nach rechts. – Und diese Angewohnheit, mal nach links und mal nach rechts zu gucken, die hemmt einen doch. Das merkt man bei vielen Frauen: Bei uns haben überdurchschnittlich viele Frauen aufgehört und sind dann in den Lehrerinnenberuf gegangen. Sie stellen sich das dort leichter vor und sind weniger bereit, den Streß auf sich zu nehmen. – Vor allen Dingen sind sie von zu Hause aus ganz anders motiviert als die männlichen Kommilitonen: Denen wird von zu Hause aus ganz klar vorgegeben, ›Du *mußt* fertig werden, Du mußt einen Beruf haben‹. Und daran zweifeln sie auch gar nicht, und deshalb müssen sie auch immer weiter machen... Und bei den Frauen ist das etwas anderes; sie überlegen ständig, was sie noch anders machen können. – Und ich sehe natürlich auch: Die Fähigkeit, Kinder zu bekommen, die muß ja auch irgendwo mit einkalkuliert werden. Es muß überlegt werden, ›wann kann ich die bekommen, wann ist es am günstigsten‹. Das ist eben noch eine zusätzliche Perspektive, die sie zumindest bewältigen müssen.« *(Mathematikstudentin)*

Diese von Regina Becker-Schmidt und Gudrun-Axeli Knapp (1987, S. 84 f.) zusammengestellten Aussagen zeigen, daß Frauen sich andere Lernzusammenhänge wünschen und dafür Orientierungen und Vorbilder brauchen.

In diesem Zusammenhang sollen die Forschungen der beiden Soziolinguistinnen Luise F. Pusch und Senta Trömel-Plötz erwähnt werden, deren Analysen des Sexismus in unserer Sprache auch in der nicht-wissenschaftlichen Öffentlichkeit starke Beachtung gefunden haben.

Senta Trömel-Plötz (1982, 1984) analysierte das unterschiedliche Sprechverhalten von Frauen und Männern in verschiedenen Gesprächssituationen, u. a. in Fernsehshows. Anhand von Kategorien wie Sprechdauer, Unterbrechung, Ins-Wort-Fallen, Wort-Erteilen ermittelte sie in gemischtgeschlechtlichen Gesprächsgruppen, daß Männer grundsätzlich versuchen – und meist auch mit Erfolg –, den Ton anzugeben, das Thema zu bestimmen, Aufmerksamkeit und Unterstützung zu erlangen und damit ein Klima der Konkurrenz zu verbreiten. Frauen versuchen zu gefallen, lassen Männer dominieren, gehen auf die Themen von Männern ein, verzichten auf die Durchsetzung eigener Themen und Meinungen, leiten ihre Beiträge mit abschwächenden Floskeln ein – kurz, Frauen sind fast immer die Verliererinnen in gemischtgeschlechtlichen Diskussionen. Nicht zuletzt durch diese Ergebnisse der Untersuchungen von Senta Trömel-Plötz wurden Frauen darin bestärkt, sich in reinen Frauengruppen zu treffen.

Luise F. Pusch (1983, 1984, 1990) befaßte sich weniger mit dem Sprechverhalten als mit den Sexismen in der Sprache selbst. Mit ihrer »systemlinguistischen« Methode analysierte sie, wie sich die Frauenfeindlichkeit unserer Alltags- und Wissenschaftssprache in den grammatischen Strukturen und syntaktischen Regeln niederschlägt, meist ohne daß sich die Sprechenden dessen bewußt sind. So ist es beispielsweise grammatisch richtig, aus beliebig vielen Frauen Männer zu machen, sobald ein einziger Mann dazukommt (aus 99 Studentinnen und einem Studenten werden 100 Studenten), wohingegen ein Mann sich niemals unter einer weiblichen Gruppenbezeichnung (Studentinnen) subsumieren lassen muß. Das Argument, daß Frauen eben »mitgemeint« seien, trifft bei genauerer Betrachtung keineswegs immer zu.

Eine Strategie, den traditionell männerdominierten Hochschulstrukturen zu entgehen, besteht darin, daß Frauen sich »Frauenfreiräume« verschaffen, z. B. in »Frauenseminaren« oder in »Frauengruppen« lernen. Frauenseminare sind Orte für Frauen, an denen sie unter sich »frauenspezifische« Fragestellungen bearbeiten können. Der emanzipatorische Charakter der sozialen Lernsituation »Frauenseminar« und deren positive Auswirkungen auf Selbstbewußtsein und Identitätsbildung von Frauen in der Hochschule sind nicht zu unterschätzen.

Die ersten Frauenseminare entstanden Anfang der 70er Jahre aus Forderungen von Studentinnen und/oder Dozentinnen (vgl. Carol Hagemann-White 1989). Diese Frauen forderten selbstorganisierte Lernzusammenhänge an den Hochschulen und die Thematisierung von »Frauenthemen« in hochschulischer Lehre gemäß dem Motto der Frauenbewegung, daß das Private politisch und damit in einer weiteren Konsequenz auch wissenschaftsfähig sei.

Die Frauenseminare galten in den männerdominierten Hochschulen als Skandal. Durch den Ausschluß von Männern wurde die vermeintliche Geschlechtsneutralität von Lehre und Studium in Frage gestellt. Frauen versuchten, eine Frauenöffentlichkeit zu schaffen, um in der Hochschule präsent, sichtbar zu werden. Sie wollten sich selbst, ihr »eigenes« Denken kennenlernen, »eigene« Lehr- und Lernformen entdecken. Männer waren unerwünscht. Das war für die männlichen Mitglieder der Hochschulen eine ungeheure Provokation. Trotz des Widerstands von Männern (teilweise auch Frauen) gelang es den Studentinnen und Dozentinnen in den 70er Jahren, Frauenseminare durchzusetzen. Ihre Begründung war:

Um das patriarchale Herrschaftssystem aufzuheben, ist es notwendig, daß Frauen in der Begriffs- und Symbolbildung von Gesellschafts- und Beziehungsstrukturen enthalten sind. Frauen müssen selbst »sehen« lernen, ihre eigenen Begriffe definieren und eigene Kategorien bilden. Dies ist die Grundvoraussetzung einer eigenen positiven (Geschlechts-)Identität, einer Identität, die nicht das vom Männlichen abweichende als Frausein beschreibt, sondern Weiblichkeit selbst-bewußt bestimmt. In diesem Zusammenhang sind Frauenlerngruppen Bestandteile einer umfassenden Strategie zur Findung eines eigenen Selbst in Theorie und Praxis, auch innerhalb der Hochschulen. Das Interesse an der Beschäftigung mit Wissenschaft wird in den veränderten Lehr-Lern-Zusammenhängen häufig erst geweckt. Frauenseminare sind Orte, an denen viele Frauen in der Hochschule zum ersten Mal etwas sagen. Die Sprachlosigkeit von Studentinnen wird hier aufgebrochen. Die Kommunikations- und Verkehrsformen sind offener, spontaner und kooperativer, weniger durch Konkurrenz- und Dominanzstrategien geprägt als in gemischtgeschlechtlichen Lerngruppen.

In diesen zum Teil selbstorganisierten Gruppen (nur Studentinnen) sowie in Lerngruppen mit Dozentin begannen Frauen, Wissen und Erkenntnisse für eine eigene Wissenschaft zu finden.

»Aus dem Austausch unserer Erfahrungen im weiblichen Lebenszusammenhang gewinnen wir unser Wissen und erarbeiten Erkenntnisse für eine feministische Wissenschaft. Wir schauen uns gewissermaßen selbst und wechselseitig an mit der Absicht, uns zunehmend als Subjekte unserer Arbeit und unseres Lebens zu verstehen. Sich wechselseitig und selbst ansehen, gemeinsam denken, diskutieren, austauschen und zusammentragen war der Anfang feministischer Wissenschaft.« (Monika Oubaid 1990, S. 42)

Durch die Auseinandersetzung mit der These vom »Nebenwiderspruch«[2] im Marxismus entwickelten Frauen feministisches Denken, das zunächst seinen Ausdruck in der § 218-Debatte und anderen den weiblichen Körper und die weibliche Identität betreffenden Themen und Äußerungsformen fand. Später wurden Selbsterfahrungsmomente stärker betont. Die eigene Geschichte (Biographie) wurde als Ausgangspunkt für Themen wie »Mütter – Töchter«, »Widersprüche im weiblichen Lebenszusammenhang zwischen Berufs- und Hausarbeit« etc. gesehen. Es wurde oberstes Prinzip, als Frau zu Wort zu kommen.

Wie sind nun die Erfahrungen von Frauen, die in Frauengruppen lernen? Fast alle Frauen finden sich zusammen, um »eigene« Räume zu haben, in denen sie ihre Phantasie entwickeln können, und um zu dem patriarchalen Prinzip der Hochschule weibliche Gegenöffentlichkeiten zu bilden. Grundmotiv ist, die gesellschaftliche Position als Frau zu ergründen, Selbstbilder zu entwickeln und das Thema Frausein lebensgeschichtlich nachzuvollziehen.

Um dies zu ermöglichen, müssen einige methodisch-didaktische Vorbedingungen für das (gemeinsame) Lernen erfüllt sein.

Lernen von Vorbildern

Um Identifikationsmöglichkeiten, aber auch Möglichkeiten zu haben, sich aneinander zu reiben, ist es für Frauen ganz wesentlich, von weiblichen Vorbildern und an weiblichen Modellen zu lernen. Eine Vielfalt an weiblichen Vorbildern gibt es aufgrund patriarchaler Hochschulstrukturen mit ihren Ausschlußmechanismen von Frauen aus Forschung und Lehre noch immer nicht.

So ist der erste Schritt die Suche nach einer Frau als einem weiblichen Vorbild für die eigene Bildungsgeschichte. Eine italienische Frauengruppe aus dem Mailänder Frauenbuchladen (Libreria delle donne di Milano 1988) beschreibt, wie sie in der Literatur und im öffentlichen Leben nach Frauenfiguren suchte, die eine solche Sym-

2 In der marxistischen Theorie wird der Gegensatz von Kapital und Arbeit als *Hauptwiderspruch* und die Frauenfrage (das minderbewertete Ansehen der Frau in der Gesellschaft) als *Nebenwiderspruch* begriffen. Der Marxismus geht davon aus, daß eine Aufhebung des Hauptwiderspruchs auch eine Gleichberechtigung der Frau herbeiführen würde.

bolfigur (sie sprechen in Anlehnung an psychoanalytische Theorien von der »symbolischen Mutter«) sein könnten, um sich mit der eigenen Geschichte auseinanderzusetzen.

»Im öffentlichen Raum des Patriarchats verschwinden die Mütter hinter den vermeintlich Wichtigeren oder Mächtigeren. Hier gilt es, den Zirkel der Ohnmacht von Frauen zu durchbrechen, indem wir zu unseren Müttern stehen. Die Orientierung an Männern verschafft uns nur vordergründig einen Vorteil, im Zweifelsfall werden wir der Kaste der Frauen zugezählt. Sich von den Müttern zugunsten der Väter zu distanzieren ist Verrat am eigenen Geschlecht und ein Schnitt ins eigene Fleisch. Eine Orientierung auf Frauen fängt in der Mutterbeziehung an. Sie machen es uns allerdings nicht leicht, die Mütter. Zu oft treiben sie uns den Männern in die Arme, und sei es der eigenen Muttererfolge wegen.« (Monika Oubaid 1990, S. 43)

Zur Rolle der Dozentin(nen)

Die unterschiedliche Position von Dozentinnen und Studentinnen in der Hochschulhierarchie und damit verbundene Status- und Interessenunterschiede gründen sich auf institutionelle Differenzen.

»Die entscheidende Differenz in der Beziehung zwischen Frauen in Bildungseinrichtungen, die alle sonstigen Differenzen beeinflußt und in spezifischer Form wirksam werden läßt, ist die zwischen Teilhaberinnen an der institutionellen Macht und den von dieser Macht Abhängigen.« (Ruth Großmaß 1993, S. 328)

Die Institution Wissenschaft fordert ihren Tribut in Form eines bestimmten »Outputs«, die Institution Hochschule will klare hierarchische Strukturen. Dozentinnen befinden sich in Frauenlerngruppen in einer widersprüchlichen Doppelrolle: Sie sind als lehrende Frauen institutionell für den erfolgreichen Lernprozeß der Studentinnen verantwortlich. Die enge Verbindung von Forschung, Lehre und Biographie macht sie in Frauenseminaren gleichzeitig aber auch zu Lernenden. Durch die Konfrontation mit anderen Frauen(-rollen), Lebensweisen und Biographien können die Lehrenden sich selbst in Frage stellen, lernen auch mit und von den Studentinnen.

Die hierarchische Trennung zwischen Lehrenden und Lernenden kann aber auch in Frauenlerngruppen nur tendenziell aufgehoben werden. Eva Koch-Klenske (1991b, S. 109 f.) weist darauf hin, daß die Frau, die lehrt,

» ... mehr ist als nur Dozentin oder Rollenträgerin, sie ist Mutterimago, ist Repräsentantin des Weiblichen und der patriarchalen Institution ... (Sie ist) symbolische Mutter.«

Dozentinnen sind symbolische Mutter (gute und/oder böse), »Aufmischerin«, Animateurin, Begleiterin und Katalysatorin. Sie fördern Lernprozesse und begleiten den Prozeß der Studentinnen, sich selbständig im wissenschaftlichen Raum zu bewegen.

Beziehungen untereinander

Neben der Suche nach Vorbildern sind die Beziehungen untereinander bedeutsam, denn der Anspruch ist, Inhalte und Beziehungen als nicht getrennt voneinander zu erleben, sondern als miteinander verschränkt. Frauen haben inzwischen

> »das Bewußtsein einer weiblichen Tradition, die sich mit den vorhandenen Maßstäben nicht messen läßt, eben weil sich diese Maßstäbe auf den Ausschluß dieser Tradition gründen. Das soll nicht heißen, daß in dieser weiblichen Tradition die Beliebigkeit herrscht, daß nichts verbindlich ist und alles erlaubt, daß es nicht möglich ist, etwas zu beurteilen. Es soll lediglich heißen, daß wir die Maßstäbe für unser Denken und Handeln selbst finden müssen, indem wir uns ernsthaft miteinander konfrontieren.« (Veronika Mariaux 1991, S. 15)

Durch die politisch-pädagogische Praxis des »affidamento«, des Sich-Anvertrauens und Wertschätzens, können Frauenbeziehungen auch symbolisch verarbeitet und als stärkend erfahren werden. Der Begriff »affidamento« wurde in der italienischen Frauenbewegung geprägt (vgl. Libreria della donne di Milano 1988, S. 20).

Diese italienischen Frauen gehen davon aus, daß es notwendig ist, die Beziehungen zu anderen Frauen besonders zu pflegen und sie als eine Quelle für persönliche Stärke, geistige Originalität und soziales Eingebundensein zu betrachten: Gleichzeitig wissen sie aber, daß sie es nicht gelernt haben, diese Beziehungen zu pflegen und zu benutzen. Um Anhaltspunkte für den Umgang miteinander zu finden, suchen diese Frauen in der Geschichte nach Vorbildern. Die Literatur, die Bibel und andere Quellen zeigen ihnen Frauenbeziehungen auf, in denen Frauen für andere eine positive Autorität, Lehrmeisterin oder einfach eine Instanz sind, an der sie sich messen, spiegeln oder mit der sie sich konfrontieren können. Das »affidamento« zwischen diesen Frauen (etwa Virginia Woolf und Vita Sackville-West) entsteht spontan, die Potenz, die von ihm ausgeht, wird häufig gar nicht bewußt wahrgenommen. Die Beziehung zwischen Frauen ist die Voraussetzung dafür, durch das Wissen um die sexuelle Differenz

»eigene« Gedanken entwickeln zu können. Die Auseinandersetzung mit den Frauengestalten aus der Geschichte macht diesen Italienerinnen Mut, in ihrer eigenen Geschichte nach dem »affidamento« zu suchen oder eines für sich in Anspruch zu nehmen (vgl. Ingeborg Wegehaupt-Schneider 1989).

Schwesternstreit in Frauenlerngruppen oder: von den Differenzen in der Gleichheit

Aus strukturellen Gründen, eben weil das »affidamento« eine herzustellende politisch-pädagogische Praxis und nicht eine sichere Realität beschreibt, kommt es in Frauenlerngruppen immer wieder zu Konflikten: Weder über symbolische Bezugspunkte noch direkt gelingt es Frauen, Macht und Konkurrenz anzuerkennen und auszutragen. Statt die Beziehungen untereinander als Stärke zu sehen und zu leben, kann die Gruppe in Scheinharmonie versinken. Die »Moral des Nicht-Verletzens« (Brigitte Altenkirch 1989) und falsche Harmonisierungsbestrebungen verdecken aber lediglich die vorhandenen Differenzen und Ungleichheiten unter den Frauen (z. B. Mütter – Nicht-Mütter, Studentin – Dozentin), statt sie zum bewußten Lerngegenstand zu machen. Bereits zu Beginn der 80er Jahre wurde der »Schwesternstreit« (Birgit Cramon-Daiber u. a. 1983) zum öffentlichen Thema der Frauenbewegung. Jetzt, mit Nachwachsen einer neuen Generation von (feministischen) Studentinnen, werden die Differenzen unter Frauen zunehmend auch als »öffentlicher Mütter-Töchter-Konflikt« bzw. Generationenkonflikt thematisiert.[3]

In der Praxis des »affidamento« geht es darum, miteinander eine gemeinsame Grundlage zu finden, so daß Differenzen zwischen Frauen herausgearbeitet und gelebt werden können.

Der Widerspruch zwischen Gleichheit (wir sind alle Frauen) und Ungleichheit (unter Frauen) wird in Frauenlernzusammenhängen in der Hochschule besonders deutlich erfahren (vgl. Christine Holzkamp, Gisela Steppke 1979). Neben Macht- und Statusunterschieden sind Studentin(nen)-Dozentin(nen)-Beziehungen durch eine spezifische Nähe-Distanz-Problematik gekennzeichnet, die u. a. dadurch

---

3 Vgl. z. B. Evelyn Fox Keller, Helen Moglen 1990; Eva Koch-Klenske 1991a und 1991b; Ilse Brehmer 1992; Irene Stoer 1994

entsteht, daß Dozentinnen zentrale Identifikationsfiguren innerhalb des männlich orientierten Wissenschaftsbetriebs sind. Es entstehen »widersprüchliche Gleichzeitigkeiten« (Sabine Mehlmann 1991, S. 191) aus Ansprüchen und Anforderungen für Studentinnen und Dozentinnen, die vermittelt und ausbalanciert werden müssen. Auch Eva Koch-Klenske beschreibt Lehr-Lern-Erfahrungen und Interaktionen in einem Frauenseminar als Identitätskämpfe und -verhandlungen, ja, als ein Miteinander-um-Identität-Ringen (vgl. Eva Koch-Klenske 1991b).

Mit der Entdeckung der Vielfalt von Frauen, den Differenzen zwischen ihnen, werden Gegensätze sichtbar, Konflikte entstehen. Diese als Potential zu begreifen, in dem Stärke wachsen kann (Monika Jaeckel 1983), fällt Frauen noch immer schwer.

Erst in offeneren, (selbst-)kritischeren und konstruktiv-streitbaren Formen der Auseinandersetzung in Frauenlernzusammenhängen kann der Blick frei werden auf Sperriges, Widerspenstiges und Widersprüchliches – in uns selbst und in der Beziehung zu anderen Frauen (Sabine Mehlmann 1991, S. 191). Auch im Dissens unter Frauen liegt ein Zugewinn an Wert, nämlich das Ernstnehmen der anderen Frau (Veronika Mariaux 1991, S. 16).

Frauenlerngruppen könnten und sollten also auch Orte sein, an denen produktives Streiten gelernt werden kann (Christa Karras 1991, S. 84), zumal für eine produktive Streitkultur noch weitgehend die Vorbilder fehlen.

Exkurs: Zur öffentlichen Streitkultur unter feministischen Wissenschaftlerinnen

Frauen sind historisch bisher kaum darin geübt, Konflikte miteinander auszutragen, noch dazu nicht vor den Augen einer überwiegend männlichen Öffentlichkeit, der nichts willkommener ist als der Streit unter Feministinnen (vgl. Eva Koch-Klenske 1991a). Wird es gelingen, die von Feministinnen für ihre wissenschaftliche Forschung postulierten Prämissen des Respekts und der Einfühlung gegenüber anderen auch auf den Umgang mit andersdenkenden Wissenschaftler*innen* auszudehnen? Werden wir es schaffen, jenen Dialog, den wir mit unseren Forschungssubjekten zu führen bestrebt sind, auch mit unseren feministischen Kontrahentinnen aufzunehmen? Fragen der Kooperation und Konkurrenz gerade auch in der Frauenforschung beschäftigen zunehmend die feministische scientific community (vgl. Christiane Schmerl, Ruth Großmaß 1989; Ilse Modelmog, Ulrike Gräßel 1994; Heike Kahlert 1994). Die Entwicklung von Umgangsformen, die die Differenz untereinander anerkennen, steht noch relativ am Anfang.

Beispiele für Lernmethoden in Frauengruppen

Viele Frauen lernen lieber über die subjektive Betroffenheit und eigene Erfahrungen der einzelnen, statt sich mit entfremdet erscheinenden Wissensinhalten »traditioneller« Wissenschaftsformen auseinanderzusetzen, die den »weiblichen Lebenszusammenhang« (Ulrike Prokop) weitgehend ausschließen und wenig Möglichkeiten zum Selbstbezug bieten. Frauenlerngruppen dienen der Problemerfassung, d. h. Aneignung von Informationen zu »frauenspezifischen« Fragestellungen, sowie der individuellen und kollektiven Reflexion über Situationen und Ursachen von Frauendiskriminierung. Ausgangspunkte des Lernens sind hier häufig Alltags- und biographische Erfahrungen. Die eigene Betroffenheit wird in der Text- und Theorieaneignung bewußt gemacht.

Traditionelle universitäre Lehr-Lernsituationen sind entfremdet, d. h., es besteht zwischen den Studierenden, den Lehrenden und dem Lehrmaterial wenig Wechselwirkung. Bei dieser »mechanistischen Art der Wissensvermittlung« wird Wissen in den Köpfen der Studierenden angehäuft, aber kaum kreatives, eigenständiges Denken gefördert. In Frauenstudienzusammenhängen sind Lehrende, Lernende und Lehrmaterial in engerer Wechselwirkung miteinander verbunden. Lehrinhalte enthalten Erfahrungen von Frauen, es bestehen Möglichkeiten zur Identifikation mit dem behandelten Stoff. So ist die Wechselwirkung zwischen Text (Themen) und Person oder der Gruppe in vielen Frauenlernzusammenhängen ein Grundbestandteil für die Aneignung von wissenschaftlichen Erkenntnissen.

Die Beschreibung eines derartigen Lernprozesses aus einem mehrsemestrigen Frauenforschungscolloquium mag dieses Vorgehen verdeutlichen:

»Aus dem Lernklima im Colloquium und aus unseren intensiven Diskussionen habe ich gelernt, den Respekt vor Wissenschaft und dem geschriebenen Wort zu verlieren und gleichzeitig in diese neu entdeckte Wissenschaft einzutauchen und

›Ich‹ zu bleiben. Wissenschaftliche Texte stellen für mich nicht mehr die einzige und richtige Wahrheit dar, nur weil sie den Deckmantel ›Wissenschaft‹ tragen. Ich habe gelernt, auch *meine* Fragen an den Text zu stellen und den Text für mich zu kritisieren, wenn meine Fragen nicht beantwortet werden. Allein dieses kritische Text- und Wissenschaftsverständnis hat es mir erlaubt, meine eigene Position zu entwickeln. Durch die reine Textrezeption, wie ich sie in ›traditionellen‹ Seminaren erfahren habe, werde ich zur Transporteurin fremder Meinungen, verliere jedoch meine eigene Sicht der Dinge immer mehr aus dem Blickfeld. Sehr hilfreich in dieser Suche nach dem eigenen Wissenschaftsverständnis ist für mich der offene Austausch mit anderen Frauen, die sich – wie ich – auch ihrer Suche bewußt sind.« (Colloquium zu Fragen der Frauenforschung 1991, S. 210)

Als ein weiteres Beispiel für diese Lehr-Lern-Form sind die Arbeiten von Eva Koch-Klenske (1989 und 1991b) anzusehen. Ausgehend von der Unzufriedenheit der Studentinnen mit universitären Lehr-Lernsituationen auch in Frauenseminaren und von eigenen Erfahrungen mit dem »verakademisierten« Diskurs in Frauenseminaren entwickelte sie ein anderes Seminarkonzept. Das über zwei Semester dauernde Seminar sollte in ein gemeinsames Produkt, ein Buch, münden. Anknüpfend an subjekt-zentrierte Ansätze aus den 70er Jahren, wollte sie Theorien »lebendig« machen. Die Studentinnen taten sich in kleinen Arbeitsgruppen zusammen. Pro Arbeitsgruppe wurde eine Autorin bzw. eine Autorinnengruppe ausgewählt, deren Texte in Gruppen erarbeitet und im Plenum vorgestellt. In Interviews wurden die Autorinnen zu ihrer Themenwahl, ihrem Theorie- und Politikverständnis sowie ihrem Bezug zur Frauenbewegung befragt. Aus dem Seminar entstand eine Veröffentlichung (vgl. Eva Koch-Klenske 1989), in der auch die Entstehungsprozesse der einzelnen Texte dokumentiert sind.

Eva Koch-Klenske (1991b) zählt die Gründe auf, warum in dem Kurs eine so »vielschichtige« und »erkenntnisreiche« Diskussion stattfinden konnte:

- Es gab im Seminar genügend Zeit und Raum für einen gemeinsamen Verständigungsprozeß.
- Die Zahl der zu bearbeitenden Texte war »unakademisch«; statt einer langen Literaturliste waren für die einzelnen Arbeitsgruppen jeweils nur wenige Texte vorgesehen.
- Das Ich der Lehrenden in der Differenz zur Lernenden wurde im Interaktionsprozeß erfahrbar gemacht.

Als Methode wurde in diesem Seminar die themenzentrierte Interaktion (TZI) gewählt.

Diese Methode wurde von Ruth Cohn (1980) als Möglichkeit entwickelt, in Gruppen aller Art (Lerngruppen, therapeutischen Gruppen etc.) themenzentriert zu arbeiten, ohne die Interaktion untereinander sowie die mit dem Thema entstehende Interaktion zu vernachlässigen. Regeln verhelfen dazu, in dem Dreieck zwischen »Wir – Ich – Thema« ein lebendiges Gleichgewicht zu halten. In diesen Regeln ist z. B. enthalten, daß Menschen, die gut miteinander arbeiten wollen, sich kennenlernen und Vertrauen entwickeln müssen. Es gibt drei Regeln in der TZI: die Chair(wo)man-Regel, die Störungsprioritätsregel und die Authentizitätsregel.

In der Chair(wo)man-Regel ist z. B. enthalten, Lernbedingungen, die von anderen Gruppenmitgliedern ausgehen, zu benennen (bei Monologen, Abschweifungen vom Thema etc.).

In der Störungsprioritätsregel geht es darum, daß die einzelnen Gruppenmitglieder der Gruppe mitteilen, wenn sie aus Gründen, die im eigenen physischen, psychischen oder interpersonellen Bereich liegen können, unkonzentriert sind. Diese »Störungen« haben Vorrang vor der »normalen« Gruppeninteraktion.

Die Authentizitätsregel besagt, daß jede(r) in der Gruppe sie/er selbst ist, Person, nicht RollenträgerIn.

Durch die Anwendung dieser Lernmethode entsteht eine neue Annäherung zwischen Lernenden und Lehrenden, die Möglichkeit, neue Theorien, Themen entstehen zu lassen, sowie eine Chance, aus der eigenen Biographie zu lernen. Lernen ist somit auch immer ein Schritt zur Aneignung des eigenen Lebens.

Diese Arbeitsweise führt zu einer Gratwanderung zwischen Selbsterfahrung, Lebenspraxis und theoretischer Bearbeitung von Themen im Kontext der institutionellen Vorgaben durch die Hochschule, in der noch immer »eigenes Leben« und Subjektivität überwiegend keinen Platz haben.

Diese »selbstreflexive Vorgehensweise in der Wissenschaft und mit Wissenschaft birgt Lebendigkeit in sich. Sie läßt konkrete Erlebnisse zu und erhält sich dabei die Fähigkeit zur Abstraktion. Sie legitimiert sich durch ihr Eingebundensein in Gesellschaft über persönliche Erfahrungen *und* theoretische Überlegungen« (Colloquium zu Fragen der Frauenforschung 1991, S. 212).

Das Ausgehen von eigenen Alltagserfahrungen und der eigenen Lebenspraxis kann Probleme und Blockaden im Umgang mit Wissenschaft hervorrufen, nämlich dann, wenn Lebensprobleme und die wissenschaftliche Bearbeitung ähnlicher Themen miteinander zu verschmelzen drohen. Wissenschaftliche Texte können dann auch zu Spiegeln der eigenen Lebensgeschichte und Situation werden und Anregungen zur Selbstreflexion geben. »Theoriearbeit dient also auch dazu, sich selbst auf die Spur zu kommen« (Marlene Müller, Elke Werneburg 1993). Eine derartige Herangehensweise an Wissenschaft ermöglicht eigene, persönlich bedeutsame Lernprozesse und eine Selbstveränderung des Subjekts: Selbstaufklärung und Selbstveränderung werden so als psychischer und intellektueller Prozeß begriffen und stellen gleichzeitig eine Form von Kritik an »traditioneller« Wissenschaft dar (Ulrike Büchner 1984), die Subjektivität aus dem Lernprozeß ausschließt.

Der intensive, häufig über mehrere Semester andauernde gemeinsame Lernprozeß in Frauenseminaren führt oft zum Entstehen autonomer Frauenstudiengruppen, die über das Seminar hinaus erhalten bleiben (Wilma Mohr 1987, S. 150; vgl. Colloquium zu Fragen der Frauenforschung 1991). Sie verfolgen das Ziel der Frauen-Netzwerk-Bildung und ermöglichen die Erfahrung: Gemeinsam sind wir stärker!

So sind Frauenseminare Kristallisationspunkte für frauen- und hochschulpolitische Aktionen und Diskussionen. Neben dem Wissenserwerb und -austausch sind sie häufig auch Orte für die Entwicklung von Handlungsorientierungen und Veränderungsstrategien und folgen damit Prinzipien politischen Lernens (vgl. Christa Karras 1991, S. 80).

Lernen in gemischten Gruppen

Nicht nur in Frauenseminaren können Frauen eine Gegenöffentlichkeit zu den herrschenden patriarchalen Strukturen der Hochschule herstellen; auch in gemischt-geschlechtlichen Gruppen können sie ihren »Raum« einnehmen:

- indem sie sich auf vorher sprechende Frauen beziehen
- indem sie sich gegenseitig »die Bälle zuwerfen«
- indem sie sich auch nonverbal gegenseitig unterstützen, z. B. durch Blickkontakt oder Zulächeln
- indem sie konsequent ihre Art zu sprechen auch in gemischten Gruppen anwenden
- indem sie ihre Situation in gemischten Gruppen zum Thema machen und analysieren

Wir können unsere eigene sexistische Sprechweise korrigieren, auf die Luise F. Pusch in ihren Arbeiten immer wieder hinweist. Wir können unsere Körperhaltungen, unsere Mimik und Gestik einsetzen, um nicht weiterhin Verliererinnen in gemischten Gruppen zu bleiben.

Vielleicht ist es auch an der Zeit, das weibliche Gelächter in den Hochschulräumen erschallen zu lassen (vgl. Helga Kotthoff 1988), um uns auf diese Weise Gehör zu verschaffen!

Weiterführende Literaturempfehlungen

Bathe, Silvia u. a. (Hg.) (1989): *Frauen in der Hochschule. Lehren und Lernen im Wissenschaftsbetrieb.* Weinheim.
Dokumentation einer Tagung, die einen Einblick in aktuellere Diskussionen zu »Ansätzen einer feministischen Wissenschaftskultur« gibt.

Büchner, Ulrike (1984): Frauenwissenschaft und Frauenstudien als radikale Wissenschaftskritik – dargestellt am Beispiel hochschuldidaktischer Praxis. In: *beiträge zur feministischen theorie und praxis* 11, S. 132-142.
Aufsatz, der die Entwicklung einer feministischen Hochschuldidaktik reflektiert.

Cramon-Daiber, Birgit, Monika Jaeckel, Barbara Köster, Hildegard Menge, Anke Wolf-Graaf (1983): *Schwesternstreit. Von den heimlichen und unheimlichen Auseinandersetzungen zwischen Frauen.* Reinbek.
Textsammlung, die aus verschiedenen Perspektiven die Differenzen unter Frauen thematisiert und Ansätze für eine produktive Streitkultur zu entwickeln versucht.

Duelli-Klein, Renate, Maresi Nerad, Sigrid Metz-Göckel (Hg.) (1982): *Feministische Wissenschaft und Frauenstudium.* Hamburg.
Der Sammelband enthält aus dem Amerikanischen übersetzte frühe Texte zur dortigen »Women's Studies«-Debatte, die für viele Frauenstudien-Ansätze in der Bundesrepublik Vorbild war.

Giebeler, Cornelia (1992): *Zwischen Protest und Disziplin. Die feministische Paradoxie.* Bielefeld.
Empirisch ausgerichtete Fallstudie zu Frauenstudien an der Hochschule.

Katz, Montana, Veronica Vieland (1993): *Uni-Knigge für Frauen. Wegweiser durch den patriarchalen Hochschuldschungel.* Frankfurt/New York.
Ratgeber für den Umgang mit Sexismus im studentischen Hochschulalltag, der auch sexuelle Gewalt und Diskriminierung behandelt.

Koch-Klenske, Eva (Hg.) (1989): *WeibsGedanken.* Bielefeld.
Reader zu einigen feministischen Theorieansätzen, der aus einem Frauenprojektseminar von Studentinnen und ihrer Dozentin gemeinsam erstellt wurde. Der Band enthält auch Reflexionen zum Umgang mit wissenschaftlichen Theorien in hochschulischer Lehre.

Metz-Göckel, Sigrid (Hg.) (1979): *Frauenstudium. Zur alternativen Wissenschaftsaneignung von Frauen.* Hamburg.

Textsammlung zu Anfängen der hochschulischen Frauenstudienbewegung.

Modelmog, Ilse, Ulrike Gräßel (Hg.) (1994): *Konkurrenz & Kooperation: Frauen im Zwiespalt?* Münster, Hamburg.

Dokumentation der Jahrestagung 1993 der Sektion Frauenforschung in den Sozialwissenschaften zu »Konkurrenz und Kooperation« von Frauen vor allem im Wissenschaftsbetrieb.

Steingruber, Brigitte E. (1989): *Wissenschaft als Selbsterfahrung, Selbsterfahrung als Wissenschaft. Methodische Überlegungen zur Frauenforschung.* Wien, Köln.

Die Autorin reflektiert (und dokumentiert) in diesem Buch ihre »Suche nach Theorie und Praxis einer dem weiblichen Lebenszusammenhang gerecht werdenden Wissenschaftsform« als ein Beispiel für Wissenschaft, die die Subjektivität der Forschenden einbezieht.

Trömel-Plötz, Senta (Hg.) (1996): *Frauengespräche: Sprache der Verständigung.* Frankfurt am Main.

Spannender Sammelband zu »weiblichen Eigenschaften des Redens« nicht nur in der Hochschule.

9. Kapitel

Frauenstudien und Frauenforschung in den Sozialwissenschaften in Deutschland. Ansätze der Institutionalisierung

Mitte der 70er Jahre bedeuteten Frauenstudien und Frauenforschung innerhalb der Universitäten Arbeitsgruppen, selbstorganisierte Seminare oder Projekte von Studentinnen, von Dozentinnen, teils auch von anderen an der Hochschule arbeitenden Frauen, in denen sie ihre Situation als Frauen inner- und außerhalb der Hochschule thematisierten (vgl. Kapitel 7 und 8). Gleichzeitig formierten sich außerhalb der Hochschulen Selbsterfahrungs-, Studien-, Lern- und Forschungsgruppen.

Nach der ersten Phase der spontanen Gruppen und Aktionen, einzelner Seminare und Projekte stellte sich allmählich die Frage, ob und, wenn ja, wie die veränderten Forschungsfragen, Inhalte und Methoden und die egalitären Umgangsweisen in den Frauengruppen dauerhaft integriert werden könnten. Paßten sie in die traditionellen Strukturen der Universität, oder sind nicht vielmehr zur Realisierung dieser Ziele autonome Strukturen außerhalb der Hochschulen notwendig und sinnvoll? *Autonomie oder Institution* (so der programmatische Titel der 4. Sommeruniversität in Berlin im Jahre 1979) war und ist einer der zentralen Streitpunkte im Rahmen der Debatte um die Institutionalisierung von Frauenstudien und Frauenforschung bis heute. Entlang der Trennlinie (Autonomie versus Institution) entwickelten sich auch die Netzwerke von Frauen, die Basis der neuen Fraueninstitutionen wurden. Beeinflußt wurde die Entwicklung auch durch den Kampf um knappe öffentliche Ressourcen.

In den 90er Jahren bestehen vielfältige Kooperationsbeziehungen zwischen inner- und außeruniversitären Frauenstudien und Frauenforschungsnetzwerken, -initiativen und -institutionen.[1] Hinzuge-

1 Wir danken den hier erwähnten Initiativen und Institutionen für die schnelle und umfangreiche Zusendung von Materialien über ihre Einrichtungen. Ohne diese Kooperation wäre es nicht möglich gewesen, dieses Kapitel zu schreiben.

kommen ist eine breite Diskussion um Frauenförderung in der Wissenschaft, die u. a. in der Institutionalisierung von Frauenbeauftragten an den Hochschulen ihren Ausdruck findet (vgl. Christine Färber u. a. 1993; Aylâ Neusel, Helga Voth 1992). Insbesondere angesichts prekärer Beschäftigungsverhältnisse von Wissenschaftlerinnen – befristete Arbeitsverhältnisse innerhalb und außerhalb der Universität werden oft zur Norm auf Dauer – sind die Netzwerke und die Institutionen von inner- und außeruniversitärer Frauenforschung unabdingbar. Sie dienen einerseits der Existenzsicherung von Frauen und von Frauenforschung und andererseits der Weiterentwicklung und Tradierung feministischer Erkenntnisse.

Netzwerke

»Seilschaften

Das, was an Hochschulen und anderen männlich dominierten Politikfeldern an Lobbyarbeit vorherrscht, läßt sich zugespitzt mit dem Bild der Seilschaft illustrieren. Seilschaftsbeziehungen haben einen Anfang und ein Ende, ein Oben und ein Unten. Es gibt diejenigen, die das Seil halten und spannen, sie sorgen dafür, daß andere mehr oder weniger gewagte Turnübungen am oberen Ende machen können. Keiner kann einfach loslassen, ohne daß das Seil an Tragfähigkeit verliert, wer sich abseilt, muß mit Nachteilen rechnen. (...) Diese Praxis der Interessenvertretung ist gekennzeichnet durch persönliche Abhängigkeiten, hierarchische Strukturen, mangelnde Transparenz und fehlende öffentliche Zugänglichkeit.« (ZE, 10 Jahre später..., 1991, S. 16)

»Netzwerke

(...) Vernetzung reflektiert das Politikverständnis der Frauenbewegung, ihre materiellen Bedingungen und kommunikativen Kompetenzen. Ein Netzwerk zeichnet sich dadurch aus, daß es aus vielen, unterschiedlich starken Strängen geknüpft werden kann und engere oder weitere Maschen durch die Vielzahl und Vielfalt der Knoten zustandekommen. Die Stärke und Tragfähigkeit, aber auch die Schönheit eines Netzes, entsteht aus der Mannigfaltigkeit der Materialien und Verbindungen...« (ZE, 10 Jahre später..., 1991, S. 16).

Die Sektion Frauenforschung in den Sozialwissenschaften in der Deutschen Gesellschaft für Soziologie (DGS) ist eines der vielen Netzwerke. Sie verfolgt sowohl wissenschaftspolitische Ziele – Erhöhung des Anteils von Soziologinnen in der Forschung und Lehre – als auch wissenschaftliche Zielsetzungen – eine Veränderung der Inhalte von Forschung und Lehre unter besonderer Berücksichtigung der Lebenslage von Frauen.

Die Sektion Frauenforschung wurde 1979 auf dem Soziologentag in Berlin von 43 Frauen gegründet. Sie ist inzwischen auf über 500 Frauen angewachsen und damit die größte Sektion in der Deutschen Gesellschaft für Soziologie. Die wissenschaftlichen Ergebnisse der Sektionsfrauen werden u. a. in der Buchreihe *Forum Frauenforschung* (seit 1987) und *Geschlecht und Gesellschaft* (seit 1995) veröffentlicht. Ferner waren Soziologinnen aus der Sektion an der Gründung der Zeitschrift *Feministische Studien* (1982) maßgeblich beteiligt.

Ebenfalls Ende der 70er Jahre (1978) wurde der autonome Verein »Sozialwissenschaftliche Theorie und Praxis für Frauen e.V.« gegründet. Ziel dieses Vereins ist die Verbindung und Vermittlung von frauenbewegter Praxis und interdisziplinärer feministischer Theoriebildung. Der Verein gibt die Zeitschrift *beiträge zur feministischen theorie und praxis* (seit 1978) heraus.

Im Herbst 1981 initiierten einige Frauen im Verein »Sozialwissenschaftliche Forschung und Praxis für Frauen e.V.« die Einrichtung der bundesweiten Arbeitsgemeinschaft FRAUEN UND SCHULE, die bis heute besteht und auf nahezu jährlich stattfindenden Fachkongressen die feministische Schulkritik weiterführt (vgl. Kapitel 7). Die Frauen- und-Schule-Bewegung hat sich inzwischen auch in regionalen Vereinen und Arbeitsgemeinschaften organisiert. Von 1981-1989 wurde die Zeitschrift *Frauen und Schule* herausgegeben (zuerst als Rundbrief), die zwischenzeitlich ihr Erscheinen aus finanziellen Gründen einstellen mußte. Von 1991 bis 1994 erschien die Nachfolge-Zeitschrift *Unterschiede*.

1984 taten sich feministische Erziehungswissenschaftlerinnen in der »Arbeitsgruppe Frauenforschung« in der Deutschen Gesellschaft für Erziehungswissenschaft (DGfE) zusammen, seit 1991 hat diese AG den Status einer Kommission.

Im Herbst 1991 gründeten auch feministische Politikwissenschaftlerinnen zwei den Soziologinnen vergleichbare Netzwerke: den Arbeitskreis »Politik und Geschlecht« in der Deutschen Vereinigung für Politische Wissenschaft (DVPW) und die Arbeitsgruppe »Frauen in politikwissenschaftlicher Theorie und Praxis«; letztere soll vor allen Dingen außerhalb der Universität politologisch tätige Frauen ansprechen. Seit 1992 erscheint regelmäßig ein Rundbrief, und seit 1994 gibt es die Buchreihe *Politik der Geschlechterverhältnisse*.

Neben diesen sozialwissenschaftlichen Netzwerken gibt es inzwischen eine Vielzahl vor Zusammenschlüssen von Frauen in anderen Disziplinen. So gibt es u. a. Netzwerke historisch arbeitender Frauenforscherinnen, von Philosophinnen, von Theologinnen, von Literaturwissenschaftlerinnen, von Frauen in Naturwissenschaft und Technik.

Außerdem gibt es regionale interdisziplinäre Gruppen wie den traditionsreichen Arbeitskreis Wissenschaftlerinnen in Nordrhein-Westfalen (seit 1981), der sich als erfolgreiche Möglichkeit der Kooperation zwischen Frauenforscherinnen in NRW erwiesen hat. Der Arbeitskreis gibt das *Wissenschaftlerinnen-Info* heraus, in dem regelmäßig Informationen zur Frauenförder- und Wissenschaftspolitik nicht nur in NRW veröffentlicht werden. Vergleichbare Zusammenschlüsse wie diesen Arbeitskreis gibt es in (fast) allen Bundesländern.

Seit Ende 1990 existiert auch ein europäischer Zusammenschluß von Frauenforscherinnen (WISE = Women's International Studies Europe). Ziel dieses Netzwerks ist die Förderung von Frauenforschung in der Europäischen Gemeinschaft. WISE besteht einerseits aus thematischen Arbeitsgruppen und aus Vereinen bzw. nationalen Netzwerken andererseits. Seit 1991 publizieren die Frauenforscherinnen von WISE ein zweisprachiges Bulletin (englisch/französisch). Seit 1994 gibt es zusätzlich *The European Journal of Women's Studies*. Unter der Schirmherrschaft des Europarats entstand 1989 ENWS, das European Network for Women's Studies; dessen Hauptziel ist die Förderung von feministischen Studien und von Studien über Frauen sowie die Einbeziehung ihrer Ergebnisse in Lehre und politische Entscheidungsprozesse. Das Netzwerk gibt einen vierteljährlich erscheinenden Informationsrundbrief heraus. WISE entstand direkt aus dem Bereich feministischen Studien innerhalb der Frauenbewegung, während ENWS eine Initiative der Regierungen ist. Und mit Unterstützung des EG-StudentInnenaustauschprogramms *ERASMUS* gibt es seit 1989 WINGS (Women's Interdisciplinary Network Gender and Society), in dem sich verschiedene europäische Frauenstudien- und Frauenforschungszentren zusammengeschlossen haben. WINGS ist ein Austauschprogramm für Studentinnen im Bereich von Frauenforschung.

Bereits vor der neuen Frauenbewegung gab es Zusammenschlüsse von Wissenschaftlerinnen: So blickt der Deutsche Akademikerinnen-Bund (DAB) auf eine lange Tradition zurück. Er wurde 1926 gegründet, 1933 aufgelöst und 1949 neu gegründet. Heute ist der DAB in vielen Städten der alten und neuen Bundesländer vertreten und hat eine große Anzahl von Mitgliedern (ca. 2000). Der DAB gibt u. a. eine eigene Zeitschrift (*konsens*) heraus und hat Kontakte zu ausländischen akademischen Frauenverbänden.

Exkurs: Die Sektion Frauenforschung in den Sozialwissenschaften in der Deutschen Gesellschaft für Soziologie

Die Sektion Frauenforschung ist ein loser Zusammenschluß von studierenden, lernenden, forschenden und lehrenden Soziologinnen. Zusätzlich sind auch in anderen Disziplinen arbeitende Wissenschaftlerinnen (etwa Historikerinnen, Erziehungswissenschaftlerinnen, Politologinnen) und im wissenschaftspolitischen Bereich engagierte Frauen (Frauenbeauftragte, in Behörden/Ministerien Beschäftigte) in der Sektion organisiert. Insofern ist die von der Frauenforschung angestrebte Interdisziplinarität bereits durch die Organisationsstruktur der Sektion garantiert. Die Sektion Frauenforschung ist außerdem die einzige Sektion in der DGS, in der auch Studentinnen Mitglieder sein können.

Auf den öffentlichen Mitgliederversammlungen wird im zweijährigen Turnus von den anwesenden Mitgliedern ein Sektionsrat und aus diesem zwei Sektionssprecherinnen gewählt. Der Sektionsrat erledigt die laufende Arbeit, die Sektionsrätinnen sorgen für die Erstellung des Rundbriefs und halten den Kontakt zur DGS und zu anderen wissenschaftspolitischen Organisationen wie etwa der Deutschen Forschungsgemeinschaft (DFG). Die Sektionsratssitzungen sind öffentlich. Insofern ist Transparenz gewährleistet und weitgehende Egalität zwischen den Mitgliedern der Sektion gesichert.

Auf den in der Regel im zweijährigen Turnus stattfindenden Kongressen der Deutschen Gesellschaft für Soziologie stellen kontinuierlich einzelne oder Gruppen von Sozialwissenschaftlerinnen die Ergebnisse ihrer Forschung vor. Darüber hinaus werden Tagungen zu speziellen Themen organisiert.

Seit 1979 erscheint ein Rundbrief, in dem Tagungen angekündigt werden, über andere Netzwerke der Frauenforschung berichtet wird, der Stellenausschreibungen und Hinweise auf Stipendien, Neuerscheinungen und Erfahrungsberichte aus dem sexistischen (Wissenschafts-)Alltag enthält. Seit eben dieser Zeit gibt es auch ein Register der Sektionsfrauen mit Arbeitsschwerpunkten und Kontaktadressen, um die Vernetzung vor Ort zu erleichtern – in einigen Universitätsstädten gibt es regionale Zusammenschlüsse von Sektionsfrauen.

Seit ihrer Gründung hat die Sektion Frauenforschung zahlreiche wissenschaftspolitische Forderungen formuliert, schwerpunktmäßig die Erhöhung des Anteils von Soziologinnen in Forschung und Lehre sowie die Nachwuchsförderung. Die Notwendigkeit dieser Forderungen wurde durch die »Soziologinnen-Enquete« (Angelika Wetterer 1990), die die Randständigkeit von Frauen und der Frauenforschung in der bundesdeutschen Soziologie aufzeigt, untermauert (s. u.).

Über längerer Zeit wurde auch die Umbenennung des Soziologentages in die geschlechtsneutrale Bezeichnung »Soziologietag« gefordert. Diese jahrelangen Bemühungen sind nun endlich von Erfolg gekrönt: Seit 1995 heißt er *Kongreß der Deutschen Gesellschaft für Soziologie*.

Inneruniversitäre Ansätze der Institutionalisierung von Frauenstudien und Frauenforschung

Die Definition dessen, was Frauenstudien sind, ist genauso heterogen wie die dazugehörige Bewegung: »Frauenstudien sind ›selbstbewußte‹ und selbstorganisierte Lehr- und Lernzusammenhänge von Frauen mit emanzipatorischer Zielsetzung und das Ergebnis der neuen Frauenbewegung« (Sigrid Metz-Göckel 1991a, S. 62 f.). Sie haben das Ziel, Bildungs- und Studienangebote für die individuelle und gesellschaftliche Emanzipation von Frauen bereitzustellen und emanzipatorische Prozesse zu fördern.

Frauenstudien sind an den Hochschulen in verschiedenen Formen zu finden: Dazu gehören u. a. Frauenseminare, modellhafte Frauenstudiengänge, Frauenprojekte und Ringvorlesungen zu Fragen und Ergebnissen der Frauenforschung. Auch Sommeruniversitäten für Frauen (die erste fand 1976 in Berlin statt), »Offene Frauenhochschulen« und vielerorts stattfindende »Frauenwochen« sind hier zu nennen. Frauenstudien sind bisher überwiegend am Rand der Hochschulen in der Erstausbildung und auch in der wissenschaftlichen Weiterbildung angesiedelt, die wenigsten Frauenstudienmodelle sind fest institutionalisiert.

In der Erstausbildung gibt es erste Ansätze zur Integration von Frauenforschung als festem Anteil in das Studium, z. B. »Frauenforschung« als Wahlfach/Wahlpflichtfach im Rahmen des Diplomstudiengangs Soziologie in Bielefeld. Auch Modelle wie der in Hannover durchgeführte Frauengrundkurs mit dem Titel »Den Frauen gehört die Hälfte des Himmels« sind hier einzuordnen (vgl. Christa Karras u. a. 1991). Am Oberstufen-Kolleg Bielefeld gibt es einen Frauenstudiengang.

Im Bereich der wissenschaftlichen Weiterbildung (als Aufbau- und Kontaktstudiengänge oder einzelne Weiterbildungsinitiativen) gab bzw. gibt es spezielle Frauenstudienprojekte in unterschiedlichen Formen, u. a. in Berlin, Bielefeld, Dortmund, Essen, Hamburg, Koblenz, Saarbrücken und Ulm. Diese finden z. T. in Kooperation mit außerhochschulischen Bildungseinrichtungen wie z. B. Volkshochschulen statt. Auch an anderen Hochschulen bestehen Initiativen zur Einrichtung spezieller Frauenstudienprojekte (vgl. Verena Bruchhagen 1989; Christa Cremer u. a. 1990; Irmhild Kettschau u. a. 1993).

Einige der Frauenstudienangebote wenden sich überwiegend an »Familienfrauen« (z. B. Projekte in Bielefeld, Dortmund, Hamburg, Saarbrücken und Ulm). Diese Modelle setzen bei den von Frauen bereits im Beruf, in Familie und außerfamilial/ehrenamtlich erworbenen Kompetenzen an. Sie lösen den traditionellen, an formalen Bildungsabschlüssen (wie z. B. Abitur) orientierten Qualifikationsbegriff auf und ersetzen im formalisierten Bildungssystem erworbene Zertifikate: Familientätigkeit wird als berufsadäquat bewertet.

Andere Frauenstudienprojekte sind eher dem Bereich berufsbezogener Frauenweiterbildung zuzuordnen, z. B. Ansätze zur Frauengesundheitsbildung (in Essen; vgl. Ingeborg Stahr, Sabine Jungk, Elke Schulz 1991). Bis auf das Dortmunder Frauenstudienangebot, das im Juni 1990 als erstes weiterbildendes Frauenstudium institutionalisiert wurde, arbeiten all diese Projekte auf unsicherer Finanzierungsbasis, ihr Bestand ist keineswegs gesichert.

Die verschiedenen Projekte und Initiativen, die im Bereich der wissenschaftlichen Frauenweiterbildung arbeiten, haben sich im November 1988 in der »Bundesarbeitsgemeinschaft Wissenschaftliche Weiterbildung für Frauen« (BAG) zusammengeschlossen, um die Vernetzung, Institutionalisierung und Weiterentwicklung von Frauenstudien voranzubringen.

Als eine weitere Form der Verankerung von Frauenstudien und Frauenforschung an den Hochschulen sind Frauenforschungsprofessuren anzusehen (vgl. Elisabeth Böhmer 1995). Im Juni 1996 waren an deutschen Hochschulen 106 Frauenforschungsprofessuren (87 an Universitäten, 19 an Fachhochschulen) eingerichtet oder geplant (vgl. Ulla Bock 1996).

Neben diesen Institutionalisierungsansätzen in der hochschulischen Lehre gibt es verschiedene Koordinationseinrichtungen von Frauenstudien- und Frauenforschungsinitiativen an bundesdeutschen Hochschulen, darunter die für die sozialwissenschaftliche Frauenforschung besonders wichtigen:

Die älteste wissenschaftspolitische Institution an einer bundesdeutschen Hochschule ist die *Zentraleinrichtung zur Förderung von Frauenstudien und Frauenforschung an der Freien Universität Berlin (ZE)*. Sie feierte im Jahre 1991 ihr zehnjähriges Bestehen. Als zentrale Dienstleistungseinrichtung wird dort keine eigenständige Frauenforschung und -lehre betrieben. Vielmehr liegt der Arbeitsschwerpunkt der ZE bei der Initiierung und Koordinierung von Frauenfördermaßnahmen, die der Verbesserung der Arbeits- und Studienbedingungen von Frauen, der Erhöhung des Anteils von Frauen in Forschung und Lehre sowie der Förderung von Frauenforschung und -lehre in den einzelnen Fachbereichen dienen.

Ebenfalls eine Institution, die koordiniert, dokumentiert und initiiert, ist die hochschulübergreifende *Koordinationsstelle für Frauenstudien und Frauenforschung* in Hamburg. Diese im Jahre 1984 gegründete Geschäftsstelle der »Gemeinsame(n) Kommission Frauenstudien/Frauenforschung« vernetzt Frauenaktivitäten der acht Hamburger Hochschulen, ein bisher einmaliges Modell in der Bundesrepublik. Die Gemeinsame Kommission ist ein Gremium aus Dozentinnen und Studentinnen der verschiedenen Hochschulen. Die Aufgaben der Koordinationsstelle ähneln denen der ZE in Berlin (vgl. Heike Kahlert, Elke Kleinau 1994; Heike Kahlert 1996a).

Die älteste Einrichtung zur Frauenforschung an einer Universität der Bundesrepublik ist die *Interdisziplinäre Forschungsgruppe Frauenforschung (IFF)* an der Universität Bielefeld, die im Jahre 1982 institutionalisiert wurde.[2] Die IFF führt Forschungsprojekte durch, organisiert Tagungen und baut eine Datenbank zur Frauenforschung auf.

Im Dezember 1989 wurde an der Humboldt-Universität Berlin, das *Zentrum Interdisziplinäre Frauenforschung (ZiF)* als erste Einrichtung dieser Art an Hochschulen und Universitäten der ehemaligen DDR gegründet. In thematischen Arbeitskreisen wird zu frauen- und wissenschaftspolitischen Fragen im Hinblick auf die Stellung der Frauen in den neuen Bundesländern diskutiert. Darüber hinaus organisiert das ZiF Ringvorlesungen, unterstützt Lehrveranstaltungen zu Themen der Frauenforschung und bietet Möglichkeiten zur Vernetzung von Frauenforscherinnen aus unterschiedlichen Disziplinen, innerhalb und außerhalb der Universität (vgl. Gabriele Jähnert 1992).

Außeruniversitäre Ansätze der Institutionalisierung von Frauenstudien und Frauenforschung

Neben der Frauenforschung innerhalb der Hochschulen gibt es die autonomen Frauenbildungs- und -forschungsinitiativen und die Frauendokumentationszentren: u. a. das Frauenforschungs-, -bil-

2 Seit 1992 Interdisziplinäres Frauenforschungszentrum.

dungs- und -informationszentrum e.V., Berlin (FFBIZ); das Archiv der Deutschen Frauenbewegung, Kassel; die Frauenakademie München (F.A.M.); Spinnboden – Lesbenarchiv Berlin; das Frankfurter Institut für Frauenforschung (FIF). Diese Initiativen haben sich 1989 zur Bundesarbeitsgemeinschaft Autonomer Frauenforschungseinrichtungen (BAFF) zusammengeschlossen.

Eine Institution und gleichzeitig Frauennetzwerk anderer Art ist bzw. war die Frauen-Anstiftung. Sie wurde von Frauenprojekten und von Frauen aus der Partei *Die Grünen* 1988 als Verein gegründet, um die gesellschaftliche und politische Bildung von Frauen zu fördern. Die Frauen-Anstiftung war eine Teilstiftung des grün-nahen Stiftungsverbands Regenbogen und war in der Bundesrepublik die einzige feministische Stiftung von Frauen für Frauen. Sie führte eigenständig und in Kooperation mit anderen Frauenprojekten feministische Bildungsveranstaltungen oder Projekte von Frauen für Frauen innerhalb und außerhalb der Bundesrepublik durch. Seit dem 1. Januar 1997 besteht die Frauen-Anstiftung nicht mehr bzw. schloß sich mit den beiden anderen Teilstiftungen zur Heinrich-Böll-Stiftung als Parteistiftung von Bündnis 90/Die Grünen zusammen. Die Förderung feministischer Studentinnen und Promovendinnen durch das zugehörige Studienwerk soll auch weiterhin aufrechterhalten bleiben.

Während die bisher vorgestellten Einrichtungen aus Initiativen von Frauen aus der Frauenbewegung entstanden, gibt es auch Einrichtungen, die »von oben« initiiert wurden: Ein Beispiel dafür ist das 1982 von der Niedersächsischen Landesregierung eingerichtete »Institut Frau und Gesellschaft« (IFG) in Hannover. Zum damaligen Zeitpunkt war dieses Forschungsinstitut in Frauenbewegungs- und Frauenforschungskreisen heftig umstritten. Das Institut gibt eine regelmäßig dreimal jährlich erscheinende Zeitschrift *(Informationsdienst »Frauenforschung«*[3]) und drei verschiedene Buchreihen heraus (»Theorie und Praxis der Frauenforschung«, »Materialien zur Frauenforschung« und »Bibliographien Frauenforschung«). In diesen Publikationsorganen werden sowohl Ergebnisse aus Institutprojekten als auch Frauenforschungsergebnisse aus externen Projekten veröffentlicht.

3 Seit 1993 *Zeitschrift für Frauenforschung.*

Die »Soziologinnen-Enquete«

Die »Soziologinnen-Enquete« ist eine empirische Bestandserhebung zur Situation der Frauen und der Frauenforschung in der Soziologie an den Hochschulen der alten Bundesrepublik und geht auf langjährige Bemühungen feministischer Soziologinnen innerhalb der Sektion Frauenforschung in der DGS zurück. Die Ergebnisse der Studie zeigen deutlich die Randständigkeit von Soziologinnen in der Lehre und die unzureichende Verankerung der Frauenforschung.

Die »Soziologinnen-Enquete« wurde von Angelika Wetterer mit der Hilfe einiger Mitarbeiterinnen in den Jahren 1988 und 1989 durchgeführt. Die Untersuchung besteht aus mehreren Teiluntersuchungen: In einer standardisierten schriftlichen Befragung gaben 46 aller 51 soziologischen Hochschulinstitute in der (alten) Bundesrepublik Auskunft über die Veränderungen des Anteils studierender und in der Lehre tätiger Frauen zwischen dem WS 78/79 und dem WS 87/88. Mittels einer Analyse aller soziologischen Lehrveranstaltungen im WS 87/88 und im SS 88 wurden die thematischen Schwerpunkte von lehrenden Soziologinnen und der Anteil an angebotenen Veranstaltungen mit frauen- bzw. geschlechtsspezifischer Thematik untersucht; ferner wurden in verschiedenen Semestern (WS 78/79 bis WS 87/88) die Themen von Magister-, Diplom- und Doktorarbeiten analysiert, die Rückschlüsse auf die Nachfrage nach frauen- bzw. geschlechtsspezifischen Themen in der Lehre geben.

Im WS 87/88 waren 48,1 % derjenigen, die Soziologie im Hauptfach studierten, Frauen. Von den Studienanfängerinnen waren es sogar 53,9 %. Studentische Hilfskräfte waren im gleichen Semester zu 52,8 % Frauen, und der Anteil derjenigen, die ihr Studium abschlossen, lag bei 45,6 %. Auffallend viele Frauen studierten in den Metropolen Berlin, Hamburg und München (TU-Berlin 60 %, HWP-Hamburg 66,3 % und Uni München 55,3 %).

Im gleichen Semester waren 39,3 % der wissenschaftlichen Hilfskräfte Frauen und 37,6 % der wissenschaftlichen Angestellten. Im wissenschaftlichen Mittelbau insgesamt (wissenschaftliche Angestellte, HochschulassistentInnen und Akademische RätInnen) waren immerhin noch 31,3 % Frauen, wobei deutlich mehr Frauen befristete als unbefristete Stellen innehatten. So lag der Frauenanteil bei den unbefristeten Angestelltenstellen bei 28,6 %, bei den befristeten Angestelltenstellen (in der Regel 5 Jahre) hingegen bei 38,1 % und bei den häufig wesentlich kürzer befristeten Stellen in Drittmittelprojekten bei 43,6 %. Unter den ProfessorInnen waren im WS 87/88 sogar nur 7,2 % Frauen.

Das heißt also: Der Anteil von Soziologinnen, die in einem Dauerbeschäftigungsverhältnis in der Lehre zum Zeitpunkt der Befragung arbeiteten, ist im Verhältnis zum Anteil der befristet Beschäftigten und der Studentinnen sehr gering.

Zusätzlich waren Frauen in der Lehre in den einzelnen Hochschulinstituten in sehr unterschiedlichem Ausmaß vertreten. Von den 46 erfaßten Einrichtungen hatten über die Hälfte (29) keine Professorin und zusätzliche zehn Institute hatten nur eine »Ausnahmefrau«. Neun Einrichtungen hatten weder eine Professorin noch eine Frau im Mittelbau. Lediglich sechs Institute hatten zum Zeitpunkt der Erhebung zwei oder in einem Fall drei Professorinnen, und 14 Institute beschäftigten vier oder mehr Frauen in der Lehre. Über 40 % der Soziologinnen arbeiteten hingegen an sieben Hochschulen und Universitäten in den vier »Metropolen« Berlin, Frankfurt, Hamburg und München. Das heißt: Nur an einem kleineren Teil der soziologischen Institute können studierende und lehrende Frauen die Erfahrung machen, daß Frauen einen Platz in der Profession haben. Dieses hat – so die These von Angelika Wetterer – entscheidenden Einfluß auf das Selbstverständnis und auf die Berufsverläufe nachfolgender SoziologInnengenerationen.

Insbesondere bei der Besetzung von HochschullehrerInnenstellen sind Frauen im Nachteil. Erst ab einer bestimmten Größe der Institute – von einigen Ausnahmen abgesehen – gibt es Professorinnen. Das heißt, »die ›Grundausstattung‹ der Institute ist gewissermaßen eine Männerdomäne« (Angelika Wetterer 1991, S. 16).

Die entscheidende Qualifikationshürde scheint für Frauen bei der Promotion zu liegen, da der Anteil von Frauen bei Promotionen mit 22,7 % in den Jahren zwischen 1978 und 1987 relativ konstant geblieben ist und deutlich unter der Zahl derer liegt, die ihr Soziologiestudium mit einem Diplom- oder Magisterexamen abgeschlossen hatten. Der Anteil an den Habilitationen ist hingegen von 13,76 % in den Jahren 1978-82 auf 21,31 % in den Jahren 1983-87 deutlich angestiegen. Gleichzeitig ist der Frauenanteil bei den wissenschaftlichen Hilfskräften im gleichen Zeitraum von 38,2 % auf 46,6 % angestiegen und ebenfalls der Anteil von Lehrbeauftragten von 21,2 % auf 24,3 %. Ebenfalls eine Erhöhung des Frauenanteils, und zwar von 23,4 % im WS 78/79 auf 37,1 % im WS 87/88, ist bei den wissenschaftlichen Angestellten zu verzeichnen, allerdings nur in Bezug auf die befristeten Stellen. Der Anteil an den unbefristeten Angestelltenstellen war im gleichen Zeitraum rückläufig (von 25,8 % auf 20,9 %) und das, obwohl die Anzahl dieser Stellen in den berücksichtigten Jahren um fast 40 % zugenommen hat. Auch bei den Ratsstellen war der Anteil beschäftigter Frauen rückläufig (von 24,5 % auf 22,7 %). Bei den HochschulassistentInnenstellen ist zwar der prozentuale Anteil von Frauen mit etwa 20 % gleich geblieben, diese Stellen waren jedoch in erheblichem Ausmaß vom Stellenabbau betroffen. Rückläufig ist ferner der prozentuale Anteil der Professorinnen (von 11 % auf 7,2 %), obwohl die HochschullehrerInnenstellen im gleichen Zeitraum zunahmen. Angelika Wetterer folgert daraus:

»Der Rückgang des Frauenanteils in der Gruppe der Professorinnen ist nicht nur für sich genommen prekär, er ist prekär insbesondere, wenn man an die Habilitationszahlen zurückdenkt. (...) Schließlich haben die Hochschullehrerstellen um über 10 % zugenommen. Es wurden also neue Stellen eingerichtet, und es wurden Männer auf sie berufen; es wurden auch neue unbefristete wissenschaftliche Angestelltenstellen eingerichtet und sie wurden mit Soziologen besetzt. Die Frauen, so scheint es, haben mit ihrer überraschend hohen Präsenz im Mittelbau, auf den befristeten Stellen also, so etwas wie einen Gaststatus in der Profession. Und genau das hat sich in den letzten zehn Jahren zwischen 1978 und 1987 noch verstärkt. (...) Wären da nicht die »Metropolen« Berlin, Frankfurt, Hamburg und München, in denen knapp die Hälfte der im Hochschulbereich beschäftigten Soziologinnen arbeiten, und wäre da nicht die eine oder andere Ausnahme von der Regel: Die Soziologie könnte getrost als ›homosoziale Welt‹ bezeichnet werden, in der Männer ihren Platz haben und Frauen ab und zu eine meist befristete Stelle.« (Angelika Wetterer 1990b, S. 39 ff.)

Diese Aussage wird bestärkt, betrachtet man den Anteil haupt- und nebenamtlich lehrender Soziologen und Soziologinnen. Im WS 1987/88 und im SS 88 wurden 87 % der soziologischen (Hauptfach-) Lehrveranstaltungen von Männern angeboten, 13 % von Frauen. Gleichzeitig liegt der Anteil von nebenamtlich Beschäftigten (u. a. Lehrbeauftragte) bei Frauen mit 23,3 % deutlich über dem der Männer mit 10,3 %.

Diese Lage der Soziologinnen hat gravierende Einflüsse auf die Möglichkeit der Verankerung von Frauenforschung in der soziologischen Lehre, werden doch Veranstaltungen zu frauen- bzw. geschlechtsspezifischen Themen fast ausschließlich von Frauen angeboten. An drei Vierteln der Institute gab es im WS 87/88 und SS 88 keine (43,5 %) oder lediglich eine Veranstaltung (30,4 %) mit explizit geschlechtsspezifischer Thematik.

Umgekehrt lag an den einbezogenen Instituten der Anteil dieser Veranstaltungen in den beiden Semestern jeweils bei 4,2 %. Dabei wurde die Hälfte der Seminare und Vorlesungen von Lehrbeauftragten durchgeführt.

Gleichzeitig wählten im WS 1978/79 20 % der Studentinnen frauen- bzw. geschlechtsspezifische Themen für ihre Diplom- und Magisterarbeiten, und im WS 1987/88 waren es über 25 %.

Das heißt, das soziologische Lehrangebot entspricht in völlig unzureichender Weise der Nachfrage von Studentinnen nach frauen- und geschlechtsspezifischen Themen. Das gilt insbesondere in Anbetracht der Tatsache, daß ein großer Teil der Veranstaltungen von Lehrbeauftragten oder anderen befristet beschäftigten Frauen angeboten wird und somit eine inhaltliche, zeitliche und personelle Kontinuität für die Studierenden nicht garantiert ist.

Obwohl seit dem Ende dieser Untersuchung die eine oder andere Frauenforschungsprofessur und einige Mittelbaustellen zur Frauenforschung eingerichtet und besetzt worden sind, hat sich doch an der grundsätzlichen Randständigkeit der Frauen in der Lehre und der unzureichenden Verankerung von Frauenstudien und Frauenforschung auch Mitte der 90er Jahre wenig verändert.

Perspektiven

Wir haben hier einige Ansätze zur Institutionalisierung von Frauenstudien und Frauenforschung in den Sozialwissenschaften vorgestellt. Diese Darstellung ist eher ein Einblick als ein umfassender Überblick. An vielen Orten in der Bundesrepublik wird unterschiedlich an der Institutionalisierung von Frauenstudien und Frauenforschung, nicht nur in den Sozialwissenschaften, gearbeitet, hier ist viel »in (Frauen-)Bewegung« – was angesichts der Ergebnisse von Angelika Wetterer ermutigend ist. Wir halten es für dringend notwendig, die Institutionalisierungskämpfe und -prozesse von Frauenforschung in den Sozialwissenschaften innerhalb und außerhalb bestehender Institutionen weiter aufzuarbeiten, um Transparenz über Fortschritte und Rückschritte, Erfolge und Mißerfolge herzustellen und um diese Kämpfe auch für die jetzige und nachfolgende Studentinnengeneration nachvollziehbar zu machen – dieser wichtige Teil von Frauenbewegungs- und Frauenforschungsgeschichte darf nicht verloren gehen.

Mit einem Ausblick auf einige Entwicklungstrends wollen wir dieses Kapitel beenden:

Überaus erfreulich ist, daß Frauenforschung in der öffentlichen Diskussion inzwischen eine gewisse Akzeptanz erreicht hat. Das zeigt sich z. B. in der Einrichtung von verschiedenen – wenn auch noch sehr bescheidenen – Förderprogrammen. 1990 richtete z. B. die Deutsche Forschungsgemeinschaft (DFG), u. a. auf Initiative der Sektion Frauenforschung, die Senatskommission Frauenforschung ein. Ziel dieser Kommission ist es, Forschungsdefizite zu ermitteln, Forschungsaufgaben zu benennen und zur Verbesserung der Förderung von Frauenforschung beizutragen. Die Kommission hat ihre Arbeit 1993 abgeschlossen (vgl. Deutsche Forschungsgemeinschaft 1994). Seit 1992 gibt es das von der DFG geförderte Graduiertenkolleg *Geschlechterverhältnis und sozialer Wandel. Handlungsspielräume und Definitionsmacht von Frauen,* das explizit der Nachwuchsförderung (Promotion/Habilitation) im Bereich sozialwissenschaftlicher Frauenforschung gewidmet ist (vgl. Metz-Göckel 1994a). Einige Bundesländer haben darüber hinaus eigene Förderprogramme für Frauenforschung initiiert, so z. B. Berlin. Das ist sicherlich uneingeschränkt positiv zu bewerten, doch sind damit auch Gefahren der Eingrenzung und Festschreibung von Frauenforschung als neuer soziologischer Teildisziplin, etwa als Bindestrich-Soziologie, verbunden. Es wird maßgeblich von feministischen Soziologinnen und Frauen aus anderen Disziplinen abhängen, das wissenschafts- und gesellschaftskritische und interdisziplinäre Potential von Frauenforschung zu erhalten und weiterzuentwickeln. Das gilt auch und insbesondere für die neuen Bundesländer.

Ein weiterer Trend in feministischen Diskussionen kreist neuerdings um die Gründung einer (europäischen) Frauenhochschule. Die Initiatorinnen dieser Idee greifen dabei auf Erfahrungen aus den amerikanischen Frauencolleges und auf vorliegende Ergebnisse aus der Koedukationsforschung zurück, die belegen, daß Mädchen und Frauen unter sich ungestörter lernen können:

> »Nach zwanzig Jahren Frauenhochschulbewegung verspricht die Universität nur für Frauen, Kontinuität und Solidität für die bisher erreichten Erkenntnisse und Erfahrungen aus vielen Versuchen mit feministischen Forschungen, Professuren und Projekten zu sichern.« (Anne Schlüter 1991, S. 36)

Diese Hochschule der Frauen soll von lehrenden und lernenden Frauen gemeinsam gestaltet und selbstverwaltet werden, sich an

Möglichkeiten und Interessen von studierenden Frauen orientieren, Studium, Lehre und Forschung zu Themen der Frauenforschung ermöglichen (vgl. Sigrid Metz-Göckel, Felicitas Steck 1997). Die Idee der Frauenhochschule wird auch in Frauenkreisen kontrovers diskutiert, »alte« Argumente um Autonomie oder Institution werden neu belebt.

Frauenforschung beginnt, aus der Marginalität aufzutauchen, ist »salonfähig« geworden – nicht nur die Diskussion um die Frauenhochschule oder die vereinzelt eingerichteten bzw. in Einrichtung befindlichen Frauenforschungsprofessuren sind hierfür Symbole. Und schon durchzieht eine bedenkliche Neuerung den wissenschaftlichen Diskurs in Lehre und Forschung: Wie schon die Idee der »Women's Studies« wird aus den USA eine Entwicklung hin zu »Gender Studies«/»Gender Science«, d. h. Geschlechterstudien und -forschung, importiert. Nachrichten zu diesem neuen Trend aus den USA sollten uns nachdenklich stimmen:

»In den USA werden ›Women's Studies‹ auch zunehmend umbenannt in ›Gender Studies‹ (Geschlechterstudien); ein neutraler Begriff, der es auch Männern möglich macht, Geschlechterforschung zu betreiben, wobei sie sich gerne und häufig als Feministen bezeichnen. Und welche es nicht glaubt, daß wir es wieder einmal mit einem Angriff der Männer auf unser Territorium und unsere Integrität zu tun haben, der sei gesagt, daß der erste US-Lehrstuhl in ›Gender Studies‹ an einen Mann (Harry Brod) verliehen wurde!« (Renate Klein 1990, S. 157)

In den Augen der (männlich-geprägten) Universität ist Geschlecht eine Art Zauberwort: Für sie bedeutet es, daß die Feministinnen in den Schoß der (männlichen) Gemeinde zurückkehren (vgl. Ruth-Ellen Boetcher-Joeres 1988). Waren Frauenstudien und Frauenforschung aufgrund der Postulate von Betroffenheit und Parteilichkeit ausschließlich Frauen vorbehalten, »dürfen« nun auch Männer Geschlechterstudien und -forschung betreiben. Versöhnen sich Feministinnen hier wieder mit dem (Hochschul- und Wissenschafts-)Patriarchat, oder geben Geschlechterstudien- und -forschungsaktivitäten Anstöße zu einer beginnenden (patriarchats-, d. h. selbst-)kritischen Männerforschung von Männern?

Freudig begrüßen möchten wir dagegen die folgende Nachricht aus den USA: Die renommierte Stanford University hat einen Beschluß gefaßt, daß alle Grundkurse/Seminare zur Geschichte und Entwicklung der westlichen Zivilisation dahingehend verändert werden müssen, daß sie explizit Frauen thematisieren und behandeln. Wir wünschen uns, daß dies auch in Deutschland – nicht nur in den Sozialwissenschaften – in Zukunft eine Selbstverständlichkeit sein wird!

Weiterführende Literaturempfehlungen

Baldauf, Anette, Andrea Griesebner (1992): *Entwicklung und Institutionalisierung von Women's Studies im europäischen Vergleich.* Wien.
Die beiden Autorinnen liefern einen Einblick in verschiedene Institutionalisierungsansätze und -formen von Frauenforschung in westeuropäischen Ländern. Darüber hinaus wird das Buch ergänzt um ein umfangreiches Adreßverzeichnis zu Frauenforschungseinrichtungen in Europa (Stand 1992).

Bock, Ulla (1996): *Frauenforschungsprofessuren an deutschen Hochschulen.* Berlin (Extra-Info 15 der Zentraleinrichtung zur Förderung von Frauenstudien und Frauenforschung an der Freien Universität Berlin).
Die Verfasserin dieser Übersicht dokumentiert die bestehenden bzw. in Einrichtung befindlichen Frauenforschungsprofessuren in Deutschland (einschließlich der Adressen der Stelleninhaberinnen; Stand: Juni 1996). Ergänzend arbeitet sie die feministischen Diskussionen um diese Institutionalisierungsform auf.

Bruchhagen, Verena (Hg.) (1989): *Frauenstudien. Konzepte, Modelle und Praxis wissenschaftlicher Weiterbildung.* Weinheim, München.
Das Buch ist die Dokumentation einer Fachtagung zur wissenschaftlichen Frauenweiterbildung und gibt einen guten Einblick in bestehende Frauenstudieninitiativen und -projekte.

Degraef, Véronique (1991): Europäische feministische Studien und Forschungen: GRACE, WISE, ENWS. In: Florence Hervé (Hg.): *Frauenzimmer im Haus Europa.* Köln, S. 199-205.
Kurze Übersicht über Frauenstudien- und Frauenforschungs-Aktivitäten innerhalb der EG.

Färber, Christine, Vera Reiß-Jung, Brigitte Vollmer-Schubert, Ingeborg Wender (1993): *Handbuch für aktive Frauenarbeit an Hochschulen.* Marburg.
Der Band enthält neben Abschnitten zu rechtlichen Grundlagen der Gleichstellungsarbeit an Hochschulen, einer Darstellung von Aufgabenbereichen und Arbeitsfeldern für aktive Gleichstellungsarbeit, Mustern und Argumenten zur hochschulpolitischen Frauenarbeit »vor Ort« und Erfahrungsberichten aus der politischen Arbeit auch ein überaus nützliches Adreßverzeichnis von feministischen Netzwerken und Berufsverbänden von Wissenschaftlerinnen (Stand: Sommer 1993).

Fleßner, Heike, Marianne Kriszio, Rita Kurth, Lydia Potts (Hg.) (1994): *Women's Studies im internationalen Vergleich. Erfahrung aus der Bundesrepublik Deutschland, den Niederlanden und den USA.* Pfaffenweiler.

Die Dokumentation einer 1993 an der Universität Oldenburg durchgeführten Tagung enthält zahlreiche Beiträge zur Entwicklung und zu Inhalten von Frauenstudien(-programmen) sowie zu Institutionalisierungsstrategien von Frauenforschung.

Kurth, Rita (1994): *Women's Studies und Curriculum Transformation in den USA.* Pfaffenweiler.
Dargestellt werden u. a. die historischen und gesellschaftspolitischen Rahmenbedingungen der US-amerikanischen Women's Studies-Bewegung sowie exemplarisch der Institutionalisierungsprozeß eines Women's Studies-Programms an einer nordamerikanischen Hochschule.

Wetterer, Angelika (1990b): *Frauen und Frauenforschung in der bundesdeutschen Soziologie. Ergebnisse der Soziologinnen-Enquete.* Kassel.
Ein »Muß« für jede Soziologin!

Zentraleinrichtung zur Förderung von Frauenstudien und Frauenforschung an der Freien Universität Berlin (Hg.) (1991): *10 Jahre später... Zentraleinrichtung zur Förderung von Frauenstudien und Frauenforschung an der Freien Universität Berlin 1981-1991.* Berlin.
Bestandsaufnahme zu Institutionalisierungsbemühungen von Frauenstudien und Frauenforschung am Beispiel der FU Berlin.

Handbücher

European Women's Studies Guide (1993), hg. von: W.I.S.E. Women's International Studies Europe. Utrecht.

The International Handbook of Women's Studies (1993) hg. von Loulou Brown, Helen Collins, Pat Green, Maggie Humm, Mel Landells. New York.

Feministische Zeitschriften

beiträge zur feministischen theorie und praxis, 1978 ff.

The European Journal of Women's Studies, 1994 ff.

Feministische Studien, 1982 ff.

IHRSINN. Eine radikalfeministische Lesbenzeitschrift, 1990 ff.

Metis. Zeitschrift für historische Frauenforschung und feministische Praxis, 1992 ff.

Namenlos. Schriftenreihe zur Selbsthilfe für Mädchen Frauen Lesben gegen sexuelle Gewalt. Für ein Leben frei von sexueller Gewalt, 1992 ff.

Nora. Nordic Journal of Women's Studies, 1993 ff.

Philosophin. Die Forum für feministische Theorie und Philosophie, 1990 ff.

Signs. Journal of women in culture and society, 1975 ff.

Zeitschrift für Frauenforschung, 1982 ff. (bis 1992 *Informationsdienst Frauenforschung)*

10. Kapitel

Ladies first. Über das frauenzentrierte Denken

Luise F. Pusch

Gender, Geschlecht – recht oder schlecht?

Dieses Buch heißt *Einführung in die feministische Soziologie,* nicht *Soziologie und gender* oder *Soziologie der Geschlechter(-differenz)* oder etwas ähnlich im Trend Liegendes. Mit diesem Titel zeigen die Autorinnen und der Verlag Flagge. Die Leserin kann sich auf ein Buch gefaßt machen, das entschlossen für sie Partei ergreift – ob sie es will oder nicht. Viele Frauen wollen lieber nicht. Deshalb brauchen wir Kurse im frauenzentrierten Denken.

Die Frauenbeauftragten der Länder, Städte und Kommunen beklagen sich seit einiger Zeit darüber, daß mann sie und ihre Ämter umtaufen will (oder schon umgetauft hat): Zeitgemäß sollen sie »Gleichstellungsbeauftragte« werden in Ämtern »für die Gleichstellung von Mann und Frau« (in dieser Reihenfolge, wie gewohnt).[1]

Ende der siebziger Jahre habe ich den Begriff »feministische Linguistik« geprägt – in Anlehnung an die bereits etablierten Schwesterdisziplinen feministische Soziologie, feministische Literaturwissenschaft und so fort. Studentinnen hinterbrachten mir bald die Meinung der männlichen Kollegen: Wenn schon so ein dubioses Gebiet, dann sollte es wenigstens einen anderen Namen haben, etwa »geschlechtsspezifische Linguistik«.[2]

---

1 Sonst beklagt mann sich immer über die Verhunzung und Komplizierung unserer ehrwürdigen Muttersprache durch blödsinnige Ansinnen der Feministinnen – hier aber nimmt mann die Kompliziertheit gern in Kauf: Wahrscheinlich wird sie ihm nicht einmal bewußt.

2 Was nun wirklich ein Unsinnsterm ist. Es gibt vielleicht geschlechtsspezifisches (besser: geschlechtstypisches) Gesprächsverhalten, aber für den Terminus »geschlechtsspezifische Linguistik« ist kein Gegenstandsbereich erkennbar.

Früher hieß es *women's studies* oder *feminist studies,* zu deutsch *Frauenforschung* und *feministische Forschung.* Heute heißt das *gender studies,* zu deutsch *Geschlechterstudien.* Viel schicker.

Früher verlangten wir nach einer frauenfreundlichen Sprache, die Theologinnen sagten »frauengerecht«. Heute heißt das »geschlechtergerechte Sprache«.

Was steckt hinter dieser immer mehr um sich greifenden Sprachregelung der Offiziellen (überwiegend: Männer)?

Die feministische Basisbewegung hat sich durchsetzen können, die leidigen »Frauenthemen« und »feministischen Anliegen« können nicht mehr einfach ignoriert werden wie ehedem. Wenn aber etwas offiziell als belangvoll anerkannt werden soll, müssen Männer »mit von der Partie« sein. Sonst hat die Sache keine Aussicht auf Akzeptanz in der (Männer-)Gesellschaft. Inge Sollwedel, die erste Frauenbeauftragte eines Bundeslandes (Hessen), zog bereits vor acht Jahren folgende nüchterne Bilanz: »Ich habe lange Zeit gebraucht, bis ich hinter die rätselhafte Verteilung von Erfolg und Mißerfolg meiner Arbeit kam. Erst aus der Summe beider ließ sich nach längerer Zeit das System erkennen: Alles, was mit oder über die Frauen der Dienststelle, der Institution, der Partei, der Regierung, der Verwaltung oder auch nur einzelnen Amtsinhabern nützt, hat Durchsetzungschancen. Alles, was allein den Frauen hilft, bleibt bar jeder Erfolgsaussicht. Nach solchen Ergebnissen kräht kein Hahn. Im wahrsten Sinne des Wortes. Das unterscheidet eben das Objekt vom Subjekt.«[3]

Es ist schon reizvoll für eine Linguistin, diese terminologischen Strampeleien der Männer zu registrieren. Wo immer anstelle von *Frauen* oder *feministisch* der Terminus *Geschlecht(er)* oder *gender* eingesetzt werden soll, soll die feministische Parteilichkeit verwässert (buchstäblich: neutralisiert) werden zu einer unpolitischen und affirmativen »Kartierung der Geschlechterlandschaft.«

Die Sünde des Feminismus ist das entschlossene Eintreten für die Frauen, für uns selber also. Wo wir uns doch eigentlich um das Wohl der Männer kümmern sollen, genau so wie sie selber.

Es erinnert an einen alten Kalauer, der – leicht abgewandelt – die Situation gut erfaßt: Der Mann empört sich: »Diese Weiber denken nur an sich – nur ich denke noch an mich!«

---

3 *Emma* 8/1984, S. 24.

Wozu die Männer gut sind?

Rousseau hat über uns gesagt: »Die Frau wurde für den Mann geschaffen.« Noch dreister äußerte sich Martin Luther: »Ob sie sich aber auch müde und zuletzt todt tragen, das schadt nicht, laß nur todt tragen, sie sind darum da.«[4]

Wir Frauen wissen nicht so genau, warum die Männer da sind. Ehrlich gesagt, haben wir uns diese Frage wohl auch kaum je gestellt. Sie sind halt da, und das ist schlimm genug. Wir fragen uns wohl, wie wir ihnen am besten entkommen und ihre monströsen Hervorbringungen überleben können, aber nicht, wozu sie eigentlich gut sind.

Apropos »todt tragen«: Einmal sah ich ein Bild – eine gebärende Indianerin hing am Halse eines Mannes; er diente ihr als Stütze, während sie in aufrechter Haltung das Kind zur Welt brachte. Da wurde mir klar, warum die Männer im Schnitt größer geraten sind als die Frauen: Damit wir beim Gebären in gebärfreundlicher Stellung einen ordentlichen Halt haben. Wären Männer kleiner als wir, kämen sie für dieses Ehrenamt nicht in Frage.

Diese Erklärung männlicher Körpermerkmale mag stimmen oder nicht, einleuchten oder nicht – darauf kommt es gar nicht an. Ich erzähle von meiner sinnigen Eingebung nur, weil ich selbst freudig überrascht und nicht wenig stolz war, daß mir spontan ein Stück frauenzentriertes Denken gelungen war.

Was ist frauenzentriertes Denken?

Frauenzentriertes Denken wirkt frech und hat oft etwas Verblüffendes. Zur weiteren Illustration eine Anekdote: Meine Freundin Olga wollte keine Kinder mehr und beriet sich mit ihrem Mann. Als tapferer Feminist bot er an, sich sterilisieren zu lassen. Darauf sie: »Was habe *ich* davon, wenn *du* dich sterilisieren läßt?«

Aufgeklärt hatte er sich gegen die patriarchale Regel »Die Verhütung ist Sache der Frau, sie hat die Pille zu nehmen« entschieden und wollte seiner Mitverantwortung Rechnung tragen. Seine Frau aber ignorierte die noch fundamentalere Prämisse »Eine verheiratete Frau

4 Luther: *Werke,* Erlanger Ausgabe, Band XX, S. 84.

schläft nur mit ihrem Mann« und machte so sein Entgegenkommen überflüssig. In ähnlichem Geiste haben die Frauen von den Grünen vorgeschlagen, daß Kinder den Namen der Mutter bekommen sollen, da Mutterschaft im Gegensatz zu Vaterschaft leicht feststellbar sei.

Im Patriarchat werden wir von Mädchenbeinen an im androzentrischen Denken geschult. Dieser Denkstil geht uns in Fleisch und Blut über, er ist uns nicht mehr bewußt. Er beinhaltet die Bejahung bestimmter patriarchalischer Prämissen wie etwa

»Der Mann ist die Norm«,
»Der Mann ist wichtiger als die Frau«,
»Die Frau ist für den Mann da«.

Das frauenzentrierte Denken nun erkennt diese Prämissen nicht an, es erklärt sie für nichtig. Dies geschieht eleganterweise nicht in Form eines Angriffs, sondern durch *Ignorieren der patriarchalen Setzungen* und *Ausgehen von eigenen* autonomen, frauenfreundlichen, *frauenzentrierten Prämissen,* etwa

»Die Frau ist für sich selber und für andere Frauen da«,
»Die Frau ist (mindestens) genau so wichtig wie der Mann«.

Da die patriarchalen Prämissen eine Geschlechterhierarchie begründen, wirkt ihre Nichtachtung typischerweise auch frech, anmaßend, ungehörig, respektlos, unverschämt und unerhört.[5] Noch ein Beispiel:

In meinen Vorträgen zur feministischen Sprachkritik gebe ich unumwunden zu, daß ich das neue Doppeldeutsch à la *Kolleginnen und Kollegen, Sachsen-Anhalterinnen und Sachsen-Anhalter* auch mühsam finde, und präzisiere dann: »Es ist einfach zu lästig, die Männer immer mitzuerwähnen.« An dieser Stelle höre ich das Publikum, überwiegend Frauen, vor Verblüffung förmlich nach Luft schnappen. Sie sind so ein »egoistisches«, »anmaßendes« Denken einfach nicht gewöhnt. Aber den meisten gefällt die Mißachtung der Prämisse »Männer sind wichtiger als Frauen«: Nach der Schrecksekunde pflegt ein schallendes Gelächter loszugehen. Gerne gebe ich noch eins drauf mit der Erläuterung, daß *Lehrerin, Arbeiterin* sprachlich ja die Grundform darstelle, während es sich bei *Lehrer, Arbeiter*

5 So ja auch der treffende Titel der 12teiligen ARD-Fernsehserie zur Geschichte der deutschen Frauenbewegung und des dazugehörigen Buchs, hg. von Ute Gerhard (1990).

usw. doch offensichtlich um eine Schwund-, Kurz- oder Kümmerform handle. Auch dies Ignorieren der Prämisse »Der Mann ist die Norm« kommt immer gut an.

»Es ist wie ein Aufwachen«, sagte mir einmal eine Zuhörerin, nachdem ich weitere Beispiele »frauenzentrierten Denkens« zum besten gegeben hatte. »Wenn frau schläft, weiß sie das ja nicht. Erst wenn sie aufgewacht ist, weiß sie, daß sie geschlafen hat.«

Gerda Lerner über das frauenzentrierte Denken

Feministinnen haben schon immer frauenzentriert gedacht und gehandelt; wir nannten es bisher »autonomes« oder einfach »feministisches« Denken und Handeln und haben es, wie es so unsere Art ist, eher intuitiv betrieben. Diese subversive Denkmethode verdient es aber, genauer analysiert, systematisch geübt und weithin verbreitet zu werden.

Weil der Begriff »feministisch« schon für so vieles herhalten muß und »gynozentrisch«, das korrekte Gegenstück zu »androzentrisch«, so schwerfällig klingt, übernehme ich den Begriff »frauenzentriert«[6] von der US-amerikanischen Historikerin Gerda Lerner, die unsere Erfahrungen mit dieser Art des Denkens exakt auf den Punkt bringt und folgendes Programm entwirft:

> »*Frauenzentriert zu sein bedeutet:* sich zu fragen, wie eine These, ein Argument lauten müßte, wenn Frauen im Mittelpunkt des Interesses stünden. Es bedeutet, alles zu ignorieren, was Frauen als weniger wichtig erscheinen läßt; (...).
>
> *Aus dem patriarchalen Denken herauszutreten bedeutet:* skeptisch zu sein gegenüber jedem bekannten System des Denkens, alle Annahmen, Wertordnungen und Definitionen kritisch zu hinterfragen.
>
> Es bedeutet, die Feststellungen anderer im Lichte unserer eigenen, der weiblichen Erfahrung, kritisch zu bewerten. Da diese Erfahrung gewöhnlich ignoriert oder trivialisiert worden ist, verlangt das die Überwindung tiefsitzender Widerstände in uns

6 Im engl. Original: *woman centered.*

selbst im Sinne des Akzeptierens unserer Person und unseres Wissens als bedeutsam und wichtig. (...)

Es bedeutet, unserem eigenen Denken gegenüber kritisch zu sein, das im Grunde ein im Rahmen der patriarchalen Tradition ausgebildetes Denken ist. Und schließlich bedeutet es, intellektuellen Mut zu entwickeln, den Mut, allein zu stehen, den Mut, Ziele anzustreben, die weiter als eine Armlänge entfernt sind, den Mut, Irrtümer und Niederlagen zu riskieren. Die vielleicht größte Herausforderung für denkende Frauen ist die Aufgabe, den Wunsch nach Sicherheit und Zustimmung hinter sich zu lassen und die ›unweiblichste‹ aller Eigenschaften zu entwickeln – intellektuelle Arroganz, die höchste Form der Hybris, die sich das Recht zubilligt, die Welt neu zu ordnen. Es ist die Hybris der Gottesmacher, die Hybris der männlichen Erschaffer von Systemen.« (Gerda Lerner 1991, S. 282 f.)

Übungen zum frauenzentrierten Denken

Vorbemerkung

Den Ausführungen Gerda Lerners ist wenig hinzuzufügen. Es lohnt sich aber, nunmehr eine *Technik* des frauenzentrierten Denkens zu entwickeln, damit wir gegen die dreisten patriarchalen Zumutungen, die als grundlegende Selbstverständlichkeiten unserer Kultur daherkommen, besser gewappnet sind. Sozusagen »*geistige* Selbstverteidigung für Frauen«.

Apropos Selbstverteidigung: Als die Polizei den Frauen aus Yorkshire riet, abends zu Hause zu bleiben, um nicht dem Yorkshire Ripper in die Hände zu fallen, meinten sie: »Wieso wir? Die Männer sollen gefälligst zu Hause bleiben, dann sind wir außer Gefahr.« Diese Sicht ist so einfach wie wahr. Aber ich war mal wieder »total verblüfft«, als ich davon hörte, denn normalerweise kommen wir nicht auf die einfachsten Wahrheiten. Deshalb eben müssen wir das frauenzentrierte Denken *systematisch üben.* Im folgenden möchte ich ein bißchen erzählen von einem Trainingsprogramm »Frauenzentriertes Denken«, das ich in den letzten Monaten für meine Seminare über Frauen- und Männersprache entwickelt habe. Die Übung erfreut sich großer Beliebtheit; die Seminarteilnehmerinnen wollen seither kaum noch anderes machen, außer vielleicht Übungen mit Wortspielen.

Frauenzentriertes Denken im Einsatz

Gesellschaft: Minigamie

Früher war diese Übung nur Teil einer Aufgabe zum Entlarven des *Männlichen Universums* (MU): In den Texten, denen wir im Alltag begegnen, gibt es massenhaft Sätze, die sich ausschließlich an Männer richten und die – in souveräner Verachtung der Fakten – eine Welt beschreiben, in der es nur Männer gibt. Hin und wieder haben diese Männer noch weibliches Zubehör. Da ist zum Beispiel der Satz: *Frauen hatten die Mongolen eine oder mehrere.* Wir sind mal großzügig und interpretieren das Maskulinum *die Mongolen* als geschlechtsneutral, denn es handelt sich ja um eine ethnische Bezeichnung, und Völker bestehen in der Regel zu 52 Prozent aus Frauen. Wir paraphrasieren also: *Frauen hatten die mongolischen Männer und Frauen eine oder mehrere.* Da auch bei den Mongolen Frauen nur Männer »haben« durften, aber keine Frauen, können wir schließen, daß mit *die Mongolen* nur die mongolischen Männer gemeint waren. Klassischer Fall von MU also.

Nach der Entlarvung von MU kommt der zweite Teil der Übung: Die Umformulierung, so daß der Satz sich an eine Welt richtet, in der Frauen und Männer als eigenständige Wesen (»Subjekte«) leben. Ergebnis, hier durch Namhaftmachen des Männlichen: *Frauen hatten die mongolischen Männer eine oder mehrere*.

Den dritten Schritt nannte ich zunächst »Fokuswechsel«, inzwischen heißt er »Umwandlung in eine frauenzentrierte Version«: Wie müßte der Satz lauten, wenn Frauen im Mittelpunkt des Interesses stünden? Lösung: *Die mongolischen Frauen hatten einen Mann oder sie teilten sich einen (nach der Devise »Geteiltes Leid ist halbes Leid«).*

Für diese Sicht der mongolischen Verhältnisse gab es bisher kein Wort. Wir kennen die Begriffe »Poly-« und »Monogamie«, »Polygynie« und sogar »Polyandrie« (Vielmännerei). Die soeben identifizierte Art des streßreduzierten Zusammenlebens mit dem Manne nenne ich *Minigamie*.

Wirtschaft und Soziales: ein Drittel weniger oder die Hälfte mehr?

Das zweite Beispiel meiner Übung lautet:

Ein Arbeiter verdient pro Stunde durchschnittlich 15 DM. Eine Arbeiterin bekommt durchschnittlich 10 DM Stundenlohn. Sie verdient also ein Drittel weniger als er.

Dies ist kein Fall von MU, sondern »nur« von Androzentrismus: »Der Mann ist Maß (hier: Ausgangspunkt) aller Dinge«. Aus der Perspektive der Arbeiterin ergeben dieselben Zahlen folgendes Bild: *Er verdient die Hälfte mehr als sie.*

»Die Hälfte« – das klingt sehr viel empörender als »ein Drittel«, das schon empörend genug war.

Sexualität: Auf das Nachspiel verzichten wir

Die australisch-englische Feministin Dale Spender hat darauf hingewiesen, daß das, was Männer gerne als »Vorspiel« bezeichnen, für viele Frauen noch das angenehmste an der ganzen Chose ist (Dale Spender 1980, S. 178). Ich pflege den Bericht über diese Beobachtung mit einer Empfehlung zu ergänzen. Frau sollte, wenn Männe das nächste Mal nach erledigtem »Vorspiel« zur Sache kommen möchte, doch einfach sagen: »Ach weißt du, auf das Nachspiel verzichten wir heute besser. Und in Zukunft auch.«

Das »Nachspiel« wird bekanntlich auch *Penetration* genannt. Frauenzentriert heißt es *Einverleibung* oder *Umschließung*.

Freud entdeckte bei Frauen einen sogenannten *Penisneid.* Wir Frauen aber fragen uns schon lange, wie es kommt, daß die Männer, allesamt ohne eine Spur von Busen, sich in dieser Form überhaupt auf die Straße trauen.

Eine Übung für die Leserin: Der *Spiegel* brachte neulich folgende Meldung aus der Moskauer *Unabhängigen Zeitung*[7]: »Gynäkologe Wladimir Kulakow: ›Es ist unumgänglich, Sperma junger Männer, die in Atomenergie-Anlagen oder auf nuklearen U-Booten arbeiten wollen, vorher abzuzapfen und einzulagern. Die Aufbewahrungsfrist ist unbegrenzt, die Männer entgehen so der Gefahr späterer Kinderlosigkeit.‹«

Das Hauptproblem der Frauen im Zusammenhang mit dem männlichen Samen ist bekanntlich nicht die »Gefahr der Kinder-

7 *Spiegel* 8/1992, S. 246 (Rubrik Hohlspiegel).

losigkeit«, sondern genau das Gegenteil. Frage: Welche Forderung sollte *frau* im Zusammenhang mit den geplanten »Spermaßnahmen« stellen?

Erziehung: von der unschuldigen Beschäftigung des Knöpfemachens

In dem Kapitel »Von schlauen Mädchen und schlechten Chancen« (in diesem Band, S. 181 ff.) heißt es: »Die Einführung der Koedukation, als ›stille Revolution im Bildungssystem‹, wurde wissenschaftlich kaum diskutiert oder gar begleitet. Man ging davon aus, daß mit dem koedukativen Prinzip eine gleiche Unterrichtung der Geschlechter, Chancengleichheit und Gleichberechtigung also, erreicht würden. Faktisch wurden Mädchen jedoch der Jungenbildung angepaßt.«

Die Frauen, die diese männerzentrierte Handhabung des Begriffs »Gleichheit« wieder reichlich spät gemerkt haben, waren nicht genug geübt im frauenzentrierten Denken.

Schon vor über 200 Jahren erschienen die *Letters on Education* (1790) der englischen Pädagogin und Historikerin Catherine Macauley. Auch sie votierte dafür, daß Mädchen und Jungen dieselbe Erziehung bekommen – aber nicht unbedingt diejenige, die bis dahin die Knaben bekamen: Es sei besser und ungefährlicher für Mädchen und Knaben, meinte sie, »sich der unschuldigen Beschäftigung des Knöpfemachens zu widmen, als tagelang ein harmloses Tier zu jagen, was nur die Gutartigkeit schädige«.

Macauley besaß offenbar ein Naturtalent für frauenzentriertes Denken.

Zusammenfassung:
Wie also funktioniert frauenzentriertes Denken?

Unsere Herrenkultur basiert auf einem System androzentrischer Voraussetzungen (Prämissen), von denen wir in unseren Entscheidungen und deren Begründungen automatisch ausgehen. Der Vorschlag beispielsweise, daß Frauen abends und nachts nicht das Haus verlassen sollen, um nicht bösen Männern in die Hände zu fallen, geht von der stillschweigenden Voraussetzung aus, daß die Rechte des Mannes heilig und unantastbar sind, hier: sein Recht auf Freizügigkeit. Frauenzentriertes Denken verwirft diese Prämissen, indem es von eigenen Prämissen ausgeht, hier: »Das Recht der Frau auf Freizügigkeit und körperliche Unversehrtheit ist unantastbar«.

Die Bezeichnung *Fräulein* für unverheiratete Frauen basiert auf der Prämisse »Die Frau ist für den Mann da«. Durch die Prämisse »Die Frau ist für sich selber und für andere Frauen da«, die der androzentrischen Prämisse implizit widerspricht, wird das Wort *Fräulein* überflüssig.

Weil wir das frauenzentrierte Denken nie und nirgends gelernt haben, ist es nützlich, es zu üben. In den Übungen werden die androzentrischen Prämissen der Herrenkultur identifiziert, analysiert, benannt, geordnet und kreativ überwunden. Die zentrale Prämisse ist natürlich »Der Mann ist der Maßstab aller Dinge«, bekannt auch in der Form »Der Mann ist die Norm«. Die Tatsache, daß sämtliche offiziellen Gleichstellungsbestrebungen naiv davon ausgehen, daß die Frau dem Mann gleichgestellt werden soll statt umgekehrt, erklärt sich aus diesem Ersten Gebot des Patriarchats, aus dem sich die meisten anderen Androzentrismen ableiten lassen.

Nützt es denn was?

Eine skeptische Zuhörerin meinte neulich bei einem Vortrag, das frauenzentrierte Denken würde an den Machtverhältnissen auch nichts ändern, da könnten wir noch so lange trainieren. Selbst wenn ich es keck *Minigamie* nenne, wären doch bei der »Vielweiberei« eine Gruppe Frauen einem Herrn unterworfen und ausgeliefert. Mein ganzer Ansatz – nichts als Wortkosmetik.

Was soll frau darauf entgegnen?

Ich finde es wichtig – und nach meiner Erfahrung ist es auch hilfreich –, die Grenzen, die die patriarchale Gesellschaftsordnung uns setzt, wenigstens im Denken zu durchbrechen. Dies ist immerhin der erste Schritt zu ihrer Überwindung auch in der Realität. Ohne diesen Schritt bewegt sich gar nichts.

Autorinnen

Brigitte Brück, geboren 1957, Diplom-Sozialwissenschaftlerin; promoviert zu *Frauen und Rechtsextremismus in Deutschland, Frankreich und Italien;* hatte ein Teilstipendium des Graduiertenkollegs »Geschlechterverhältnis und sozialer Wandel, Handlungsspielräume und Definitionsmacht von Frauen« an der Universität Dortmund. Arbeitsschwerpunkte: Politische Soziologie, Kultursoziologie.

Heike Kahlert, geboren 1962, Dr. rer. soc., Diplom-Soziologin; Studium an der Universität Hamburg, als Stipendiatin der Frauen-Anstiftung Promotion an der Universität Bielefeld; z. Zt. Post-Doc-Stipendiatin an der Universität Hamburg; Lehraufträge an den Universitäten Hamburg und Dortmund sowie an den Fachhochschulen Hamburg und Bielefeld. Arbeitsschwerpunkte: Feministische und postmoderne Gesellschaftstheorie, Bildungs- und Wissenschaftsforschung, Politische Soziologie. 1996 erschien von ihr bei Campus *Weibliche Subjektivität. Geschlechterdifferenz und Demokratie in der Diskussion.*

Marianne Krüll, geboren 1936 in Berlin; Studium an der FU Berlin (1960-1965); Mutter von zwei erwachsenen Töchtern; geschieden; Akademische Rätin am Seminar für Soziologie der Universität Bonn; Mitbegründerin der AG Frauenforschung der Uni Bonn; spät bekehrte Feministin, dafür jetzt um so engagierter; Grenzgängerin zwischen Soziologie (Familiensoziologie, Sozialisationstheorie, Wissenschaftssoziologie) und Psychologie (Psychoanalyse, Psychotherapie, insb. Familientherapie); neuerdings auch auf dem Gebiet der Literatur-Familienforschung tätig; zahlreiche Veröffentlichungen; zuletzt: *Im Netz der Zauberer. Eine andere Geschichte der Familie Mann.*

Helga A. Milz, geboren 1945, Dr. phil., Professorin für Soziologie an der Hochschule für Wirtschaft und Politik in Hamburg; Frauenbeauftragte, Vorsitzende der HSP-Frauenförderkommission in Hamburg. Aktuelle Schwerpunkte in Lehre und Forschung: Industrie/Arbeit, Frauenforschung, Kinderarmut. Buchveröffentlichungen: *Soziologie des Frauenbewußtseins* (1994), *Neue Armut* (Campus 1995, Mitherausgeberin).

Astrid Osterland, geboren 1945; aufgewachsen im Berlin der 50er Jahre; Studium der Sozialwissenschaften in den bewegten 68er Jahren; frauenbewegt seit Beginn der neuen Frauenbewegung und nach wie vor unbeirrbar von der Notwendigkeit weiblicher Emanzipation überzeugt. Derzeit ist sie Leiterin eines europäischen Projekts zum Thema »Empowerment for Older People«. Hier versucht sie gleichzeitig, frauenbewegt in die Altenbewegung einzusteigen und sich selbst für ihr eigenes Alter zu »empowern«.

Ingeborg Wegehaupt-Schneider, geboren 1944, Dr. rer. pol., Diplom-Soziologin, Wissenschaftliche Angestellte und Lehrbeauftragte an der Universität Hannover; zu Beginn der siebziger Jahre Mitbegründerin des Frauenzentrums in Göttingen, später des Frauenbuchladens; seit der Schaffung des DFG-Frauenschwerpunktes »Integration der Frau in die Berufswelt« im soziologischen Austausch mit Frauen; nach siebenjähriger Frauenprojekteforschung am Sozialwissenschaftlichen Forschungsinstitut Göttingen (SOFI) heute im Gebiet der Erwachsenenbildung an der Zentralen Einrichtung für Weiterbildung der Universität Hannover im Bereich Supervision/ Beratung tätig; Veröffentlichungen über Neue Technologien, Geschichte der Frauenarbeit, Frauenindustriearbeit sowie zu Weiterbildungskonzepten.

Marie Marcks lebt als freie Malerin und Grafikerin in Heidelberg; zahlreiche Publikationen und Ausstellungen.

Luise F. Pusch, geboren 1944, ist Professorin für Sprachwissenschaft in Hannover; viele Veröffentlichungen, zuletzt: *WahnsinnsFrauen. Neue Portraits,* 1995 (zusammen herausgegeben mit Sibylle Duda).

Literatur

Abels, Gabriele (1993): *Zur Bedeutung des Female-Stream für die Methodendiskussion in den Sozialwissenschaften.* In: *Soziologie* (1), S. 6-17.

Agisra, Aktionsgemeinschaft gegen internationale und rassistische Ausbeutung (Hg.) (1990): *Frauenhandel und Prostitutionstourismus. Eine Bestandsaufnahme*. München.

Altenkirch, Brigitte (1989): Die Moral des Nicht-Verletzens in Arbeitsbeziehungen von Frauen. In: Studienschwerpunkt »Frauenforschung« am Institut für Sozialpädagogik der TU Berlin (Hg.), S. 104-115.

Anders, Ann (Hg.) (1988): *Schlüsseltexte der Neuen Frauenbewegung seit 1968.* Frankfurt am Main.

Andresen, Helga (1985): Weibliches Sprechen – weibliches Denken – weibliches Gehirn? Zur These geschlechtsspezifischer Unterschiede menschlicher Gehirne. In: Valtin, Renate, Ute Warm (Hg.): *Frauen machen Schule. Probleme von Mädchen und Lehrerinnen in der Grundschule*. Frankfurt am Main, S. 83-94.

Arbeitskreis Wissenschaftlerinnen von NRW (1996): *Memorandum III: Vorwärts – Auf der Stelle!* Dortmund: Hochschuldidaktisches Zentrum.

Arditti, Rita, Renate Duelli-Klein, Shelley Minden (Hg.) (1985): *Retortenmütter. Frauen in den Labors der Menschenzüchter*. Reinbek.

Armbruster, L. Christof, Ursula Müller, Marlene Stein-Hilbers (Hg.) (1995): *Neue Horizonte? Sozialwisssenschaftliche Forschung über Geschlechter und Geschlechterverhältnisse.* Opladen.

Arndt, Marlies, Magdalene Deters, Gabriele Hart, Gabriele Jähnert, Johanna Kootz, Birgit Riegraf, Manuela Roßbach, Karin Zimmermann (Hg.) (1993): *Ausgegrenzt und mittendrin – Frauen in der Wissenschaft*. Berlin.

Baethge, Martin, Brigitte Hantsche, Wolfgang Pelull, Ulrich Voskamp (1988): *Jugend: Arbeit und Identität. Lebensperspektiven und Interessenorientierungen von Jugendlichen*. Opladen.

Baldauf, Anette, Andrea Griesebner (1992): *Entwicklung und Institutionalisierung von Women's Studies im europäischen Vergleich*. Wien.

Barrett, Michèle (1987): »Differenz« und Differenzen. Drei Bedeutungen eines Begriffs. In: Hauser, Kornelia (Hg.): *Viele Orte. Überall? Feminismus in Bewegung. Festschrift für Frigga Haug.* Hamburg, S. 108-123.

Bass, Ellen, Laura Davis (1995[6]): *Trotz allem. Wege zur Selbstheilung für sexuell mißbrauchte Frauen.* Berlin.

Bathe, Silvia, Ingrid Biermann, Maria Hunfeld, Renate Ruhne, Irmtraud Schlosser (Hg.) (1989): *Frauen in der Hochschule. Lehren und Lernen im Wissenschaftsbetrieb.* Weinheim.

Beauvoir, Simone de (1968): *Das andere Geschlecht. Sitte und Sexus der Frau.* Reinbek.

Beck, Ulrich, Elisabeth Beck-Gernsheim (1990): *Das ganz normale Chaos der Liebe.* Frankfurt am Main.

Beck-Gernsheim, Elisabeth (1980): *Das halbierte Leben. Männerwelt Beruf, Frauenwelt Familie.* Frankfurt am Main.

Beck-Gernsheim, Elisabeth (1989): *Mutterwerden – der Sprung in ein anderes Leben.* Frankfurt am Main.

Becker, Gabriele, Silvia Bovenschen, Helmut Brackert, Sigrid Brauner, Ines Brenner, Gisela Morgenthal, Klaus Schneller, Angelika Tümmler (1977, 1981[4]): *Aus der Zeit der Verzweiflung. Zur Genese und Aktualität des Hexenbildes.* Frankfurt am Main.

Becker-Schmidt, Regina (1982): *Nicht wir haben die Minuten, die Minuten haben uns. Zeitprobleme und Zeiterfahrungen von Arbeitermüttern in Fabrik und Familie.* Bonn.

Becker-Schmidt, Regina (1985): Probleme einer feministischen Theorie und Empirie in den Sozialwissenschaften. In: *Feministische Studien* 4 (2), S. 93-104.

Becker-Schmidt, Regina (1987a): Die doppelte Vergesellschaftung – die doppelte Unterdrückung: Besonderheiten der Frauenforschung in den Sozialwissenschaften. In: Unterkircher, Lilo, Ina Wagner (Hg.): *Die andere Hälfte der Gesellschaft.* Österr. Soziologentag 1985. Wien, S. 11-25.

Becker-Schmidt, Regina (1987b): Frauen und Deklassierung. Geschlecht und Klasse. In: Beer, Ursula (Hg.), S. 187-235.

Becker-Schmidt, Regina (1988): Frauenforschung. In: Asanger, Roland, Gerd Wenninger (Hg.): *Handwörterbuch Psychologie.* München, Weinheim (4., völlig neubearb. und erw. Aufl.), S. 194-199.

Becker-Schmidt, Regina (1989): Identitätslogik und Gewalt – Zum Verhältnis von Kritischer Theorie und Feminismus. In: *beiträge zur feministischen theorie und praxis* 12 (24), S. 51-64.

Becker-Schmidt, Regina (1992): Verdrängung, Rationalisierung, Ideologie. Geschlechterdifferenz und Unbewußtes, Geschlechterverhältnis und Gesellschaft. In: Knapp, Gudrun-Axeli, Angelika Wetterer (Hg.), S. 65-113.

Becker-Schmidt, Regina (1993): Geschlechterdifferenz-Geschlechterverhältnis: soziale Dimensionen des Begriffs »Geschlecht«. In: *Zeitschrift für Frauenforschung* 11 (1/2), S. 37-46.

Becker-Schmidt, Regina, Helga Bilden (1991): Impulse für die qualitative Sozialforschung aus der Frauenforschung. In: Flick, Uwe u.a. (Hg.), S. 23-30.

Becker-Schmidt, Regina, Uta Brandes-Erlhoff, Ilse Lühring, Beate Schmidt (1981): Familienarbeit im proletarischen Lebenzusammenhang: Was es heißt, Hausfrau zu sein. In: *Gesellschaft. Beiträge zur Marxschen Theorie* 14. Frankfurt am Main, S. 75-96.

Becker-Schmidt, Regina, Uta Brandes-Erlhoff, Mechthild Rumpf, Beate Schmidt (1983): *Arbeitsleben – Lebenszusammenhang. Konflikte und Erfahrungen von Fabrikarbeiterinnen.* Frankfurt am Main.

Becker-Schmidt, Regina, Gudrun-Axeli Knapp (1987): *Geschlechtertrennung – Geschlechterdifferenz. Suchbewegungen sozialen Lernens.* Bonn.

Becker-Schmidt, Regina, Gudrun-Axeli Knapp (Hg.) (1995): *Das Geschlechterverhältnis als Gegenstand der Sozialwissenschaften.* Frankfurt/New York.

Becker, Schmidt, Regina, Gudrun-Axeli Knapp, Mechthild Rumpf (1981): Frauenarbeit in der Fabrik – Betriebliche Sozialisation als Lernprozeß? Über die subjektive Bedeutung der Fabrikarbeit im Kontrast zur Hausarbeit. In: *Gesellschaft. Beiträge zur Marxschen Theorie* 14. Frankfurt am Main, S. 52-74.

Becker-Schmidt, Regina, Gudrun-Axeli Knapp, Beate Schmidt (1984): *Eines ist zuwenig – beides ist zuviel. Erfahrungen von Arbeiterfrauen zwischen Familie und Fabrik.* Bonn.

Beckmann, Petra, Gerhard Engelbrech (Hg.) (1994): *Arbeitsmarkt für Frauen 2000 – Ein Schritt vor oder ein Schritt zurück? Beiträge zur Arbeitsmarkt- und Berufsforschung 197.* Nürnberg, S. 836-851.

Beer, Ursula (1985): Unentgeltliche Arbeit im Lebenszusammenhang von Frauen und deren Reflexion in den Sozialwissenschaften. In: Sektion Frauenforschung in den Sozialwissenschaften in der DGS (Hg.), S. 22-39.

Beer, Ursula (Hg.) (1987, 1989²): *Klasse Geschlecht. Feministische Gesellschaftsanalyse und Wissenschaftskritik.* Bielefeld.

Beer, Ursula (1990, 1991²): *Geschlecht, Struktur, Geschichte. Soziale Konstituierung des Geschlechterverhältnisses.* Frankfurt/New York.

Behning, Ute (1996): Zum Wandel des Bildes ›der Familie‹ und der enthaltenen Konstruktionen von ›Geschlecht‹ in den Familienberichten 1968 bis 1993. In: *Zeitschrift für Frauenforschung* 14 (3), S. 146-156.

beiträge zur feministischen theorie und praxis (1978ff)

Belenky, Mary Field, Blythe McVicker Clinchy, Nancy Rule Goldberger, Jill Mattuck Tarule (1989, 1991²): Das andere Denken. Persönlichkeit, Moral und Intellekt der Frau. Frankfurt/New York.

Belotti, Elena G. (1975): *Was geschieht mit kleinen Mädchen?* München.

Benal, Regine (1993): Die (Ohn-)Macht in Organisationen. Entstehung, Stabilisierung und Veränderung. In: Dies., Andra Grisold, Edith Nemec, S. 45-77.

Benal, Regine, Andra Grisold, Edith Nemec (1993): *Die »andere« Hälfte der Wirtschaft.* Wien.

Benard, Cheryl, Edit Schlaffer (1978): *Die ganz gewöhnliche Gewalt in der Ehe.* Reinbek.

Benard, Cheryl, Edit Schlaffer (1990): *Laßt endlich die Männer in Ruhe. Oder: Wie man sie weniger und sich selbst mehr liebt*. Reinbek.

Benda, Ernst (1986): *Notwendigkeit und Möglichkeit positiver Aktionen zugunsten von Frauen im öffentlichen Dienst.* Gutachten im Auftrag der Leitstelle Gleichstellung der Frau. Freiburg, Hamburg.

Benhabib, Seyla (1989): Der verallgemeinerte und der konkrete Andere. Ansätze zu einer feministischen Moraltheorie. In: List, Elisabeth, Herlinde Studer (Hg.), S. 454-487.

Benhabib, Seyla, Judith Butler, Drucilla Cornell, Nancy Fraser (1993): *Der Streit um Differenz. Feminismus und Postmoderne in der Gegenwart*. Frankfurt am Main.

Benjamin, Jessica (1990): *Die Fesseln der Liebe. Psychoanalyse, Feminismus und das Problem der Macht*. Basel, Frankfurt am Main.

Berenberg-Gossler, Sigrid (1990): Elterliche Sorge und Umgangsrechte bei Trennung und Scheidung. In: Lucke, Doris, Sabine Berghahn (Hg.): *Rechtsratgeber Frauen*. Reinbek.

Berger-Schmitt, Regina, Wolfgang Glatzer, Bernd Güther, Teresa Kulawik, Ina Milenovic, Barbara Riedmüller (1991): *Die Lebenssituation alleinstehender Frauen.* Hg. vom Bundesministerium für Frauen und Jugend. Stuttgart, Berlin, Köln.

Berna-Simons, Lilian (1984): *Weibliche Identität und Sexualität. Das Bild der Weiblichkeit im 19. Jahrhundert und Sigmund Freud*. Frankfurt am Main.

Bernays, Marie (1910): Auslese und Anpassung der Arbeiterschaft in der geschlossenen Großindustrie. Dargestellt an den Verhältnissen der Gladbacher Spinnerei und Weberei AG. In: *Schriften des Vereins für Socialpolitik* 133. Leipzig.

Beyer, Johanna, Franziska Lamott, Birgit Meyer (Hg.) (1983): *Frauenhandlexikon. Stichworte zur Selbstbestimmung*. München.

Bierhoff-Alfermann, Dorothee, Georg Rudinger (1979): Es lebe der Unterschied. In: *Psychologie heute* 6 (7), S. 46-53.

Bierhoff-Alfermann, Dorothee (1988): Koedukation statt Koinstruktion – Argumente für den gemeinsamen Unterricht von Jungen und Mädchen. In: Pfister, Gertrud (Hg.), S. 73-86.

Biermann, Ingrid, Christiane Schmerl, Lindy Ziebell (1985): *Leben mit kurzfristigem Denken. Eine Untersuchung zur Situation arbeitsloser Akademikerinnen.* Weinheim, Basel.

Biester, Elke, Barbara Holland-Cunz, Eva Maleck-Lewy, Anja Ruf, Birgit Sauer (Hg.) (1994): *Gleichstellungspolitik – Totem und Tabus. Eine feministische Revision*. Frankfurt/New York.

Bilden, Helga (1980): Geschlechtsspezifische Sozialisation. In: Hurrelmann, Klaus, Dieter Ulich (Hg.): *Handbuch der Sozialisationsforschung*. Weinheim, Basel, S. 777-812.

Bilden, Helga (1991): Geschlechtsspezifische Sozialisation. In: Hurrelmann, Klaus, Dieter Ulich (Hg.), S. 279-301.

Bischoff, Susanne (Hg.) (1993): *...auf Bäume klettern ist politisch. Texte aus der Feministischen Bewegungs- und Sportkultur*. Hamburg.

Bock, Gisela (1980): » Zum Wohle des Volkskörpers ... » Abtreibung und Sterilisation im Nationalsozialismus. In: *Journal für Geschichte* 2 (6), S. 58-65.

Bock, Gisela, Barbara Duden (1977): Arbeit aus Liebe – Liebe als Arbeit. In: *Beiträge zur I. Sommeruniversität für Frauen*. Berlin.

Bock, Ulla (1984): Einführung in die Diskussion der Methoden bzw. Methodologie in der Frauenforschung. In: ZE (Hg.), S. 16-28.

Bock, Ulla (1988): *Androgynie und Feminismus. Frauenbewegung zwischen Institution und Utopie*. Weinheim, Basel.

Bock, Ulla (1996): *Frauenforschungsprofessuren an deutschen Hochschulen*. Dritte aktualisierte und erweiterte Auflage. Extra-Info der Zentraleinrichtung zur Förderung von Frauenstudien und Frauenforschung an der Freien Universität. Berlin.

Bock, Ulla, Anne Braszeit, Christiane Schmerl (Hg.) (1983a): *Frauen an den Universitäten. Zur Situation von Studentinnen und Hochschullehrerinnen in der männlichen Wissenschaftshierarchie*. Frankfurt/New York.

Bock, Ulla, Anne Braszeit, Christiane Schmerl (1983b): *Frauen im Wissenschaftsbetrieb. Dokumentation und Untersuchung der Situation von Studentinnen und Dozentinnen unter besonderer Berücksichtigung der Hochschulen in Nordrhein-Westfalen*. Weinheim, Basel.

Bock, Ulla, Hilge Landweer (1994): Frauenforschungsprofessuren. Marginalisierung, Integration oder Transformation im Kanon der Wissenschaften? In: *Feministische Studien* 12 (1), S. 99-109.

Boetcher Joeres, Ruth-Ellen (1994): Sisterhood? Jede für sich? Gedanken über die heutige feministische Diskussion in den USA. In: *Feministische Studien* 12 (1), S. 6-16.

Böhmer, Elisabeth (1995): *Die Stellung der Frauenforschung an der Universität. Bericht über die Auswertung einer Befragung von Frauenforschungsprofessorinnen der Freien Universität Berlin*. Berlin: Zentraleinrichtung zur Förderung von Frauenstudien und Frauenforschung an der Freien Universität Berlin (Extra-Info 17).

Bolognese-Leuchtenmüller, Birgit, Michael Mitterauer (Hg.) (1993): *Frauen-Arbeitswelten. Zur historischen Genese gegenwärtiger Probleme*. Wien.

Born, Claudia, Helga Krüger, Dagmar Lorenz-Meyer (1996): *Der unentdeckte Wandel. Annäherungen an das Verhältnis von Struktur und Norm im weiblichen Lebenslauf*. Berlin.

Bovenschen, Silvia (1979): *Die imaginierte Weiblichkeit. Exemplarische Untersuchungen zu kulturgeschichtlichen und literarischen Präsentationsformen des Weiblichen*. Frankfurt am Main.

Bradish, Paula, Erika Feyerabend, Ute Winkler (Hg. im Auftrag der Kongreßvorbereitungsgruppe) (1987): *Frauen gegen GEN-und Reproduktionstechnologien, Beiträge vom 2. bundesweiten Kongreß Frankfurt am 28.-30.10.1988*. München.

Bracker, Maren, Ursula Dallinger, Gabriele Karden, Ulrike Tegethoff (1988): *Die Pflegebereitschaft der Töchter. Zwischen Pflichterfüllung und eigenen Lebensansprüchen.* Hg. von der Bevollmächtigten der Hessischen Landesregierung für Frauenangelegenheiten. Wiesbaden.

Brand, Karl-Werner (Hg.) (1984): *Aufbruch in eine andere Gesellschaft. Neue soziale Bewegungen in der BRD.* Frankfurt am Main.

Brehmer, Ilse (Hg.) (1982): *Sexismus in der Schule. Der heimliche Lehrplan der Frauendiskriminierung.* Weinheim, Basel.

Brehmer, Ilse (1992): Über Konkurrenzen und Widersprüche bei Frauen. In: Luca, Renate u.a., S. 20-28.

Brehmer, Ilse, Hildegard Küllchen, Lisa Sommer (1989): *Mädchen, Macht (und) Mathe. Geschlechtsspezifische Leistungskurswahl in der reformierten Oberstufe.* Hg. von der Parlamentarischen Staatssekretärin für die Gleichstellung von Frau und Mann beim Ministerpräsidenten des Landes Nordrhein-Westfalen. Düsseldorf.

Breitenbach, Eva, Carol Hagemann-White (1994): Von der Sozialisation zur Erziehung. Der Umgang mit geschlechtsdifferenter Subjektivität in der feministischen Forschung. In: Bracht, Ulla, Dieter Keiner (Hg.): *Jahrbuch für Pädagogik 1994. Geschlechterverhältnisse und die Pädagogik.* Frankfurt am Main, Berlin, Bern, New York, Paris, Wien, S. 249-264.

Brockhaus, Ulrike, Maren Kolshorn (1993): *Sexuelle Gewalt gegen Mädchen und Jungen. Mythen, Fakten, Theorien.* Frankfurt/New York.

Brown, Lyn M., Carol Gilligan (1994): *Die verlorene Stimme. Wendepunkte in der Entwicklung von Mädchen und Frauen.* Frankfurt/New York.

Brownmiller, Susan (1980): *Gegen unseren Willen, Vergewaltigung und Männerherrschaft.* Frankfurt am Main.

Bruchhagen, Verena (Hg.) (1989): *Frauenstudien. Konzepte, Modelle und Praxis wissenschaftlicher Weiterbildung.* Weinheim, München.

Brück, Brigitte (1986): Magie, Naturmystik, Politik: »Die Welt, die wir verloren haben, war organisch«. In: *Forum Wissenschaft 1/1986. Wie männlich ist die Wissenschaft.* Hg. Bund demokratischer Wissenschaftler. Marburg, S. 15-18.

Brück, Brigitte (1994): Frauen und Rechtsextremismus in Europa: Das Beispiel Frankreich. In: Nestvogel, Renate (Hg.), S. 240-251.

Brückner, Margrit (1983): *Die Liebe der Frauen. Über Weiblichkeit und Mißhandlung.* Frankfurt am Main.

Brückner, Margrit (1984): Tödliche Liebesphantasien – Frauenbilder zwischen Jungfrau Maria und der Verführerin Eva. In: Schaeffer-Hegel, Barbara (Hg.): *Frauen und Macht. Der alltägliche Beitrag der Frauen zur Politik des Patriarchats.* Berlin, S. 216-228.

Brückner, Margrit (1985): Weibliche Verstrickungen in Liebesbeziehungen – Am Beispiel mißhandelter Frauen. In: Sektion Frauenforschung in den Sozialwissenschaften in der DGS (Hg.), S. 104-115.

Brüderl, Leokadia, Gert Wagner (1992): *Frauenleben zwischen Beruf und Familie. Psychosoziale Konsequenzen für Persönlichkeit und Gesundheit.* Weinheim.

Brumberg, Joan Jacobs (1994): *Todeshunger. Die Geschichte der Anorexia nervosa vom Mittelalter bis heute*. Frankfurt/New York.

Brumlop, Eva, Ursula Hornung (1994): Betriebliche Frauenförderung – Aufbrechen von Arbeitsmarktbarrieren oder Verfestigung traditioneller Rollenmuster? In: Beckmann, Petra, Gerhard Engelbrech (Hg.), S. 836-851.

Bublitz, Hannelore (1980): *Ich gehörte irgendwie so nirgends hin ... Arbeitertöchter an der Hochschule*. Gießen.

Bublitz, Hannelore (1992a): Feministische Wissenschaft: Patriarchatskritik oder Geschlechterforschung? In: Stahr, Ingeborg (Hg.): *Wenn Frauenwissen Wissen schafft. 10 Jahre Frauenstudien und Frauenforschung an der Universität GH Essen*. Essen, S. 23-36.

Bublitz, Hannelore (1992b): Geschlecht. In: Korte, Hermann, Bernhard Schäfers (Hg.): *Einführung in Hauptbegriffe der Soziologie*. Opladen, S. 59-78.

Büchner, Ulrike (1984): Frauenwissenschaft und Frauenstudien als radikale Wissenschaftskritik – dargestellt am Beispiel hochschuldidaktischer Praxis. In: *beiträge zur feministischen theorie und praxis* 7 (11), S. 132-142.

Bührmann, Andrea (1995): *Das authentische Geschlecht. Die Sexualitätsdebatte der Neuen Frauenbewegung und die Foucaultsche Machtanalyse*. Münster.

Bund-Länder-Kommission für Bildungsplanung und Forschungsförderung (BLK) (1989): *Förderung von Frauen im Bereich der Wissenschaft*. Bonn.

Bund-Länder-Kommission für Bildungsplanung und Forschungsförderung (BLK) (1994): *Zweiter Zwischenbericht über die Umsetzung der insbesondere Frauen fördernden Maßnahmen im Zweiten Hochschulsonderprogramm (HSP II) im Jahr 1992*. Bonn.

Bundeskriminalamt (Hg.) (1996): *Polizeiliche Kriminalstatistik Bundesrepublik Deutschland. Berichtsjahr 1995*. Wiesbaden.

Bundesminister für Jugend, Familie und Gesundheit (Hg.) (1985): *Nichteheliche Lebensgemeinschaften in der Bundesrepublik Deutschland*. Stuttgart.

Bundesministerium für Frauen und Jugend (Hg.) (1991): *Die Lebenssituation alleinstehender Frauen*. Stuttgart, Berlin, Köln.

Burkhardt, Anke (1993): (K)ein Platz für Wissenschaftlerinnen an ostdeutschen Hochschulen? In: *Beiträge zur Hochschulforschung* 3, S. 339-371.

Burkhardt, Anke, Ruth Heidi Stein (1996): Frauen in ostdeutschen Hochschulen vor und nach der Wende. In: Kleinau, Elke, Claudia Opitz (Hg.) (1996b), S. 497-516.

Busch, Alexandra (1989): Der metaphorische Schleier des ewig Weiblichen – Zu Luce Irigaray's Ethik der sexuellen Differenz. In: Großmaß, Ruth, Christiane Schmerl (Hg.), S. 117-171.

Busch, Gabriele, Doris Hess-Diebäcker, Marlene Stein-Hilbers (1995[2]): *Den Männern die Hälfte der Familie, den Frauen mehr Chancen im Beruf*. Weinheim.

Bußmann, Hadumod, Katrin Lange (Hg.) (1996): *Peinlich berührt. Sexuelle Belästigung von Frauen an Hochschulen*. München.

Butler, Judith (1991a): *Das Unbehagen der Geschlechter*. Frankfurt am Main.

Butler, Judith (1991b): Variationen zum Thema Sex und Geschlecht. Beauvoir, Wittig und Foucault. In: Nunner-Winkler, Gertrud (Hg.), S. 56-76.

Butler, Judith (1995): *Körper von Gewicht. Die diskursiven Grenzen des Geschlechts.* Berlin.

Cavarero, Adriana (1989): Ansätze zu einer Theorie der Geschlechterdifferenz. In: DIOTIMA, S. 65-102.

Chaberny, Annelore (1994): *Berufliche Beschäftigung von Frauen – Situationen und Tendenzen, Arbeitsmarktreport Frauen.* Bundesanstalt für Arbeit. Nürnberg.

Chasseguet-Smirgel, Janine (Hg.) (1981): *Psychoanalyse der weiblichen Sexualität.* Frankfurt am Main.

Chodorow, Nancy (1985): *Das Erbe der Mütter. Psychoanalyse und Soziologie der Geschlechter.* München.

Clemens, Bärbel, Sigrid Metz-Göckel, Aylâ Neusel, Barbara Port (Hg.) (1986): *Töchter der Alma Mater. Frauen in der Berufs- und Hochschulforschung.* Frankfurt/New York.

Cohn, Ruth (1980): *Von der Psychoanalyse zur themenzentrierten Interaktion.* Stuttgart.

Collin, Beate, Irmgard Schulz (Hg.) (1986): *Bibliographie-Frauenforschung über Frauenarbeit in Produktion und Reproduktion 1979 bis 1984.* Bielefeld.

Colloquium zu Fragen der Frauenforschung (1991): »Das war«s, was wir immer gesucht haben!« – Wie Frauen miteinander lernen. In: Windisch, Alfred (Hg.): *Licht im Hochschulalltag: Erfahrungen mit der Lehre.* Weinheim, S. 198-219.

Cordes, Mechthild (1995): *Die ungelöste Frauenfrage. Eine Einführung in feministische Theorie.* Frankfurt am Main.

Corea, Gena (1986): *MutterMaschine. Reproduktionstechnologien. Von der künstlichen Befruchtung zur künstlichen Gebärmutter.* Berlin.

Cramon-Daiber, Birgit, Monika Jaeckel, Barbara Köster, Hildegard Menge, Anke Wolf-Graaf (1983): *Schwesternstreit. Von den heimlichen und unheimlichen Auseinandersetzungen zwischen Frauen.* Reinbek.

Cremer, Christa, Christiane Bader, Anne Dudeck (Hg.) (1990): *Frauen in sozialer Arbeit. Zur Theorie und Prxis feministischer Bildungs- und Sozialarbeit.* Weinheim, München.

Davis, Laura (1995^{2}): *Verbündete: Ein Handbuch für Partnerinnen und Partner sexuell mißbrauchter Frauen und Männer.* Berlin.

Debold, Elizabeth, Idelisse Malavé, Marie Wilson (1994): *Die Mutter-Tochter-Revolution.* Reinbek.

Degenhardt, Annette, Hanns Martin Trautner (Hg.) (1979b): *Geschlechtstypisches Verhalten: Mann und Frau in psychologischer Sicht.* München.

Degenhardt, Annette (1979a): Geschlechtstypisches Verhalten über die Lebensspanne. In: Dies., Hanns Martin Trautner (Hg.), S. 26-49.

Degraef, Véronique (1991): Europäische feministische Studien und Forschungen: GRACE, WISE, ENWS. In: Hervé, Florence (Hg.), S. 199-205.

Dekker, Rudolf, Lotte van de Pol (1990): *Frauen in Männerkleidern. Weibliche Transvestiten und ihre Geschichte*. Berlin.

Der Fischer Weltalmanach 1997 (1996). Hg. von Mario von Baratta. Frankfurt am Main.

Dermutz, Susanne (1984): Frauenseminare – über die Aufhebung der Geschlechterneutralität. In: *Zeitschrift für Hochschuldidaktik* 8 (4), S. 509-526.

Deutsche Forschungsgemeinschaft (Hg.) (1994): *Sozialwissenschaftliche Frauenforschung in der Bundesrepublik Deutschland. Bestandsaufnahme und forschungspolitische Konsequenzen*. Mitteilung 1. Berlin.

Deutscher Bundestag (1984): *Verbesserung der Chancengleichheit von Mädchen in der Bundesrepublik Deutschland. Sechster Jugendbericht*. Bonn: Bundestags-Drucksache 10/1007 vom 15.02.1984.

Deutscher Bundestag (1990a): *Anhangsband zum Schlußbericht der Enquete-Kommission »Zukünftige Bildungspolitik – Bildung 2000«*. Bonn: Bundestags-Drucksache 11/7820 vom 05.09.1990.

Deutscher Bundestag (1990b): *Schlußbericht der Enquete-Kommission »Zukünftige Bildungspolitik – Bildung 2000*. Bonn: Bundestags-Drucksache 11/7820 vom 05.09.1990.

Dick, Anneliese, Hannelore Faulstich-Wieland, Günter Stark, Annedore Prengel (1986): *Konzept zum Vorhaben »Verwirklichung der Gleichstellung von Schülerinnen und Lehrerinnen an hessischen Schulen«*. Wiesbaden (HIBS), Sonderreihe Heft 21.

Dietzen, Agnes (1990): Universitäre Sozialisation: Zur Problematik eines heterosexuellen Beziehungsmusters: Mentor-Protégée. In: *Die Philosophin* 1 (1), S. 18-40.

Diezinger, Angelika (1991): *Frauen: Arbeit und Individualisierung, Chancen und Risiken*. Opladen.

Diezinger, Angelika, Hedwig Kitzer, Ingrid Anker, Simone Odierna, Erika Haas, Irma Bingel (Hg.) (1994): *Erfahrung mit Methode. Wege sozialwissenschaftlicher Frauenforschung*. Freiburg i.Br.

Dinnerstein, Dorothy (1979): *Das Arrangement der Geschlechter*. Stuttgart.

DIOTIMA (1989, 1993²): *Der Mensch ist Zwei. Das Denken der Geschlechterdifferenz*. Wien.

Dohm, Hedwig (1872): Was die Pastoren denken. In: Dies.: *Was die Pastoren denken*. Hg. von Berta Rahm. Zürich 1977.

Dölling, Irene, Beate Krais (Hg.) (1997): *Ein alltägliches Spiel. Geschlechterkonstruktion in der sozialen Praxis*. Frankfurt am Main.

Duden, Barbara (1987): *Geschichte unter der Haut. Ein Eisenacher Arzt und seine Patientinnen um 1730*. Stuttgart.

Duden, Barbara (1988a): Die Geschichte vom öffentlichen Fötus. In: Paczensky, Susanne von, Renate Sadrozinski (Hg.), S. 41-53.

Duden, Barbara (1988b): »Keine Nachsicht gegen das schöne Geschlecht«. Wie sich die Ärzte die Kontrolle der Gebärmutter aneigneten. In: Paczensky, Susanne von, Renate Sadrozinski (Hg.), S. 114-133.

Duden, Barbara (1991a, 1994): *Der Frauenleib als öffentlicher Ort. Vom Mißbrauch des Begriffs Leben*. Hamburg, Zürich.

Duden, Barbara (1991b): Geschlecht, Biologie, Körpergeschichte. Bemerkungen zu neuer Literatur in der Körpergeschichte. In: *Feministische Studien* 9 (2), S. 105-122.

Duden, Barbara (1993): Die Frau ohne Unterleib: Zu Judith Butlers Entkörperung. In: *Feministische Studien* 11 (2), S. 24-33.

Duelli-Klein, Renate (Hg.) (1989): *Das Geschäft mit der Hoffnung. Erfahrungen mit der Fortpflanzungsmedizin. Frauen berichten*. Berlin.

Duelli-Klein, Renate, Maresi Nerad, Sigrid Metz-Göckel (Hg.) (1982): *Feministische Wissenschaft und Frauenstudium. Ein Reader mit Originaltexten zu Women's Studies*. Hamburg.

Düring, Sonja (1993): *Wilde und andere Mädchen. Die Pubertät*. Freiburg i.Br.

Dunde, Siegfried Rudolf (Hg.) (1992): *Handbuch Sexualität*. Weinheim.

Dworkin, Andrea (1990): *Pornographie. Männer beherrschen Frauen*. Frankfurt am Main.

Eckart, Christel (1988): Verschlingt die Arbeit die Emanzipation? In: Anders, Ann (Hg.): *Schlüsseltexte der Neuen Frauenbewegung seit 1968*. Frankfurt am Main.

Eckart, Christel (1990): *Der Preis der Zeit. Eine Untersuchung der Interessen von Frauen an Teilzeitarbeit*. Frankfurt/New York.

Eckart, Christel, Ursula G. Jaerisch, Helgard Kramer (1979): *Frauenarbeit in Familie und Fabrik*. Frankfurt/New York.

Eckert, Roland (Hg.) (1979): *Geschlechtsrollen und Arbeitsteilung. Mann und Frau in soziologischer Sicht*. München.

Ehrenreich, Barbara, Deidre English (1975, 1996[16]): *Hexen, Hebammen und Krankenschwestern*. München.

Eichenbaum, Luise, Susie Orbach (1984): *Feministische Psychotherapie. Auf der Suche nach einem neuen Selbstverständnis der Frau*. München.

Eisler, Riane (1989): *Von der Herrschaft zur Partnerschaft. Weibliches und männliches Prinzip in der Geschichte*. München.

Eldorado, Homosexuelle Frauen und Männer in Berlin 1850-1950, Geschichte, Alltag und Kultur. Katalog zur Ausstellung (1984). Berlin.

Elliott, Michele (Hg.) (1995): *Frauen als Täterinnen. Sexueller Mißbrauch an Mädchen und Jungen*. Ruhnmark.

Emmerling, Thea (1994): *Karriere mit Kind? Kinderbetreuung in Deutschland*. Düsseldorf.

Enders, Ursula (Hg.) (1995): *Zart war ich, bitter war's. Handbuch gegen sexuellen Mißbrauch an Mädchen und Jungen*. Köln.

Enders-Dragässer, Uta (1990): Das Geschlechterverhältnis als Gegenstand politischer Bildung. In: *Umbrüche in der Industriegesellschaft*. Bonn, S. 369-381.

Enders-Dragässer, Uta, Ilse Brehmer (1984): *Die Schule lebt – Frauen bewegen die Schule. Dokumentation der 1. Fachtagung in Gießen 1982 und der 2. Fachtagung in Bielefeld 1983 FRAUEN UND SCHULE*. Hg. von der Arbeitsgruppe Elternarbeit. München.

Enders-Dragässer, Uta, Gabriele Stanzel (Hg.) (1986): *Frauen Macht Schule. Dokumentation der 4. Fachtagung der AG FRAUEN UND SCHULE 1985*. Frankfurt am Main.

Enders-Dragässer, Uta, Claudia Fuchs (1988): *Jungensozialisation in der Schule. Eine Expertise*. Darmstadt.

Enders-Dragässer, Uta, Claudia Fuchs (1989, 1993²): *Interaktionen der Geschlechter. Sexismusstrukturen in der Schule*. Weinheim, München.

Enders-Dragässer, Uta, Claudia Fuchs (Hg.) (1990, 1993³): *Frauensache Schule. Aus dem deutschen Schulalltag: Erfahrungen, Analysen, Alternativen*. Frankfurt am Main.

Engler, Stefanie, Barbara Friebertshäuser (1990): Geschlechterverhältnisse an der Hochschule. In: Schlüter, Anne, Ingeborg Stahr (Hg.): *Wohin geht die Frauenforschung?* Köln, Wien, S. 177-184.

Erler, Gisela Anna (1985): *Für eine Politik des Unterschieds*. Berlin.

European Women's Studies Guide (1993): W.I.S.E. Women's International Studies Europe. Utrecht.

Fabianke, Ruth, Heike Kahlert (Hg.) (1991): *Frauen in der Hochschullehre: Auf der Suche nach neuen Lehr- und Lernformen*. Dokumentation des Workshops »Lehre in der Frauenforschung«. Hamburg.

Faderman, Lillian (1990): *Köstlicher als die Liebe der Männer. Romantische Freundschaft und Liebe zwischen Frauen von der Renaissance bis heute*. Zürich.

Faderman, Lillian (1991): *Odd Girls and Twilight Lovers. A History of Lesbian Life in Twentieth-Century America*. New York, Oxford.

Färber, Christine, Vera Reiß-Jung, Brigitte Vollmer-Schubert, Ingeborg Wender (1993): *Handbuch für aktive Frauenarbeit an Hochschulen*. Marburg.

Fast, Irene (1992): *Von der Einheit zur Differenz*. Heidelberg.

Faulstich-Wieland, Hannelore (Hg.) (1987): *Abschied von der Koedukation?* Frankfurt am Main.

Faulstich- Wieland, Hannelore (1991): *Koedukation – Enttäuschte Hoffnungen?* Darmstadt.

Faulstich-Wieland, Hannelore, Marianne Horstkemper (1996): 100 Jahre Koedukationsdebatte – und kein Ende. In: *Ethik und Sozialwissenschaften*. Streitforum für Erwägungskultur 7 (4), S. 509-520.

Fausto-Sterling, Anne (1985): *Gefangene des Geschlechts. Was biologische Theorien über Mann und Frau aussagen*. München.

Feministische Studien (1982ff.)

Fischer, Dietlind, Juliane Jacobi, Barbara Koch-Priewe (Hg.) (1996): *Schulentwicklung geht von Frauen aus*. Weinheim.

Fischer, Ute Luise, Marita Kampshoff, Susanne Keil, Mathilde Schmitt (Hg.) (1996): *Kategorie Geschlecht? Empirische Analysen und feministische Theorien*. Opladen.

Fischer-Homberger, Esther (1983): *Medizin vor Gericht, Gerichtsmedizin von der Renaissance bis zur Aufklärung*. Bern, Stuttgart, Wien.

Fischer-Homberger, Esther (1984): *Krankheit Frau. Zur Geschichte der Einbildungen*. Darmstadt, Neuwied.

Flaake, Karin (1989a): *Berufliche Orientierungen von Lehrerinnen und Lehrern. Eine empirische Untersuchung*. Frankfurt/New York.

Flaake, Karin (1989b): Licht im dunklen Kontinent. Die Weiterführung psychoanalytischen Denkens aus feministischer Perspektive. In: *Die neue Gesellschaft, Frankfurter Hefte* 30, S. 843-851.

Flaake, Karin, Vera King (Hg.) (1992): *Weibliche Adoleszenz. Zur Sozialisation junger Frauen*. Frankfurt/New York.

Fleßner, Heike, Marianne Kriszio, Rita Kurth, Lydia Potts (Hg.) (1994): *Women's Studies im internationalen Vergleich. Erfahrungen aus der Bundesrepublik Deutschland, den Niederlanden und den USA*. Pfaffenweiler.

Flick, Uwe, Ernst v. Kardorff, Heiner Keupp, Lutz v. Rosenstiel, Stephan Wolff (Hg.) (1991): *Handbuch Qualitative Sozialforschung*. München.

Frackmann, Margit (Hg.) (1990): *Ein Schritt vorwärts. Frauen in Ausbildung und Beruf*. Hamburg.

Franzen-Hellersberg, Lisbeth (1932): *Die jugendliche Arbeiterin. Ihre Arbeitsweise und Lebensform. Ein Versuch sozialpsychologischer Forschung zum Zweck der Umwertung proletarischer Tatbestände*. Tübingen.

Frasch, Heidi, Angelika Wagner (1982): »Auf Jungen achtet man einfach mehr...«. In: Brehmer, Ilse (Hg.), S. 260-278.

Fraser, Nancy (1994): *Widerspenstige Praktiken. Macht, Diskurs, Geschlecht*. Frankfurt am Main.

Frauen und Wissenschaft (1977). Beiträge zur Berliner Sommeruniversität für Frauen, Juli 1976. Berlin.

Fremerey, Ulrike, Peter Kupferschmidt (1991): *Frauen in den neuen Bundesländern im Prozeß der deutschen Einigung*. Bundesministerium für Frauen und Jugend (Hg.): Materialien zur Frauenpolitik 11/1991. Bonn.

Frerichs, Petra, Martina Morschhäuser, Margareta Steinrücke (1989): *Fraueninteressen im Betrieb. Arbeitssituation und Interessenvertretung im Zeichen neuer Technologien*. Köln.

Freud, Sigmund (1905): Drei Abhandlungen zur Sexualtheorie. In: Ders.: *Gesammelte Werke*, Bd. V, Frankfurt am Main, S. 27-145.

Freud, Sigmund (1923): Die infantile Genitalorganisation. In: Ders: *Gesammelte Werke*, Bd. XIII, Frankfurt am Main, S. 291-298.

Freud, Sigmund (1924): Der Untergang des Ödipuskomplexes. In: Ders.: *Gesammelte Werke*, Bd. XXIII, Frankfurt am Main, S. 395-402.

Freud, Sigmund (1931): Über die weibliche Sexualität. In: Ders.: *Gesammele Werke*, Bd. XIV, Frankfurt am Main, S. 515-537.

Freud, Sigmund (1933): Die Weiblichkeit. In: Ders.:*Gesammelte Werke*, Bd. XV, Neue Folge der Vorlesungen zur Einführung in die Psychoanalyse, S. 119-145. Frankfurt am Main.

Friedeburg, Ludwig von (1989): *Bildungsreform in Deutschland*. Frankfurt am Main.

Friedrich, Hannes, Lothar Lappe, Ilona Schwinghammer, Ingeborg Wegehaupt-Schneider (1973): *Frauenarbeit und technischer Wandel.* Hg. von Rationalisierungskuratorium der deutschen Wirtschaft (RkW). Frankfurt am Main.

Friedrichsen, Gisela (1991): *Abtreibung. Der Kreuzzug von Memmingen*. Frankfurt am Main.

Frohnhaus, Gabriele (1994): *Feminismus und Mutterschaft. Eine Analyse theoretischer Konzepte und der Mütterbewegung in Deutschland*. Weinheim.

Fuchs, Brigitte, Gabriele Habinger (Hg.) (1996): *Rassismen & Feminismen. Differenzen, Machtverhältnisse und Solidarität zwischen Frauen*. Wien.

Gather, Claudia (1996): *Konstruktionen von Geschlechterverhältnissen. Machtstrukturen und Arbeitsteilung bei Paaren im Übergang in den Ruhestand*. Berlin.

Gebhardt-Benischke, Margot, Ingeborg Stahr (Hg.) (1991): *Frauenpolitik im Wissenschaftsbetrieb. Perspektiven und Handlungsmöglichkeiten im Hochschul- und Wissenschaftsalltag*. Alsbach/Bergstraße.

Geenen, Elke M. (1994): *Blockierte Karrieren: Frauen in der Hochschule*. Opladen.

Geissler, Birgit, Mechtild Oechsle (1996): *Die Lebensplanung junger Frauen. Zur widersprüchlichen Modernisierung weiblicher Lebensläufe*. Weinheim.

Gensior, Sabine (Hg.) (1995): *Vergesellschaftung und Frauenerwerbsarbeit. Ost-West-Vergleiche.* Berlin.

Gensior, Sabine, Sigrid Metz-Göckel (1990): Differentielle Gleichheit und subtile Diskriminierung. Zur Gleichstellung der Geschlechter in Bildung und Beruf – eine Zwischenbilanz. In: Deutscher Bundestag, Referat Öffentlichkeitsarbeit (Hg.): *Zukünftige Bildungspolitik – Bildung 2000.* Zwischenbericht der Enquete-Kommission des Deutschen Bundestages. Bonn.

Gerhard, Ute (1978): *Verhältnisse und Verhinderungen. Frauenarbeit, Familie und Rechte der Frauen im 19. Jahrhundert*. Mit Dokumenten. Frankfurt.

Gerhard, Ute (1990): *Unerhört. Die Geschichte der deutschen Frauenbewegung*. Reinbek. (Unter Mitarbeit von Ulla Wischermann).

Gerhard, Ute, Mechthild Jansen, Andrea Maihofer, Pia Schmid, Irmgard Schultz (Hg.) (1990, 1997[2]): *Differenz und Gleichheit. Menschenrechte haben (k)ein Geschlecht*. Frankfurt am Main.

Giebeler, Cornelia (1992): *Zwischen Protest und Disziplin. Die feministische Paradoxie*. Bielefeld.

Giesche, Sigrid, Dagmar Sachse (Hg.) (1988): *Frauen verändern Lernen. Dokumentation der 6. Fachtagung der AG FRAUEN UND SCHULE*. Kiel.

Giese, Cornelia (1990): *Gleichheit und Differenz. Vom dualistischen Denken zur polaren Weltsicht*. München.

Gildemeister, Regine (1992): Die soziale Konstruktion von Geschlechtlichkeit. In: Ostner, Ilona, Klaus Lichtblau (Hg.), S. 220-239.

Gildemeister, Regine, Angelika Wetterer (1992): Wie Geschlechter gemacht werden. Die soziale Konstruktion der Zweigeschlechtlichkeit und ihre Reifizierung in der Frauenforschung. In: Knapp, Gudrun-Axeli, Angelika Wetterer (Hg.), S. 201-254.

Gilligan, Carol (1984): *Die andere Stimme. Lebenskonflikte und Moral der Frau*. München.

Gimbutas, Marija (1995): *Die Sprache der Göttin. Das verschüttete Symbolsystem der westlichen Zivilisation*. Frankfurt am Main.

Glatzer, Wolfgang, Gisela Dörr, Wolfgang Hübinger, Karin Prinz, Mathias Bös, Udo Neumann (1991): *Haushaltstechnisierung und gesellschaftliche Arbeitsteilung*. Frankfurt am Main.

Glumpler, Edith (Hg.) (1993): *Erträge der Frauenforschung für die LehrerInnenbildung*. Bad Heilbrunn.

Glumpler, Edith (Hg.) (1994, 1997[2]): *Koedukation: Entwicklungen und Perspektiven*. Bad Heilbrunn.

Göhler, Marion, Wolf-Dieter Scholz (1989): *Zwischen Küche und Hörsaal. Zur Situation studierender Mütter. Ergebnisse einer Untersuchung über die Situation studierender Mütter an der Universität Oldenburg*. Bibliotheks- und Informationssystem der Universität Oldenburg.

Goodrich, Thelma Jean, Cheryl Rampage, Barbara Ellman, Kris Halstead (1991): *Feministische Familientherapie*. Frankfurt/New York.

Göttert, Margit (1989): Über die »Wuth, Frauen zu lieben«. Die Entdeckung der lesbischen Frau. In: *Feministische Studien* 7 (2), S. 23-28.

Göttner-Abendroth, Heide (1988): *Das Matriarchat I. Geschichte seiner Erforschung*. Stuttgart.

Gottschall, Karin (1990): *Frauenarbeit und Bürorationalisierung*. Frankfurt/New York.

Gottschall, Karin (1995): Geschlechterverhältnis und Arbeitsmarktsegregation. In: Becker-Schmidt, Regina, Gudrun-Axeli Knapp (Hg.), S. 125-163.

Gräbe, Sylvia (Hg.) (1992): *Alltagszeit – Lebenszeit. Zeitstrukturen im privaten Haushalt*. Frankfurt/New York.

Gräbe, Sylvia (Hg.) (1993): *Der private Haushalt im wissenschaftlichen Diskurs*. Frankfurt/New York.

Grabrucker, Marianne (1985, 1994[10]): *«Typisch Mädchen...« Prägung in den ersten drei Lebensjahren. Ein Tagebuch*. Frankfurt am Main.

Gravenhorst, Lerke, Karin Jurczyk (1983): Familie. In: Beyer, Johanna u.a. (Hg.), S. 71-76.

Großmaß, Ruth (1993): Wie beziehen sich Lehrende und Lernende aufeinander? Gleichheit und Differenz. In: *Mit unserer eigenen Stimme sprechen, Frauen und Mädchen in Schule und Bildung*. Hg. vom Landesinstitut für Schule und Weiterbildung, Oberstufenkolleg Bielefeld. Soest, S. 324-329.

Großmaß, Ruth, Christiane Schmerl (Hg.) (1989): *Feministischer Kompaß, patriarchales Gepäck. Kritik konservativer Anteile in neueren feministischen Theorien*. Frankfurt/New York.

Grund- und Strukturdaten 1996/97. Hg. vom Bundesministerium für Bildung, Wissenschaft, Forschung und Technologie. Bonn.

Gysi, Jutta, Dagmar Meyer (1993): Leitbild: berufstätige Mutter – DDR-Frauen in Familie, Partnerschaft und Ehe. In: Hedwig, Gisela, Hildegard Maria Nickel (Hg.), S. 139-165.

Hacker, Hanna (1987): *Frauen und Freundinnen. Studien zur »weiblichen Homosexualität« am Beispiel Österreich 1870-1937*. Weinheim, Basel.

Hagemann-White, Carol (1978): Die Kontroverse um die Psychoanalyse in der Frauenbewegung. In: *Psyche* 32 (8), S. 732-763.

Hagemann-White (1979, 1986²): *Frauenbewegung und Psychoanalyse*. Basel, Frankfurt am Main.

Hagemann-White, Carol (1983): Gewalt. In: Beyer, Johanna u.a., S. 114-118.

Hagemann, White, Carol (1984a): Frauenforschung. In: Kerber, Harald, Arnold Schmieder (Hg.): *Handbuch Soziologie. Zur Theorie und Praxis sozialer Beziehungen*. Reinbek, S. 167-171.

Hagemann-White, Carol (1984b): *Sozialisation: Weiblich – männlich?* Opladen.

Hagemann-White, Carol (1988a): Geschlecht und Erziehung – Versuch einer theoretischen Orientierung im Problemfeld der Koedukationsdebatte. In: Pfister, Getrud (Hg.), S. 41-60.

Hagemann-White, Carol (1988b): Wir werden nicht zweigeschlechtlich geboren... In: Dies., Maria S. Rerrich (Hg.), S. 224-235.

Hagemann-White, Carol (1988c): Zur Geschichte und zum Selbstverständnis von Frauenforschung. In: Rapin, Hildegard (Hg.), S. 9-24.

Hagemann-White, Carol (1989): Anfangsbedingungen der Frauenforschung in der Berliner Soziologie. In: Bude, Heinz, Martin Kohli (Hg.): *Radikalisierte Aufklärung. Studentenbewegung und Soziologie in Berlin 1965 bis 1970*. Weinheim, München, S. 87-110.

Hagemann-White, Carol (1993): Die Konstrukteure des Geschlechts auf frischer Tat ertappen? Methodische Konsequenzen einer theoretischen Einsicht. In: *Feministische Studien* 11 (2), S. 68-78.

Hagemann-White, Carol (1994): Der Umgang mit Zweigeschlechtlichkeit als Forschungsaufgabe. In: Diezinger, Angelika u.a. (Hg.), S. 301-318.

Hagemann-White, Carol (1995): *Frauenforschung – der Weg in die Institution. Ideen, Persönlichkeiten und Strukturbedingungen am Beispiel Niedersachsens*. Bielefeld.

Hagemann-White, Carol, Maria S. Rerrich (Hg.) (1988): *FrauenMännerBilder. Männer und Männlichkeit in der feministischen Diskussion*. Bielefeld.

Hampel, Jürgen, Heidrun Mollencopf, Ursula Weber, Wolfgang Zapf (1991): *Alltagsmaschinen – Die Folgen der Technik in Haushalt und Familie*. Berlin

Hannover, Bettina, Susanne Bettge (1993): *Mädchen und Technik*. Göttingen.

Hantsche, Brigitte (1989): Schritte zur Aneignung des eigenen Lebens. Stellenwert, Definition und Realisationsmöglichkeiten von Selbständigkeitsbestrebungen junger Frauen und Männer der »60er Generation«. In: Müller, Ursula, Hiltraud Schmidt-Waldherr (Hg.), S. 163-185.

Haraway, Donna (1995): *Die Neuerfindung der Natur. Primaten, Cyborgs und Frauen*. Frankfurt/New York.

Harding, Sandra (1990): *Feministische Wissenschaftstheorie. Zum Verhältnis von Wissenschaft und sozialem Geschlecht*. Hamburg.

Harding, Sandra (1994): *Das Geschlecht des Wissens*. Frankfurt/New York.

Harenberg Lexikon der Gegenwart. Aktuell '97. Hg. von Bodo Harenberg (1996). Dortmund.

Hark, Sabine (1996a): *deviante Subjekte. Die paradoxe Politik der Identität*. Opladen.

Hark, Sabine (Hg.) (1996b): *Grenzen lesbischer Identitäten. Aufsätze*. Berlin.

Hasenjürgen, Brigitte (1996): *Soziale Macht im Wissenschaftsspiel. Sozialwissenschaftlerinnen und Frauenforscherinnen an der Hochschule*. Münster.

Haug, Frigga (Hg.) (1988^3): *Frauen – Opfer oder Täter*? Hamburg.

Haug, Frigga (Hg.) (1991^3): *Sexualisierung der Körper*. Berlin, Hamburg.

Hauschild, Thomas, Heidi Staschen, Regina Troschke (Hg.) (1979): *Hexen. Katalog zur Ausstellung*. Hamburg.

Hausen, Karin (1976): Die Polarisierung der »Geschlechtscharaktere« – Eine Spiegelung der Dissoziation von Erwerbs- und Familienleben. In: Conze, Werner (Hg.): *Sozialgeschichte der Familie in der Neuzeit Europas*. Stuttgart, S. 363-393.

Hausen, Karin (1978): Technischer Fortschritt und Frauenarbeit im 19. Jahrhundert. – Zur Sozialgeschichte der Nähmaschine. In: *Geschichte und Gesellschaft* 4, S. 148 ff.

Hausen, Karin (Hg.) (1983): *Frauen suchen ihre Geschichte*. München.

Hausen, Karin (1987): Große Wäsche. Technischer Fortschritt und sozialer Wandel in Deutschland vom 18. bis ins 20. Jahrhundert. In: *Geschichte und Gesellschaft* 13, S. 273 ff.

Hausen, Karin, Helga Nowotny (Hg.) (1986): *Wie männlich ist die Wissenschaft*? Frankfurt am Main.

Heckmann, Rosemarie (1990): ›Das bißchen Haushalt, meint mein Mann ...‹. In: *Das Parlament* 4-5 (19), S. 7.

Hedwig, Gisela, Hildegard Maria Nickel (Hg.) (1993): *Frauen in Deutschland 1945-1992*. Bonn.

Heiliger, Anita, Constance Engelfried (1995): *Sexuelle Gewalt. Männliche Sozialisation und potentielle Täterschaft*. Frankfurt am Main.

Heintz, Bettina (1993): Die Auflösung der Geschlechterdifferenz. Entwicklungstendenzen in der Theorie der Geschlechter. In: Bühler, Elisabeth, Heidi Meyer, Dagmar Reichert, Andrea Scheller (Hg.): *Ortssuche. Zur Geographie der Geschlechterdifferenz.* Zürich, Dortmund, S. 17-48.

Heinz, Walter, Helga Krüger, Ursula Rettke (1985): *»Hauptsache eine Lehrstelle«. Jugendliche vor den Hürden des Arbeitsmarktes.* Weinheim, Basel.

Hellmann, Ulrike, Volker Volkholz (1985): *Mädchen in Männerberufen. Eine empirische Streitschrift.* Hamburg.

Hempel, Marlies (Hg.) (1995): *Verschieden und doch gleich. Schule und Geschlechterverhältnisse in Ost und West.* Bad Heilbrunn.

Heppner, Gisela, Julia Osterhoff, Christiane Schiersmann, Christiane Schmidt (1990): *Computer? »Interessieren tät«s mich schon, aber...«. Wie sich Mädchen in der Schule mit Neuen Technologien auseinandersetzen.* Bielefeld.

Hepting, Roland (1978): *Mädchenschule versus Koedukation. Eine vergleichende Untersuchung über die Sozialisation der Mädchen in privaten und konfessionellen Mädchengymnasien und staatlichen koedukativen Gymnasien.* Stuttgart.

Hervé, Florence (1991): *Frauenzimmer im Haus Europa.* Köln.

Hessisches Koordinationsbüro für behinderte Frauen (1996): *Literatur von, für, über Frauen mit Behinderung.* Kassel (Bibliographie).

Hildebrandt, Karin (1989): *Wissenschaftlerinnen im Hochschulwesen der DDR – Ergebnisse einer Befragung.* Berlin.

Hildebrandt, Karin (1991): Frauen an DDR-Hochschulen. Situation und Probleme. In: Sachs, Anne, Christiane Lindecke (Hg.): *Frauen zwischen Ost und West, Dokumentation der Offenen Frauenhochschule in Kassel 1990.* Bd. 2, Kassel, S. 142-155.

Hite, Shere (1988): Teil IV: Liebe zwischen Frauen. In: Dies.: *Frauen und Liebe. Der neue Hite Report.* München, S. 579-676.

Hochschild, Arlie Russel (1990): *Das gekaufte Herz. Zur Kommerzialisierung der Gefühle.* Frankfurt/New York.

Hoffmann, Lore (1988): Mädchen/Frauen und Naturwissenschaften/Technik. In: Giesche, Sigrid, Dagmar Sachse (Hg.), S. 2-14.

Holzbecher, Monika, Anne Braszeit, Ursula Müller, Sibylle Plogstedt (1990): *Sexuelle Belästigung am Arbeitsplatz.* Stuttgart, Berlin, Köln.

Holzkamp, Christine, Gisela Steppke (1979): Lernen, lieben, leiden... über unsere Hoffnungen, Enttäuschungen und Lernprozesse als Dozentinnen in Frauenseminaren. In: Metz-Göckel, Sigrid (Hg.), S. 81-98.

Holzkamp-Osterkamp, Ute (1978): *Motivationsforschung 2. Die Besonderheit menschlicher Bedürfnisse.* Frankfurt am Main.

Honegger, Claudia (Hg.) (1978): *Die Hexen der Neuzeit. Studien zur Sozialgeschichte eines kulturellen Deutungsmusters.* Frankfurt am Main.

Honegger, Claudia (1991): *Die Ordnung der Geschlechter. Die Wissenschaften vom Menschen und das Weib (1750-1850).* Frankfurt/New York.

Honegger, Claudia, Bettina Heintz (Hg.) (1981): *Listen der Ohnmacht: Zur Sozialgeschichte weiblicher Widerstandsformen*. Frankfurt am Main.

Horner, Matina S. (1972:) The motive to avoid success and changing aspirations of college women. In: Bardwick, Judith M. (ed.): *Readings on the psychology of women*. New York, Evanston, S. 62-67.

Horstkemper, Marianne (1987, 1991²): *Schule, Geschlecht und Selbstvertrauen. Eine Längsschnittstudie über Mädchensozialisation in der Schule*. Weinheim, München.

Huber, Ludwig (1991): Sozialisation in der Hochschule. In: Hurrelmann, Klaus, Dieter Ulich (Hg.), S. 417-442.

Huber, Michaela (1996): *Multiple Persönlichkeiten. Überlebende extremer Gewalt. Ein Handbuch*. Frankfurt am Main.

Hügel, Ika, Chris Lange, May Ayim, Ilona Bubeck, Gülsen Aktas, Dagmar Schultz (1993): *Entfernte Verbindungen. Rassismus, Antisemitismus, Klassenunterdrückung*. Berlin.

Hurrelmann, Klaus, Klaus Rodax, Norbert Spitz, Gabriele Naundorf, Carola Wildt, Ursula Rabe-Kleberg (1986): *Koedukation – Jungenschule auch für Mädchen?* Opladen.

Hurrelmann, Klaus, Dieter Ulich (Hg.) (1991): *Neues Handbuch der Sozialisationsforschung*. Weinheim, Basel (4., völlig neubearb. Aufl.).

Hyde, Janet S. (1990): Meta-Analysis and the Psychology of Gender Differences. In: *Signs* 16 (1), S. 55-73.

Ihrsinn (1990ff): *eine radikalfeministische Lesbenzeitschrift*.

Institut Frau und Gesellschaft (Hg.) (1989): *1. Forschungsbericht 1982-1988*. Hannover.

Institut Frau und Gesellschaft (Hg.) (1992): *2. Forschungsbericht. Januar 1989 bis April 1992*. Hannover.

Interdisziplinäre Forschungsgruppe Frauenforschung (IFF) (Hg.) (1989): *La Mamma. Beiträge zur sozialen Institution Mutterschaft*. Köln.

Interdisziplinäre Forschungsgruppe Frauenforschung (IFF) (1992): *Zweierlei Welten? Feministische Wissenschaftlerinnen im Dialog mit der männlichen Wissenschaft*. Frankfurt/New York.

International Handbook of Women's Studies, The (1993): Ed. by Loulou Brown, Helen Collins, Pat Green, Maggie Humm, Mel Landells. New York, London, Toronto, Sydney, Tokyo, Singapore.

Irigaray, Luce (1979): *Das Geschlecht, das nicht eins ist*. Berlin.

Irigaray, Luce (1980): *Speculum. Spiegel des anderen Geschlechts*. Frankfurt am Main.

Irigaray, Luce (1991a): *Die Zeit der Differenz. Für eine friedliche Revolution*. Frankfurt/New York.

Irigaray, Luce (1991b): *Ethik der sexuellen Differenz*. Frankfurt am Main.

Jacobi, Juliane (1994): Zentraleinrichtung oder Dezentralisierung? In: Kahlert, Heike, Elke Kleinau (Hg.), S. 103-113.

Jaeckel, Monika (1983): Spaltung zwischen Frauen – Fußangeln der Unterdrückung oder Sauerteig einer weiblichen Zukunft? In: Cramon-Daiber, Birgit u.v.a., S. 17-31.

Jähnert, Gabriele (1992): Vernetzung von Frauenforschung an der Humboldt-Universität zu Berlin – Anspruch und Wirklichkeit. In: Stahr, Ingeborg (Hg.): *Wenn Frauenwissen Wissen schafft. Zehn Jahre Frauenstudien und Frauenforschung an der Universität GH Essen.* Essen, S. 53-63.

Janshen, Doris, Hedwig Rudolph (1987): *Ingenieurinnen. Frauen für die Zukunft.* Berlin, New York.

Jansen, Sarah (1991): *Naturwissenschaftlerinnen und Ingenieurinnen: Von der Forderung nach Gleichstellung zur feministischen Forschung.* Hg. von Frauen in Naturwissenschaft und Technik e.V., Hamburg.

Jay, Nancy (1988): Geschlechterdifferenzierung und dichotomes Denken. In: Schaeffer-Hegel, Barbara, Barbara Watson-Franke (Hg.), S. 245-262.

Jeffreys, Sheila (1994): *Ketzerinnen. Lesbischer Feminismus und die lesbisch-sexuelle Revolution.* München.

Joseph, Gloria I. (1993): *Schwarzer Feminismus. Theorie und Politik afro-amerikanischer Frauen.* Berlin.

Jüngling, Christiane (1991): Geschlechterpolitik in Organisationen. In: Krell, Gertraude, Margit Osterloh (Hg.): *Personalpolitik aus der Sicht von Frauen – Frauen aus der Sicht der Personalpolitik.* München, S. 173- 206.

Jurczyk, Karin, Maria S. Rerrich. (Hg.) (1993): *Die Arbeit des Alltags. Beiträge zu einer Soziologie der alltäglichen Lebensführung.* Freiburg.

Kahle, Irene, Hildegard Schaeper (1991): *Bildungswege von Frauen vom Abitur bis zum Berufseintritt.* Hg. von Hochschul-Informations-System GmbH (HIS). Hannover.

Kahlert, Heike (1994): Reflexionen über soziale Beziehungen von Frauen in der Wissenschaft. In: Biester, Elke, Barbara Holland-Cunz, Birgit Sauer (Hg.): *Demokratie oder Androkratie? Theorie und Praxis demokratischer Herrschaft in der feministischen Diskussion.* Frankfurt/New York, S. 69-98.

Kahlert, Heike (1996a): *Gegen-Bewegungen. Frauen- und Geschlechterforschung in der Lehre an Hamburger Hochschulen. Evaluation der Frauenvorlesungsverzeichnisse vom Wintersemester 1984/85 bis zum Sommersemester 1996.* Hg. von der Gemeinsamen Kommission und Koordinationsstelle für Frauenstudien/Frauenforschung Hamburg. Hamburg.

Kahlert, Heike (1996b): *Weibliche Subjektivität. Geschlechterdifferenz und Demokratie in der Diskussion.* Frankfurt/New York.

Kahlert, Heike, Elke Kleinau (Hg.) (1994): *Feministische Erbschaften – feministische Erblasten. Reflexionen über Frauenförderung und Frauenforschung in Hamburg anläßlich des zehnjährigen Bestehens der Koordinationsstelle Frauenstudien/Frauenforschung an Hamburger Hochschulen.* Hamburg.

Kaiser, Astrid (Hg.) (1996): *FrauenStärken – ändern Schule. 10. Bundeskongreß Frauen und Schule*. Bielefeld.

Karras, Christa, Elisabeth Lembeck, Karin Pienschke, Jutta Schiecke, Claudia Unglert, Ilona Ladwig (1991): *Den Frauen gehört die Hälfte des Himmels. Das Hannoveraner Modell eines Frauengrundkurses*. Frankfurt am Main, Hannover.

Katz, Montana, Veronica Vieland (1993): *Uni-Knigge für Frauen. Wegweiser durch den patriarchalen Hochschuldschungel*. Frankfurt/New York.

Katz Rothmann, Barbara (1989): *Schwangerschaft auf Abruf*. Marburg.

Kauermann-Walter, Jacqueline, Maria Anna Kreienbaum, Sigrid Metz-Göckel (1988): Formale Gleichheit und diskrete Diskriminierung: Forschungsergebnisse zur Koedukation. In: Rolff, Hans-Günter u.a. (Hg.): *Jahrbuch der Schulentwicklung 5*. Weinheim, München, S. 157-188.

Kauermann-Walter, Jacqueline, Maria Anna Kreienbaum (1989): Der soziopsychologische Bildungszirkel. Ein pragmatisches Modell zur Erklärung der Benachteiligung von Mädchen und Frauen im Bildungswesen. In: Kreienbaum, Maria Anna (Hg.), S. 29-47.

Kauermann-Walter, Jacqueline, Maria Anna Kreienbaum (1990): »Erst mal fertig werden – und dann bin ich wer.« Zum Einfluß der Schulerfahrung (Mädchenschule oder Koedukation) auf Fachwahl und Berufspläne der Chemie- und Informatikstudentinnen. In: Schlüter, Anne u.a. (Hg.), S. 123-142.

Kauermann-Walter, Jacqueline, Sigrid Metz-Göckel (1989): Geschlechterverhältnis und Computerbildung. Ergebnisse aus einem Forschungsprojekt. In: Kreienbaum, Maria Anna (Hg.), S. 168-178.

Kaufmann, Jean Claude (1994): *Schmutzige Wäsche. Zur ehelichen Konstruktion von Alltag*. Konstanz.

Kavemann, Barbara, Ingrid Lohstöter (1984, 1993): *Väter als Täter, Sexuelle Gewalt gegen Mädchen*. Hamburg.

Keller, Evelyn Fox (1986): *Liebe, Macht, Erkenntnis. Männliche oder weibliche Wissenschaft*? München, Wien.

Keller, Evelyn Fox, Helen Moglen (1990): Gefallene Engel. Frauen in der Wissenschaft. In: Miner, Valerie, Helen E. Longino (Hg.): *Konkurrenz. Ein Tabu unter Frauen*. München, S. 14-34.

Kelly-Gadol, Joan (1988): Soziale Beziehungen der Geschlechter. Methodologische Implikationen einer feministischen Geschichtsbetrachtung. In: Schaeffer-Hegel, Barbara, Barbara Watson-Franke (Hg.), S. 17-32.

Kempf, Rosa (1911): *Das Leben der jungen Fabrikmädchen in München*. Schriften des Vereins für Socialpolitik 135, 3 Bände. Leipzig.

Kern, Horst, Michael Schumann (1970): *Industriearbeit und Arbeiterbewußtsein*. 2 Bände, Frankfurt am Main.

Kessler, Suzanne J., Wendy McKenna (1985): *Gender. An Ethnomethodological Approach*. Chicago, London.

Kettschau, Irmhild, Verena Bruchhagen, Gisela Steenbuck u.a. (1993): *Frauenstudien – Qualifikationen für eine neue Praxis der Frauenarbeit*. Pfaffenweiler.

Kiechle, Brigitte (1991): *Selbstbestimmung statt Fremdbestimmung. Zur aktuellen Auseinandersetzung um den § 218*. Frankfurt am Main.

Kien, Jenny (1988): Das Geschlecht der Forschung in den Hirnen der Hirnforscher. Zur Geschlechtsdifferenzierung des Gehirns. In: Willkop, Lydia (Hg.): *Die Hüter der Ordnung. Aus den Einrichtungen des Patriarchats*. München, S. 34-43.

Kindermann, Gisela, Barbara Mauersberger, Ingelore Pilwousek (Hg.) (1987): *Frauen verändern Schule. Dokumentation des 5. Fachkongresses 1986 der AG FRAUEN UND SCHULE*. Berlin.

Kirchhoff, Sabine (1994): *Sexueller Mißbrauch vor Gericht*. Opladen (Band 1: Beobachtung und Analyse, Band 2: 15 Gerichtsprotokolle).

Klages, Helmut, Hans-Jürgen Hippler, Willi Herbert (1992): *Werte und Wandel. Ergebnisse und Methoden einer Forschungstradition*. Frankfurt am Main.

Kleber, Michaela (1991): Arbeitsmarktsegmentation nach dem Geschlecht. In: Krell, Gertraude, Margit Osterloh (Hg.): *Personalpolitik aus der Sicht von Frauen – Frauen aus der Sicht der Personalpolitik*. München, S. 85-107.

Klein, Renate (1990): Intellekt und Leidenschaft. In: *EMMA – Sonderband Schwesternlust*, S. 154-157.

Klein, Uta (1994): Das Geschlechterverhältnis und die Soziologie. In: Kneer, Georg, Klaus Kraemer, Armin Nassehi (Hg.): *Soziologie. Zugänge zur Gesellschaft. Geschichte, Theorien und Methoden*. Münster, Hamburg, S. 191-223.

Kleinau, Elke, Claudia Opitz (Hg.) (1996a): *Geschichte der Mädchen- und Frauenbildung. Band 1: Vom Mittelalter bis zur Aufklärung*. Frankfurt/New York.

Kleinau, Elke, Claudia Opitz (Hg.) (1996b): *Geschichte der Mädchen- und Frauenbildung. Band 2: Vom Vormärz bis zur Gegenwart*. Frankfurt/New York.

Klinger, Cornelia (1986): Das Bild der Frau in der Philosophie und die Reflexion von Frauen auf die Philosophie. In: Hausen, Karin, Helga Nowotny (Hg.), S. 62-84.

Klinger, Cornelia (1990): Bis hierher und wie weiter? Überlegungen zur feministischen Wissenschafts- und Rationalitätskritik. In: Krüll, Marianne (Hg.), S. 21-53.

Knapp, Gudrun-Axeli (1987): Arbeitsteilung und Sozialisation: Konstellationen von Arbeitsvermögen und Arbeitskraft im Lebenszusammenhang von Frauen. In: Beer, Ursula (Hg.), S. 236-273.

Knapp, Gudrun-Axeli (1988a): Das Konzept »weibliches« Arbeitsvermögen – theoriegeleitete Zugänge, Irrwege, Perspektiven. In: *Frauenforschung* 6 (4), S. 8-19.

Knapp, Gudrun-Axeli (1988b): Die vergessene Differenz. In: *Feministische Studien* 6 (1), S. 12-31.

Knapp, Gudrun-Axeli (1990): Zur widersprüchlichen Vergesellschaftung von Frauen. In: Hoff, Ernst-H. (Hg.): *Die doppelte Sozialisation Erwachsener. Zum Verhältnis von beruflichem und privatem Lebensstrang*. München, S. 17-52.

Knapp, Gudrun-Axeli (1993): Der »weibliche Sozialcharakter« – Mythos oder Realität? Soziologische Aspekte des Sozialcharakter-Konstrukts. In: Krüger, Marlis (Hg.): *Was heißt hier eigentlich feministisch? Zur theoretischen Diskussion in den Geistes- und Sozialwissenschaften*. Bremen, S. 93-120.

Knapp, Gudrun-Axeli, Angelika Wetterer (Hg.) (1992, 1995[2]): *Traditionen-Brüche. Entwicklungen feministischer Theorie*. Freiburg i.Br.

Knapp, Ulla (1986) : *Frauenarbeit in Deutschland*. München.

Koch-Klenske, Eva (Hg.) (1989): *WeibsGedanken. Studentinnen beschreiben feministische Theorien der achtziger Jahre*. Bielefeld.

Koch-Klenske, Eva (Hg.) (1991a): *Die Töchter der Emanzen. Kommunikationsstrukturen in der Frauenbewegung*. München.

Koch-Klenske, Eva (1991b): Über Freuden und Leiden bei der Aneignung feministischer Theorien. In: Fabianke, Ruth, Heike Kahlert (Hg.), S. 96-116.

Köcher, Renate (1985): *Einstellungen zu Ehe und Familie im Wandel der Zeit. Eine Repräsentativuntersuchung im Auftrag des Ministeriums für Arbeit, Gesundheit, Familie und Sozialordnung Baden-Württemberg*. Stuttgart.

Kokula, Ilse (1981): *Weibliche Homosexualität um 1900*. München.

Kokula, Ilse (1983): *Formen lesbischer Subkultur*. Berlin.

Kokula, Ilse (1987): *»Wir leiden nicht mehr sondern sind gelitten«. Lesbisch leben in Deutschland*. Köln.

Kontos, Silvia, Karin Walser (1979): *... weil nur zählt, das Geld einbringt. Probleme der Hausfrauenarbeit*. Berlin.

Kootz, Johanna, Edith Püschel (Hg.) (1992): *Studentinnen im Blick der Hochschulforschung: Empirie und Studienreform*. Berlin.

Kotthoff, Helga (Hg.) (1988): *Das Gelächter der Geschlechter. Humor und Macht in Gesprächen von Frauen und Männern*. Frankfurt am Main.

Krähenbühl, Verena, Hans Jellouschek, Margret Kohaus-Jellouschek, Roland Weber (1984): Stieffamilien: Struktur, Entwicklung, Therapie. In: *Familiendynamik* 9, S. 2-18.

Kramer, Helgard, Christel Eckart, Ilka Riemann, Karin Walser (1986): *Grenzen der Frauenlohnarbeit. Frauenstrategien in Lohn- und Hausarbeit seit der Jahrhundertwende*. Frankfurt am Main.

Kreienbaum, Maria Anna (1988): Selbstbewußtseinsschmiede mit schlechtem Image. Zum Einfluß der Mädchenschulausbildung auf die Fachwahl der Chemie- und Informatikstudentinnen. In: Giesche, Sigrid, Dagmar Sachse (Hg.), S. 22-29.

Kreienbaum, Maria Anna (Hg.) (1989): *Frauen Bilden Macht. Dokumentation des 7. Fachkongresses FRAUEN UND SCHULE*. Dortmund.

Kreienbaum, Maria Anna (1992, 1995[2]): *Erfahrungsfeld Schule. Koedukation als Kristallisationspunkt*. Weinheim.

Kreienbaum, Maria Anna, Sigrid Metz-Göckel (1992): *Koedukation und Technikkompetenz von Mädchen. Der heimliche Lehrplan der Geschlechtererziehung und wie man ihn ändert*. Weinheim.

Kreienbaum, Maria Anna, Gertrud Teworte, Ella Gemein, Lisa Glagow-Schicha, Christa Wanzeck-Sielert (Hg.) (1993): *Was ist eine gute Schule*? Weinheim.

Kreitler, Hans, Shulamith Kreitler (1967): *Die kognitive Orientierung des Kindes*. München, Basel.

Krüger, Helga (1989): Geschlecht als Strukturkategorie im Bildungssystem: Alte und neue Konturen geschlechtsspezifischer Diskriminierung. In: Autorinnengemeinschaft *»Arbeitsmarkt und Frauenerwerbsarbeit«*. Paderborn (SAMF-Arbeitspapier 16), S. 63-101.

Krüger, Helga (Hg.) (1992): *Frauen und Bildung. Wege der Aneignung und Verwertung von Qualifikationen in weiblichen Erwerbsbiographien*. Bielefeld.

Krüger, Helga, Claudia Born (1987): *Privatsache Kind – Privatsache Beruf. »...und dann hab ich ja noch den Haushalt, Mann und Wäsche.« Zur Lebenssituation von Frauen mit kleinen Kindern in unserer Gesellschaft*. Opladen.

Krüger, Uta (Hg.) (1992): *Kriminologie. Eine feministische Perspektive*. Pfaffenweiler.

Krüll, Marianne (1979): *Freud und sein Vater. Die Entstehung der Psychoanalyse und Freuds ungelöste Vaterbindung*. München. (Neuauflage Frankfurt 1992).

Krüll, Marianne (1989): *Die Geburt ist nicht der Anfang. Die ersten Kapitel unseres Lebens – neu erzählt*. Stuttgart.

Krüll, Marianne (Hg.) (1990): *Wege aus der männlichen Wissenschaft*. Pfaffenweiler.

Kucklich, Clarissa (Hg.) (1994): *Frauen und Technik*. Frankfurt am Main.

Kulke, Christine, Elvira Scheich (Hg.) (1992): *Zwielicht der Vernunft. Die Dialektik der Aufklärung aus der Sicht der Frauen*. Pfaffenweiler.

Kurth, Rita (1994): *Women's Studies und Curriculum Transformation in den USA*. Pfaffenweiler.

Landesausschuß der GEW Baden-Württemberg (Hg.) (1995): *Durchbruch zu einer feministischen Bildung. Frauen für die Demokratisierung der Geschlechterverhältnisse*. Bielefeld.

Landweer, Hilge (1993): Kritik und Verteidigung der Kategorie Geschlecht. *Feministische Studien* 11 (2), S. 34-43.

Landweer, Hilge, Mechthild Rumpf (1993): Kritik der Kategorie ›Geschlecht‹ In: *Feministische Studien* 11 (2), S. 3-9.

Lang, Sabine, Birgit Sauer (Hg.) (1997): *Wissenschaft als Arbeit – Arbeit als Wissenschaftlerin*. Frankfurt/New York.

Langmaack, Kirsten, Sabine Emmert, Margret Hübner, Christiana Klose, Pia Schmid, Brigitte Schultz, Claudia Torra (1994): *Frauen im pädagogischen Diskurs. Eine interdiziplinäre Bibliographie 1988-1993*. Frankfurt am Main.

Lappe, Lothar (1981): *Die Arbeitssituation erwerbstätiger Frauen*. Frankfurt/New York.

Lauretis, Teresa de (1996): Die Technologie des Geschlechts. In: Scheich, Elvira (Hg.), S. 57-93.

Lehr, Ursula (1969): *Die Frau im Beruf. Eine psychologische Analyse der weiblichen Berufsrolle.* Frankfurt am Main.

Lehr, Ursula (1987): *Zur Situation der älterwerdenden Frau. Bestandsaufnahme und Perspektiven bis zum Jahre 2000.* München.

Lemmermöhle-Thüsing, Doris (1990): »Meine Zukunft? Naja, heiraten, Kinder haben und trotzdem berufstätig bleiben. Aber das ist ja fast unmöglich.« Über die Notwendigkeit, die Geschlechterverhältnisse in der Schule zu thematisieren: das Beispiel Berufsorientierung. In: Rabe-Kleberg, Ursula (Hg.), S. 163-196.

Lemmermöhle-Thüsing, Doris (1992): Zukunft planen zwischen Ansprüchen und Wirklichkeit – Berufsfindung von Mädchen und didaktische Konsequenzen. In: Luca, Renate u.a. (Hg.), S. 30-42.

Lenz, Ilse, Ute Luig (Hg.) (1990): *Frauenmacht ohne Herrschaft: Geschlechterverhältnisse in nichtpatriarchalen Gesellschaften.* Berlin.

Lenz, Ilse (1992): Geschlechterordnung oder Geschlechteraufbruch in der postindustriellen Veränderung? Zur Kritik der Zweigeschlechtlichkeit in der Frauenforschung. In: Kulke, Christine, Elvira Scheich (Hg.), S. 107-118.

Lerner, Gerda (1991, 1997): *Die Entstehung des Patriarchats.* Frankfurt/New York.

Lerner, Gerda (1993): *Die Entstehung des feministischen Bewußtseins. Vom Mittelalter bis zur ersten Frauenbewegung.* Frankfurt/New York.

Lerner, Gerda (1993): *Frauen finden ihre Vergangenheit. Grundlagen der Frauengeschichte.* Frankfurt/New York.

Lesbian History Group (1991): ... *Und sie liebten sich doch! Lesbische Frauen in der Geschichte 1840-1985.* Göttingen.

Libreria delle donne di Milano (1988, 1991[3]): *Wie weibliche Freiheit entsteht. Eine neue politische Praxis.* Berlin.

Lindemann, Gesa (1993): *Das paradoxe Geschlecht. Transsexualität im Spannungsfeld von Körper, Leib und Gefühl.* Frankfurt am Main.

Lippmann, Christa (1986): *Technik ist auch Frauensache.* Hamburg.

Lischka, Irene (1993): Hochschulzugang von Frauen in den neuen Bundesländern. In: *Beiträge zur Hochschulforschung* 3, S. 291-310.

List, Elisabeth (1986): Homo Politicus – Femina Privata? Thesen zur Kritik der politischen Anthropologie. In: Conrad, Judith, Ursula Konnertz (Hg.): *Weiblichkeit in der Moderne. Ansätze feministischer Vernunftkritik.* Tübingen, S. 75-95.

List, Elisabeth, Herlinde Studer (Hg.) (1989): *Denkverhältnisse. Feminismus und Kritik.* Frankfurt am Main.

Loulan, JoAnn, Margaret Nichols, Monica Streit u.a. (Hg.) (1993[2]): *Lesben Liebe Leidenschaft. Texte zur feministischen Psychologie und zu Liebesbeziehungen unter Frauen.* Berlin.

Luca, Renate, Heike Kahlert, Sigrid Müller-Balhorn (Hg.) (1992): *Frauen bilden – Zukunft planen. Dokumentation des 8. Fachkongresses FRAUEN UND SCHULE.* Bielefeld.

Lucke, Doris, Sabine Berghahn (Hg.) (1990): *Rechtsratgeber Frauen.* Reinbek.

Lutzau, Mechthild von, Sigrid Metz-Göckel (1996): Wie ein Fisch im Wasser. Zum Selbstverständnis von Schulleiterinnen und Hochschullehrerinnen. In: Metz-Göckel, Sigrid, Angelika Wetterer (Hg.), S. 211-236.

Maccoby, Eleanor E., Carol N. Jacklin (1975): Geschlechtsunterschiede: Was wir darüber wissen und was wir darüber nicht wissen. In: *Psychologie heute* (April), S. 15-20.

Mädje, Eva, Claudia Neusüß (1996): *Frauen im Sozialstaat. Zur Lebenssituation alleinerziehender Sozialhilfeempfängerinnen*. Frankfurt/New York.

Maihofer, Andrea (1995): *Geschlecht als Existenzweise. Macht, Moral, Recht und Geschlechterdifferenz*. Frankfurt am Main.

Marcuse, Herbert; Silvia Bovenschen, Silvia, Marianne Schuller (1978): Weiblichkeitsbilder. In: Habermas, Jürgen, Silvia Bovenschen: *Gespräche mit Herbert Marcuse*. Frankfurt am Main, S. 65-87.

Mariaux, Veronika (1991): Rückkehr zu den Ursprüngen jenseits von Reaktion und Fortschritt. In: *Unterschiede* 1 (1), S. 15-16.

Marti, Madeleine, Angelika Schneider, Irena Sgier, Anita Wymann (1994): *Querfeldein. Beiträge zur Lesbenforschung*. Bern, Zürich, Dortmund.

Martin, Emily (1989): *Die Frau im Körper. Weibliches Bewußtsein, Gynäkologie und die Reproduktion des Lebens*. Frankfurt/New York.

Maschewsky-Schneider, Ulrike (Hg.) (1996): *Frauen – das kranke Geschlecht? Mythos und Wirklichkeit*. Opladen.

Mead, Margaret (1949): *Mann und Weib – Das Verhältnis der Geschlechter in einer sich wandelnden Welt*. Reinbek.

Mehlmann, Sabine (1991): Frauenstudien zwischen Aufbruch und Unbehagen. In: Gebhardt-Benischke, Margot, Ingeborg Stahr (Hg.), S. 185-192.

Meier, Uta (1991): Was kam nach den erfolgreichen Schulkarrieren von Mädchen? In: *Zweiwochendienst Bildung Wissenschaft Kulturpolitik* 17, S. 5-10.

Meier-Seethaler, Carola (1988): *Ursprünge und Befreiungen. Eine dissidente Kulturtheorie*. Zürich.

Meiners, Anne (1990): Struktur der Frauenerwerbstätigkeit. In: Margit Frackmann (Hg.) (1990): S. 24-42.

Meixner, Gabriele (1995): *Frauenpaare in kulturgeschichtlichen Zeugnissen*. München.

Mens-Verhulst, Janneke van, Karlein Schreurs, Liesbeth Woertman (Hg.) (1996): *Töchter und Mütter. Weibliche Identität, Sexualität und Individualität*. Stuttgart, Berlin, Köln.

Merchant, Carolyn (1987): *Der Tod der Natur. Ökologie, Frauen und neuzeitliche Naturwissenschaft*. München.

Mertens, Heide (1991): *Wunschkinder. Natur, Vernunft und Politik*. Münster.

Mettler-Meibohm, Barbara, Christine Bauhardt (Hg.) (1993): *Nahe Ferne – Fremde Nähe. Infrastrukturen und Alltag*. Berlin.

Metz-Göckel, Sigrid (Hg.) (1979): *Frauenstudium. Zur alternativen Wissenschaftsaneignung von Frauen*. Hamburg.

Metz-Göckel, Sigrid (1988): Sexismus. In: Lissner, Anneliese, Rita Süssmuth, Karin Walter (Hg.): *Frauenlexikon. Traditionen, Fakten, Perspektiven*. Freiburg, Basel, Wien, S. 989-993.

Metz-Göckel, Sigrid (1990): Frauenförderung und Quotierung an den Hochschulen – Fortschritt oder Rückschritt auf dem Weg zur Gleichstellung der Geschlechter. In: Bock-Rosenthal, Erika (Hg.): *Frauenförderung in der Praxis*. Frankfurt/New York, S. 78-101.

Metz-Göckel, Sigrid (1991a): »Frauenforschung ist nicht bloß Frauenforschung« – feministische Wissenschaft und Frauenstudien. In: Gebhardt-Benischke, Margot, Ingeborg Stahr (Hg.), S. 31-78.

Metz-Göckel, Sigrid (1991b): Geschlechterverhältnis. In: Flick, Uwe u.a. (Hg.), S. 351-355.

Metz-Göckel, Sigrid (1993): Jungensozialisation oder Zur Geschlechterdifferenz aus der Perspektive einer Jungenforschung. In: *Zeitschrift für Frauenforschung* 11 (3), S. 90-110.

Metz-Göckel, Sigrid (1994a): Institutionalisierung von Frauenforschung und Frauenstudien in der Bundesrepublik am Beispiel des Graduiertenkollegs ›Geschlechterverhältnis und sozialer Wandel‹. In: Fleßner, Heike u.a., (Hg.), S. 113-124.

Metz-Göckel, Sigrid (1994b): Legitimationskrise der traditionellen geschlechtshierarchischen Arbeitsteilung. In: Deutsche Forschungsgemeinschaft (Hg.), S. 47-54.

Metz-Göckel, Sigrid, Sigrid Frohnert, Gabriele Hahn-Mausbach, Jacqueline Kauermann-Walter (1991): *Mädchen, Jungen und Computer. Geschlechtsspezifisches Sozial- und Lernverhalten beim Umgang mit Computern*. Opladen.

Metz-Göckel, Sigrid, Ursula Müller (1985): *Brigitte Untersuchung 85: Der Mann. Eine repräsentative Untersuchung über die Lebenssituation und das Frauenbild 20- bis 50jähriger Männer im Auftrag der Zeitschrift Brigitte.* Hg. von der Redaktion Brigitte. Hamburg.

Metz-Göckel, Sigrid, Ursula Müller (1986): *Der Mann. Die Brigitte-Studie.* Weinheim.

Metz-Göckel, Sigrid, Elke Nyssen (1990): *Frauen leben Widersprüche. Zwischenbilanz der Frauenforschung.* Weinheim, Basel.

Metz-Göckel, Sigrid, Christine Roloff, Anne Schlüter (1989): Frauenstudium nach 1945 – Ein Rückblick. In: *Aus Politik und Zeitgeschichte* B 28/89 vom 7. Juli 1989, S. 13-21.

Metz-Göckel, Sigrid, Felicitas Steck (Hg.) (1997): *Frauenuniversitäten. Initiativen und Reformprojekte im internationalen Vergleich*. Opladen.

Metz-Göckel, Sigrid, Angelika Wetterer (Hg.) (1996): *Vorausdenken – Querdenken – Nachdenken. Texte für Aylâ Neusel*. Frankfurt/New York.

Meulenbelt, Anja (1985): *Wie Schalen einer Zwiebel. Oder: Wie wir zu Frauen und Männern gemacht werden*. München.

Meyer, Adele (Hg.) (1981): *Lila Nächte. Die Damenclubs der zwanziger Jahre.* Köln.

Meyer, Birgit (1986): Als wäre es auch unser Ort – Zur Situation von Frauen an der Hochschule. In: Schlüter, Anne, Annette Kuhn (Hg.), S. 91-111.
Meyer, Sibylle, Eva Schulze (1989): *Balancen des Glücks. Neue Lebensformen: Paare ohne Trauschein, Alleinerziehende und Singles*. München.
Meyer, Sibylle, Eva Schulze (Hg.) (1993): *Technisiertes Familienleben. Blick zurück und nach vorn*. Berlin.
Meyer, Sibylle, Eva Schulze (1994): *Alles automatisch. Technikfolgen für die Familien. Längsschnittanalysen und zukünftige Entwicklungen*. Berlin.
Mies, Maria (1984a): Methodische Postulate zur Frauenforschung. In: *beiträge zur feministischen theorie und praxis* 7 (11) (Nachdruck von 1978), S. 7-25.
Mies, Maria (1984b): Frauenforschung oder feministische Forschung? In: *beiträge zur feministischen theorie und praxis* 7 (11), S. 40-60.
Milz, Helga (1990): »Blick zurück nach vorn!« Empirische Untersuchungen zum gesellschaftlichen und politischen Frauenbewußtsein. In: Hochschule für Wirtschaft und Politik Hamburg (Hg.): *Frauen – Macht – Politik*. Opladen.
Milz, Helga (1991): Zum Selbstverständnis der westdeutschen Frauenforschung. In: Dies. (Hg.): *Dresdener Frauenkonferenz: Frauen im gesellschaftlichen Umbruch. Dokumentation*. Sozialökonomische Texte der Hochschule für Wirtschaft und Politik Hamburg.
Milz, Helga (1994): *Frauenbewußtsein und Soziologie. Empirische Untersuchungen von 1910 bis 1990 in Deutschland*. Opladen.
Minnich, Elizabeth K. (1994): *Von der halben zur ganzen Wahrheit. Einführung in feministisches Denken*. Frankfurt/New York.
Minssen, Angela, Ursula Müller (1995): *Wann wird ein Mann zum Täter? Psycho- und Soziogenese männlicher Gewaltbereitschaft gegenüber Frauen. Eine Literaturauswertung*. Hg. vom Ministerium für die Gleichstellung von Frau und Mann des Landes Nordrhein-Westfalen. Düsseldorf.
Mitchell, Juliet (1976): *Psychoanalyse und Feminismus. Freud, Reich, Laing und die Frauenbewegung*. Frankfurt am Main.
Mitscherlich-Nielsen, Margarete (1985): *Die friedfertige Frau. Eine psychoanalytische Untersuchung zur Aggression der Geschlechter*. Frankfurt am Main.
Mitterauer, Michael (1992): *Familie und Arbeitsteilung. Historisch vergleichende Studien*. Wien.
Möbius, Paul J. (1905): *Über den physiologischen Schwachsinn des Weibes*. Halle.
Modelmog, Ilse, Ulrike Gräßel (Hg.) (1994): *Konkurrenz & Kooperation: Frauen im Zwiespalt?* Münster, Hamburg.
Mohr, Wilma (1987): *Frauen in der Wissenschaft*. Freiburg i Br.
Moi, Toril (1989): *Sexus, Text, Herrschaft. Feministische Literaturtheorie*. Bremen.
Morgan, Robin (1985): *Anatomie der Freiheit. Feminismus, Physik und Weltpolitik*. München.
Mühlen-Achs, Gitta (1993): *Wie Katz und Hund. Die Körpersprache der Geschlechter*. München.

Mulack, Christa (1990): *Natürlich weiblich. Die Heimatlosigkeit der Frau im Patriarchat*. Stuttgart.

Mulack, Christa (1996): *Die Wurzeln weiblicher Macht. Frauen leben ihre Stärke*. München.

Müller, Marlene, Elke Werneburg (1993): Kursdarstellung »Weibliche Sozialisation«. In: *Mit unserer eigenen Stimme sprechen, Frauen und Mädchen in Schule und Bildung*. Hg. vom Landesinstitut für Schule und Weiterbildung, Oberstufenkolleg Bielefeld. Soest, S. 298-303.

Müller, Ursula (1984): Gibt es eine »spezielle« Methode in der Frauenforschung? In: ZE (Hg.), S. 29-50.

Müller, Ursula (1991): Gleichheit im Zeitalter der Differenz: Einige methodologische Erwägungen zur Frauenforschung. In: *Psychologie & Gesellschaftskritik* Nr. 59/60, Heft 3/4, S. 73-89.

Müller, Ursula (1994): Feminismus in der empirischen Forschung: Eine methodologische Bestandsaufnahme. In: Diezinger, Angelika u.a. (Hg.), S. 31-68.

Müller, Ursula (1995): Wissenschaftskritik und Methodologie im feministischen Diskurs. In: Aulenbacher, Brigitte, Tilla Siegel (Hg.): *Diese Welt wird völlig anders sein. Denkmuster der Rationalisierung*. Pfaffenweiler, S. 67-82.

Müller, Ursula, Hartmut Esser (1992): Soziologie: Wissenschaftstheorie und Methodologie. Ein Dialog zwischen Ursula Müller und Hartmut Esser. In: Interdisziplinäre Forschungsgruppe Frauenforschung (IFF), S. 56-90.

Müller, Ursula, Hiltraud Schmidt-Waldherr (Hg.) (1989): *FrauenSozialKunde. Wandel und Differenzierung von Lebensformen und Bewußtsein*. Bielefeld.

Müller, Walter, Angelika Willms, Johann Handl (1983): *Strukturwandel der Frauenarbeit 1880 bis 1980*. Frankfurt/New York.

Nadig, Maya (1992): Der ethnologische Weg zur Erkenntnis. Das weibliche Subjekt in der feministischen Wissenschaft. In: Knapp, Gudrun-Axeli, Angelika Wetterer (Hg.) , S. 255-285.

Namenlos (Hg.) (1992ff): *Schriftenreihe zur Selbsthilfe für MädchenFrauenLesben gegen sexuelle Gewalt. Für ein Leben frei von sexueller Gewalt.*

Nave-Herz, Rosemarie (Hg.) (1987): *Wandel und Kontinuität der Familie in der Bundesrepublik Deutschland*. Stuttgart.

Nestvogel, Renate (Hg.) (1994) : *'Fremdes' oder 'Eigenes'? Rassismus, Antisemitismus, Kolonialismus, Rechtsextremismus aus Frauensicht*. Frankfurt am Main.

Neuendorff-Bub, Brigitte (1979): Stereotype und geschlechtstypisches Verhalten. In: Eckert, Roland (Hg.), S. 78-96.

Neumann, Vera (1991): Geburten und Sexualpolitik in der Weimarer Republik am Beispiel des § 218. In: Reulecke, Jürgen, Adelheid Gräfin zu Castell Rüdenhausen (Hg.): *Stadt und Gesundheit. Zum Wandel von »Volksgesundheit« und kommunaler Gesundheitspolitik im 19. und 20. Jahrhundert*. Stuttgart, S. 307-324.

Neusel, Aylâ, Helga Voth (Hg.) (1992): *Utopia ist (k)ein Ausweg. Zur Lage von Frauen in Wissenschaft, Technik und Kunst*. Frankfurt/New York.

Neusüß, Christel (1983): Und die Frauen? Tun die denn nichts? Oder: Was meine Mutter zu Marx sagt. In: Dies.: *Mit meinem inzwischen feministisch geschulten Blick... Studien und Streitschriften 1972-1987*. Hg. von der Fachhochschule für Wirtschaft Berlin 1990.

Nickel, Hildegard Maria (1991): Geschlechterverhältnis in der Wende? In: Forschungsinstitut der Friedrich-Ebert-Stiftung (Hg.): *Frauen in den neuen Bundesländern: Rückzug in die Familie oder Aufbruch zur Gleichstellung in Beruf und Familie*? (Reihe Frauenpolitik H. 2). Bonn.

Nickel, Hildegard Maria (1996): Feministische Gesellschaftskritik oder selbstreferentielle Debatte? In: *Berliner Journal für Soziologie* 3, S. 325-338.

Niedersächsisches Ministerium für Wissenschaft und Kultur (Hg.) (1994): *Frauenförderung ist Hochschulreform – Frauenforschung ist Wissenschaftskritik. Bericht der niedersächsischen Kommission zur Förderung von Frauenforschung und zur Förderung von Frauen in Lehre und Forschung*. Hannover.

Nienhaus, Ursula (1982): *Berufsstand weiblich*. Berlin.

Nolte, Sigrid (1990): Trennung, Scheidung und die Folgen. In: Lucke, Doris, Sabine Berghahn (Hg.).

Norwood, Robin (1986): *Wenn Frauen zu sehr lieben. Die heimliche Sucht, gebraucht zu werden*. Reinbek.

Notz, Gisela (1991a): *«Du bist als Frau um einiges mehr gebunden als der Mann«. Die Auswirkungen der Geburt des ersten Kindes auf die Lebens- und Arbeitsplanung von Müttern und Vätern*. Bonn.

Notz, Gisela (1991b): Kinder, Küche, Knete. Der »partizipativen Geburt« folgt nur selten eine partizipative Beteiligung der Väter an den Reproduktionsarbeiten. In: *beiträge zur feministischen theorie und praxis* 14 (29), S. 135-146.

Nunner-Winkler, Gertrud (1994a): Wissenschaftsimmanente Überlegungen. In: Deutsche Forschungsgemeinschaft (Hg.), S. 43-46.

Nunner-Winkler, Gertrud (1994b): Zur Definition von Frauenforschung. In: Deutsche Forschungsgemeinschaft (Hg.), S. 29-41.

Nunner-Winkler, Gertrud (Hg.) (1991): *Weibliche Moral. Die Kontroverse um eine geschlechtsspezifische Ethik*. Frankfurt/New York.

Nyssen, Elke (1996): *Mädchenförderung in der Schule. Ergebnisse und Erfahrungen aus einem Modellversuch*. Weinheim, München.

Oguntoye, Katharina, May Opitz, Dagmar Schultz (Hg.) (1986, 1992[2]): *Farbe bekennen. Afro-deutsche Frauen auf den Spuren ihrer Geschichte*. Berlin.

Ohms, Constance (Hg.) (1993): *Mehr als das Herz gebrochen. Gewalt in lesbischen Beziehungen*. München.

Olivier, Christiane (1987): *Jokastes Kinder. Die Psyche der Frau im Schatten der Mutter*. Düsseldorf.

Onnen-Isemann, Corinna, Ursula Oßwald (1991): *Aufstiegsbarrieren für Frauen im Universitätsbereich*. Hg. vom Bundesminister für Bildung und Wissenschaft. Bonn.

Orenstein, Peggy (1996): *Starke Mädchen – brave Mädchen. Was sie in der Schule wirklich lernen.* Frankfurt/New York.

Orland, Barbara (1991): *Wäschewaschen – Technik und Sozialgeschichte der häuslichen Wäschepflege.* Reinbek.

Ortmann, Hedwig, Jutta Berlitz-Schreiber unter Mitarbeit von Cornelia Freise (1994): *Muttersein – Chance oder Notlage. Lebensspuren von Frauen.* Pfaffenweiler.

Osterland, Astrid (1984): *Zur Psychologie der Geschlechter. Eine historisch-methodologische Rekonstruktion empirischer Forschungsergebnisse zum Problem psychischer Geschlechtsdifferenzen.* Diss. Hannover.

Ostner, Ilona (1978): *Beruf und Hausarbeit. Die Arbeit der Frau in unserer Gesellschaft.* Frankfurt/New York.

Ostner, Ilona (1987a): Scheu vor der Zahl? Die qualitative Erforschung von Lebenslauf und Biographie als Element einer feministischen Wissenschaft. In: Voges, Wolfgang (Hg.): *Methoden der Biographie und Lebenslaufforschung.* Opladen, S. 103-124.

Ostner, Ilona (Hg.) (1987b): *Soziologie der Geschlechterverhältnisse. Soziologische Revue.* Sonderheft 2. München.

Ostner, Ilona (1988): Phantom Hausarbeit. In: Tornieporth, Gerda (Hg.): *Arbeitsplatz Haushalt – Zur Theorie und Ökologie der Hausarbeit.* Berlin.

Ostner, Ilona (1990): Frauenforschung als Herausforderung für die Sozialwissenschaft. In: Arbeitsgemeinschaft Interdisziplinäre Frauenforschung und -studien (Hg.): *Feministische Erneuerung von Wissenschaft und Kunst* – Dokumentation des Symposiums »Frauenforschung und Kunst von Frauen«, Teilband 2. Pfaffenweiler, S. 100-111.

Ostner, Ilona (1991): «Weibliches Arbeitsvermögen" und soziale Differenzierung. In: *Leviathan. Zeitschrift für Sozialwissenschaft* 19 (2), S. 192 ff.

Ostner, Ilona (1992): Einleitung: Differenzen – unendlich ungleiche? In: Dies., Klaus Lichtblau (Hg.), S. 7-25.

Ostner, Ilona (1994): Soziologie der Sozialpolitik. Die sozialpolitische Regulierung der Vereinbarkeit von Familie und Beruf – Sozialpolitik als Geschlechterpolitik. In: Deutsche Forschungsgemeinschaft (Hg.), S. 120-135.

Ostner, Ilona, Klaus Lichtblau (Hg.) (1992): *Feministische Vernunftkritik. Ansätze und Traditionen.* Frankfurt/New York.

Ott, Notburga, Gert Wagner (Hg.) (1992): *Familie und Erwerbstätigkeit im Umbruch.* Berlin.

Otto, Rose (1910): *Über Fabrikarbeit verheirateter Frauen.* Stuttgart, Berlin.

Oubaid, Monika (1990): Frauenverhältnisse – Macht- und Mutterspiele. In: Schlüter, Anne u.a. (Hg.), S. 41-47.

Paczensky, Susanne von, Renate Sadrozinski (Hg.) (1988): *§ 218: Zu Lasten der Frauen.* Hamburg.

Pagenstecher, Lising (1983): Die Wiederentdeckung der Normalität von Frauen-Beziehungen. In: *Feministische Studien* 2 (1), S. 70-85.

Pagenstecher, Lising (1992): Homosexualität/Lesben. In: Dunde, Siegfried Rudolf (Hg.), S. 95-102.

Pagenstecher, Lising, Monika Jaeckel, Jutta Braukmann (1985): Mädchen und Frauen unter sich. Ihre Freundschaften und ihre Liebesbeziehungen im Schatten der Geschlechterhierarchie. In: Kavemann, Barbara, Ingrid Lohstöter, Lising Pagenstecher, Monika Jaeckel, Jutta Braukmann, Elke Haarbusch, Karin Jochens: *Sexualität – Unterdrückung statt Entfaltung*. Opladen, S. 95-143.

Palzkill, Birgit, Heidi Scheffel, Gabriele Sobiech (Hg.) (1991): *Bewegungs(t)räume. Frauen Körper Sport*. München.

Parsons, Talcott, Robert F. Bales (1966): *Family Socialization and Interaction Process*. Toronto.

Pasero, Ursula, Friederike Braun (Hg.) (1995): *Konstruktion von Geschlecht*. Pfaffenweiler.

Pfarr, Heide (1985): Quotierung und Rechtswissenschaft. In: Däubler-Gmelin, Hertha, Heide M. Pfarr, Marianne Weg (Hg.): *»Mehr als nur gleicher Lohn!« Handbuch zur beruflichen Förderung von Frauen*. Hamburg, S. 86-97.

Pfeil, Elisabeth (1961): *Die Berufstätigkeit von Müttern. Eine empirisch-soziologische Erhebung an 900 Müttern aus vollständigen Familien*. Tübingen.

Pfister, Gertrud (1988a): Die Geschichte der Koedukation – Eine Geschichte des Kampfes um Wissen und Macht. In: Pfister, Gertrud (Hg.), S. 10-40.

Pfister, Gertrud (Hg.) (1988b): *Zurück zur Mädchenschule?* Beiträge zur Koedukation. Pfaffenweiler.

Pieper, Marianne (Hg.) (1994): *Beziehungskisten und Kinderkram. Neue Formen der Elternschaft*. Frankfurt/New York.

Prokop, Ulrike (1976): *Weiblicher Lebenszusammenhang. Von der Beschränktheit der Strategien und der Unangemessenheit der Wünsche*. Frankfurt am Main.

Pross, Helge (1969): *Über die Bildungschancen von Mädchen in der Bundesrepublik*. Frankfurt am Main.

Pross, Helge (1971): *Abtreibung. Motive und Bedenken*. Mit einem Exkurs über Abtreibung in der DDR von Dieter Voigt. Stuttgart

Pross, Helge (1976): *Die Wirklichkeit der Hausfrau. Die erste repräsentative Untersuchung*. Reinbek.

Pross, Helge (1978): *Die Männer. Eine repräsentative Untersuchung über die Selbstbilder von Männern und ihre Bilder von der Frau*. Reinbek.

Pross, Helge (1984): »Gibt es politische Ziele für Frauenforschung bzw. Feministische Forschung? Ist es möglich, mit herkömmlichen Methoden der Sozialforschung diese Forschung zu betreiben?«, In: ZE (Hg.), S. 198-205.

Pusch, Luise F. (Hg.) (1983): *Feminismus. Inspektion der Herrenkultur. Ein Handbuch*. Frankfurt am Main.

Pusch, Luise F. (1984): *Das Deutsche als Männersprache. Aufsätze und Glossen zur feministischen Linguistik*. Frankfurt am Main.

Pusch, Luise F. (1990): *Alle Menschen werden Schwestern. Feministische Sprachkritik*. Frankfurt am Main.

Rabe-Kleberg, Ursula (Hg.) (1990a): *Besser gebildet und doch nicht gleich! Frauen und Bildung in der Arbeitsgesellschaft*. Bielefeld.

Rabe-Kleberg, Ursula (1990b): Geschlechterverhältnis und Bildung. Über das Ende einer Illusion. In: Dies. (Hg.), S. 235-249.

Rang, Brita (1986): Zur Geschichte des dualistischen Denkens über Mann und Frau. Kritische Anmerkungen zu den Thesen von Karin Hausen zur Herausbildung der Geschlechtscharaktere im 18. und 19. Jahrhundert. In: Dalhoff, Jutta, Uschi Frey, Ingrid Schöll (Hg.): *Frauenmacht in der Geschichte*. Düsseldorf, S. 194-204.

Rapin, Hildegard (Hg.) (1988): *Frauenforschung und Hausarbeit*. Frankfurt/New York.

Rauch, Judith (1991): Wie anders ist das Weib? In: *Emma* (6), S. 32-37.

Raymond, Janice G. (1987): *Frauenfreundschaft. Philosophie der Zuneigung*. München.

Reinberg, Brigitte, Edith Roßbach (1985, 1995[3]): *Stichprobe: Lesben, Erfahrungen lesbischer Frauen mit ihrer heterosexuellen Umwelt*. Pfaffenweiler.

Reinke-Köberer, Ellen (1978): Zur Diskussion über die psychosexuelle Entwicklung der Frau. In: *Psyche* 32 (8), S. 695-731.

Rentmeister, Cillie (1985): *Frauenwelten – Männerwelten*. Opladen.

Rerrich, Maria S. (1990a): *Balanceakt Familie. Zwischen alten Leitbildern und neuen Lebensformen*. Freiburg (Aktualisierte 2. Auflage. Erstauflage 1988).

Rerrich, Maria S. (1990b): Ein gleiches gutes Leben für alle? Über Ungleichheitserfahrungen im familialen Alltag. In: Berger, Peter A., Stefan Hradil (Hg.): *Lebenslagen, Lebensläufe, Lebensstile. Soziale Welt, Sonderband 7*.

Resch, Marianne, Martina Rummel (1986): *Von allem die Hälfte. Frauen im Beruf*. Köln.

Rich, Adrienne (1979): *Von Frauen geboren. Mutterschaft als Erfahrung und Institution*. München.

Rich, Adrienne (1983, 1993[4]): Zwangsheterosexualität und lesbische Existenz. In: Dagmar Schultz (Hg.): *Macht und Sinnlichkeit*. Berlin, S. 138-169.

Richelmann, Doris (1988): *Frauen und neue Technologien*. Bielefeld.

Richelmann, Doris (1991): *Gleichstellungsstellen, Frauenförderung, Quotierung. Entwicklung und Diskurs aktueller frauenpolitischer Ansätze*. Ein Literaturbericht mit Auswahlbibliographie. Bielefeld.

Richardson, Diane, Victoria Robinson (1994): Theorizing Women's Studies, Gender Studies and Masculinity: The Politics of Naming. In: *The European Journal of Women's Studies* 1 (1), S. 11-27.

Ridlhammer, Petra (1991): Frauenförderung an den Hochschulen und Forschungseinrichtungen der DDR. In: Sachs, Anne, Christiane Lindecke (Hg.): *Frauen zwischen Ost und West*. Kassel, S. 155-170.

Ridlhammer, Petra (1994): Warum nicht einmal mit einer technischen Hochschule für Frauen beginnen? In: Kucklich, Clarissa (Hg.), S. 39-58.

Rieger, Ursula (Hg.) (1985): *Feminismus in der Schule. Dokumentation der 3. Fachtagung FRAUEN UND SCHULE*. Berlin.

Rödig, Andrea (1992): Geschlecht als Kategorie – Überlegungen zum philosophisch-feministischen Diskurs. In: *Feministische Studien* 10 (1), S. 105-112.

Rödig, Andrea (1994): Ding an sich und die Erscheinung. Einige Bemerkungen zur theoretischen Dekonstruktion von Geschlecht. In: *Feministische Studien* 12 (2), S. 91-99.

Rohde-Dachser, Christa (1990): Weiblichkeitsparadigmen in der Psychoanalyse. In: *Psyche* 44 (1), S. 30-52.

Rohde-Dachser, Christa (1991): *Expedition in den dunklen Kontinent. Weiblichkeit im Diskurs der Psychoanalyse*. Berlin, Heidelberg.

Rohlinger, Harald, Victor Thiessen (1988): Die Verteilung von Aufgaben und Pflichten im ehelichen Haushalt. In: *Kölner Zeitschrift für Soziologie und Sozialpsychologie* 4 (40), S. 640-658.

Roloff, Christine (1989): *Von der Schmiegsamkeit zur Einmischung. Professionalisierung der Chemikerinnen und Informatikerinnen.* Pfaffenweiler.

Roloff, Christine (1996): Hochschulstrukturreform und Frauenpolitik. In: *Zeitschrift für Frauenforschung* 14 (3), S. 5-22.

Roloff, Christine, Brigitte Evertz (1992): *Ingenieurin – (k)eine lebbare Zukunft: Vor-Urteile im Umfeld von Gymnasiastinnen an der Schwelle der Leistungskurswahl.* Weinheim.

Roloff, Christine, Sigrid Metz-Göckel, Christa Koch, Elke Holzrichter (1987): *Nicht nur ein gutes Examen. Forschungsergebnisse aus dem Projekt: Studienverlauf und Berufseinstieg von Frauen in Naturwissenschaft und Technologie – Die Chemikerinnen und Informatikerinnen*. Dortmund.

Rommelspacher, Birgit (1994): Frauen in der Dominanzkultur. In: Uremovic, Olga, Gundula Oerter (Hg.): *Frauen zwischen Grenzen. Rassismus und Nationalismus in der feministischen Diskussion*. Frankfurt/New York, S. 18-32.

Rommelspacher, Birgit (1995): *Dominanzkultur. Texte zu Fremdheit und Macht*. Berlin.

Rosenbaum, Heidi (1982): *Formen der Familie. Untersuchungen zum Zusammenhang von Familienverhältnissen, Sozialstruktur und sozialem Wandel in der deutschen Gesellschaft des 19. Jahrhunderts*. Frankfurt am Main.

Rosenbaum, Heidi (1992): *Proletarische Familien. Arbeiterfamilien und Arbeiterväter im frühen 20. Jahrhundert zwischen traditioneller, sozialdemokratischer und kleinbürgerlicher Orientierung*. Frankfurt am Main.

Rosenberger, Sieglinde (1996): *Geschlechter – Gleichheiten – Differenzen. Eine Denk- und Politikbeziehung*. Wien.

Rubin, Lillian B. (1982): *Intimate Strangers.: Men and Women Together*. New York.

Rudinger, Georg, Dorothee Bierhoff-Alfermann (1979): Methodische Probleme bei der Untersuchung von Geschlechtsunterschieden. In: Keller, Heidi (Hg.): *Geschlechtsunterschiede. Psychologische und physiologische Grundlagen der Geschlechterdifferenzierung*. Weinheim, Basel, S. 211-239.

Rudolph, Clarissa (1993): *Die andere Seite der Frauenbewegung: Frauengleichstellungsstellen in Deutschland*. Pfaffenweiler.

Rudolph, Clarissa (1996): *Einflußpotentiale und Machtbarrieren. Frauenpolitik in der Verfassungsdiskussion*. Baden-Baden.

Rush, Florence (1989[5]): *Das bestgehütete Geheimnis. Sexueller Kindesmißbrauch*. Berlin.

Sasse, Birgit (1995): *Ganz normale Mütter. Lesbische Frauen und ihre Kinder*. Frankfurt am Main.

Schachtner, Christel (1988): *Störfall Alter. Für ein Recht auf Eigen-Sinn*. Frankfurt am Main.

Schaef, Anne Wilson (1985): *Weibliche Wirklichkeit. Ein Beitrag zu einer ganzheitlichen Welt*. Wildberg.

Schaeffer-Hegel, Barbara (Hg.) (1984): *Frauen und Macht. Der alltägliche Beitrag der Frauen zur Politik des Patriarchats*. Berlin.

Schaeffer-Hegel, Barbara, Barbara Watson-Franke (Hg.) (1988): *Männer Mythos Wissenschaft. Grundlagentexte zur feministischen Wissenschaftskritik*. Pfaffenweiler.

Schaeffer-Hegel, Barbara, Brigitte Wartmann (Hg.) (1984): *Mythos Frau. Projektionen und Inszenierungen im Patriarchat*. Berlin.

Schenk, Herrad (1979): *Geschlechtsrollenwandel und Sexismus. Zur Sozialpsychologie geschlechtsspezifischen Verhaltens*. Weinheim, Basel.

Schenk, Herrad (1987): *Freie Liebe – wilde Ehe. Über die allmähliche Auflösung der Ehe durch die Liebe*. München.

Scheich, Elvira (1993): *Naturbeherrschung und Weiblichkeit. Denkformen und Phantasmen der modernen Naturwissenschaften*. Pfaffenweiler.

Scheich, Elvira (Hg.) (1996): *Vermittelte Weiblichkeit. Feministische Wissenschafts- und Gesellschaftstheorie*. Hamburg.

Scheu, Ursula (1977, 1995): *Wir werden nicht als Mädchen geboren, wir werden dazu gemacht*. Frankfurt am Main.

Schiersmann, Christiane (1995): Bedingungen der Vereinbarkeit von Erwerbstätigkeit und Familienarbeit im europäischen Vergleich unter besonderer Berücksichtigung von Elternurlaubsregeln. In: *Zeitschrift für Frauenforschung* 13 (1/2), S. 95-115.

Schindele, Eva (1995): *Schwangerschaft – Zwischen guter Hoffnung und medizinischem Risiko*. Hamburg. (Mit einem Beitrag von Anne Waldschmidt).

Schlesier, Renate (1981): *Konstruktionen der Weiblichkeit bei Sigmund Freud. Zum Problem von Entmythologisierung und Remythologisierung in der psychoanalytischen Theorie*. Frankfurt am Main.

Schlüter, Anne (1991): Die Frauenuniversität. In: *Unterschiede* 1 (3), S. 36-39.

Schlüter, Anne (Hg.) (1992a): *Arbeitertöchter und ihr sozialer Aufstieg: zum Verhältnis von Klasse, Geschlecht und sozialer Mobilität*. Weinheim.

Schlüter, Anne (Hg.) (1992b): *Pionierinnen – Feministinnen – Karrierefrauen? Zur Geschichte des Frauenstudiums in Deutschland*. Pfaffenweiler.

Schlüter, Anne (Hg.) (1993): *Bildungsmobilität: Studien zur Individualisierung von Arbeitertöchtern in der Moderne*. Weinheim.

Schlüter, Anne, Annette Kuhn (Hg.) (1986): *Lila Schwarzbuch. Zur Diskriminierung von Frauen in der Wissenschaft*. Düsseldorf.

Schlüter, Anne, Christine Roloff, Maria Anna Kreienbaum (Hg.) (1990): *Was eine Frau umtreibt. Frauenbewegung – Frauenforschung – Frauenpolitik*. Pfaffenweiler.

Schmerl, Christiane, Ruth Großmaß (1989): »Nur im Streit wird die Wahrheit geboren ...« Gedanken zu einer prozeßbezogenen feministischen Methodologie. In: Großmaß, Ruth, Christiane Schmerl (Hg.), S. 247-285.

Schmidt-Harzbach, Ingrid (1977): Kampf ums Frauenstudium. In: *Frauen und Wissenschaft*, S. 33-72.

Schmidtchen, Gerhard (1984): *Die Situation der Frau. Trendbeobachtungen über Bewußtseinsänderungen in der BRD*. Berlin.

Schmuckli, Lisa (1996): *Differenzen und Dissonanzen. Zugänge zu feministischen Erkenntnistheorien in der Postmoderne*. Königstein/Taunus.

Schön, Bärbel, Tamara Frankenberger, Maria Tewes-Karimi (1990, 1994[2]): *Gratwanderungen. Eine Studie über Studentinnen mit Kindern*. Weinheim.

Schoppmann, Claudia (1991): *Nationalsozialistische Sexualpolitik und weibliche Homosexualität*. Pfaffenweiler.

Schultz, Brigitte, Christina Weber, Christiana Klose, Pia Schmid (1989): *Frauen im pädagogischen Diskurs. Eine interdisziplinäre Bibliographie 1984 – 1988*. Frankfurt am Main.

Schultz, Dagmar (1990): *Das Geschlecht läuft immer mit... Die Arbeitswelt von Professorinnen und Professoren*. Pfaffenweiler.

Schultz, Dagmar (Hg.) (1991[3]): *Audre Lorde, Adrienne Rich: Macht und Sinnlichkeit*. Berlin.

Schütze, Yvonne (1988): Mütterliche Erwerbstätigkeit und wissenschaftliche Forschung. In: Gerhardt, Uta, Yvonne Schütze (Hg.): *Frauensituation. Veränderungen in den letzten zwanzig Jahren*. Frankfurt am Main, S. 114-138.

Schulze, Hans-Joachim (1986): Frau, Haushalt und Konsummarkt. In: *Kölner Zeitschrift für Soziologie und Sozialpsychologie* 1, S. 85-109.

Schwarz, Gudrun (1983): Mannweiber in Männertheorien. In: Karin Hausen (Hg.), S. 62-80.

Seemann, Birgit (1996): *Feministische Staatstheorie. Der Staat in der deutschen Frauen- und Patriarchatsforschung*. Opladen.

Seifert, Ruth (1992): Entwicklungslinien und Probleme der feministischen Theoriebildung. Warum an der Rationalität kein Weg vorbeiführt. In: Knapp, Gudrun-Axeli, Angelika Wetterer (Hg.), S. 255-285.

Sektion Frauenforschung in den Sozialwissenschaften in der DGS (Hg.) (1985): *Frauenforschung. Beiträge zum 22. Deutschen Soziologentag, Dortmund 1984*, Frankfurt/New York.

Sillge, Ursula (1991): *Un-Sichtbare Frauen. Lesben und ihre Emanzipation in der DDR*. Berlin.

Smith-Rosenberg, Caroll (1981): Meine innig geliebte Freundin! Beziehungen zwischen Frauen im 19. Jahrhundert. In: Honegger, Claudia, Bettina Heintz (Hg.), S. 357-392.

Soden, Kristine von (1988): *Die Sexualberatungsstellen der Weimarer Republik, 1919-1933*. Berlin.

Sommerkorn, Ingrid N. (1981): Frauen als Lehrende und Lernende an der Universität. In: Dies. (Hg.): *Identität und Hochschule. Probleme und Perspektiven studentischer Sozialisation.* Hamburg, S. 74-106.

Spender, Dale (1985): *Frauen kommen nicht vor. Sexismus im Bildungswesen.* Frankfurt am Main.

Srocke, Bettina (1989): *Mädchen und Mathematik*. Wiesbaden.

Stahr, Ingeborg (1989): Zum Verhältnis von Frauenbildung, Frauenstudien und Frauenforschung. In: Bruchhagen, Verena (Hg.), S. 59-71.

Stahr, Ingeborg, Sabine Jungk, Elke Schulz (Hg.) (1991): *Frauengesundheitsbildung. Grundlagen und Konzepte*. Weinheim, München.

Stalmann, Franziska (1991, (1996³): *Die Schule macht die Mädchen dumm. Die Probleme mit der Koedukation.* München.

Statistisches Bundesamt (Hg.) (1995): *Im Blickpunkt. Familien heute*. Wiesbaden.

Statistisches Bundesamt (Hg.) (1996a): *Bevölkerung und Erwerbstätigkeit. Reihe 1. Gebiet und Bevölkerung 1994*. Wiesbaden.

Statistisches Bundesamt (Hg.) (1996b): *Statistisches Jahrbuch 1996 für die Bundesrepublik Deutschland*. Wiesbaden.

Staupe, Gisela (Hg.) (1993, 1996): *Unter anderen Umständen: zur Geschichte der Abtreibung. Eine Publikation des Deutschen Hygiene Museums*. Dortmund.

Stein, Ruth Heidi (1993): Situation von Wissenschaftlerinnen an Hochschulen in der DDR – Veränderungen nach der Vereinigung. In: Schramm, Hilde (Hg.): *Hochschule im Umbruch – Zwischenbilanz Ost*. Berlin, S. 198-205.

Stein-Hilbers, Marlene (1989a): Mutterschaft als soziale Institution und subjektive Erfahrung. In: Interdisziplinäre Forschungsgruppe Frauenforschung (IFF) (Hg.), S. 7-9.

Stein-Hilbers, Marlene (1989b): (Zu) Wem gehört ein Kind? In: Interdisziplinäre Forschungsgruppe Frauenforschung (IFF) (Hg.), S. 189-205.

Stein-Hilbers, Marlene (1994): *Wem »gehört« das Kind? Neue Familienstrukturen und veränderte Eltern-Kind-Beziehungen*. Frankfurt/New York.

Studienschwerpunkt »Frauenforschung« am Institut für Sozialpädagogik der TU Berlin (Hg.) (1989): *Mittäterschaft und Entdeckungslust*. Berlin.

Steingruber, Brigitte E. (1989): *Wissenschaft als Selbsterfahrung, Selbsterfahrung als Wissenschaft: methodische Überlegungen zur Frauenforschung.* Wien, Köln.

Stiegler, Barbara (Hg.) (1985): *»Blaumann über der Schürze«. Über die Chancen für Frauen in technischen Berufen.* Bonn.

Stoehr, Irene (1994): Gründerinnen – Macherinnen – Konsumentinnen? Generationenprobleme in der Frauenbewegung der 1990er Jahre. In: Modelmog, Ilse, Ulrike Gräßel (Hg.), S. 91-115.

Strasser, Isa (1927): *Frauenarbeit und Rationalisierung*. Moskau, Berlin.

Streib, Uli (Hg.) (1991): *Von nun an nannten sie sich Mütter. Lesben und Kinder*. Berlin.

Sturm, Gabriele (1994): Wie forschen Frauen? Überlegungen zur Entscheidung für qualitatives oder quantifizierendes Vorgehen. In: Diezinger, Angelika u.a. (Hg.), S. 85-104.

Sullerot, Evelyne (Hg.) (1979): *Die Wirklichkeit der Frau*. München.

Teubner, Ulrike, Ingrid Becker, Rosemarie Steinhage (1983): *Vergewaltigung als soziales Problem – Notruf und Beratung für vergewaltigte Frauen*. Stuttgart, Berlin, Köln, Mainz.

Theling, Gabriele (1986): *»Vielleicht wär« ich als Verkäuferin glücklicher geworden«. Arbeitertöchter & Hochschule*. Münster.

Thürmer-Rohr, Christina (1989): Mittäterschaft der Frau – Analyse zwischen Mitgefühl und Kälte. In: Studienschwerpunkt »Frauenforschung« am Institut für Sozialpädagogik der TU Berlin (Hg.), S. 87-103.

Tornieporth, Gerda (Hg.) (1988): *Arbeitsplatz Haushalt – Zur Theorie und Ökologie der Hausarbeit*. Berlin.

Trallori, Lisbeth N. (1983): *Vom Lieben und vom Töten. Zur Geschichte patriarchaler Fortpflanzungskontrolle*. Wien.

Treibel, Annette (1993, 1995[3]): *Einführung in soziologische Theorien der Gegenwart*. Opladen.

Trömel-Plötz, Senta (1982, 1994[13]): *Frauensprache: Sprache der Veränderung*. Frankfurt.

Trömel-Plötz, Senta (Hg.) (1984, 1994): *Gewalt durch Sprache. Die Vergewaltigung von Frauen in Gesprächen*. Frankfurt am Main.

Trömel-Plötz, Senta (Hg.) (1996): *Frauengespräche: Sprache der Verständigung*. Frankfurt am Main.

Usborne, Cornelia (1994): *Frauenkörper – Volkskörper. Geburtenregelung und Bevölkerungspolitik in der Weimarer Republik*. Münster.

Verein zur Weiterbildung von Frauen e.V. (Hg.) (1991[2]): *Dokumentation zur Fachtagung »Sexueller Mißbrauch von Mädchen und Frauen. November 1987 in Köln*. Köln.

Walters, Marianne, Betty Carter, Peggy Papp, Olga Silverstein (1991): *Unsichtbare Schlingen. Die Bedeutung der Geschlechterrollen in der Familientherapie. Eine feministische Perspektive*. Stuttgart.

Wartmann, Brigitte (1982): Die Grammatik des Patriarchats. Zur ›Natur‹ des Weiblichen in der bürgerlichen Gesellschaft. In: *Ästhetik und Kommunikation* 13 (47), S. 12-32.

Weber-Kellermann, Ingeborg (1974, 1996[6]): *Die deutsche Familie. Versuch einer Sozialgeschichte*. Frankfurt.

Weber-Kellermann, Ingeborg (1990): Dienen lerne beizeiten das Weib ... Zum »Geheimdienstmodell« des Frauenlebens im 19. und 20. Jahrhundert. In: *System Familie* 3, S. 206-226.

Weedon, Chris (1990): *Wissen und Erfahrung. Feministische Praxis und Poststrukturalistische Theorie.* Zürich, Dortmund.

Wegehaupt-Schneider, Ingeborg (1982): Von Konkurrenz kann keine Rede sein! In: *Problem* 49, S. 44-60.

Wegehaupt-Schneider, Ingeborg (1985): *Frauenindustriearbeit in Deutschland.* Göttingen.

Wegehaupt-Schneider, Ingeborg (1989): Frauenbewegung in Italien: Solidarität, Identität, Sexualität. In: *Frauen – Macht – Politik. Zerreißproben um Emanzipation und Quotierung.* Opladen, S. 109 -125.

Weltz, Friedrich, Angelika Diezinger, Veronika Lullies, Regine Marquardt, Regine (1979): *Junge Frauen zwischen Beruf und Familie.* Frankfurt/New York.

Wetterer, Angelika (1985): »Nein, selbst beworben hätte ich mich nie!« Zum Selbstverständnis von Wissenschaftlerinnen. In: Sektion Frauenforschung in den Sozialwissenschaften in der DGS (Hg.), S. 116-126.

Wetterer, Angelika (1989): »Es hat sich alles so ergeben, meinen Wünschen entsprechend!« – Über die Plan-Losigkeit weiblicher Karrieren in der Wissenschaft. In: Bathe, Silvia u.v.a., S. 142-157.

Wetterer, Angelika (1990a): »Frauenthemen« und Themen von Frauen in der Soziologielehre. In: Sommerkorn, Ingrid N., unter Mitarbeit von Nieves Kolbe (Hg.): *Lehren und Lernen in der Soziologie heute. Aktuelle Fragen zu einem alten Problem.* Berlin, S. 127-146.

Wetterer, Angelika (1990b): *Frauen und Frauenforschung in der bundesdeutschen Soziologie. Ergebnisse der Soziologinnen-Enquête.* Wissenschaftliches Zentrum für Berufs- und Hochschulforschung der Gesamthochschule Kassel.

Wetterer, Angelika (1991): Die Marginalität von Frauen und Frauenforschung in der bundesdeutschen Soziologie. Ergebnisse der Soziologinnen-Enquete. In: Fabianke, Ruth, Heike Kahlert (Hg.), S. 6-25.

Wetterer, Angelika (1992a): Enthierarchisierung oder Dekonstruktion der Differenz. Kritische Überlegungen zur Struktur von Frauenförderung. In: Kootz, Johanna, Edith Püschel (Hg.), S. 195-213.

Wetterer, Angelika (Hg.) (1992b): *Profession und Geschlecht. Über die Marginalität von Frauen in hochqualifizierten Berufen.* Frankfurt/New York.

Wetterer, Angelika (1992c): Theoretische Konzepte zur Analyse der Marginalität von Frauen in hochqualifizierten Berufen. In: Dies. (Hg.), S. 13-40.

Wetterer, Angelika (1993): *Professionalisierung und Geschlechterhierarchie. Vom kollektiven Frauenausschluß zur Integration mit beschränkten Möglichkeiten.* Kassel.

Wetterer, Angelika (1994): Rhetorische Präsenz – faktische Marginalität. Zur Situation von Wissenschaftlerinnen in Zeiten der Frauenförderung. In: *Zeitschrift für Frauenforschung* 12 (1/2), S. 93-110.

Wetterer, Angelika (Hg.) (1995): *Die soziale Konstruktion von Geschlecht in Professionalisierungsprozessen.* Frankfurt/New York.

Wex, Marianne (1979): *«Weibliche« und »männliche« Körpersprache als Folge patriarchalischer Machtverhältnisse.* Hamburg.

Wieck, Wilfried (1988): *Männer lassen lieben. Die Sucht nach der Frau.* Frankfurt am Main.

Wiegmann, Barbelies (1980): *Das Ende der Hausfrauenehe. Plädoyer gegen eine trügerische Existenzgrundlage.* Reinbek.

Wiegmann, Barbelies (1990, 1992): Die Ehe: Verlöbnis – Eheschließung – Ehestand. In: Lucke, Doris, Sabine Berghahn (Hg.), S. 242-258.

Wienekamp, Heidy (1990): *Mädchen im Chemieunterricht.* Essen.

Willms-Herget, Angelika (1985): *Frauenarbeit.* Frankfurt/New York.

Witelson, Sandra F. (1979): Geschlechtsspezifische Unterschiede in der Neurologie der kognitiven Funktionen und ihre psychologischen, sozialen, edukativen und klinischen Implikationen. In: Sullerot, Evelyne (Hg.), S. 341-368.

Wobbe, Theresa (1988): Zwischen Verlautbarung und Verwaltung – Überlegungen zum institutionellen Kontext von Frauenforschung. In: *Feministische Studien* 6 (1), S. 124-128.

Wobbe, Theresa (1994): Eine Frage der Tradition: Wissenschaftspolitische Überlegungen in historischer Perspektive. In: Biester, Elke u.a. (Hg.), S. 122-140.

Wobbe, Theresa, Gesa Lindemann (Hg.) (1994): *Denkachsen. Zur theoretischen und institutionellen Rede vom Geschlecht.* Frankfurt am Main.

Wohlrab-Sahr, Monika (1993): Empathie als methodisches Prinzip? Entdifferenzierung und Reflexivitätsverlust als problematisches Erbe der »methodischen Postulate zur Frauenforschung«. In: *Feministische Studien* 11 (2), S. 128-139.

Wolfer-Melior, Annemarie (1985): Weiblichkeit als Kritik. Über die Konzeption des Gegensatzes der Geschlechter bei Georg Simmel. In: *Feministische Studien* 4 (2), S. 62-78.

Wolf-Graaf, Anke (1981): *Frauenarbeit.* München.

Young, Brigitte (1993): Deutsche Vereinigung. Der Abwicklungsskandal an ostdeutschen Universitäten und seine Folgen für Frauen. In: *Feministische Studien* 1 (1), S. 8-20.

Zahlmann-Willenbacher, Barbara (1979): Kritik des funktionalistischen Konzepts geschlechtstypischer Arbeitsteilung. In: Eckert, Roland (Hg.), S. 60-77.

Zentraleinrichtung zur Förderung von Frauenstudien und Frauenforschung an der Freien Universität Berlin (ZE) (Hg.) (1984): *Methoden in der Frauenforschung.* Symposium an der Freien Universität Berlin vom 30.11.-2.12.1983. Frankfurt am Main.

Zentraleinrichtung zur Förderung von Frauenstudien und Frauenforschung an der Freien Universität Berlin (Hg.) (1991): *10 Jahre später ... Zentraleinrichtung zur Förderung von Frauenstudien und Frauenforschung an der Freien Universität Berlin 1981-1991.* Berlin.

Zimmermann, Susan (1988): Weibliches Selbstbestimmungsrecht und auf »Qualität« abzielende Bevölkerungspolitik. Ein unverarbeiteter Zusammenhang in den Konzepten der frühen Sexualreform. In: *beiträge zur feministischen theorie und praxis* 11 (21/22), S. 53-71.

Theresa Wobbe

Wahlverwandtschaften

Die Soziologie und die Frauen auf dem Weg zur Wissenschaft

1997. 287 Seiten, gebunden, ISBN 3-593-35712-7

Schon Georg Simmel und Viola Klein nahmen eine gewisse Affinität zwischen der Soziologie und den Frauen wahr. Diese Beobachtung läßt sich wissenssoziologisch präzisieren: Kulturell sind beide Fremde im Wissenschaftssystem, sozial treten sie als Neuankömmlinge in der akademischen Institution auf, und kognitiv haben ihre Fragestellungen einen ähnlichen Problembezug.

Im ersten Teil wird anknüpfend an den Dialog zwischen Georg Simmel und Marianne Weber der wissenssoziologische Rahmen für die Nähe und Distanz zwischen der Soziologie und den Wissenschaftlerinnen abgesteckt. Der zweite Teil fragt in einer vergleichenden Perspektive nach unterschiedlichen Bedeutungen des deutschen und amerikanischen Universitätssystems für die Neuankömmlinge. Der dritte Teil beschreibt die ersten professionellen Soziologinnen als Generation und stellt drei von ihnen in Fallstudien vor.